# 锦绣记

季栋梁
著

北京出版集团公司
北京十月文艺出版社

目录 / CONTENTS /

# 楔子

银娥的讲述是从一束光开始的。

这是一束阳光，从窗口扑进来，就那么一缕，窄窄的，正好铺满那张老式的单人木床，不溢不亏，就像为床铺上一条光的床单，而那米黄色的床单，就像镀了一层熠熠的金色。整个房间光线很暗，衬托得这缕光极其明亮，就像电影里的探照灯。光线里上下浮翻的尘埃就像水中浮游的小虫子。木床是上世纪七八十年代宿舍办公室常见的那种木床，用足了木材，厚重、结实。木头是枣木的，没上油漆，呈现出自然的枣红色，像镀上了一层金钢色油漆，泛着微光。

"这缕光来到我屋里不易哩。"银娥笑着说。她拿着一个塑料锤，敲着膝关节。塑料锤分黑白两色，像个蒺藜一样长满刺。"光会拐弯哩，"她说，"我循着这缕阳光看过，阳光先是打在帝都大厦的玻璃墙上，折到宝玉大厦的玻璃窗上，再折到了清河大厦的广告牌上，又折到了老贺家的玻璃窗上，这才折到我这间房里，刚好铺在床上，三拐五折的，你说珍贵不，难得不？"

我点点头。确实难得，在锦绣，不要说眼下已是仲秋，即使是阳光能杀人的盛夏，百分之九十的房屋也是见不到阳光的。周围热带雨林般疯狂生长的高楼大厦，就像一个个变异的怪物，神情阴郁地俯瞰着锦绣。站在锦绣，你感到的，不是城市在长高，而是锦绣在下陷。无论是早晨还是午后，太阳把高楼大厦深重的阴影倾泻下来，就像一座座山峰覆盖了锦绣。而锦绣见缝插针地起楼盖房，楼房几近贴着楼房，绝大多数房屋从建起来就没有享受过阳光的抚慰，潮寒浸入筋骨，总是有股永久的霉味。而杂乱密集的布局，连苍蝇飞行倘若不够机灵都会碰壁。一束阳光经过三番五次的折射，历险一般穿过密集的建筑群落，寻觅到一条缝隙，照到这间屋子里来，实属不易。

我把手伸进阳光里。这阳光经过三周五折的折射，热力已很微弱，已失去了这个季节阳光应有的融融暖意，反而带着一种轻寒。严格意义上讲，这已不是一束阳光，只是一束光。

"每天就两个来小时，早晨九点过点儿进来，十一点过点儿出去。"银娥拍拍床说，"可别看只有两个来小时，顶事得很，你摸摸我这床，多干爽，一点都不潮，你闻闻我这屋里，一点霉味都没有。"

忽然，屋子暗了，我抬头望去，是两个小伙子靠着老贺家的玻璃窗户，遮住了这束阳光。他们真像孪生兄弟，在墙壁上写"拆"字。那"拆"字也写得像孪生兄弟，一模一样的难看，连外面画的圆圈都极像。油漆蘸得太重，笔画上油漆流下来，像血。

银娥说："房子就跟人一样，拆房就跟枪毙人一样，都画红圈圈。"

我惊异于这种说法。

"墙上写'拆'字都有十多回了吧，这回怕真的要拆了，老贺那房子要拆了，就再也见不上这缕阳光了。"银娥说，"到那时连这间房子都没有了。"

又说："我在锦绣住了三十多年了。"

# 第一章

时隔多年，银娥依然清晰地记得那声驴叫，"嗯——昂——嗯——昂——嗯——昂——"，在这连最爱聒噪的虫子都息声了的三伏天的正午，那驴叫声突兀得就像晴空里的一个炸雷，咔嚓嚓，颇有点惊天动地的气概。

这天的活计是在黄羊坡锄糜子，晌午散工时，队长捏着一把麦子，边揉边吃，说，下午放假，明早拔麦。麦死中伏，这是中伏的第三天。麦子成熟时，呈现出古铜的色彩。风一阵儿一阵儿掠过，麦子起伏如潮，叶穗在翻转中折射出黄金的光泽。新麦的香气被酷烈的阳光蒸腾出来，给风儿裹挟着恣意飞扬。张庄的老人断言：这是近十年来收成最好的年份。

社员们捎着锄，三五成群地沿一条条小路走向各自的庄院。胡红旗和银娥落在后面。当社员隐没在梁峁沟壑之中，他们在沟坡崖下的阴凉里坐下来。虽然是伏天里的正午，但沟谷也是风道，有小风徐徐吹着，还是凉爽的。

胡红旗长叹一声，头深深地垂下，啃自己的指甲。

"有啥嘛，一天愁眉苦脸的。"银娥说。

胡红旗高考又落榜了。连续两年落榜，胡红旗精神倒了，自看榜回来，就蔫头耷脑的，羞于见人，劳动时就在拐头边角，歇息时就躲进沟壕里，回到家便闭门不出。银娥自是看在眼里疼在心里。

银娥和胡红旗定亲已经四年了。十五六岁是女娃结亲的花季，银娥十五岁初中毕业，提亲的就上门了。女娃只要一处对象，就像推开了一扇门，提亲的便接二连三地上门了。银娥的爹一直没有应承，他有个中意的女婿，就是胡红旗。银娥家和胡红旗家共用一道院墙，从新中国成立后就这么住着，两家人隔着半人高的院墙扯磨吃烟，吃饭时互相从碗里搛菜吃，谁家吃个稀罕东西，隔墙头递过一碗去。多年没红过脸。胡红旗是他看着长大的，知根知底。胡红旗的爹是大队会计，他是大队民兵营长，也算是门当户对。两个娃又是从小一起耍大的，银娥跟哥哥弟弟就像天生的冤家，可跟胡红旗却出双入对，就像天生的一对。因此胡红旗的爹请了媒人来提亲，银娥的爹就爽快答应了。择了日子，摆了宴席，开了酒瓶，胡红旗和银娥接了准信（互换礼物），胡红旗的爹把十块钱用一根红头绳拴成一个项链，往银娥的脖子上一戴，亲事就定下了。自此，银娥一年要给胡红旗家每口人做一双鞋，给胡红旗当然要做两三双，胡红旗则是逢年过节来家里拜节。胡红旗高中毕业，两家人商定，胡红旗先当兵，当兵后第二年结婚。那时候，当兵是一条光明大道。张庄这些年当兵的，没有一个回来的，开车的，当工人的，还有转干的，都成了吃皇粮的。对于别人来说，当兵如登天，可对于胡红旗来说当兵就像家里事，因为他爹是大队会计，公社里是为下人的。可还没等验兵，高考恢复了，胡红旗参加了高考。

胡红旗的爹读过几年私塾，胡红旗从小书念得好，字写得好，从上小学就写对子，初中就给大队写标语，是最早挣工分的，人们一直"秀才、秀才"地叫。胡红旗参加高考，落榜，复读一年，又落榜。两度落榜，压力自然就大了。

胡红旗长叹一声，银娥拉过他的手攥着，"咱张庄和你一起考的几个，比你差几十上百分哩。"

胡红旗就啜泣了，泪水打在干燥的塘土上"吧嗒吧嗒"的。

银娥说："就差三分，再复读一年肯定能考上。"

胡红旗说："念书可不好说，有个比我平时学得好的，可成绩出来比我差了二十七分哩。"

"我知道你心里想啥，"银娥说，"当兵，能有考上大学风光？我要是上了高中，才不稀罕当兵哩，一定要考个大学。"

胡红旗把头抵在银娥的怀里，银娥抚着他纷乱的头发说："考上大学，就是真正的秀才了，将来就是个文化人。你看看这些年来咱张庄的人，不要说驻队的干部，就是那些来劳动改造的，别看是来接受改造的，也从心底里看不起咱们的。"

胡红旗说："这我也知道，可是我怕复读了，那苦大得。"

"男人嘛，不吃苦哪有出息，说这话也不害臊？"银娥说，"你这分数不复读不觉得亏？以后后悔都没处说去，再说就是考不上，明年再当兵也不迟，你年龄又不大，急啥？"

胡红旗忽然就像魔怔了，推倒银娥疯狂地扒她的衣服。银娥叫着"你疯了"，拼命推搡着说："你干啥，你要干啥？"可哪里能推搡开疯了的胡红旗？本就穿得少，胡红旗一把就把纽扣全扯开了，又解她的裤带。银娥双手紧紧拉着裤带说："唤唤，这不行的，唤唤，这不行的，唤唤……"唤唤是胡红旗的小名。可哪里唤得醒魔怔了的胡红旗。银娥的手也软了，她闭上了眼睛，胡红旗压了上来。忽然，那驴叫声就传来，"嗯——昂——嗯——昂——嗯——昂——"，嘹亮得就像吹号，两人都惊了一跳，慌乱坐好，抬眼四顾，却没看到驴，四野一片寂静。

银娥狠狠拧了胡红旗一把，整理好衣裳，提着锄头上了沟沿说："打起精神，鼓起勇气，男人嘛，活一辈子人啥打击遇不上，这么点挫折就蔫头耷脑地像丢了魂，别给人家心里放事，眼望开学了，明天就去学校看看复读的事。"又说："今年你去县中复读。"

胡红旗说："学生太多了，县中进不去。"

银娥说："让叔去找老赵，他是县上的干部，这点事还办不了？"

老赵在张庄驻过一年队，就住在胡红旗家。胡红旗的爹去了趟县上，回来胡红旗就去县中复读了。

这一年银娥比胡红旗更辛苦。每周她都给胡红旗做馍。馍要吃一周，到学校后要锁在箱子里，缺吃少穿的学生多，挂在外面会被偷吃，锁到箱子里会发馊长毛。银娥就在面里和了鸡蛋和香油，馍烙出来，晒干，酥得跟饼干一样，锁到箱子里不会发馊长毛，当然也好吃了。再炒一罐油茶，油茶里除了家里有的胡麻、核桃、杏仁，她还赶集买回来芝麻、花生，这样胡红旗每天就能冲一碗油茶泡馍吃。还要做一瓶油泼辣子，从放蜂人那里换回一瓶蜂蜜，这样胡红旗就能用馍蘸着油泼辣子或蜂蜜吃。她把猪肉切成丁，炒成臊子，这样胡红旗就能吃上臊子拌米饭。劳动之余，她去山野间采挖地骨皮、秦艽、甘草，捡山杏核儿、野兽骨头，抓发菜，这些公社供销社都收购。那时候羊不让多养，每口人只能养一只，多了就当资本主义尾巴割掉了。但养猪不受限制，于是每家都养几头猪，喂母猪卖猪娃，喂肉猪卖肉。羊和猪是家里的主要副业。银娥自己名下的那只羊专喂羯羊，喂壮了拉到集上卖了，再买一只羯羊喂上。每窝猪娃出月卖了，她问爹多要一个猪娃的钱。她把这些钱攒下来，她断定胡红旗一定能考上大学。

到了周末、假期，胡红旗回来，银娥做些好吃的带上，还买了清凉油，陪胡红旗去坡上的杏林里念书，她拿着书盯着胡红旗背诵默写。胡红旗会不老实，动手动脚的，她就狠狠地拧一把说："一门心思给我学习。"

盯着胡红旗背诵默写，银娥的知识是够用的，因为她念完了初中，这在张庄的女娃中是不多见的。女娃迟早是人家屋里的人，开的是人家的门户，因此张庄的女娃多不念书，就是念书也只念到三年级。三年级念毕，已十一二岁，虽还不能下地挣工分，但家里许多活都能干了，吆羊赶猪到山里去放牧，割草，采挖药材，拾地软，抓发菜，出没山野中，也算一个劳力了。当然，十一二岁，茶饭、针线也到该上心练习的时候了。在张庄，女娃处对象人家是一看茶饭二看针线，做饭、缝衣、纳鞋、织袜都是女娃一辈子的活计。银娥能念到初中毕业完全是得了奶奶的济。爹还算开明，让她念完了小学，上完小学爹就不让念了，银娥哭着喊着要念中学，爹说一个女娃，念那么多书做啥？奶奶就说话了，让念嘛，家里不差这个劳力，她的活我干嘛。又捏着银娥的鼻蛋子说好好念，念个女秀才，当个女驸马，给他们看看。爹是个孝子，从不违拗娘的意，银娥就上了初中。初中两年毕业，银娥还要念高中，爹说够了，女娃嘛，咱张庄上初中的也没几个，眼看十六的人了，针线茶饭该上心了。这时奶奶已经不在了，爹的话就没人反对得了。

功夫不负有心人，1979年，胡红旗考上了大学，准确地说是师范专科院校，学制两年。胡红旗是张庄方圆第一个考取功名的，两家人轮流设酒摆席。大队奖了一百块钱，两口袋麦子，生产队还宰了一只羊，全队人喝了羊腥汤。

要开学了，银娥送胡红旗到口袋驿去坐班车，临上班车胡红旗说："我每月都会给你写信的。"银娥说："好好学习，天天向上。"

胡红旗每月都写一封信回来，银娥回一封信。回信时银娥就感念奶奶的恩德，不然，这信回起来就难了，胡红旗是大学生哩，回得不好，笑话哩。银娥喜欢上了写信，她真希望天天写回信。

那时候在张庄，信是多么时尚的东西，代表着城市，代表着文化，代表着希望，代表着不同，代表着远方，更代表着改变。自从来改造的插队的人陆续离开后，张庄能接到信的没有几户，频繁接到信的也只有银娥家了（胡红旗家也不是一月能接到一封信），这是多么让人幸福的事啊。

胡红旗的信总是礼拜一来，因为邮递员一个礼拜来一回，就在礼拜一。礼拜一就成了银娥的幸运日，她常常会站在米缸山顶望着狼崾岘，那是进出张庄唯一的路。一月一封信，都是每月第一个礼拜一，其实是很有规律的，但银娥每个礼拜一都会去米缸山顶上瞭望。她喜欢这样远瞭，痴想，想象那看不到边的山外的世界，尽管想象一片模糊，但那是一种幸福。她会想象胡红旗在学校的生活，会想胡红旗有没有想她。队上人遇见了，会说又瞭信哩，银娥也不脸红。他们说银娥是十八女站门槛，有走心无守心了，还说这娃以后不知过啥样的好日子哩。邮递员让银娥感到亲切，每次来她总是要请他进家里泡一缸子糖茶，留在家里吃饭。邮递员笑着说我成了专门给你送信的人了。胡红旗在信里对银娥表示感谢，说上大学真好，要不是她鼓励，他就是个大头兵，转业后最多也就是个司机、工人。还说我要把你带到城里来，带到大城市来，过咱张庄人世世代代没过过的日子。在信的末尾写的不是"此致敬礼"，而是"我爱你"，落笔是"爱你的红旗"。银娥看得面红心跳。

胡红旗上了大学，银娥就更辛苦了，劳动挣工分，喂猪喂羊，挖草药，捡杏胡核，做鞋袜。胡红旗假期回来，来家里。爹对银娥说你和红旗去公社赶个集。两人就去赶集，临走爹给银娥钱，悄声说去供销社给红旗买身衣服，买双皮鞋。逛了供销社银娥说啥东西多少年都是老样子，一点都不时兴。胡红旗说别说咱公社，连咱县城都落后得没法说。银娥就把钱全给了胡红旗，说你到大城市买去。

第二年胡红旗的信少了，也短了。第一学期一共来了两封信，银娥在信中询问，胡红旗信中说课程多，学习忙，考试多，考不及格毕业不了。到了寒假，小年都过了胡红旗才回来，却一直没来家里，按规矩大年初二胡红旗是要来拜年的，可胡红旗也没过来。胡红旗的爹过来说红旗感冒了，重得起都起不来。娘要过去看看，爹说他是女婿，不上咱家门，你这么下贱？多大的病，几步路走不了？人家是大学生，进咱家门低了身价。一墙之隔，能有多重的病走不过来？

银娥憋着一口气，等胡红旗来给她解释。可三天年刚过，胡红旗连个照面都没打就去学校了。一学期来了两封信，第一封信一开学就来了，很短，说要分配工作，得花钱，让她把钱寄过去。第二封信是快到暑假了来的，很长，有三页，用了包办婚姻、不道德、两个世界、不合适、希望理解、悲伤绝望之类的话，最后写的是"此致，革命敬礼"。

银娥看得很冷漠，她没有哭，这封信在她的意料之中。其实张庄已有风言风语了。爹当民兵营长多年，经常往批斗台上押人，虽然押谁不押谁不是他说了算，可毕竟是他具体带人押人扎人斗人，自然也讨人嫌。这两年批斗会开得少了，成分好像也不重要了，看笑话的人自然就多了，说啥话的都有了，而且他们把各处听来的考上大学退亲的事在村子里传扬。

银娥没有把信撕了，而是装了起来。她熬等着假期，等着胡红旗，她要胡红旗把信上的每个字解释给她，一个字解释得不顺耳，她会要他把这封信一个字一个字吃下去，她会要了他的命。终于熬到了假期，胡

009

红旗却没回来。这么大的屈辱，连个发泄的地方都没有，银娥虚浮恍惚了，看上去人就有些痴呆了。娘心细，看出不对劲来，四处翻腾，翻出了那封信，银娥的爹去找胡红旗的爹理论，红旗的爹却不接茬，银娥的爹又吼又喊，口干舌燥，红旗的爹最后只说了一句话："你两个儿都听你的吗？"银娥的爹给噎得一句话都说不出来。

以前是隔着墙头抽烟吃饭，现在是隔着墙头骂架，爹骂过几日也就息声了，娘则是趴在墙头骂大街一样，每天一睁眼就开骂，一骂一天。连鸡狗都像是有了仇，见了面不是咬就是啄。胡家人只是偶尔应上几声，再不就封门闭户，只听到银娥的娘在叫骂。在银娥听来，娘哪里是在骂胡家，这就是在骂她，娘让她也骂，她说你不骂不行吗？娘说就跟你日囊厎爹一个样，难怪人家把屎尿往咱们头上屙。

张万寿又来提亲。在银娥和胡红旗结亲前，第一个来提亲的就是张万寿。他给大儿子张龙提亲，银娥的爹婉言拒绝了。亲不亲，阶级分，那时候干啥首先看的是成分。要说张万寿，成分是下中农，贫农下中农，革命一条心，成分倒不差啥，可他的舅舅是个坏分子，他家自然受了牵连，这就不行了。何况，对张万寿的为人处世银娥的爹也是看不到眼里的，如果不是成分压着，那就是个土匪恶霸。

现在，银娥的爹是打算与张家结亲的。张家是张庄的大户，占张庄人口的七成。社会变了，运动没了，批斗会没了，成分也不咋讲了，张家大户的元气渐渐恢复了，说话、行事的霸道气势已显出来，而且张万寿已当了生产队长，摆出扬眉吐气的架势，说该我们直直腰了。相对张家，他家属于寒姓，父亲带着娘和他一路逃荒来到张庄，给人拉长工直到解放。娘生下他再没生养，在张庄势单力薄，以后像他们这样小门小户的人是要仰大户人家鼻息过日子的，难免受人欺负。要想在张庄活下去，只能与张家联姻。与张家联姻,张万寿家是理想的人家。张庄张家有几支,人脉最旺的是张万寿这支,远的不说,张万寿的爹弟兄七个,张万寿弟兄八个,个个都三四个儿,而张万寿就有五个儿。儿孙多后世重,毛主席都说人多力量大,与张万寿结亲,银娥嫁过去不受罪,胡红旗这狗日的闪了银娥,这口气他得出,银娥也得出,嫁入张家,出这口气就有的是机会,更重要的是两个儿子以后在张庄好活人。可是张万寿把事做过了头,退亲还没出一月就上门提亲,这等于是往没长好的伤口上撒盐面子,这气他不可以忍,更让他难以忍受的是张万寿连媒人都不请,亲自上门提亲。哪有亲自上门给儿子提亲的?父母之命,媒妁之言,这是老祖宗传下来的规矩礼数,就是穷得叮当响提亲也要请个媒人,张万寿不是请不起媒人,不是不懂规矩礼数,分明是在羞辱他,根本没把他当回事。更让他气愤的是张万寿的口气、眼神,"我看银娥跟我家张豹挺合适的,找阴阳看个日子连定亲带办事。"这哪里是提亲,倒像是在会上说给谁家救济一样。张万寿说:"你还有啥挑的!"这句话就像一根针扎在他的脖颈,啥意思,是我女儿做下什么见不得人的事嫁不出去了?老话说不结亲是两家,结了亲是一家,这副德行,银娥嫁过去还能抬起头?他一家还不被狗日的活活辱没死。何况这张豹,这娃叫了张豹,还真把自己当了豹子,说话不知天高地厚,惹是生非,跟人生事一副不要命的架势。银娥的爹脖子一梗说了句硬话:"张万寿,我家庙小,接不了你这尊大神。"

　　银娥在家里痴了一段时日,这天,她走到清水河谷里来了。她沿着清水河谷往深处走。清水河河水不大,极清冽,咸苦,碱性大,石上长出一层墨绿的苔状植物,丝丝缕缕缠缠绵绵的,河床上没别的草,只有牲口不吃的水蒿绿森森的,锥刃一样的叶子折断,汁液沾在衣服上干后便是一个白坨,张庄人用这烧碱蒸馍。倘若发暴雨,山壑间洪水汇聚,浩浩荡荡，惊涛拍岸，便有大江大河的气势，因此河床很开阔，河谷长着榆树和柳树，曲里拐弯的。

银娥在一块石头上坐下来，望着弯曲幽远的河道，河水潺潺，如泣如诉。她想起那个故事。说是夏桀在朝，有两条神龙来到皇宫，口流涎水，自称"褒城二君"，夏桀命人拿来金盆，取龙的涎水藏在箱子里，放入内库。斗转星移，转眼八百年过去了，周厉王即位，内库箱子散出毫光，厉王命宫女打开，钻出一条小蛇，忽而不见，此后一个十二岁宫女肚子渐大，无夫而孕，这可是一件大逆不道的丑事，厉王下旨将其囚于禁宫。后来，周宣王登王位，那宫女产下一个女婴。周宣王认为宫女无夫产女，是国难的征象，命人将宫女斩于清水河边。而那个女婴被草席包着投入河中，顺水漂流，百鸟拥来口叼草席拖到岸边，上下飞舞用羽翼为她遮阳挡雨。后来一卖桑男子发现女婴并把她抱回了家。这女婴就是后来的褒姒。宣王死，幽王即位，褒姒已出落得发如流云，眸似秋水，身若丝柳，妖媚如花。一天褒姒在河边汲水，被幽王手下洪德带进宫献给幽王。幽王得了褒姒，朝夕相处，不事朝政。申后大怒，陷害褒姒不成，派儿子宜臼到乡下杀了褒姒的养父。幽王迷恋褒姒，宠爱有加，废太子宜臼，废申后，立褒姒为后。生母养父被杀，褒姒心怀仇恨，虽有幽王万般宠爱，享尽了人间繁华，但入宫十年从未一笑。幽王想尽千方百计，传令天下，若有人能博褒姒一笑，赏黄金千两。谋臣虢石父献了一计。一日褒姒登上城墙，幽王令点燃皇宫周围的烽火，一时之间，战鼓齐鸣，狼烟四起，四方诸侯见了狼烟，以为京城有敌偷袭，点兵遣将，连夜赶到京师。褒姒见城下人声熙攘，有如蚁群，你推我挤，笑了。自此幽王动不动便点燃烽火，以博褒姒一笑。众诸侯忙来忙去，并无一事，也就疲了。却说废太子宜臼逃回申国，申后的父亲怕幽王加害，联合邻国犬戎率着大队人马浩浩荡荡杀到镐京。幽王吓得手足无措，士兵放烟鸣鼓，诸侯因多次受了戏弄，无人发兵。城破，幽王死，褒姒被擒，被处死时说："我仇既报，虽死何惜！"

故事是一个来张庄改造的知识分子讲述的。褒姒张庄人是知道的，从《烽火戏诸侯》的老戏知道的，没想到褒姒离自己这么近，就连张连举都不知道。张连举可是张庄知晓天文地理古往今来的老秀才。

银娥的泪水落了下来，为褒姒，也为自己。河谷也是风道，好风不起尘，风是好风，贴着草皮刮过，就像水从草上流过。风掠干了她脸上的泪水。她起身继续沿着河谷走，在一棵榆树下站定。这棵榆树平伸出来一根树枝，像一个人横捎着杠子，似乎是专门为活不开的人准备的一个去处。树枝不高不低，垫几块石头就能够上，拴根绳子，绾个活扣，伸进头去，蹬塌垫脚的石头，勒得舌头掉出来，人就离开了这个世界。因此张庄人活不开了总把自己这么挂在这树上。

树下有很多石头，银娥把三块石头垒起来，踩在上面，掏出一根拇指粗细的麻绳，搭上了树枝。人说吊死鬼舌头掉出一尺多长，做了鬼也收不回去，最是难看。想寻死很容易的，投井、跳崖、割腕、喝药，再往前走有一个几十米深的水潭，跳下去就行，可是她想死后变成厉鬼，舌头伸得越长越好。

在树枝上拴牢麻绳，绾好活扣，银娥头往绳环里伸时，一个胡墼砸在她手上，砸得很重，她一哆嗦，四下环顾，没人。她站在石头上思谋思谋，心里说你要是来拉替死鬼的，就等着吧，又把头往绳环里伸，她头上又挨了一胡墼。这次胡墼更大更重，在她头上开了花，打得她一阵发蒙，从石头上掉了下来。她吼了一声："是谁，给我站出来。"没有应声，她连吼三声，贾兆春从一棵榆树背后走出来。

银娥说:"找死呀,不走你的路,挡我的路做啥?好狗还不挡路哩。"

贾兆春说:"你还知道好狗不挡路,寻死不会找个别的地方,偏偏在我走的路上?"

银娥说:"这条路你买下了?"

贾兆春说:"呸呸呸,真晦气,我杀猪宰羊无数,难道还要给你收尸?"

"谁稀罕你收尸?"银娥不理贾兆春,又站到了石头上。贾兆春扑过去一刀砍断麻绳,吼着说:"你要是我妹我姐,我不搣得你睡上一年半载,我把贾字倒着写。"银娥冷冷地看着他。贾兆春像疯了一样,踢塌石堆,又将麻绳剁成寸段,连呸几口说:"你脑子让驴踢了还是让门夹了?死给谁看?!你当你死了有人为你难受?人家要是心疼,还把你甩了?"银娥坐在一块石头上,口袋里竟然还有瓜子,她嗑起来。

贾兆春像一头困兽,在地上疯狂地转着圈说:"死有啥难的,要是都像你这么蠢,多少人都死几遍了,这河谷里死人用驴车往回拉哩。"

银娥不理会贾兆春,继续嗑瓜子,瓜子皮就像一只只蛾子从嘴里飞出。

"这么死就是蠢死的,知道不?!"贾兆春一脚踢飞脚前的一块石头,转身走了。走了几步又回来了,用手指就剔着银娥的额头吼,"你、你有我活不开吗?我惹谁了?害谁了?剥削谁了?连书都念不上,干的活不比谁少,挣的是女人娃娃的工分,你有我活得难?"走到远处,又说:"上吊为啥不在你家树上,偏要在我家树上?要死另挑日子,今儿我遇上了,别给我心里放事。"

这河湾里的树原本都是贾兆春家的,解放后均给了各家各户,给贾兆春家留了这棵曲里拐弯不成材的老榆树。

忽然贾兆春又回来了,他扑向银娥,把她抵在树上,银娥惊慌地叫:

"你、你做啥，你、你要做啥？"贾兆春不搭话，疯狂地抽银娥的裤带，银娥连抓带咬，贾兆春不管不顾，硬把她的裤带抽了出来，剁成寸段。"那么一墙头高的半截人，一捶打得摸不着东南西北的尿货，打到我眼睛都不磨，给我提鞋底都不要，还把你看得重的，呸。"

贾兆春头也不回地走了，却没走远，他上了堡子山，隐在堡子里盯着银娥。女人都是糊脑子，一遇事脑子就是一锅糨子。何况银娥心性高，遭遇这样的打击那就是仙女从天堂被打落凡间，会做出蠢事来的，没绳子上不了吊，投井跳崖都能把命要了，人要寻死还不容易？

银娥在河谷直坐到人地昏黄，才提着裤子回去了。

贾兆春当然不是偶然碰上银娥的，从银娥被退亲的事传出来，他就一直盯着她。银娥沿着河谷走，他揣摩她要寻短见，就尾随而来。尾随银娥，他是冒了风险的，让人看见，人们嘲讽的口水就会把他淹死，被别有用心的人煽风点火地到处说道，那就是灾难，批斗会上银娥的爹就能把他整个半死。


如果不是世道变了，贾兆春就是少爷，可现在他只能是个屠夫。

贾兆春的爷爷是张庄方圆有名的贾三爷，"光阴大得了得，骑着马一块地一块地走得走上三天五夜。"人们这样说。没有虚夸。解放前不要说整个张庄，就是李台也都是他家的，日子过得油缸醋井，米山面岭的。解放后自然就成了大地主。贾三爷很聪明，解放的脚步一踏过来，他就又捐又送的，革命者进入张庄，他积极配合革命，啥都不要了，革命者说咋弄就咋弄，三个奶奶只留了大奶奶，二奶奶三奶奶都休了让重新嫁人了，这才没给弄成恶霸地主砍了脑袋。解放后起初的日子还好过，后来运动多了起来，一场接一场，斗地主成了家常便饭，开始还不那么残酷，人们当娱乐，押上台站站，喊喊口号，揭发揭发，批斗批斗，就像唱戏一样。人们碰上贾三爷依然叫声三爷，有礼有貌的，能开玩笑的还说上几句笑话。渐渐地运动越来越残酷，人们也像斗鸡斗红了眼，失去了理智，疯了一样，儿子斗老子，孙子斗爷爷。

张庄斗地主有四步：坐革命的飞机，穿革命的马甲，打革命的夯，滚革命的蛋。坐革命的飞机就是两个民兵把阶级敌人的胳膊往起撅，越撅越高，屁股朝天头杵地，整个人要像一架起飞的飞机，而且要架着在台上来来回回奔跑，跑动速度要快，要踏得尘土飞扬。穿革命的马甲就是用指头粗细的麻绳捆扎阶级敌人，五花大绑的绳子就像给阶级敌人穿上了一件马甲，为了更好地捆扎，民兵是在公社培训过的，大队长一分钟就能捆三个人。打革命的夯起初是民兵把阶级敌人高高地抛起，任其自由落体，像夯一样砸向地面，最后发展到专门栽了一根杆，把人高吊起来，猛然丢开绳索，砸向地面。滚革命的蛋完全是张庄人因地制宜发明的。张庄的批斗会就在贾家祠堂大院。祠堂建在半山腰。捆扎着的阶级敌人被押至院外崄畔，一排跪下，在一声滚革命的蛋的口号声中，民兵飞起一脚，阶级敌人顺着坡往下滚。坡很陡，阶级敌人的手又被捆扎着，整个人就像磙子，一直滚到坡底才停下来。要在半坡上停下来，还要重新滚蛋。一场批斗会，一系列武行下来，贾三爷就像抽筋扒皮脱胎换骨一样，只剩下一口气了。

贾三爷不堪其苦，他明白这么下去迟早会要了老命。死倒是不怕，一下子把命要了倒享福了，他怕的是迟早有一天也会像赵麻子李大头那样瘫在炕上。赵麻子给打革命的夯打折了脊梁骨瘫在炕上，李大头给滚革命的蛋撅断了脖子，头搁不住，最后也瘫在炕上。两个人曾经都是人前头走路上岗子吃席的麻利人，现在屎尿都送不出去。久病床前无孝子，何况现在是这样的身份处境，儿女多嫌见不得，一家几天地轮着养活，真是伤风败俗，丢祖败姓啊，他贾三爷要是活到那个份儿上就把人丢大了，罪孽深重了。一个月黑风高之夜，贾三爷失踪了。他想自己一走地主就走了，帽子也带走了，家里因此遭的罪也会减轻。民兵搜遍了张庄的山山沟沟，没有找到，几日后，清水河上游下了暴雨，浑水咆哮着卷下来一具尸体，打上岸来，人们认出就是贾三爷。然而，这不但没有减轻家里的罪恶，又加了一条自绝于革命自绝于人民的罪名。父债子还，父罪子替，贾兆春的爹又给押上了批斗台。这个一直念书没下过苦的少爷，身子骨哪有和长工同吃同劳动的父亲结实，一场批斗会下来，只有出的气，没有进的气，号哭着说不活了。

贾兆春是个独子，脾气大，加之一家人都当宝贝娇惯，一受气就背过气去，因此头上老留着一撮头发，叫气死毛，背过气去就薅住那撮头发叫呀唤呀的。大一些说不了三句话，就跟人打架，脾气大，加上成分不好，哪有帮手，经常被人一伙一群打得流血见伤。能上工挣工分，干最苦最脏的活，挣的却是和老弱病残妇女娃娃一样的工分，没少跟人争吵。娘说你这脾气不改，迟早是要吃大亏的，这他也明白，可本性难移，他想改改不了。为了避免受气和人冲突，他自作主张选择了宰猪。宰猪算是搞副业，是允许的，把宰猪的收入交到生产队，生产队给记工分。

贾兆春是在路上拦住老冯的，扑通跪下去，"咚咚咚"磕了三个响头。老冯惊坏了，说："你这是做啥，折我的寿哩。"贾兆春说："师傅，你收我做徒弟吧。"

老冯原是贾兆春家的屠夫。贾家风光的时候，一年不要说羊，光猪就要宰十几头，过年还要另宰十几头，分给长工、短工和张庄、李台的老人。解放后老冯成了生产队的屠夫，走村串户地宰猪。

老冯愣了半晌，说："宰猪是害命的事，你学这做啥？"贾兆春不说理由，只叫师傅。老冯说："我也不叫你少爷，你也别叫我师傅，不敢当的。"贾兆春说："你就收我为徒吧。"老冯说："要不你回去再想想，跟你多商量商量？"贾兆春不说话，提过老冯油乎乎的家当袋背了就走。"谁能想到你会做屠夫，这世事看不清哩。"老冯又笑笑，"要说宰猪，其实简单，要命的事嘛。"

　　贾兆春宰第一头猪时，猪一嘶叫，还是手软了，就宰夹刀了。老冯给了他一个砍脖子。事后，老冯说："打你我是有罪哩。人说教会徒弟饿死师傅嘛，这是抢饭碗的事，我倒没这意思，打你是要你记住，既然选择了这一行，就不能手软，手软了你受罪，猪也受罪。虽说猪是人的一口菜，但宰的时候给个痛快，一刀子捅在心上，猪就蹬蹬蹄子走了。你手软宰夹刀了，猪要受二遍罪，而且肉也就不好了，而猪受了疼痛挣扎起来会拼命的，弄不好会出人命的。"

　　这贾兆春是亲眼见过的，刘场生宰猪宰夹刀了，猪疯了一样挣扎，把肉案都踢翻了，一蹄子把刘场生的眼睛就蹬瞎了，而且那蹄子蹬进去很深，差点要了刘场生的命，而猪满院乱跑，最后是用棍棒打死的，血喷得到处都是，这最不吉利。

　　"我有一次宰猪宰夹刀了，三爷给了我一个砍脖子，"老冯又说，"师徒一场，师傅要打徒弟一回。"

　　贾兆春出徒，老冯送给他一套刀具，有杀猪刀、剔骨刀、尖砍刀、砍骨刀、斩骨刀，还有一个牛皮刀袋。贾兆春提出宰猪刀，刀有一尺多长，刀刃如雪，刀身如炭。刀柄是枣木的，常受猪油浸润，就像上了一层清漆，呈现暗红色，十分鲜亮，木纹看上去很华丽。刀把后露出的不是普通铁钉，而是一朵梅花。刀柄上拴着两个铜环，金光闪闪，叮当有声。刀袋也是上好的牛皮，抹去皮套，一尺二寸长的刀刃闪过一道寒光。刀背上面打有一个"陳"字。贾兆春以前没仔细看过宰猪刀，他没想到宰猪刀也会这么精致艺术。

贾兆春说："过两天我把刀钱给你。"

"啥刀钱，出徒师傅都是要送徒弟一套行头的，再说这套刀还是三爷给我打的。当时三爷给我的钱不是纸票子，而是银圆，两个银圆，这就相当于平时两倍的价钱。老陈打得仔细，刀打了没多久，世道就变了，我一直没舍得用。"老冯抚着刀接着说，"这方圆老陈的刀是打得最好的，唉，现在的人没这么好的手艺了。"

贾兆春说："他不打刀了？"

老冯说："人已经不在了。"

贾兆春说："咋的了？"

老冯说："让人杀了。"

贾兆春说："杀了？"

"他是打刀的，跟用刀的人争狠，人家用他打的刀杀了他。"老冯说，"记着，你使的刀别沾了自己的血。"

贾兆春做了屠夫，张庄人还是很吃惊的，想破脑壳也想不到贾三爷家也会出个屠夫，都感叹："这世事啊……"


三天后，银娥又去了清水河谷，又来到了那棵榆树下，她坐了许久，说："还不出来，你是鬼呀。"贾兆春从树背后出来，嘿嘿一笑说："知道我在？"银娥说："想娶我当媳妇吗？"在银娥的印象中，贾兆春永远独来独往，游离在人群之外，孤独、忧伤、冷漠，目光阴冷，寒气逼人，对什么都是冷眼旁观。但看她时目光热得灼人，她要是一壶水，都能给烧开了。贾兆春说:"我脑子没让驴踢,也没让门夹,高攀不上。"银娥说:"我知道你想娶我。"贾兆春脸红了,他喜欢银娥,但从没奢望过要娶她。他在心里喜欢她,只要不说出来就没有危险。自他懂事以来,生活中遭遇的屈辱苦难他多次想以死了断,但只要想想银娥,他就都能忍受。

贾兆春说:"好好过你的日子去吧,别耍笑我们这些人。"又说,"我可不想你爹把我捆了,把我家大门楼子拆了,把我家祖坟挖了,你家是贫下中农,积极分子,民兵营长,势大着哩,惹不起,咱们是两个阶级,我掂得明白。"说完要走,银娥却横在他面前说:"不想娶我?那你脸红啥?"贾兆春说:"你脸皮咋这么厚,脑子真让驴踢了?"银娥说:"你咋样才能娶到我呢?"贾兆春说:"走吧,走吧。"银娥说:"要娶我我告诉你一条计策。"贾兆春嘿嘿一笑说:"得是,生米做成熟饭?"银娥呸了贾兆春一口说:"跟我去城里。"贾兆春依旧嘿嘿笑着说:"那多麻烦,生米做成熟饭多利索……"银娥踢了他一脚,踢在他小腿骨上,贾兆春疼得直跳。银娥说:"明儿三更我在河谷你家的歪脖榆下等你。"说完转身走了。

贾兆春揉着自己的腿,喊:"跟着你去城里,你、你、你知道城在哪里吗?"银娥不回头,他接着说:"你可想好了,别赌气,这可不是娃娃过家家哩。"

银娥说:"明儿三更天我见不到你,你知道你娃会咋样。"

"歪脖榆下冤魂多。"

"怕死你就别来。"

"你、你可别闪我,我们这些人经不起你们这些人闪弄。"看着银娥的背影,贾兆春揪了一撮子苁草在嘴里嚼。苁草有些苦,但有股清香。

这几日贾兆春也正颇烦着,再这么下去他会疯掉的。他已经二十六了,在张庄应该有一两个娃才是正常的,可他连媳妇都没说下,成分在那儿摆着，加上家里穷得猫狗都不守。倒也不是不处对象，只是处的对象不是有这样那样的残疾，就是拖儿带女的寡妇。他的心都灰了，发誓终身不娶，不再相对象。可哪能由得了他？他是独子，必须挑起繁衍子孙的重任，完成传宗接代的大业。他只能去相对象，但相回来就三个字：不同意。去年，爹在修梯田工地时被石头砸折了一条腿，抬回家一醒过来就号啕大哭，说他见到爷爷父亲了，他们不让他进门，说你这么死了，就是孤魂野鬼啊。说着头就在炕沿上"咚咚咚"地磕，说兆春啊，我给你磕头了。贾兆春长叹一声。不久前，媒人介绍了嵝岘村的一个寡妇，男人上山打柴让狼吃了。男人家弟兄多，后代也多，无断根绝后之虞，公公放出话来说一窝拉（一家子）一个不留，谁娶跟谁姓去。那女人三个儿子，谁愿意把头往这胶锅里搁？媒人把意思说得很透，你贾家后辈弱，这个女人娶回来不费啥事你贾家就有了三个后人，这事打着灯笼都难找。爹娘立马同意，就商量定亲的事宜。贾兆春不想再违拗爹娘，应承了亲事。不过他偷偷去了嵝岘村，装作过路进去讨水喝。他端详那女人，说是比他大几岁，看上去觉得十岁都有了，这倒也罢了，问题在于这是个懒女人，趿着一双烂得没了后跟的鞋，脚后蛋子黑乎乎的像刷了油漆，头发乱蓬蓬的像个鸟窝，有一股味儿，他仔细辨嗅，是女人身上散发出来的酸葫芦的味儿。三个娃一个比一个高一拳头，都还光着身子跑，身上脏得都看不清肉皮了，而那女人又有了身孕，肚子挺得像锅。回来后贾兆春死活不同意，爹拍着炕头骂你这催命的不肖子孙啊，老子头给你白磕了？一连几日爹哭天喊地的，娘一把鼻涕一把眼泪地抹，他觉得自己陷在泥潭中，快给闷死了。更重要的是，他怕再这么在张庄待下去，就会把大事做下了。

三更天，银娥悄悄出了窑门，才发现月如玉盘，不是十五就是十六。

再明的月儿不如太阳，大地浮着一层霭岚，朦胧恍惚，银娥走得磕磕绊绊，草丛中的小东西被惊出来，小东西又惊动了大东西，披着月光在草地上奔窜，就像一个个魅影，大地上一片纷乱。银娥走得惊心动魄，心都快从嗓子眼跳出来了。清水河像素练斗折蛇行，叽里咕噜的水声就像鸟儿的梦呓都听得见了，可就是到不了跟前，她想自己一定是踏了迷魂草，心里越发紧张，她跑起来。她听到咯咯咯的笑声，看到手电筒的光芒射过来，心一下子安了。她放慢了脚步，故作镇定地说："我还当你娃沟子尿了，不敢来了咧。"贾兆春说："我怕把有些人魂吓丢了。"他午夜一过就到河谷来了。

贾兆春说："后悔了，想回去还来得及。"银娥呸了一口。贾兆春抢起铺盖卷儿背上，银娥说："啧啧啧，还在伏里哩，你还驮这么大的铺盖卷儿，属驴的？不驮东西不会走路？！"贾兆春说："人人都说那出门好，出门人的孽障谁知道，寒冬腊月背水壶，五黄六月出门带皮袄，老辈人说的话都是没错的。"银娥看到贾兆春还背着那个油乎乎的背包，说："你到城里去宰猪呀。"贾兆春说："这是吃饭的家当。"

银娥只夹个小包袱，贾兆春说："你啥都没带？"银娥说："我带你个大活人就行了，还要带啥？""是啊，你是贫下中农，我是地主嘛，有事你支应一声。"贾兆春说罢，前头走了。他走路一瘸一拐的，银娥问："你脚咋了？"贾兆春不语。

转过一个弯子，到了大路口，贾兆春沿着河谷继续走，银娥说："放着大路不走？"贾兆春说："我是阶级敌人，不像你们贫下中农，我可不想让人抓回去下地狱。"

走过几个路口，贾兆春依然沿着河谷走，银娥说："你这是要去哪里？深山老林吗，去做白毛女？"贾兆春不说话，只顾往前赶路。

离开生产队是要请假的，何况他是大地主的孙子，不请假外出，回来遭受什么样的惩罚他清楚明白。虽说这两年阶级斗争不像以前那样搞了，批斗会少了，但还是有，去年年底张庄还声势浩大地斗了一次地主。张万银家的箍窑塌了，埋藏在墙缝的几百块银圆哗啦啦塌了出来，他想把银圆再埋起来，三个儿子不说啥，可三个儿媳妇要分。张万银骂了几句，儿媳妇们撒泼，与公公大闹一场，事情就传开来了。银圆被没收了不说，给张万银连开三场批斗会，所有坏分子陪斗了三天。批斗会完了，张万银就用捆绑自己的绳子上了吊。贾兆春知道，他和银娥出走这就是私奔，抓住了肯定就是拐带，那会引发多大的震动，要给人家抓回来还有活路？即使不被整死，他也不活了。

天亮时分，走出了张庄地界，贾兆春这才离了清水河河谷，上了河岸，投到了大路上。银娥明白要去的是口袋驿。口袋驿是一个公社，自古就是交通要道，有通往县城的班车，一天一趟。

上了大路，贾兆春说声快走，就甩开步子往前走。贾兆春个高步大，把银娥落下了一大截。银娥说："你急慌慌怕吃屎撵不上热的？"贾兆春说："赶路哩，你当是游山玩水？"银娥干脆坐下了，贾兆春说："我的姑奶奶，你快走噻，让人看见就麻达了。"银娥说："又不是做贼哩，囊尿样。"贾兆春说："大话由着你，这比做贼还凶险哩。"银娥说："这样一前一后的才凶险哩，人家看见还当两个人淘气了，就会来劝说咱们，要是遇上跟咱张庄沾亲带故的，你娃想结果去。"贾兆春嘻嘻一笑说："对对对，咱们得像两口子才不被人怀疑，你看我这脸被你抓得，我们拉着手走吧。"银娥掐了贾兆春一把说："不要脸，我渴了，到庄子上讨口水喝。"贾兆春从包里掏出个水壶，银娥说："你还背水了？"贾兆春说："出门人能不想周到点？"又掏出个鸡蛋来递给银娥。银娥说："看来我带你出来没错。"

贾兆春说："是我带你出来的好不好？"银娥说："是我带你出来。"贾兆春说："不跟你争，让人听见了，快走嚓，一天就通一趟车，别错过了。"

到了口袋驿，班车已经开始上人了。班车漆掉得一坨一坨，就像得了牛皮癣。人挤得像油房里轧油饼，有些人直接从窗户往里翻。贾兆春个大有力，把银娥像捎麻包一样捎起来，从人群头顶上塞进车里，自己背着行李往进挤，售票员一把将他扯了个趔趄说行李架到车顶上去。贾兆春捎着行李上了车顶。行李架是木板做的，很平整，还有罩行李的绳网。把行李放好，贾兆春想想，又把行李分开，自己钻进去躺下，扒拉行李将自己埋了起来。陆续有行李被架上来，后来有人上来将网扯紧下去，车就开了。正是仲秋，秋老虎发威，车内挤得叫喊吵骂声不断，车顶上倒凉快。昨晚贾兆春担心睡过头，一夜没睡，鸡叫头遍就到了清水河谷。因此在摇晃中他很快就睡去了。

醒来时已到县城车站。贾兆春忙从车顶上背着行李下来，被售票员盯上了，说："你的票呢？"贾兆春说："票扔了。"售票员说："扔哪里了？"贾兆春说："路上包了一口痰从车窗扔出去了。"售票员说："车门开了我第一个下的车，你怎么下的车？"贾兆春说："我是从车窗里钻出来上的车顶。"售票员不信，这时银娥从车里挤出来，说："你赶在前面吃屎啊。"这时一个人从车顶把一个麻包扔下来，差点砸在售票员身上，售票员吼："驴日下的眼瞎实了。"贾兆春趁机背了行李和银娥走脱了。

远离了车站，在一个旮旯里站定，银娥说："我还当你娃沟子尿，不敢跟我走了。"贾兆春说："我把你带出来扔了自己回去？"银娥说："你还挺贼的。"贾兆春得意地笑着说："你不贼？我还当你脑子坏了，没想到反应够快的。"

县城是不敢待下去，生产队、家里找他们，首先会到县城来。再说，他们没有介绍信，一旦抓了就会当盲流一样给押回去，劳改都是有可能的。该去哪里？银娥说："去省城。"这正合贾兆春的心意。银娥说："到省城逛逛，就是给抓了判死刑也值得了，这辈子总算来了趟省城。"贾兆春说："寻死不用跑这么远。"

两个人又来到车站，一问去省城的班车一天一趟，一早就发了，只能等第二天。银娥说："县城我也是第一次来，咱们逛逛县城。"贾兆春说："提心吊胆的逛啥？"银娥撇撇嘴说："屁胆子，头砍了碗大的疤。"

该吃饭了，银娥要了两碗烩羊肉，贾兆春说："要一碗就行了，我背着馍和炒面呢。"

银娥翻了贾兆春一眼，贾兆春挠挠头说："我、我身上没钱。"

银娥又要大米饭，人家要粮票，他们没有粮票，只能泡着吃馍。

天色渐暗，街上人渐渐稀少，经过一家旅店，银娥迈步走过去，贾兆春说："这么热的天，就在外面找个地方凑合一夜，你看街上睡的人不少哩。"

银娥不理会，贾兆春只能跟着她进了旅店，一问价格，两个人都吐吐舌头。贾兆春说："要住你住吧，我出去找个地方，我背着行李哩。"

银娥扯住贾兆春，人家又要介绍信，他们拿不出，登记员目光怪异地盯着他们。贾兆春怕人家寻根究底，扯着银娥往外就走。出了旅店，银娥气咻咻地说："要介绍信做啥？人家有钱就让人家住嘛，有钱都不挣，猪。"

灯光渐次亮了起来，银娥趴在一个亮灯的窗户看。这是她第一次见电灯，太稀罕了，玻璃罩里就那么一圈细细的丝，红艳艳的，却就是烧不断，还贼亮贼亮的。贾兆春说："你看什么？"银娥不说话，她不会告诉他自己在看灯。贾兆春说："别盯着看，电灯夺眼光哩，再小心人家把你当贼。"

房檐下、台阶上、门洞里都睡了人，贾兆春占了一处平整的石台阶。银娥说："睡在石头上，不怕得阴寒把你娃命要了？"贾兆春撇撇嘴，解开行李，掏出狗皮褥子铺在石台阶上说："请坐吧。"

贾兆春脱了鞋看脚，大拇指肿得像鸡蛋，银娥说："你脚咋了？"贾兆春说："问我？还不是踢你垒起的石头？"银娥一笑说："骂人脑子让驴踢了，你脑子没让驴踢？石头是用脚踢的？！"贾兆春说："这拇指头怕是折了。"银娥掏出两块钱来说："去找地方看看，我可不想带个瘸子。"贾兆春说："没那么娇贵。"

灯光又渐次灭了，夜就黑得看不清眉眼了，贾兆春把棉袄叠成个枕头，把被子散开，说："你安心睡，有我给你站岗瞭哨哩。"银娥说："你不睡？"贾兆春说："我在车顶上睡了一大觉。"银娥睡了下去。贾兆春说："你别惦念我，我还有老羊皮袄哩。"说着掏出棉裤叠成枕头，把老羊皮袄往身上一裹，和银娥头对头躺了下去，说："没想到出门会是这样的吧？"

第二日一早，他们坐上开往省城的班车。贾兆春把行李放到车顶的行李架上，售票员一直盯着他，他只能下来。银娥撇撇嘴说："瞎子吃蜜摸着了，当哪里都有那好事？"

发往省城的车是先买票后上车，对号入座。上了车，贾兆春跟人换了座位。见银娥瞪着他，贾兆春悄声说："万一遇上熟人呢？"

# 第二章

　　每年到了万物疯长的农历五月，我就焦躁不安，心神紊乱，说话不赶趟，前言不搭后语，总感到后背冷飕飕的。这与自然季节没有关系，我没有季节病，完全是因为一年一度的签约季又到了。我的试用期将满，签约与否决定着我是否又将进入找工作——试用——找工作——试用的轮回。四年了，倘若我是个农夫，就是一块千年生荒地我也该耕熟了。然而城市这片土地于我依然是铁板一块。年年就业，年年试用，年年失业，在人头攒动的人才市场被人家挑来挑去，那种感觉就像老家集市上的牛马驴骡被挑来挑去，就差掰开嘴巴看牙口了。我已不敢奢望一份体面的工作，只渴望有一份签了合同的稳定工作，不再受继续找工作的摧残，哪怕薪水低我也认了。然而，时间不会因为一个人的恐惧而停止，这一天还是如约而至。涉及签约的我们五个人坐在水秀公司的会议室里忐忑不安。

　　人事部的老冯冠冕堂皇地告诉我们国家经济疲软企业效益不行之类的理由，我们再次听到了这样的话：企业效益好转，公司招人一定首先签约我们。老冯还假惺惺地确定了我们手机、邮箱等联系方式，还一脸诚恳地说以后换了手机号一定要记得告诉一声。

回到宿舍——一间住着六个人，充斥着脚臭、口臭、烟臭和汗酸气的小房间，我开始收拾东西，其他人说扛着，等他们来赶我们。我知道他们的心思，他们还想住，已是下午四点多了，住下来还可去灶上吃晚饭，以一碗拉面和最便宜的小旅馆计算，可以节省三十元左右，这阵离开，就意味着要自己解决今晚的食宿。我坚决不住了，我要留住最后一点尊严与志气，尽管是那么的卑微。我打理了东西，装进咖啡色的拉杆箱走了。

在大门口，我掏出老二冲那个不锈钢雕塑——一团火焰痛快地撒了一泡尿，保安扑上来，我们大干了一架。我都出了水秀大门，两个保安还追着声嘶力竭地吼骂着。在近一年的时间里，我们处得像弟兄一样，他们也来自偏远乡下，对水秀也是怨气冲天，咬牙切齿，现在他们却用这世上最恶毒的语言同样咬牙切齿地咒骂着我。我真正理解了卢梭《论人类不平等的起源和基础》中的名言：在这种世态中，所有的人不得不相互抚爱，又不得不相互伤害。我不怨他们，我能理解他们如此执着地声嘶力竭地追骂，是在骂给老板听，以表现他们的忠诚尽职，力保自己的饭碗，他们和我一样有着朝不保夕的窘迫。

走在城市街头，我已然丧失了对外部世界的正常反应，像行尸走肉走得恍恍惚惚，中山街、解放街、北京路、湖滨路……城市于我成了萧瑟荒原，我就像风中的一粒沙子。

已是落日熔金的黄昏，天空中火烧云千峰竞秀，城市鬼魅沧桑。夜幕还未落下，路灯已经亮起，在尚未敛尽的天光里亮得很有些惨白，就像一个个大病初愈的人脸，我的心境比所有的路灯还要惨白。

在中山公园东门，我靠着公交站牌站了下来，点了根烟，一趟一趟公交过客一样，但它们有方向，有归宿，而我的生活重蹈覆辙，又回到了原点，不知道何去何从。

马路边有几个农民工——这个已经被确立的称谓我只能习惯地用着，墨绿的帆布在两棵树间搭出一个工棚，一根竹竿挑着一个灯泡，他们将道牙石拼为桌凳，上面摆着泡沫饭盒、白酒、啤酒、烟、扑克牌。他们已经完成了一天的活计，围桌而坐，惬意地喝着啤酒看穿超短裙的美女，讲着黄段子，快乐地谈论性与生活。尽管汽车扬起的尘沙一阵阵袭扰，但这丝毫无碍他们活色生香的快活。他们将喝到醉意蒙眬，然后进工棚呼呼大睡。

有活，就有生活，他们目标明确，把力气换成钞票，这是一个多么容易实现的目标。在城市横冲直撞地扩张像一个失控怪兽的今天，没有比把力气换成钞票更容易就业的了，他们只要盯着雨后春笋般的脚手架走，就能找到活。他们没有因读书而有那么多想法的困扰。

火烧云在疯狂地燃烧后，化成了一堆堆灰烬，城市暗淡下来，灯光忙乱起来，各种图案开合、翻卷、绽放、爆炸、燃烧、灿烂、凋零、暗淡。

我站在树下看着他们发呆，好想和他们一起海吃狂饮。他们是快活的，尽管那快活是卑微的，但同时又是惬意的。我想如果我没读那么多书，也定会和他们一样卑微而惬意地快活。我的存在让他们有了异物感，他们投向我的目光充满了警惕和敌视，在他们眼睛里我已像个城里人了。他们最明白自己的处境，他们的目标非常明确，就是挣钱，除此之外，他们不想招惹任何人，城市教给他们对付城市的手段就是远离，逃避。我不好意思继续站在这里打扰他们，转身向着远处走去。

愤怒与悲伤都会消耗精力，还不到吃饭时间，我已饥肠辘辘。"十里香拉面馆"的霓虹灯是一朵莲花，已经开开合合地闪烁起来，我走进去要了碗拉面，喝了三碗面汤。从拉面馆出来，我决定去锦绣，不过不是现在，而是零点之后。站在大街上扫视四周，不远处"首尚大酒店"的霓虹灯像个煽情的女郎，妖冶而暧昧。我拉着行李箱走过去。我身上没有土尘泥巴，裤腿没有挽起来，衣服也不再皱巴巴；我的脸膛已褪去了黝黑褐红，指甲缝里也没泥垢，他们会把我看成是尊贵的客人，不会像对待农民工一样把我赶出大厅，我可以理直气壮地坐在星级酒店金碧辉煌的凉爽大厅，免费享用妙龄女郎送上的泡着柠檬的水，聆听美女弹奏的钢琴。看，才入大门，立刻有门迎迎出来，拉了我的行李箱。进入大厅，他问我入住还是用餐，我说等人。他便把我带到豪奢的皮沙发前说请坐，我屁股才落座，立刻有妙龄女郎送上了柠檬凉白开。这个世界就是这么势利，永远以貌取人。我掏出书来看。还哪里看得进去呢？我打开笔记本电脑，敲出了这样一句话：风是沙的路。这句话让我感慨万端，悲愤交集，一口气写了四千多字，直到电脑电量不足报警，一看已经午夜十二点，我往锦绣走去。

锦绣是一个城中村，有一家受"速8酒店"启示的"速9酒店"，是村部的办公楼改造的。进了"速9酒店"，抬眼看看墙壁上几块表，北京时间正是零点三十六分。一间房四张床，一张床位二十元一晚，零点以后入住，十元也能住，因为它面对的客源主要是农民工。我身上有点积蓄，可别笑我抠，从小爷爷奶奶就跟我说过积谷防饥的道理。还好房间四张床，只住着一个人，已经呼噜连天了。

我插上电源，继续写《风是沙的路》，一直写到了凌晨三点。六点半我准时醒了，这是我每天必须醒来的时间，当我揉着眼睛迷迷糊糊跳下床，看到行李箱、打开的电脑，才从蒙眬中清醒，我无班可上了，更不需要打卡了，于是，又上了床颓然倒下。

一觉睡到自然醒，醒来已是十一点钟。出了酒店，走在锦绣的街巷，恍如隔世。时光往前推八年，我踏进这座城市的时候，城市还被农村包围着，到处是麦稻像案板一样平整的农田和鱼跃鸟翔的池塘，青蛙在路上蹦跳，蝉在树上鼓噪，孩子也都是土孩子，大的在渠里摸鱼，小的在路上扑蛙。村里全是平房，连二层楼房都很稀罕，树木掩映，鸡鸣狗吠，牛歌羊唱。每逢周末，我们到村庄周围的渠塘沟坝里钓鱼，有时干脆下去摸鱼，然后架火烧烤，就撒一把盐，一点花椒面。豆熟麦黄，也会偷几把架在火上烤，真是美味。家家院墙边都是树枝垛，随便抽上几根，除了狗扑着叫上几声，没人理会。到了冬日，就是一个冰封世界，滑冰，砸冰窟窿钓鱼。大海子冬渔的场面更是壮观，一网七八千上万斤，我们积极参与其中。仅仅八年光景，城市扩张的铁齿钢牙蚕食鲸吞，吞进大片农田鱼塘，吐出幢幢高楼大厦，许多村庄只剩下个村名，像锦绣、尚书等残余的村庄被城市包围起来，成了一座座孤岛，在城市扩张的四面楚歌中收紧身子，瑟瑟发抖。

现在的锦绣一律是外三里五的楼房——从外面看是三层，里面却是五层——政府规定只准建三层，锦绣人就发明了外三里五，一窗照两层。楼房各以宅基地为基础而建，因地就势，互取凹凸，毫无章程，又不是一次建成——锦绣一直处在朝不保夕的状态，拆迁的消息每隔几年就会传扬一次，墙壁上带圈的大红"拆"字就会重叠一次。每次似乎都是势在必行，最终雷声大雨点小没了下文。然而每次拆迁改造的消息，就像是为锦绣的建设注射了催情剂，锦绣必会掀起建设的高潮。在报社实习期间，我写过不少关于城中村的稿件，锦绣是我的根据地。我专门采访过城中村私搭乱建的情况，锦绣曾一夜间起过一百二十八间房屋，创造了远超城市建设速度的锦绣速度。有一栋一千平方米的五层小楼，只用了三个夜晚。政府当然是打击的，但挡了白天，挡不了晚上。因为建房目的就是为了在拆迁改造中赢得最大补偿面积，阁楼、角屋、夹屋、拐房、斜房、半房，见缝插针，旁逸斜出，横卧竖躺，摩肩接踵，钩心斗角，正所谓你中有我，我中有你，完全是建筑版的无间道，"握手楼""亲吻楼""暧昧楼""性交楼"，说法都很形象，许多房屋看上去十分怪异、滑稽，不可想象，像童话中的建筑。空中恣意穿梭着热带雨林中藤条般的电线，到了夜晚或阴雨天，会看到蔚蓝色璀璨的火花。在锦绣的楼顶像电影《13街区》那样玩跑酷，绝对不会因为你跑跳不力而坠楼身亡，日报社的张类曾上到四十八层的帝王大厦拍摄了锦绣全貌，贴到网上，立刻有人跟帖说这是中国版的《13街区》。因为随时准备着为拆迁而扩建，锦绣到处随意堆放着沙子、水泥、砖头、木板、预制板。

　　建房的目的在于在拆迁时获得补偿，但锦绣人一颗红心两手准备，建起来不拆迁了就出租，钱是不会白花的。因此房屋的内部结构更是匠心独运，在现有空间里分割出更多的房间，摆进去更多的床，住进去更多的人。为拆迁而建造的房屋是谈不上质量保证的，但锦绣的房子不愁租不出去。农民工像潮水一拨一拨涌进城里，像锦绣这样生活成本低的城中村，成了他们进城讨生活最理想的栖身地。而对于锦绣的租客来说，便宜永远比质量重要得多，他们说命贱嘛，老天爷都不收。因此，锦绣的房屋出租是很抢手的。在昔日的采访中，片警小李告诉我，锦绣原居民六百多户，房屋两千间左右，如今人口增容了不止二十倍，房屋超过了一万间。小李形象地运用了当时流行的一个段子说拿大头针在地图上扎，扎成都能扎住几个洗脚城，扎北京能扎住几十个部局级，扎上海能扎住十几个CEO，扎咱们锦绣能扎住十几户人家上百口人。这不夸张。高低床你不陌生，但你见过三四层床吗？屋顶拴两根绳子，挂个筐篓，既是摇篮，也是睡床了。小李带我看过一户，十三口人四代同堂在十平方米左右的房里，平时都是爬进爬出，老汉说十多年习惯了。

不过，说到锦绣房屋的质量，在汶川地震以及后来的玉树地震中，省城震感强烈，许多大楼都裂缝了，现在的郊区出现了房倒屋塌，锦绣却没有房倒屋塌的情况。房东们自豪地说别看粗糙，样子怪，根子扎得稳得很。当然，这只是房东的说法，和所有的城中村一样，锦绣的原住民早已搬进现代化小区，他们现在是锦绣的房东，来锦绣就是收房租。不过，锦绣的楼房想倒还真不是件容易的事，你中有我我中有你的里勾外连，无疑增强了抗震的整体能力。

　　锦绣的两条主街道，一条东西走向，叫锦绣大街，东西头分别接文化街、中山街，一条南北走向，奋斗巷，两头分别接解放路、黄河路。都不宽，约有四五米，生出许多枝枝丫丫的小巷，从平面图看，毛细血管一样龙行蛇走。多为宽一米左右的小道，有些地方非侧身而不能过也，但都是通着的，沿着小巷不需翻墙越屋都能回到家中。"都是打出来的，"小李说，"出过人命，地皮值钱了，早醒的人就开始侵占了，后醒的人只能诉诸武力，寸土必争，为了一砖宽点的地方，一个人就死在了一块砖下。锤头硬的人墙凸出来，锤头软的人凹进去。经过几年的打拼，现在基本定型了。"

　　锦绣的生活是极其方便的，两条主街道排满了米面店、粮油店、蔬菜摊、小吃店、小卖店、土特产店、药店、理发店、旧货店、维修店、电话超市、美容美发厅、按摩店、休闲屋、彩票屋、KTV、录像厅、茶肆、小酒店、饭馆、作坊、店铺、摊点、诊所、网吧、澡堂……一元店、两元店、五元店、十元店、流动兜售三轮车，在锦绣你能买到最便宜的货物，最需要的东西，最便宜的服务。各种小广告更是铺天盖地，电工、木工、装修工、建筑工、水暖工、搬运工、送煤气、修水管、送水、通下水、开锁、治性病、包小姐、刻章、办证、开发票、藏獒配种，还有兜售枪支、迷药、窃听器、追踪器、天王牌技、高档性用品……锦绣的墙壁、厕所、树干、公交站台、门板、台阶、路面，贴得到处都是。有小纸片贴上去的，有方章盖上去的，有喷印书写上去的，尽管杂沓零乱，但配套齐全，遇到了什么难题，小广告都能帮你解决，有需要，打招呼，皆可上门服务，便捷实惠。而锦绣就是一个小广告制作、散发、张贴基地，住着一批小广告人，你有什么样的广告都能发出去。我曾看到一个名片大小的广告——"春兰，我爱你"（后来这广告又改变成为"春兰，你去死吧"），一直从锦绣贴出，贴到了大街上。还有把小广告从门里塞进去的，有人家塞进去了"包小姐"的"名片"，让儿子捡上了，问爹"包小姐"是谁，爹说是个阿姨。儿子说她找你的？爹就不说话了，娘出来骂大街。

锦绣是吃货的天堂，天南海北的小吃点、店铺星罗棋布，岐山臊子面、陕西肉夹馍、陕北粉坨、汉中酿皮、新疆大盘鸡、四川麻辣烫、延安羊腥汤、同心羊羔肉、天津狗不理包子、盐池炖羊肉、重庆123火锅、过桥米线、江南小笼包、阿瓦山寨石锅鱼、山西刀削面、山东大葱卷饼、东北乱炖……而且正宗，都是原乡人在做。"锦绣有全中国人。"片警小李的说法一点都不夸张。河南、江苏、安徽、浙江、四川、河北、陕西、甘肃、广西、贵州……锦绣的两条街巷是很忙的，人们操着南腔北调，熙熙攘攘往来，狭窄街巷兵荒马乱就像一锅粥，即使是警车陷入其中，不管警笛多么嘹亮，警察吼叫多么粗野，卡住了走不动神仙也没办法。到了傍晚，被千奇百怪的灯光一烘托，也一派繁华都市气象了。洗头房、洗脚屋的落地玻璃窗像商场大橱窗，暧昧的灯光透出的女子，胸袒腿裸，风姿妖娆，倚窗门而笑，路人经过，她们热情相邀："大哥，进来松松骨吧，不贵的，不到别处的三分之一。"

生活成本越低，生活就越方便，生活越方便，生活成本就越低。生活中充满了辩证法。当然，锦绣不是天堂。政府一直抱有拆迁改造的宏伟理想，所有的市政设施都以此为借口，止步于锦绣之外，就像集成线路一剪刀齐齐剪断了。因此生活在锦绣，你得适应许多东西。

比如公交。只有一路公交穿过锦绣，每趟车开进来，人就像非洲难民一样涌过去，而车内每块玻璃都贴着许多张脸，像一张张大烙饼，你感觉公交车都要挤爆了，但只要努力挤总还是能上人的。一趟车在锦绣站上人常常要超过十几分钟，司机趴在方向盘上抽两根烟，因此，你若要赶公交，一定要提前两三趟打算，不定一趟车能挤上去。要说有几趟公交完全可以从锦绣穿个过，可它们只在东南西北四个口经过，就是不进锦绣来。

比如尘灰。四周建设工地激扬起的尘灰笼罩在锦绣的上空，尘灰不是雾霾，它是有分量的，失去了动力就会落下来，落向最低处。在城市疯长中锦绣就像一个大锅的锅底，正好承接那些飞扬的尘土，因此锦绣总像是扬沙天气，总是蓬头垢面的。你站在外面一会儿，身上就会落一层尘灰，人就会变成白头翁。汽车停一晚，车身落满尘土能画画写字，有些家伙直接把小广告就写在上面。

比如光线。四周的高楼大厦像一个个居高临下的围观者，厚重的影子倾泻下来，覆盖了锦绣。别处的夜是从大地上升起的，而锦绣的夜则是从高空罩下的，太阳一斜过帝国大厦顶端，整个锦绣就享受不到一点阳光。因此锦绣的夜晚比这座城市任何一个地方来得要早，要深。多数房屋即使白天也得开着灯。阳光成了奢侈品，能见到阳光的房间租金要高许多。

比如声音。锦绣是一个被各种声音主宰着的世界，四周是正在疯狂生长的城市森林，而为了更充分地利用空间，锦绣人对房屋内部的改扩建工程随时进行着。搅拌机、挖掘机、打桩机、推土机、重型卡车、铲车、塔吊、电锯、电钻、电刨子、角磨机、砂轮机、振捣棒、震颤机、升降机、涨拉机、挤压机、切割机、钢筋调直机、围墙立柱机……各种机器作业时发出的噪声，像尘埃悬浮在锦绣上空。锦绣大街上载有高音喇叭的文明生活倡导车、各种促销宣传车、垃圾清理广告车、店铺门口的音响、小商贩收破烂的喇叭、三轮车兜售收购扯长脖子吆喝。还有喊人。手机虽已普及，但锦绣人还是习惯伸长脖子叫，赵长，钱短，孙宽，李窄……声粗气壮。我第一次租住进锦绣，一小伙高喊：桂红，桂红。房间内传出吼声：滚你娘的，小心老子砸折你狗日的腿棒子。小伙继续喊：桂红，桂红。房间内又吼：滚你娘的，小心老子砸折你狗日的腿棒子。小伙依旧高喊：桂红，桂红。之后就听到踢踢踏踏的奔逃声。声音混合成雾霾状，却不会因为一场风而消散，像空气一样永恒。

比如味道。锦绣是有味道的。街巷两边的店铺、住户每天都产生大量的垃圾，骨头、鱼刺、瓜皮、菜叶、烂水果、鸡毛、烟头、卫生纸以及烂鞋袜、衣裤、煤渣、油漆、颜料、砖瓦陶瓷、渣土……锦绣的垃圾箱永远是小的，少的，垃圾埋没了垃圾箱堆在街道边，垃圾经污水浸泡，骄阳暴晒，发酵成一种混合而恒久的气味。街道两边的地面因长期摆放各种小吃烧烤摊点，黏得踩上去像吸盘，散发着熏人的气味。

当然，还有厕所的味道。锦绣有两个公厕，东头一个，西头一个，在锦绣大街两头，就像两个门神。厕所是老式厕所，虽然有水冲，但水管锈蚀，出水极小，便坑里屎堆如山，而有些人直接摆两块砖做一个便坑，就地解决，于是更加粪便横地。尿池是砖砌的，水泥剥落，砖块四散，尿液四溢，冬天冻成金黄的冰鼓。不要说是酷夏，就是寒冬腊月，厕所的味道也依然浓烈。而返潮天，连阴天，暴晒天，都是对各种味道的大烹调。厕所不是直接通到下水，有一个化粪池。那辆盘着大皮管子的抽粪车，总是在锦绣一天中最忙乱的正午，耀武扬威地开进来，呼噜呼噜地抽着粪便。老旧的抽粪车，油漆掉得斑斑驳驳，给人的感觉就像是糊了一身的屎。车本就破烂，加之街巷凹凸不平，一路颠簸屎尿滴洒穿过拥挤的街巷，招致一片骂声。厕所的味道永久地笼罩着锦绣。

尤其要适应的是上厕所。我曾三番五次租住于锦绣，虽然时间都不长，但对上厕所的痛苦有着切肤之感。锦绣的房子无论是房东还是租客都在充分地利用空间，房间带厕所的极少，都上公厕。锦绣东头的公厕十二个蹲坑，这说的是男厕所，女厕就更小了。由于靠着批发市场，上厕所的队伍天天排到大路上，都影响到了交通。在锦绣上厕所是要早做准备的，孩子替大人排队候厕是常有的事。上厕所本是一件私密的事，尤其是对于女士，排队上厕所本就够不堪的了，还要因为插队而骂架，还要接受男人的"检阅"——女厕与男厕对面，男的出来边走边提着裤子，与女士们擦肩而过，不规矩的还做出猥亵下流的动作。然而，屎尿来袭，谁还顾得了这些，找个地方轻松痛快才是硬道理（后来当我看到有厕所标为"轻松一处"，大叹精妙）。一些上年纪的女人会上男厕——我怀疑她们的着装与男人一样就是为了上厕所——她们蹲下去，一张报纸往前一挡就成了帘子。有一次一个小伙子认出报纸后面是蒋奶奶，惊得大叫。蒋奶奶说这娃，你喊啥，你才多大点年纪，我做你奶奶也够岁数了，有啥大惊小怪的？这也就不难理解，锦绣的树木花丛间、墙角旮旯、房屋后面……这么说吧，但凡能遮掩一二的地方，虽然写着"此地大小便猪狗不如"，但依然是臊气刺鼻，粪便堆集。流淌了一千多年的御史渠随着周边农田水塘的消失而被填埋，如今就剩下了锦绣一段，也成了垃圾渠、污水渠，成了人们的方便之处。沿渠而行，会看到白花花的大屁股，有男有女。到了夜晚，人们更是以渠为厕，被称之为"遇屎渠"。

鉴于此，我一定要租一间带厕所的房间。

当然还有一个原因，我正在谈恋爱。你别笑我，野百合也有春天。她叫乔楚，是我同学。我们相处始于一同在晚报社实习。要知道这几年唯一安慰我的就是这疑似爱情的爱情了。大学毕业有一个魔咒："一起失业，一起失恋。"同学间的爱情绝大多数都随毕业烟消云散了，我们却幸运地躲过了"二失"这个魔咒，共同走过了五年时光，真是够幸运的了。

之所以说疑似爱情，一是因为乔楚面容姣好，只是身材害了她，骨架大，结构不匀称，可以称得上丰乳肥臀，个头又不高，我不确定倘若她有一个魔鬼身材，眼里还会不会有我；二是因为乔楚经常忽然消失，又忽然出现。回来了从不说她干什么去了，也不问我干了些什么，而我也从不问她干什么去了，也从不说我干了些什么；三是我们就像一起生活多年的老夫老妻，互相从未说过"爱你""想你"之类的话，更不要说吵架了。这让我们之间的感情显得模糊、松弛、率性，我不能确定我们之间的感情，是同是天涯沦落人的相互怜悯，还是爱情。与乔楚在一起，我常常会恍惚，她到底是爱我呢，还是只喜欢和我做爱。

乔楚有个习惯，在厕所里能毫无声息一待一两个小时，后来我发现这是女人的通病。

租房不像住店，住店啥时都有房子，啥样的房子都有，租房就不一定了，何况有这样的"高标准"，而锦绣带厕所的房间又那样稀缺。三天后，我找到了一间带厕所的房间，不是正房，是一个拐屋，光线很暗，都上午十一点了，进屋还要开灯，这就意味着在这间房里就要与阳光无缘了。窗户倒不小，却与另一栋楼的窗子几乎吻着，如果下面不是一条小巷，肯定就吻到一起了。屋里氤氲着老旧的霉味，除了床和书桌，别无他物，床和书桌上面还残存着黄漆标记的"办"字及编号，想必是某单位的。厕所不足两平方米大，但也是个隐秘的空间啊，足够乔楚在里面思考了，思考是不占空间的。从厕所出来，我租下了这间房。

房东是一个老头，臃肿的眼袋让眼睛像青蛙眼一样鼓突，几绺头发从两边梳向脑后纹丝不乱，这是长期从事行政工作的老干部的显著特征。他捧着一个紫砂壶，就像一个胃寒的人捧着一个电热宝，不时嘬一口，嘬得有滋有味的。

我想按房间平方米来算，不足两平方米的厕所也就多个二三十块，但老头说六十块。我笑着说："你这是黄金厕所，满打满算也就一平方米吧？"老头说："你在锦绣住过，应该明白账不是那么算的，吃喝拉撒，你不能光吃喝不拉撒啊，一天上厕所的次数比吃饭的次数多吧，上一趟小便两毛，大便五毛，一个月得多少，上厕所你排队要耗多少时间，耽误的事造成的损失还都不算呢。"老头的账算得没错，根据统计人每天上厕所八次至十次，六十块他没多算。我说："账也不能这么算，我每天出去工作，一天在锦绣未必会上一趟厕所。"老头说："那你为啥不租不带厕所的呢？"真是老奸巨猾，我无言以对了。

乔楚来了，一进门就先上了趟厕所，我说："怎么样？"她说："什么怎么样？"

我花了三天找到的房子，她竟然如此的轻描淡写，让我好不沮丧。乔楚说："我进来他们看我的眼神都是那样子，好下流，还叽叽咕咕的。"我笑着说："他们以为我招嫖哩。"乔楚咬咬嘴唇，最后在我脸上轻轻扇了一下。"抒个情吧。"我说。和乔楚做爱我喻其为抒情。乔楚就笑，她的笑声不是银铃般的，而是"给给给"的。"给给给"的笑声带着一种窃喜，而且性感惬意。

　　乔楚不愿意整日待在黑屋子中，她说："一进这屋子，就觉得这个世界没有白天似的。"我说："我陪你去楼顶看白天吧。"我们上了楼顶，乔楚就踩了一脚屎。原来楼顶也是厕所。

# 第三章

　　贾兆春和银娥对城市的想象来自到张庄插队的知识青年、驻队的干部和下放的劳动改造者以及书本、墙壁上贴着的图画、电影。踏进省城，才发现省城与他们想象的有着很大差距，没有多少高楼大厦，大片大片的是蓝砖灰瓦土坯黄泥的平房，蒙着灰尘，旧兮兮脏乎乎的，屋顶上冒着烟，一些屋里还垒有土炕，跟村子里一样的土。"一条马路三座楼，一个警察看两头，一个公园四只猴，一辆汽车赛老牛，一家饭馆净卖粥。"几年后，他们听说这个顺口溜，笑了。街道两边的树也多是杨树、柳树、榆树和槐树，还有法国梧桐，却像患了牛皮癣的人。只有夜晚降临，在灯光的烘托下，省城才显得华彩熠熠，珠光宝气，漂亮多了，他们从未见过这么美妙的夜晚。

　　北门有一个城楼，廊檐彩绘，红墙碧瓦，正中间挂着毛主席像，两边写着"毛主席万岁""中华人民共和国万岁"，前面还有观礼台，栏杆，小拱桥，广场。银娥说："天安门。"贾兆春扑哧一笑说："你当到了北京了？"银娥说："我是说像天安门。"贾兆春说："你见过天安门？"银娥拧他一把说："你个犟驴，寻着跟人抬杠，你没在画上见过天安门？"

　　前面是解放广场，有许多照相的，拉拽他们去照相。银娥要照，贾兆春说："照啥相，知道我们是啥身份？这么多人，快走，以后有的是时间照相。"银娥不理贾兆春，去照相，人家让她填写信封寄照片，贾兆春扯了银娥就走，银娥说："你干啥？"贾兆春说："你想让他们知道我们在省城，让你爹多带着民兵把我们押回去？"银娥还是照了，她对照相的说："明天我们来取。"她看看贾兆春说："你不照？"贾兆春说："不照。"照相的说："照一张，小两口再合一张。"贾兆春背了铺盖卷走了。

中山公园、解放广场、百货大楼都逛了不止一遍，新华街、中山街、解放路、黄河路几条大街来回走过几趟，省城也就没有了新鲜的去处。银娥就盯上了电影院、莲湖，因为电影院一天有一部新电影，去莲湖可以划船，坐船的感觉是那么美妙。但这都是要钱的，而且不便宜。银娥花钱一点都不心疼，没看过的就要看，吃饭更是不亏口，贾兆春几次张嘴想说你这么下去就是有座金山也不够踢腾，最终还是忍住了。他知道银娥还陷在事里，还恍惚着，这些钱全是为胡红旗攒下的，她是通过花钱在发泄。银娥确实还陷在事里，从退亲到现在一直处在恍惚中，她觉得自己的肉身已经死了，只剩下灵魂了，像个游魂野鬼。钱是她攒下的，要是不退亲，全让狗日的胡红旗花了，花起来她一点都不心疼，反而有解恨的快感。

贾兆春却清醒得很，他不能坐吃山空，急需找个活干，他们没有回头路可走。他留心记着街、巷、路、单位、店铺的名字，除了不时有人问路，遇到有些不怀好意的人查问他们，重要的是找活时人家问起来，他能说出街、巷、路的名字，人家会给他们多一份信任。贾兆春一路打问寻活，几天过去了，没有人有活给他们。

一晃一个礼拜过去了，干粮、炒面渐渐见底，眼看着山穷水尽，贾兆春想银娥身上装的钱也快花光了，就着急了。这天，银娥又要去电影院，贾兆春说票贵得要命，反正要在城里待下去，以后看电影机会多的是。银娥执拗着要去，贾兆春横在前面，银娥向东，他就向东，银娥向西，他就向西。银娥靠墙站下，闭着眼睛。贾兆春有些不忍，遭遇了退亲的羞辱，放到谁身上也一时半会儿缓不过来。推着小车卖冰棍酸奶的老奶奶走过来说小两口吵架了？吃根冰棍降降火。贾兆春就给银娥买了酸奶，自己买了根冰棍。

那时候天气真好，连绵起伏的春山上，长城、烽火台、古城遗址、帝王陵清晰可见，虽是九月天气，山顶还有几处积雪，晶莹如玉。贾兆春说："春山原不老，为雪白头；黄河本无忧，因风皱面。"银娥看了贾兆春一眼，说："再说一遍。"贾兆春又说了一遍，说："咱们爬春山去。"银娥说："在山里窨了多少年，山还没爬够？"贾兆春说："春山可是一座名山哩，从古到今多少帝王将相文人墨客都爬过。"

春山就在城边上。正是一年中色彩最为丰富的时节，秋花还比春花艳，连草木的茎秆经过霜煞也有了花朵般鲜艳的颜色，在风中涌动成色彩的海洋。鸟儿在天空穿梭交织。山上行人稀少，冲他们抛来异样的眼神。贾兆春明白他们是看他背的硕大的行李。黄河绕春山流过，波光如镜。坐在岩石上，看着银娥痴痴的模样，贾兆春想开导开导她，却又不知从哪里说起。

从春山上下来，他们沿着黄河走。河边有打鱼的人，开着粗鲁的玩笑。在一片滩渚上，银娥站在水边，浪打过来，打湿了她的鞋和裤腿。

"咱们跳河吧。"银娥说。

贾兆春跳起来说："就为那个驴日的？啊呸，打到人眼里都不磨的东西，还把你痴心的，你恶心死我了。"

银娥看着贾兆春，不说话。

"你跳去吧，淹死的都是他妈的窝囊废。"贾兆春沿着渠走了。

银娥站了许久，跟了上来。

走了许久，从低洼的河谷走出来，贾兆春皱着鼻子嗅嗅说："你闻到猪圈的味道了吗？"银娥不说话，贾兆春说："这附近肯定有大猪圈。"又走出一截，贾兆春登上水渠闸门，看到一个大牌子，写着"幸福猪场"，墙上有毛主席语录："养猪业必须有一个大发展。"红漆写的，十分醒目。

来到猪场，猪圈由铁栅栏围着，几百头猪在里面哼哼唧唧。围墙根坐着几个人，贾兆春走过去问："你们要宰猪的吗？"一全脸胡打量打量他问道："你能宰猪？"贾兆春说："能。"贾兆春个头虽高，但很瘦，不像个要命的屠夫，倒像个手无缚鸡之力的书生。全脸胡把刀子递给贾兆春。贾兆春没接刀子，问："宰哪头？"全脸胡指着墙根卧着的一头说："就那头。"贾兆春扫一眼，该是一头超过三百斤的大猪，明白全脸胡是在试探他。

贾兆春故意要显摆自己的能耐，他没从圈门进圈，而是双手一撑，敏捷地越过围栏，把猪群轰起来，追着猪跑，猪们兴奋起来。那头大猪跑起来横冲直撞，虎虎生风，贾兆春瞅准时机，抓住尾巴一提，猪的后半悬空半人高，猪疯狂挣扎，硬是没挣脱。他一手抓住猪的一条腿，将它从猪圈扯出来，胳膊一摆，猪倒在地上。他一只脚踏住猪的后腿，腾出手来从包里抽出自己的宰猪刀，看一眼全脸胡说："宰吗？"全脸胡说："宰！"

有人就提过一个案子，猪在挣扎中头一仰，案子就塞在猪脖下。贾兆春将刀子咬在口中，一闪身膝盖压住猪肩，一手扯起猪的前蹄箍住大张着的猪嘴，小臂压住猪脖子，猪就发不出凄惨的哀号，只发出呜呜的呻唤。贾兆春另一只手攥成拳手捣捣猪的喉咙，从口里取下刀子说："猪血不接？"全脸胡说："不接。"

贾兆春一刀捅进去，猪一声号叫，一股血喷出一丈开外，四蹄狂蹬，少时，浑身抽搐，喉咙里发出咕咕的咽气声。贾兆春一脚将猪踢下案子。近乎瞬间的事，银娥看得心惊肉跳。在家里每年过年出年猪，她从不敢看宰猪。

"好把式。"全脸胡大喝一声。

张庄人说运气顺当，不怕一觉睡到后晌。也是贾兆春的运气到了。猪场的屠夫老赵宰了二十多年猪了，这年忽然身上到处长毛，毛黑而粗硬，极像猪毛，人都说是报应了。老赵便不想宰猪了，找场长老贾摞了几回挑子，要调整工作。老贾很为难，老赵的岗位就是宰猪。猪场有三个屠夫，按定宰量定岗，宰多了不拿钱，谁都不愿意多宰。要说猪场还有几个能宰猪的，可猪场是国营的，大家都有分工，谁都不愿意接这活，毕竟这是害命的活儿。岗位调整不了，老赵再找老贾就提着宰猪刀，在老贾桌子上一下一下地扎，说："老子从解放战争打到抗美援朝，提着机枪杀人，现在又提着刀子宰猪，有没有你这么残忍的领导，让我害一辈子命？！你摁着心口说。"贾场长也发火，说："咋，宰猪把心宰硬了，你还想把我宰了？"话是这么说，想想也怜惜老赵。昨天老赵彻底摞了挑子，人都没到猪场来。每天都按规定要往市场供肉，宰猪量完成不了，市场上供肉就无法足斤足两供应。在前两年这会上升到政治问题的。老贾正为这事头疼。

贾场长拍拍贾兆春的肩膀说："从现在开始你就宰猪吧。"

一人说："这是贾场长。"

贾兆春忙说："场长好。"

真正开始宰猪，贾兆春才知道猪场宰猪要比张庄容易得多。猪场有专门宰猪的铁架子，只要将猪赶进铁架子中，两边铁架子都是用螺杆连接，用摇把摇，铁架子收缩，最终将猪死死夹在里面，然后铁架子一翻，猪就平放在铁案上，屠夫只管操刀。让猪进入铁架子不难，一把玉米撒一路，猪跟着玉米就自己进入铁架子中。贾兆春就明白了，人家是要看看他的功夫，心里说多亏活干得漂亮。

四个小时宰了十八头猪。贾兆春去拾掇猪，老贾说："这不是你的活，专门有人干。"

后来他才知道猪场的活都是单项，煺毛、开膛、倒肚、抽肠、燎猪头猪蹄，都是有明确的分工，宰猪的只负责宰猪。走村串户地宰猪，这些活计可都得由屠户来做，比起宰猪，哪样活都麻烦。

老贾递给贾兆春一根烟点了，问："你叫啥名字？"贾兆春说："贾兆春。""嗬，一家子，五百年前是一家么，明天你就正式开始宰猪，每天单子上下多少头任务就宰多少头。"贾兆春说："谢谢场长。"老贾看了银娥一眼说："没住的地方吧？"贾兆春忙点头说："没、没有。"老贾说："老李，把老秦那间房子打开。"

房子建在渠坝上。门一打开，一股热浪裹挟着霉味扑出来。房子有些年头了，白灰抹过的墙烟熏了多年，至少一铜钱厚的烟渍。太阳已经被春山遮住，房子黑乌乌的。贾场长把墙上的绳子一拖，"吧嗒"一声，屋子有了亮光。贾场长说："把玻璃擦擦，屋子就亮堂了。"因为靠着一条渠，房子很潮，地上、墙上都生了白毛，墙砖上都是一圈圈白白的碱花，墙角挂满蛛网和灰絮，屋里凌乱不堪。贾场长用手扇着说："这个老秦把房子住得跟猪圈一样，老李，给他们领扫帚簸箕水桶，再给个暖壶，明儿把纱窗都换成新的，烂玻璃也给换了，天热得像蒸笼，不开窗还不把人捂死了。"从房子里出来，老贾说："你们小两口住在这里，正好捎带着把猪场照料照料，耳尖点，这两年社会不太平了，有人敢偷猪哩。"贾兆春说："谢谢场长。"老贾拍拍贾兆春的肩头说："谢啥，五百年前是一家嘛，以后叫老贾，他们都叫我老贾，明儿五点就宰猪，别睡过了，这阵赶紧收拾房子吧。"

贾兆春跟着老李去领扫帚簸箕水桶暖壶，有人跟老李打招呼叫李主任，他才知道老李是主任，忙说："谢谢主任关照。"老李笑笑。贾兆春提着扫帚簸箕水桶暖壶进来，银娥正对着灯光"噗噗"地吹，贾兆春"扑哧"一笑说："你要能把那东西吹死，真是了不起哩，那是电灯。"他第一次见电灯，也吹过。

贾兆春激动啊，没人问成分，不追查三代，就给了他一条活路，这么好的一个开端，不但解决了吃喝，住的问题也解决了，感觉就像做梦。这是真的吗？还能有假？他笑了。银娥坐在门前一截树桩上发痴，贾兆春想银娥也像是做梦吧，就说："做梦呀，快打扫呀。"银娥没有动弹。

李主任叫他们吃饭，贾兆春更激动了，他将门关上，银娥才开口："关着往臭里捂？"贾兆春就将门窗全打开。

贾场长、李主任和他们一起吃，酸辣土豆丝、红烧茄子、扒猪肘子、肚丝汤，米饭一盆，花卷一盘，还上了酒。贾场长笑笑说："放开吃。"贾兆春嘿嘿一笑。贾场长说："按宰的猪给你付钱，这么下来你一个月的收入比我高。"贾兆春说："谢谢场长大恩大德。"贾场长说："谢我做啥，你吃的是手艺饭，说穿了挣的是命钱。"又说，"以后叫老贾，叫场长他们会说我官僚作风哩。"

贾兆春敬了贾场长和李主任酒。贾场长说："你们要在灶上吃，得交伙食费，因为你们不是正式职工，交的费要高，这有规定，我想你们还是自己做吧，宰猪的活两三个小时就干完了，整天都没啥事，房子里炉子也有，按说是公家的，只有公家人才可以用，可是铁的嘛，不用反而锈坏了，用了反而不坏，你们就用着。"银娥说："我们自己做。"贾场长说："老李，先给他们借上二十块钱，置办锅灶，买米买面。这两天你们先在灶上吃，下个礼拜开始自己做吧。"李主任从提包里拿出纸和笔，从钱包掏出二十块钱说："借条会打吗？"贾兆春点点头，接过笔就打了欠条。李主任接过来看看说："你书念了个啥程度？"贾兆春说："念过两三年。"又说，"我爷爷是私塾先生。"李主任说："呃，我就说嘛，这字是练过的。"贾场长说："这个礼拜你们先在灶上吃，老李，给他们两口子发这个礼拜的饭菜票。"

李主任把钱和饭菜票递给银娥，银娥迟疑了一下，接了。贾场长说："安心干着，等有机会先招成临时工，然后再转合同工，得一步一步来。"这就是福音啊，贾兆春手都抖得捏不住筷子了。吃过饭，回去的路上，贾兆春激动地说："听到没，不要说合同工，就是临时工，在咱张庄敢想吗？！"银娥不说话。贾兆春跳起来，向天空摸一把，再跳起来，向天空摸一把。

屋里蚊子多得进不去人。贾兆春在渠坝上搂了一抱干柴草进屋点了火，又在草上喷了水，柴草只冒烟不起火焰。待烟雾散尽，贾兆春钻进屋，冲银娥喊："快进屋，你想喂蚊子？"

银娥一进屋，贾兆春就把门关严实，拉亮了电灯。灯泡瓦数很大，屋子里亮如白昼。只有一张单人床，铺着一张苇席，油黑发亮。贾兆春把铺盖卷打开，把褥子铺上，激动地搓着手说："我曾经恨死我姓贾了，没想到还是姓帮了我大忙。"

银娥坐在床上背靠着墙，屈着双腿，胳膊肘挂着双膝，又盯着窗子发痴。窗玻璃因久未擦过，看上去就像木板一样，烂了的几块透出天空和星辰。贾兆春知道银娥不是在看天空，也不是在看星辰，她什么都没看，只是在发痴。那副痴样让他心里颇烦，坐也不是，站也不是，像套在磨道里的驴在地上走了两圈，他说："你在屋里睡，我出去睡，屋里太热了。"

银娥依旧在发痴，贾兆春生气了，提包往外走，银娥才说："你干啥去？"贾兆春说："出去睡觉，明早还要早起宰猪哩。"银娥："把我往这孤房子里一扔？"贾兆春不说话。银娥说："我把你带出来，你这么对我。"贾兆春说："是我把你带出来的。"银娥说："是我把你带出来的。"贾兆春说："你回去。"银娥踢了贾兆春一脚说："你回去。"又都觉得没意思了，于是都哑了口。

银娥又那样痴呆呆地坐着，贾兆春真的生气了，在他看来，银娥发痴完全是心里还有那狗日的。他心里颇烦，拉开包，掏出夹袄扔到床上，又掏出一块油布铺在地上，从墙角提过两块砖头往头下一垫。银娥说："你做啥？"贾兆春说："睡觉。"银娥说："我把你带出来让你给我气受来了？"说完把床往外拉拉，靠墙边留了有一尺宽的缝隙，人掉不下去，这样床就宽了许多。贾兆春说："你睡床，我就睡地上。"银娥踢了他一脚说："嫌弃我？"贾兆春恶恶地说："咱们这号人哪还有资格嫌弃人，怕影响你发痴。"

两人背靠着背睡下了。眼看十天了，风餐露宿的没睡好，现在却都睡不着了，寂静，死一样的寂静。像是为了打破这沉闷，贾兆春嘻嘻一笑说："你可想好，孤男寡女的……"银娥又踢他一脚。

蚊子像电影里的飞机一样绕着他们嗡嗡嗡地飞，贾兆春起来狂躁地打了一阵蚊子，然后从墙壁上撕下几张报纸把那烂玻璃塞了。银娥说："就那一片天，你还把它塞了。"贾兆春恶狠狠地说："不塞喂蚊子？要看出去看去。"

猪场有女工，也有家属，都很热情，银娥已经跟她们很熟络了。她们带她去买回了锅碗瓢盆，米面油盐，日子就这么过上了。

宰猪的活到上午八点就结束了，整整一天无所事事，这让贾兆春心慌意乱。尽管目前有了一份活计，可是这就像水中冒出的水泡，好看，可来一股风或者别人吹口气就破了。不管这活能干多久，不管会是什么结局，生活已经开始，就得好好谋划谋划，把日子过起来，大好时光怎么能这样无所事事地荒废了？他多么想和银娥好好谋划谋划，可银娥不是躺在床上发痴，就是沿那渠走来走去，痴痴地就像丢了魂。看着她不死不活的样子，贾兆春心里灰灰的，又愤愤的。他觉得银娥不单单是陷于退亲的事中，而是陷于后悔中。银娥人长得漂亮，爹是大队民兵营长，就是被胡红旗退婚，她根正苗红，照样挑着拣着嫁人。可自己是个啥人。用人们喊的口号，踩上了一万只脚，永世不得翻身。比起退亲的不幸，她头脑一热赌气跟自己跑了才是真正的不幸，才是万劫不复。这从银娥动不动和自己争谁把谁带出来的就很能说明问题，她心里怎么能没事，怎么能不发痴呢？

贾兆春心里颇烦，觉得无趣极了，他也发痴了，不过他发痴不是坐在那里发呆，而是坐在渠岸的苇丛中吹埙。门前的渠是一条古渠，叫御史渠，渠岸立有一块石碑，说是秦朝蒙恬大将所开。丰茂的芦苇像竹林一样，他坐在苇丛中，对着哗哗的渠水吹埙。埙低沉的音律缓缓流出，就像秋风扫过苇丛发出的呻吟。他吹《洪湖水浪打浪》、《北京的金山上》、《大海航行靠舵手》、《北风吹》等曲子。埙吹出来的声音本来悲怆幽咽，这些曲子吹出来却有些怪怪的。银娥听了会撂过来一句话："你能不能吹吹别的？"贾兆春恨恨地说："吹别的让人把我抓了打（枪毙）了？！"又说："老瞎子就吼了酸曲子，给人家押上批斗台了。"

这天宰猪回来，吃过午饭，贾兆春实在不愿意待在房间里看银娥发痴，就出门沿着渠、街巷漫无目的地走，直到黄昏才回来。在渠南，他碰见一个拉板车的老汉，头戴一顶中山帽，坐在东湖湖畔的那把浅绿色椅子上，笑眯眯地数钱。身边是架板车，上面散落着几根各色的绳子。他手里攥着一沓票子，最大的也不过五元面值，皱巴巴的。他一张一张搓展，整齐，从小到大排好，然后折起来捏了又捏，这才开始一张一张地数。他不时地从嘴里蘸些唾沫出来，一张一张捻着数，生怕一张没数到。他黝黑的脸膛上洋溢着浅浅的笑意，那笑意是会心的，就像一个农民坐在田埂边，掐下了几棵即将成熟或者已经成熟的麦穗，把麦粒一颗一颗捻出来，放在掌心里观察着成色，嗅嗅新麦之香，然后抛进嘴里品尝时才有的表情，一点儿都不张扬。他是快乐的，而他手中的每一分钱也都是快乐的。他偶尔看贾兆春一眼，然后继续数他的钱。数完钱，他卷一根大喇叭筒点了，美美地吸进一口去，然后悠悠地吐出来。吸完烟，他拉起板车，沿着湖边小路哼唱着小曲走了。其后的几天，每天黄昏，贾兆春都碰到这个老汉。

离猪场不远就是废旧物资回收站，贾兆春去了一趟，询问明白，再出门遇到纸箱、塑料袋、铁丝、钢筋……竟然拾得都拿不下了。他用塑料绳捆扎了背回猪场，堆在门前，又出去了，到了晚上背回更大的一捆。一天下来，竟然能背回几捆来。

这天他在一家门口看到一辆架子车，显然是闲置好久了，车胎都没有了，只剩下钢圈，锈得红红的。几个孩子搅着车轮当风车玩。不过车厢、车辕、挡板都很结实。他正要找主人，一个孩子的手被车轮划破，号哭起来，院里走出一个老汉。贾兆春看看老汉，说："老叔，你这架子车卖不？"老汉说："卖，占地方，不卖做啥？"谈好价钱，贾兆春回家问银娥身上有多少钱。银娥说："干啥，回家吗？"贾兆春掉头就走。银娥说："德行,脸吊得秤砣一样,就像人家上辈子欠你娃啥了。"甩给贾兆春二十块说:"够吗?"贾兆春没有回话走了。

贾兆春拉了架子车回来,蹴在地上收拾车子。他去老董那里要了铁丝,借来钳子,用铁丝捆好裂了的木板,又用拣回来的烂布缠车轱辘,一圈一圈地缠。老董又给他拿了一些黄油。银娥说:"你想做啥?"贾兆春不说话。银娥踢了他一脚,说:"你哑巴了。"贾兆春说:"发你的痴去。"

贾兆春拉着车子要出门,银娥说:"拾破烂,你丢不丢人?"贾兆春说:"你当你是谁?"银娥说:"你要拾破烂儿就再别回来。"贾兆春说:"就因为那个半截子?"银娥一把就在他的脸上留下了四道血印,贾兆春捂着脸说:"你干啥?"银娥把头摆过来说:"来打我呀,打我呀。"贾兆春气得呼哧呼哧的,银娥说:"我警告你娃,要再在我跟前提那个驴日的,我用刀捅了你。"贾兆春说:"打到我眼睛里都不磨的人,还把你痴心的。"银娥跺着脚说:"你还说?!"

隔几日,贾兆春宰猪回来,吃过饭,银娥把二十块钱摔在他面前说:"去买上两副轮胎,拉那么个架子车出去不丢人啊?"贾兆春说:"到了这地步,还说啥丢人不丢人。"

买了轮胎回来,贾兆春边装轮胎边说:"你到底有多少钱?"银娥说:"多着哩,给你娶个媳妇都够哩。"贾兆春说:"能拾到的破烂少,也卖不了多少钱,值钱的破烂儿得拿钱收。"

银娥把塑料钱包掏出来扔给贾兆春。贾兆春一看有二十几块钱,嘿嘿一笑说:"你这么糟蹋了一起子,还有这么多块,你给那狗日的攒了不少钱哩。"银娥一脚就踢了过来,贾兆春一把攥住她的脚腕子说:"你属驴的,老给人炮蹄子。"贾兆春掏了钱,把钱包还给银娥,银娥接过就扔进了渠里,贾兆春说:"跟东西有仇啊,这么好的钱包。"

每天晚上对贾兆春来说都是煎熬，两人睡在一张床上，银娥的气息笼罩着他，让他浑身燥热，难以入睡。银娥睡得跟猪一样，一点都不设防，不是腿搭在他身上，就是胳膊搭在他身上。有一回，银娥面对着他睡，月光扑在她脸上，胸脯高挺，一起一伏。他盯着看着，伸手去抚摸时，银娥忽然睁开眼睛，吓得他差点跳起来。

这天贾场长喝酒，把贾兆春也叫了去。贾兆春喝不了多少酒，却也有些贪杯，喝了酒有些飘。酒场散了，贾兆春晕晕乎乎地回到屋里，银娥又在那里发痴，贾兆春虽然晕晕乎乎的，但神志是清楚的。他说："明天我就把你送回去。"银娥说："你把我送回去，我的腿长在你身上？"贾兆春说："那你明天就回吧。"银娥说："我用得着你管？挡你的路了？省城是你家的？"贾兆春说："算了算了，不说了，等你正常了。"银娥说："等我正常了？你才不正常哩。"贾兆春说："你正常得很嘛，整天就像个把魂丢了的呱呱鸡，痴头呆脑的。"银娥踢了他一脚，贾兆春说："我可从没想过要回去，要后悔了你回吧，我的回头路是断的，你根正苗红，回头路通着哩，照样挑着拣着嫁人。"银娥不说话。贾兆春继续说："你这个样子在城里活不下去。"银娥说："活不下去，黄河又没盖盖子。"贾兆春跳起来指头几乎戳到银娥脑门上说："跳黄河？你他妈的叫我咋说你呢……"银娥说："你敢骂我？"贾兆春说："骂你咋了，我还想揍你哩，就你还是个初中生，呸。"银娥说："我把你带出来就是让你给我气受的？"贾兆春说："懒球得跟你争，就你这猪脑子，争有个屁用，跳黄河？为他？胡红旗算个球！你恶心死我了。"银娥抓了菜刀，贾兆春一把攥住她的手腕，夺下刀说："别以为我不敢打你。"银娥跺着脚说："我再警告你一次，你再提那狗日的，我就用刀剐了你。"

# 第四章

尽管我已非常讨厌找工作，可不找工作吸风屙屁？但我绝对不去劳务市场接受"检阅"了，我怕被那些人像老家骡马市场上挑牲口一样挑来挑去。我打小广告，打上家教、文秘、作文辅导、办公室文员等等，什么英语六级、重点大学、发表作品（包括新闻稿件）等等，就像万金油。锦绣的小广告制作中心从印制到张贴一条龙服务，它们能把小广告张贴到严禁张贴小广告的地方，要知道严禁张贴小广告的地方都是人员流动密集的地方，宣传效果当然理想。小广告比劳务市场更有市场。张贴出去的第二天，就接到十几个电话。第四天，我接了一个活，竟然是我们系的李教授，证实是我之后，约我见面。

李教授是教古典文学的，进入新世纪忽然间就成了风水大师，成了房地产公司、富商巨贾、政界要员的座上宾，我还上学的时候他就已有了自己的小车，到处摇唇鼓舌，教书倒成了副业。据说李教授把自己的别墅设计得像个《周易》展演馆。他上课从不按部就班地讲述，而是天马行空胡诌八扯，把什么都能跟风水学套上，在我看来纯粹是望文生义，穿凿附会，却很有市场。他的课堂是开放式的，其他系的学生、社会各界的精英都来听。我曾经在课堂上讲了老家的一些禁忌，目的是指证他信口雌黄中的一些常识性错误，下课后他把我叫到了办公室，我以为他要为难我，但他很大度，是与我交流民俗禁忌与《周易》八卦的传承关系，没想到他倒记住我了。

教授让我帮他编辑一本关于风水的书。我说这、这我怕不行吧。他浅笑着给了我几页自己做好的范文说填空总会吧，照着做就行了。我粗略一翻乐了，照这样做真的很简单。比如：坟地不种榆树，因为榆与愚谐音，不利后辈儿孙。房间的材质不能用柳木、槐木，因为柳容易变成妖怪，而槐字中有个鬼。诸如此类，不一而足。李教授说："把你们老家的、全国各地甚至世界各地的、道听途说的、查阅资料得来的迷信、习俗、鬼故事都往里套。"又说，"知道《读者》是怎么诞生的吗？剪贴，现在可比《读者》创刊时容易多了，网络多么便捷啊。"

没有师生情谊的虚与委蛇的过渡，李教授开门见山："电脑显示字数二十万，六千块，一个月内交稿。""能不能多给点？"我说。"一个月挣六千块，还嫌少？"教授说。"二十万字，就按现在最低稿费标准……"我说。"说穿了就是搜集整理，不是创作，不会再涨的，你考虑。"教授很果断。

一个月挣六千，对我来说是不少了，这相当于我被试用一年的工资，但我也知道这本书将给他带来多大的利润，心里还是有些不平，可是不干哪里找工作呢？我心里已经接受了，嘴上硬撑着说："一万，我把活做细一点。"教授想想，竟然同意了。

教授拿出一个协议。我说："还签协议？"教授嘿嘿一笑说："你不防我我得防你呀，市场经济嘛。"我看有一条署名与我无关，这我倒不想争。我咬咬嘴唇说："好，能不能先付点？我……"教授说："防我？现学现用啊。""几个月没找到工作了。"我说。教授掏出鳄鱼皮钱夹子数了三千。我想我得把活干漂亮些，就说："时间上能不能宽一点，二十万字一个月……"教授摆摆手说："不是让你写，是让你搜集整理，我是要抢市场的，你这样的速度还想发财？知道有人一夜编成了一本书吗？"

教授给我开了一个书单，并给了我学校图书馆借阅证，拍拍我的肩膀说："事不可与外人道也。"大约为了顾全面子，又说，"我实在太忙了……"我说："这我理解。"我心想这有啥呢，现在有多少专家学者教授导师不是让学生在搞？

网络啊，真是太好了，一个晚上我就扒拉了三十多万字，下面就是做一个结构，写好过渡词、过渡段，动用废话、想象、胡思乱想，烤羊肉串一样把肉块穿起来。一夜成书的事，我也干得了。

"妈的，读书还是有用的啊。"我躺在床上这样说。

交了稿，我等着教授提出修改意见，因为内容几乎全是从网上抄的。他翻着看了看，说我做得不用心，却没有提出修改意见，说也只能这样了，不赶时间的话，过不了关。但从表情上看他是满意的。他当然不会当着我的面表扬我，教授嘛，怎么会这样容易肯定一个学生呢？不刁难就是万幸了。这是常识。

他拍拍我的肩膀教导说："你该往这边发展发展，我给你说现在最迷信的不是乡野山村，而是达官贵人，有权势的，你看那些名寺大庙，大供养人都是大领导，大老板，你看这城市建设，决策者背后都向风水大师请教，风水文化将一统天下。"不到半月，那书就摆在新华书店显著的位置上了，而且召开了首发式，他当然没有叫我。

还得继续找工作呀，总不能坐吃山空，何况本就是一座空山。我重新贴了小广告，守株待兔。

一天，我在街巷里遇到了两个背包客，一对蓝眼睛高鼻梁的老外，站在锦绣的街巷，东张西望地拍摄着。我对老外有切肤的仇恨，考研五次三番被阻门外，全是因为他娘的鸟语。我恨恨地想，妈的，让老外来考考汉语。老外向我走过来，用生硬的汉语说你好，我则用英语：How do you do，hi。老外就热切地用英语跟我交谈起来——说汉语一定让他们比我说英语还痛苦。他们非常友好，不像英语那样惹人讨厌。他们对城中村的建筑和生活充满了好奇，他们用了"奇幻"来形容一些房屋的建设。我们足足交谈了有两个小时，合了影，互留通信地址，他们还送给我一个小礼物——一个颇有特点的笔记本。

"那鸟语说的，你全听得懂？"老顾说。

"屁话，听不懂能说两三个小时？"老陈说。

我笑笑，对于任何一种语言，只要有足够的单词量，对话是不难的，意思能听个大概就行了，不像考试答辩写文章他妈的要讲究语法。

房东抱着个紫砂壶一直在一边嘬着，他对我招手，我走过去，他盯着我看了半晌说："你带不带家教？"我说："带呀，你没看小广告？""我从不相信小广告，"他说，"你跟我来。"我就跟着进了他的屋子，他开始搞工夫茶，说："新茶，刚从福建寄来的铁观音。"他一杯一杯地倒，我一杯一杯地喝。他说如果我保证他孙子一年内英语能说得像我跟老外能对话，考试成绩达到中等偏上，免我一年租金。对我来说这当然是福音。

对话应该问题不大，但应试我不敢保证，那需要学校的八股教法，按教学大纲板着一张阎王脸。问题在于一个孩子补什么课就意味着什么课很差。"我教他倒没多大问题，只是这应试还是要正规课堂，而单词量很重要，主要靠死记硬背，跟识汉字一样。"我断定这孩子肯定没记下几个单词。

老头摆摆手说："应试我懂，我的意思主要是会说，不至于见了老外就像个傻瓜。"

我明白了，这小兔崽子要去国外，只要不牵扯考试，我心里有底。

老头拿出一沓钱说："这是半年的房租，现在退给你，剩那半年的算押金，如果达不到要求，一切可都照旧。"他又给了我一筒茶叶说："明天就开始，不一定一年为期，早达标也免一年房租。"

孩子叫李唐。这家伙真叫一个淘气，简直像个土匪转世，对学习是一点兴趣都没有，不过很聪明。学习是个兴趣活，一定要提起他的兴趣。我教他趣味调皮英语，用英语嘲笑讽刺人，和他用英语对骂，我说你不用把我看成老师，就看成一个混混，一个老外。我从网上下载能提升对话的幽默、动作、惊悚、悬疑的英语大片让他看。他的兴趣提起来了。从李唐嘴里我得知他父母、叔叔、姑姑都移民美国了，他爷以前是个厅级干部。我明白了，这李唐是要叛国，心里不免沮丧愤慨。

春节刚过，李唐就出国了。房东没有食言，免了一年的房租，还奖励我一千元钱。我开玩笑说："你也学学，不然以后出去咋办？"老头笑笑说："要再小上十岁，我还真学哩。"我想按几年后的说法，他应该是个裸官吧。后来我知道圈地运动还没开始，老头就买下了两户农民的房院，盖起了这栋小楼，以前说早知三天事，富贵一千年，现在你不能不感叹世上是有这样的人，他们是政府政策的知情人。

一天，房东叫我，说他也要出国，想把房子出租交我经营。这栋小楼位置极好，贴着锦绣大街。房间被隔成了十来平方米的小房间，除了一间三十平方米左右的房间自用，其余全部用于出租。房东给我算了一笔细账，然后说："这比干什么工作都强，而且一个月甚至一年都没有什么事，不影响你干别的工作，就是考上公务员，也可以当副业来经营。"

"如果你不嫌麻烦，以租短客为主，利润不止我给你的这点，"房东说，"除了长租户，来锦绣租房的大多谈不上住家生活，有游医、偷情小情人、同居的学生、二奶小三、乡下逃婚跟相好的跑出来的，也有落难的遇事的，他们稍遇风吹草动，或日子稍有转机，房子租期不满就拔腿走人，连回头看都不看一眼。因此，你要把住租房的四个原则，一是最低半年起租，租金一次付清，不论因为什么原因导致退租，房租一律不退。二是不许转租，发现后罚款，扣押金。三是不整体出租给二房东，最好的租法是一床一租。四是不租给亲戚、朋友、熟人，亲戚远离乡，兄弟高打墙。你租我这里两年了吧，我发现你面情软，不是个撕破脸的人，挣他们的钱要能撕破脸皮哩。你把住四个原则，除了长租户，许多房子、床位都可以重复出租的。"

房东打开一个小房间，里面堆满沙发茶几。"别看这些东西堆在这里是垃圾，摆到房间都是能提升房价的。即使来锦绣租住，也有不同需求，要沙发、茶几啥的，穷讲究，就像有些人在五星级宾馆还要住总统套房一样。"

房东拿出合同一条一条给我解释。合同有一条，每年十月把第二年全年房租一次性付清，租金年上浮百分之三。最后他说："现在是六月，十天内你得把明年的租金给我，因为我马上就要走，按合同还有四个月，明年上浮的百分之三的租金给你免了。"

全年房租对于我可是个不小的数目。房东说："我知道你没那么多钱，你问家里要，向朋友熟人借，可以给他们付点利息，十月底租金就陆续交上来了，也就三个月时间。"

在城里八年了，朋友熟人是有的，但能借到钱的没有，只能问家里要钱了。毕业后我就不再让家里寄钱，声称自己已自食其力。现在再向家里要钱，定会增加父母心里的担忧。我想了一个由头，说找工作要花钱。

这是一个合理的由头，父亲不止一次说过，找工作就是花钱的事。别看他深居简出，对这个社会的潜规则可是知道得不少。

给父亲打过电话，我问了房东一个问题，"你为啥不给兄弟姐妹经营呢？"我知道他兄弟姐妹不少。他笑笑说："亲兄弟明算账，可兄弟姐妹间的账又如何算得明白呢？最明白的算法就是不要跟他们有账，没有经济来往，兄弟还是兄弟，姐妹还是姐妹，否则最后都会变成仇人，以前你对他们所有的好就都没有了。"停顿一会儿，又说，"他们一个个过得挺好的，他们能有现在的日子，全仰仗我，可现在都跟我背靠背站着哩。我去美国一年，我妹妹曾替我经营，一分钱没给我，还跟我翻脸，在人前臭我。亲戚远离乡，兄弟高打墙，老人说的话都是真理。"

我问房东为什么信任我。他笑笑，说："有来生事的，你不要怕，给我打电话。"

房东把公安部《租赁房屋治安管理规定》、《中华人民共和国治安管理处罚法》等有关条文、"五不租"具体规定等让我看了一遍，说赌徒、吸毒者等不能租。我说："如何辨得出他们？"房东说："这就需要你的眼力和经验了。"他意味深长地看着我，又说："尤其是不要租给那些像猫一样的女人。"我呃了一声说："猫一样的女人？"房东说："就是鸡。"我看着他，他又说："就是小姐，她们会带来社会综合治理方面的麻烦，这两年小姐出事多，你该知道的。"

房东住三楼阳面的一间房，收拾得很整洁，有几盆花草艳丽茂盛。他说："这间房你住，不要租给人，也别在里面胡整。"我说："你还回来吗？"他没有回答。

晚上，房东让老顾饭馆送了几个菜，打开一瓶茅台和我喝酒。他把五年以上的长租户的情况简要地交代了一下。"这些租户你要善待，都是些老实人，可怜人，平时手打住了你手头要宽松就给他们周转一下，他们是绝对不会骗你的。"他特意说了一楼租住的银娥，"那是一个苦命的女人，也是一个善良的女人，租到我这里二十多年了。"喝杯酒又说，"我曾经是全省最年轻的处长，最年轻的副厅级，省级领导候选人，在官场一辈子浮浮沉沉的，退休的时候还是给了正厅级待遇，我心里该有多么的不平。可是我一看到银娥，一切都想开了。她这辈子走过的路让人不忍想及，我还有什么不满的呢？这些年她是我精神上的一种慰藉啊。"

正说着老陈进来了，房东递给他一根烟。老陈说："房东，你把厕所通了吧，我们一个月给你涨点钱。"房东没说话。老陈接着说："这回通了我给咱们管理。"房东说："靠你，尿会把整栋楼淹了，你连自己都管不住，管得住别人？"老陈说："我对毛主席起誓。"房东说："这话连你自己都不信。"他给老陈倒了一口杯茅台，老陈端过喝了，说："今儿有口福啊，这酒只闻其名，未谋其面。"房东说："坐下喝。"老陈说："不敢喝了，再好的酒喝上都是祸害，明儿前列腺就造反了。"说完就走了。房东说："以前有个卫生间，有洗漱的池子，不要说是收拾，都直接往洗手池里尿、拉，动不动就堵了，整栋楼跟公共厕所一个味道，臭烘烘的，整顿过几次，最后干脆关了。素质太差，让他们上公厕去。"

父亲把钱打来，还多打了一万。他说："找工作别舍不得花钱，现在就是这么个事。"

签约付款后，老房东请几个长租户吃饭，把我介绍给了他们。

包租公的日子真是自由消闲啊，一天要做的活就是为临租的房屋烧好开水，打扫卫生，被褥由洗衣店专门洗的，半月一月没有一件事。与周边的人相比，我该知足了，我感到了从未有过的自由。当几年间积攒的疲累得到彻底的休憩，精神头缓足了，我才发现，自由是相对的，没有人能享受到绝对的自由。这种无所事事的生活让我茫然恍惚，疲沓颓废，只有乔楚来后，我才会恢复激情。

乔楚说："我们去南方吧。"

"南方更没出路了，夜比这里的还黑还漫长，白天不懂夜的黑，这首歌就是从那边唱过来的。"我这样说是因为我曾去过南方半年，几乎像个乞丐一样回来的，"等我一年。"为什么说一年？我想我们需要认真地相处一年，走出这种模糊朦胧的情感状态，或许我们还会结婚。

乔楚摇摇头，"不能再这么下去了。再这么下去我们都会毁灭的。"在她的脸上我看到了茫然与凄迷。

这话我能理解。我们都是看不到希望的人，就像两个负数。数学中解决负数是负负得正，但生活中许多问题不是数学公式可以解决的，负负得到的是金字塔般的负数。两个都看不到希望的人在一起只能是越来越看不到希望，身体的狂欢会解决精神的苦闷，但那是暂时的，狂欢过后是更彻底的沮丧颓废，就像两个瘫痪的人靠在一起，最终都会坐下去。

我说："你不能让我一得一失呀。"

"这算什么得呢？这种依附在别人身上的生活就像一只虱子，人家抖抖衣服就掉地上了，说不定一年两年人家就回来了，中国老人在外国都住不惯。"乔楚说，"再说你就甘心做个包租公？"

我说："我们现在……"

乔楚摆摆手说："就说你去不去？"

乔楚去意已决。我知道对这个社会她未必失去了信心，她只是对这座城市失去了信心。

分手那晚我们唱了一个晚上的歌，我只唱了一首——崔健的《假行僧》。我把嗓子唱破了，第二天红肿得连话都说不出来。

我以为乔楚像往昔一样，忽然又回来，然而这次我错了，她再没出现。半个月、一个月、三个月……我打她的电话总是关机，后来再打，成了空号。她说过一个人真正要是想清除过去，那就换手机号。我很悲愤，我们几年一直模糊的关系，现在明晰了，我们是两个过冬的人互相取暖的关系。我也在问我自己，我是想她，还是想做爱。我无法回答自己。

# 第五章

贾兆春宰猪回来，银娥正擦玻璃。贾兆春喝了一缸子水，坐在板凳上看银娥擦玻璃。银娥穿一件浅灰无袖衫，够着擦窗子最上面的几块玻璃，双臂高举，衫子被吊起来，露出一圈白皙的腰身，乳房隆起的弧线时隐时现。转身时，露出肚脐，圆圆的，就像一潭水中扔进石子，击出的一个散着涟漪的水涡。而蹲下时，屁股蛋儿圆丢丢的。贾兆春看得发痴，脸上有了呆样。他觉得脸上落了雨滴，回神一看，银娥盯着他看，脸上的雨滴是她甩过来的水。贾兆春脸一红，银娥又甩了两把水说："发啥痴呢，呆样。"

贾兆春慌忙站起来在地上转了两圈，要往外走。

银娥说："你去哪达？"

贾兆春红着脸说："我……我去外面吃烟。"

"去场长那里看有旧报纸没，要点来把墙糊一糊。"

"噢、噢、噢。"贾兆春忙向场长办公室走去，后面传来银娥咯咯咯的笑声。

贾兆春抱着报纸回来时，银娥已打好糨糊，贾兆春却坐下看起报纸来。

银娥说："装乎劲儿大得，狗看星星知道个稀稠，快点糊墙。"贾兆春说："我看看，有用哩。"银娥说："看得懂？念了三年书，还没我读得书多。"贾兆春放下报纸，在地上写了几个字说："初中生，你来认认。"银娥看看不认识，说："考我，你认呀？"贾兆春说："不认得会写？"银娥撇撇嘴说："会写不会认的人多了。"贾兆春又写了几个字，银娥看看说："别卖派了，快干活。"贾兆春说："我家也曾是书香门第哩。"

贾兆春看到一篇文章，有这样一段：1978年3月23日《国务院批转商业部关于控制粮食销售的意见》中指出："计划外用工，要进行清理，坚决压缩。""今后城镇用工，基本上不从农村招收。已经使用的计划外用工要进行清理，属于农村户口的要坚决动员他们回到农业第一线去。"看完之后，他情绪很低落，长叹一声，站起来糊墙。银娥问："咋了？"贾兆春说："没咋。"

玻璃擦干净了，黑乌乌的墙壁用报纸糊过，屋子立马有了不一样的感觉。吃了午饭，贾兆春拉着车子出门，银娥说："下午回来早点，澡堂子今天开，五点钟就关了。"

邮电大楼上的大钟表远远就能看见，贾兆春回来正好四点。银娥坐在渠边洗衣服，看样子刚洗澡回来，一头长发湿漉漉披着，像黑缎子，有一股清幽的香气，无袖衫露出两条胳膊，在阳光下熠熠生辉，真可说是玉臂。贾兆春把架子车放下，才要点烟。"你熏痔疮呀。"银娥站起来，提过小篮子塞给贾兆春说，"叫你早点回来，快去，多泡上一阵，把你那驴皮好好搓搓。"贾兆春嘿嘿一笑说："你把驴皮搓干净了，我心里说咋这么香哩。"银娥拧了贾兆春一把说："赶紧去，用肥皂把身上打打。"贾兆春提了篮子走，银娥说："等等。"进屋拿了一件衣衫和裤头，说，"洗完了换上。"贾兆春故意说："那我这阵就换上。"银娥说："猪。"贾兆春走了几步，回头看看银娥，银娥在搭衣服，正是一个女子最好的年华，显山露水。贾兆春洗澡回来，银娥说："洗干净了看上去还人模狗样的。"

吃了晚饭，银娥出门了，和几个女人在渠边闲谝。贾兆春在屋里看报纸，哪里看得进去，眼前全是银娥。天黑下来，银娥回来了，贾兆春没抬头，继续装模作样看报纸，但他感受到了银娥的目光。贾兆春感觉自己浑身紧绷绷的，着火了一样灼热，脖子像给人卡住，他听到自己发出老牛爬坡一样的喘息声。他霍地站起来，他想逃离，不然他会做出吓死自己的事，然而，他又迈不动步。他乱了。银娥踢了他一脚，又踢了一脚，他说："你、你用点劲踢，踢都踢不疼，还爱踢。"银娥就又踢了一脚，这次重多了。他猛然转身，说："你、你别招惹我，当我不打你？"银娥身子往前一倾说："打，来呀，打呀。"他说："别逼我，往锤头上撞是不？"银娥盯着他说："姿势，德行，尿样。"他说："你、你等我找个顺手的家伙，今儿我要你认识我。"银娥给给给一笑说："擀面杖就在案板上哩。"他盯着银娥的眼睛，银娥却躲开目光，"尿样，德行，姿势，"扭过身去说，"给我挠挠背。"

贾兆春把手从衣衫下伸进去给银娥挠背，银娥说左边左边，贾兆春就挠左边，银娥说右边右边，贾兆春就挠右边，银娥说上边上边，贾兆春就挠上边，银娥说下边下边，贾兆春就挠下边。银娥咯咯咯地笑，这种笑带着一种喜悦与清纯，也是这些天来她第一次这么开心地笑。贾兆春说是不是还有前边。银娥依旧咯咯咯地笑，贾兆春的手像一条蛇在银娥的脊背上不是挠，而是游走，银娥说你这是挠背吗。贾兆春说嗯。银娥说你别挠了，越挠越痒了。贾兆春说嗯。但他手没停，继续在游走。银娥说哎呀，你别挠了，弄得满脊背都像爬满了虱子，到处痒痒。银娥只是说，并不躲开。银娥说不听话了是不。贾兆春口里嗯着，手离开后背往胸前游来。贾兆春恍惚了，他的手触到了银娥乳房的边缘，他的手盖住了银娥的奶头，银娥猛然转过身来，说你想做啥？贾兆春闭着眼睛说嗯。嗯不是他在应答，而是一种喘息。银娥说学会欺负人了是吗？贾兆春说嗯。他的双手擒住了银娥的乳房，银娥呃了一声，猛地转过身来，两只手拧着贾兆春的耳朵，说你、你做啥呀。她浑身瘫软了，她觉得精气神正离开她的身体。贾兆春忽然睁开眼睛说我想吃了你。他搂住了银娥，两臂一掬，就将银娥掬到了床上。银娥搂着贾兆春的脖子说你、你要做啥。贾兆春说嗯。

他们都疯狂了，像两团火焰，纠缠燃烧。床边糊着的报纸被蹭破，乱成了一堆，就像刮过一场大风。火熄了，风停了。当他们像两个泥团瘫在床上，天地间有一种静悄悄的奇异感。整个世界就像静止了，风平浪静，纹丝不动，就像一切都死了，只有呼吸还活着，对了，还有窗外碧沉沉的天幕上一眨一眨的星星。

银娥背对着贾兆春，身子一颤一颤的。贾兆春听到了啜泣声。贾兆春抚摸银娥，银娥没有反应。贾兆春坐起来，他看到银娥的泪水打湿了好大一坨床单，他点了根烟，抽了两口，觉得肩膀、脊背也隐隐作痛，一摸竟然有血。他扭头看看肩膀，一圈齐刷刷的牙印，每个牙印都渗出血来。他想脊背肯定也给抠烂了。

银娥的啜泣声变成了哽咽，咕儿咕儿地吞咽着泪水。贾兆春抽掉了两根烟，说："银娥，好好哭吧，哭完就收拾，明天一早我送你回去，我把你送到崾岘口，别人也不会怀疑我们是一起出门的，你放心，我要把事说出去，五雷轰顶，死无全尸，我这辈子永远都不会回张庄了，成了孤魂野鬼也不会回张庄。"

银娥的哽咽声被压抑住了。

贾兆春说："我知道你是赌气，你不甘心，今儿的事你恨死我了，我也恨……"

银娥像疯了一样舞着两手狂抓贾兆春，两只脚拼命地踢贾兆春，贾兆春吼一声："别抠了，别踢了，你看看我的肩膀、脖子，我明儿咋见人？"

银娥被贾兆春的吼声镇住了，瞪着眼睛看着他。贾兆春说："我知道我这样的人配不上你，我有自知之明，你就把我当成一头牲口吧，如果有下辈子，我就当头小毛驴，走站把你驮上。"

银娥扭过身去呜呜号哭着穿衣，贾兆春看到床单上一摊血，殷红殷红的，就像蜡梅绽放在床单上。他呆了，痴了，忽然跪下，冲着银娥磕头，头砸得床板哐哐响。

银娥奇怪地看着贾兆春说："你干什么？"

"天神呀，你给我送了这么大的礼物呀，我可是捞着了。"贾兆春咯咯咯地笑着，就像磕头牛，床板咚咚咚的。

银娥明白了，一把抓向贾兆春，这回她抓的不是脸，而是屁股，把他的屁股上抓出了四道血印。贾兆春咯咯咯地笑着，银娥大叫着说："你怀疑我？你敢怀疑我？"

贾兆春一把将银娥搂进怀里，嘿嘿笑着说："能不怀疑嘛，你们出双入对的多少年，走得那么近，看得人眼睛滴血哩。多少年了，那么好，谁知道都干了啥？"

银娥想起了那声奇怪的驴叫，心里说不是那声驴叫，还真让狗日的胡红旗糟蹋了。她跳起来，抓了枕头砸贾兆春，贾兆春不躲，嘿嘿笑着说："你羞不羞，光光的。"银娥慌忙坐下，忽然就哭了说："以后再提那个驴日的，小心我宰了你！"贾兆春说："提他？那就是一泡狗屎，提他我还嫌臭得慌哩。"说着一把把银娥拉进怀里，说："有那么疼吗？"银娥用指头一下一下戳着贾兆春的脸说："这么戳你你疼不疼？流了一摊血，你说疼不疼？咬了你两口你都受不了。"贾兆春咯咯咯地笑着说："我还当你是恨我哩。"银娥说:"我为啥要恨你?"贾兆春说:"唉,要不是胡红旗狗日的,就是不嫁他,你也挑着拣着嫁哩,哪会跟着我?"银娥说:"要是那么想,我会带你一起出来?当我是脑子发热赌气呀。"贾兆春说:"从今往后我的命是你的,活了二十多年了,我真正的一生才开始。"说着贾兆春又压上来,银娥说:"你干啥……"贾兆春说:"补功课,把这些天这些年都补上,你不知道这些天把我憋成啥样了,天天晚上跟坐监似的。"

"呀呀呀,把灯拉了。"

"不拉。"

"你是个驴呀,刚刚就没拉灯,电灯照得明晃晃的,让人看见还活人不?"

贾兆春已经压住了银娥说:"我就想让人看哩,让全世界的人看哩。"

银娥够着去拉灯,却被贾兆春压住。

"没人,哪有人呀。"

"你慢点,疼死人了。"

"真有那么疼?"

银娥用指头戳着贾兆春的额头说:"疼不?"

贾兆春哈哈哈地笑着说:"我不疼嘛,光是个受活。"

银娥抚着贾兆春的肩膀咯咯咯地笑着说:"咬得还挺深的。"

终于消停了,许久贾兆春痴痴的,银娥问:"你想啥呢?"

贾兆春说:"别打扰,我正办大事哩。"

银娥问:"办啥大事?"

贾兆春说:"别打扰,正在紧要三关处,等会儿我给你讲。"

银娥嘻嘻一笑说:"神神道道的。"

贾兆春痴了半晌才说："我已经把你娶回家了。用八抬大轿，八对鼓乐，把你娶进我们贾家，宰十八头猪，杀二十八只羊，一桌上一只乳猪，一只全鸡，一条大鱼……"

"等等，咱张庄有鱼吗，吹牛不怕牛踢嘴？"

"买呀，到县城省城，有钱啥买不到。"贾兆春说，"十三花的流水席，四大扒八大碗全是大老碗，用肉填实，全张庄一口人不落，摆了三天，请全角大戏唱上一个月……"

银娥"噗"地一笑说："做梦哩，这梦做得。"

"唉，要在以前，这可真不是做梦哩，我是独苗，我们家那么大的家业，不知道咋办一场。"

"你这是复辟思想哩。"

"你知道复辟是啥意思吗？"

"就是你们这些地主阶级想变天，当家做主。"

"要是以前，我会风风光光把你娶到家，我让张庄方圆的人都记住咱们的婚礼，几十年上百年还提说哩。"

"那还不定你娶谁哩？"

"肯定是你，这是命中注定，不是命中注定，你说咱们能走到一起？"

月光越来越明了，地上铺满了，就像明镜一样。银娥枕着贾兆春的胸膛，贾兆春摩挲着她的脸蛋说："你是不是赌气才跟我好？"银娥说："放屁，有赌气把身子搭上的？"贾兆春叹口气说："不知道还能长好不？我看看。"银娥拧着贾兆春的耳朵说："你坏死了你。"贾兆春说："唉，我真怕你跟着我受苦，成分大过天，跟了我会害了你一辈子。"银娥说："成分好的人家就不苦了？"

过了一会儿，银娥说："你以前想过跟我好吗？"贾兆春说："没想过。"

银娥说:"敢说没想过,当我是傻瓜,没想过见我脸红啥?眼神飘忽啥?"贾兆春说:"哪有不动心嘛,可从没敢想过娶你,我家成分是地主,你家是贫农,中间就是隔开牛郎织女的天河,动了心怕你笑我癞蛤蟆想吃天鹅肉。"又说,"知道我是怎么在河谷里遇上你的吗?我一直盯着你。你要一心一意对我,千万别为了赌气把我闪下了。"银娥踢了贾兆春一脚说:"别把我看成没主见的女人,不一心一意对你,我能带你出来?我咋没带别人出来?不一心一意对你,我能随便让你糟蹋了?"贾兆春说:"可你整天发痴,我心里没底。"银娥说:"你遇了事不发痴?"贾兆春说:"你老发痴,你心里还有他。"银娥狠狠掐了贾兆春一把说:"别提他,我恨死那狗日的了!"贾兆春说:"恨也是一种想。"银娥说:"我心里还有他,还有一把刀哩。"

又是一阵沉默。

银娥说:"真像做梦哩,你说你想没想过在城里站住脚?我没想过,城里要那么容易站住脚,该有多少人都跑到城里来了,多少人跑到城里来又都回去了,没想到咱们就这么站住了脚。你说咱们就这么能在城里一直生活下去吗?"贾兆春捏住银娥的双手说:"只要咱们一心一意,我就不信这城里的地是钢板的,扎不下咱们的根去。"银娥说:"娘有五个干姐妹。小姨歌唱得好,在大队毛宣队里是主角,后来让县剧团给拔去了,吃了皇粮,成了城里人,回来气派就不一样,回来走亲戚拿的是面包、蛋糕、饼干、挂面啥的。有一次来家里,拿的是挂面,可去三姨家拿的是粮票。娘就多心了,她觉得五姐妹中,小姨跟她是最过心的,可小姨都没给她拿粮票,好不伤心,哭得鼻塌嘴歪的,从此就和小姨背靠背站下了。"贾兆春说:"娘这心不该多,拿了粮票你买东西还得掏钱,挂面不用掏钱直接就能吃,走亲访友当礼物拿。"银娥说:"那不一样,粮票多稀罕,多么高级的礼物，咱们张庄谁见过？意义不一样。"贾兆春双手一举，将银娥举到身上说："我一定要让你过上城市人的生活，我们一定能吃上粮票。"银娥说："说得简单的，别想得太多了，走一步看一步。"

真正的生活开始了。进入了生活状态的银娥，料理日子的能耐就显现出来了。

猪场宰猪把猪血直接放进坑里不接，这让银娥有些想不通。庙上的门，杀猪的盆，大姑娘裤衩，火烧云，四大红就是这么说的。杀猪的盆就是接猪血的盆，那要很大的木盆或陶瓷盆，是怕猪血喷溅在外面，可就糟蹋了。银娥不知道是城里人不吃猪血，还是场里规定不让接。她问了几个女工才知道她们不是不吃猪血，而是不会做，她们吃的血肠、血块都是从副食门市部买来的。

银娥做猪血可是拿手的。她去找贾场长，贾场长说你想接就接，那东西没人要，流了还污染环境哩，你闻闻这猪场臭的，主要是血臭哩。银娥把猪血接回来，做了血肠、血块、血面，灌了血肠，炒、烩、炸、煮。贾场长几个人来吃过，说好吃，比买的好吃。有人说咱们这也能上市卖哩。贾场长说说得容易的，每种食品都要经过检验的，程序麻烦着哩，以前来过一个四川的，想做血肠、熏肉，上面怕吃出事来，不给批。李主任说他们不批，全市人民没口福，咱们吃。于是猪场家属就跟着银娥做血肠血块。有些人家请银娥去做，银娥做了，给些粮票、米面或家用东西。银娥也搭手做一些活计，翻肠倒肚，燎毛剔骨，猪场发劳保、福利也发她一份。

这些活计不是水就是火的，费手。贾兆春不让银娥干，银娥说："跟上当官的做娘子，跟上屠夫翻肠子，不做这我做啥？整日闲晃着，日子长拖拖的。再说贾场长说了，以后有机会就会给咱们争取，咱们至少也得把事做到前头不是，干了落个好印象，再说场里发这发那的至少还发咱一份，白拿人家的？"贾兆春笑着说："你想没想过以后的日子过成这样，要在老家，这不是你要过的日子。"银娥说："日子谁能猜透呢，你想过没想过到城里来会拾破烂儿？"贾兆春说："没想过。"银娥说："就是嘛，你咋就想到了拾破烂儿？"贾兆春说："有啥想不到的呢？咱们出来了，就没有回头路走，到了这地步，为了活下去，哪还能顾得了那么多，我给你说我啥都愿意干，没到猪场的时候，我都想过当个讨吃。"银娥说："让我跟着你当讨吃？"贾兆春说："哪能让你当讨吃，我当讨吃都不能让你知道，我找个地方把你安置了，出去一个人当讨吃。"银娥说："当讨吃把我养起来，啧啧啧，那你咋没当？"贾兆春说："还没有活到那个地步，人得活个尊严，我还有你，咋也得让你过个体面日子。"贾兆春点根烟又说："你别看讨吃遭人耻笑，过得好日子哩。有一次我看到几个讨吃下馆子，啃猪蹄子，啃得满嘴流油，还喝酒哩，我蹲在窗根下吃烟，他们在算收入，那比我宰猪、拾破烂强多了。有一次，我等着一个人喝完饮料捡饮料瓶，可那人就是不把最后一口喝完，我就盯着那人等啊等啊。后来那人掏出两毛钱来给我。两毛钱啊，能做多少事，一个馒头才多少钱，一碗面才多少钱，可我想了想还是没接。"银娥说："那你咋没接？"贾兆春说："我要接了就可能当了讨吃了。"

贾兆春买了一双胶皮手套，又买了凡士林，让银娥润手。银娥说："把你带出来看来是没带错，挺会心疼人的。"贾兆春说："是我把你带出来的。"两个人就又争论起这个话题，争得打打闹闹的。

一个月了，下午发了工资，贾兆春激动啊，泪就扑簌簌落下来，他扑通就跪下了，贾场长一把扯起他，说："你这是做啥，男儿膝下有黄金，你爹没给你说过？"贾兆春说："谢谢场长，大恩后报。"贾场长说："别说报恩不报恩的，我这里也是需要你这么个人，要不需要我想用你也没办法。我那时间也是从乡下跑到城里的，那时候乱世嘛，跑到城里混了没一年，就让国民党抓了当兵，国民党打败了给俘虏了，就参加了解放军，从解放战争打到抗美援朝，后来就转到城里来了。"笑笑又说，"城里日子不好过，不过看你们小两口，过下去也不难。先干着，有机会看能不能把你给招进来。"

贾兆春回来把钱给了银娥，说："好好买一身衣裳。"银娥说："买衣裳，不谢人家了？"银娥出去买了两瓶酒一条烟，说："你去谢谢贾场长吧。"贾兆春提着去了贾场长办公室。贾场长把烟酒钱还给贾兆春，说："反正我也得买，两个人去逛个街，置办点东西吧。"又说，"你看你脸上的包，这里蚊子毒劲大，买瓶花露水。"

两个人去逛街，贾兆春说："给你买一身衣裳吧。"银娥说："买衣裳，会过日子不，住的地方像个猪窝，穿得再光鲜，人家会咋说？"置办了用物，银娥买了一条窗帘，贾兆春说："花那钱做啥。"银娥说："还有脸说，一进屋就跟个大流氓一样，大天白日的都不消停。"贾兆春就咯咯咯地笑，说："这么好的日子哩，这么好的身体哩，这么好的……"银娥说："还说?！把不要脸的药连纸包包吃了？"

入冬了，夜就长了，两个人尽情地嬉耍，嬉耍完，就像两团泥躺在那里，贾兆春就给银娥讲故事。贾兆春的故事是爷爷和父亲讲给他的。他从记事起，爷爷和父亲就给他讲故事，那时候家里有很多书，"四书五经"、《红楼梦》、《水浒传》、《三国演义》、《西游记》、《东周列国志》、《聊斋》、《封神演义》、《古今小说》、《睽车志》、"三言二拍"……那时候爷爷常常搂着他给他讲，让他读，教他写字。爷爷会轻轻潜到他身后，猛然抽他手中的笔，如果抽去，就会在他头上拍一巴掌说：你这是鸡爪子吗？后来，到了他十二岁的时候，忽然就破四旧了，家里许多东西都交出去砸的砸了，毁的毁了，书当然是最大的四旧，全烧了。爷爷这人做事很彻底，一本都不留。书没了，但故事留下来了。后来，就是《毛主席语录》、《毛泽东选集》、《毛主席诗词》这类的书了，不过，爷爷依旧要他写字，就写《毛主席语录》、《毛主席诗词》。

银娥就像一块肥沃的土地，1980年秋上，她生下了个女儿。银娥让贾兆春取名。贾兆春说："小娥。"银娥说："叫小娥不是跟我的名儿重字了，叫别人还当我们是姊妹哩。"贾兆春嘿嘿一笑说："你们都是我的女儿。"银娥说："去去去，谁是你的女儿，我还想当你姐哩，再想想，梅、菊、兰、月、霞、香、红、翠、英这些都是好名字。"贾兆春说："就叫小娥，比哪个都好听。"银娥试着叫了几遍，说："还就小娥好听。"贾兆春："拼了我的命我也要让你娘俩当个城里人，让狗日的胡红旗看看。"银娥正给孩子缝小衫子，她戳了贾兆春一针。贾兆春说："你想谋害我呀。"银娥说："我说过的话忘了？这是给你警告，再提那狗日的下回戳你的就是刀子。"

小娥过了满月，银娥想摆个肉摊。贾兆春说："有你这脑子，还怕咱在城里扎不下根去？就算城里是一块钢板，咱们也能钉上几个钉。"

银娥去找贾场长，贾场长说："上面不允许，这是按计划供应，摊点是上面批的，有政策限制，条条框框的。"银娥说："你找上面说说嘛，政策还不是人定的。"贾场长去争取了，结果没争取到。银娥有些沮丧，贾兆春说："急啥，你就给咱一门心思生娃。"

1981年的冬天，银娥又生下了儿子。贾兆春扑通跪下了，"银娥，大功臣啊，你是我贾家的大功臣啊，你续上了我贾家的香火啊。"贾兆春嗷嗷大哭，又哈哈狂笑。银娥给儿子取名小春，占了贾兆春的一个字。

一天，贾兆春从垃圾箱里拣到一本影集，里面没有照片，他把仅有的几张照片插好，说："咱们去照相，以后一年照一回相。"于是一家人就去照了相。

1982年的春天，省市两级各企业都扩大生产规模，贾场长为银娥争取了一个摊点。银娥选在锦绣摆摊。贾场长说："锦绣是个农村，家家养猪，猪肉能卖动？"银娥说："锦绣街道就像个大市场，卖啥的都有，东西又便宜，城里人买东西都愿意去那里，买菜啥的顺便就把肉买了，农民一年到年关才宰一头猪，平时销路应该不错。"贾场长笑了说："你这脑子啊，以后在哪里都饿不下，兆春，你可是娶了个好媳妇。"贾兆春说："我们老家说娶媳妇等于接财神哩。"

银娥就把肉摊摆在锦绣小广场的东北角，地方是局里出面协调下来的。有了卖肉的摊子，银娥白天摆摊，晚上回去和贾兆春做血肠，摆到肉摊上来卖，挺受欢迎。贾兆春宰猪的时间调整到了下午五点，每天早晨拉着架子车出去拾破烂儿，晚上过来收摊回家。

一天，一个汉子挑着担子，一头是补鞋机，一头是木箱，出现在肉摊子前，憨憨一笑说："大妹子，我能在这里摆摊吗？"银娥笑了笑说："你这人咋这么失笑，那块地方是我家的？"汉子说："在你肉摊子旁边嘛，可不就是你家的。"她说："就算是我家的，我让它空着能吃能喝呀，多个人还说话解闷哩。"汉子就把鞋摊摆在肉摊子旁边，他叫肖长福。

肖长福既补鞋，也做鞋，生意还是不错的。那时候人们都还穿着做的鞋，城里的路不是砾石路，就是沥青街，费鞋得很。一双鞋穿不了几天，鞋底就磨透了。肖长福就把自行车、汽车的旧轮胎收来，抽了钢丝，铲平整，钉在鞋底上，等于给鞋绱了个胶底。

贾兆春拾破烂儿，拾到别人扔掉的烂鞋，要还能穿的，就让肖长福补补。补了鞋贾兆春给他钱，肖长福不收，贾兆春说："兄弟，你要不是

076

靠这吃饭，补鞋收我的钱我会骂你的，你靠这吃饭，你不收钱我也会骂你的。"肖长福说："兄弟，要碰上烂得穿不成的鞋、衣服啥的你给我拣回来，我当做鞋的材料，咱们就顶平了。"

银娥一家几口人鞋是自己做的，肖长福说："姐，你别做了，费手，我这机工活，做起来多容易。"给银娥一家做鞋，补鞋，肖长福不收一分钱，银娥心里过意不去，就给他肉，肖长福却要掏钱，银娥说："你这是不想给我们做鞋了？"肖长福说："姐，你看我火柴没头头，独杆杆，你这一大家子人，我收了你的钱富不了，就费几根线，日子就是互相帮衬的事，要算账，你看兄弟给我拣了这么多东西，换成钱有多少。"银娥说："你姐夫拣那些东西就是捎带的活，那东西他拣上能卖一分钱？亲兄弟还明算账哩。"肖长福脸憋得通红，银娥说："这么吧，中午你就在我这达吃饭吧，多一双筷子的事。"肖长福中午吃饭，也还是经常会买这买那的。贾兆春跟肖长福也说得来，一闲下来，就坐在一边和他闲谝。

正所谓不如意事十有八九。有的人买肉挑挑拣拣，骂骂咧咧，怀疑秤不够，来迟了又嫌老买边角料，开始银娥是受不了的，贾兆春说："咱们是在人家地盘上讨生活，能跟人家一样？忍是第一位的，咱就是靠这些人活着哩，可不敢耍大小姐脾气。"银娥也就忍耐了。可她忍耐不了猪头。猪头名叫牛川，锦绣人背后都叫他猪头。猪头每次来拿肉，都说记上，开始还说第二天给，后来也不说了。银娥说："明天我跟他算账，啥人嘛，他是咱爸还是咱爷？吃上一两次也就行了，还没完没了了。"贾兆春说："这人看样子有派头，锦绣人见他都很客气。"银娥说："我看就是个死狗赖皮，把不要脸当本事用哩，你就是见了城里人软弱。"贾兆春说："你当我心里舒服？嗑瓜子嗑出个臭虫，可有啥办法呢？"银娥说："唉，要说也对咱日子伤不了筋动不了骨，就是心里不舒服嘛。"过了两日，贾兆春对银娥说："千万别跟猪头提算账的事，这人对咱们大有用处，他是公安局的，锦绣好些人的城市户口都是他给办的。"银娥说："难怪白吃白喝哩。"贾兆春说："卖菜的小刘两口子的户口就是他给转的。"银娥说："那也别让人家来拿了，隔上一段时间给人家送过去。"贾兆春说："万一人家要是不收，就连门都出不了了。"银娥说："不收，来咱这里拿了多少回，一分钱不给，送上门的还不收，不收以后还来拿不拿？"贾兆春送去，猪头连推辞都没推辞。从这以后，贾兆春就常送卤好的猪头、猪蹄给他。贾兆春说："你说他知道咱们的意思吗？"银娥说："咋能不知道？没求于他，一回两回的也就罢了，经常给他送啥？那些人聪明着哩，知道咱们有求于他，才来咱们这里吃白食，不然他来我们这里？"

腊月二十三小年一过，年关就一天天近了。银娥备下两吊肉，一个后腿，两个猪头，酱的、肉的各样准备了点，让贾兆春送到猪头家里去。贾兆春说："等年三十再送，这时间送啥？"银娥说："送给人家早早做哩，人家买下了，或者别人给送了，那号人家送东西的多，再送去就没意思了。"贾兆春搠着银娥的脑袋扭扭说："你真有个好脑子。"送完回来，贾兆春有些灰沓沓的，银娥说："咋了，人家不收？"贾兆春说："哪有不收的。"银娥说："那咋了？"贾兆春说："人家连提都没提咋办户口的事。"银娥说："办户口那是大事，翻年再送上半年，就会有反应了。"贾兆春说："我觉得好下贱好下贱，人家看了一眼冷冷的，一点都不热情，就像咱不是送礼的，是讨债的。"

大年三十晚上，两个人趴在床上算账，一年的收入远远超出了他们的想象，虽然钱没存下几个，基本上都搅销了，但比起在老家还是强多了。两人很是喜不自禁。贾兆春说："明年一定要手细点。"银娥说："你别宰猪了，害命的事，你拾破烂儿，我摆肉摊子，日子也能过下去。"贾兆春写了个"家"说:"你看'家'字上面的宝盖代表的是家,下面是'豕',就是猪,有猪才能为家,猪能耕田还是能拉车?啥都干不了,就是人的一口肉,这就说明猪是上天给人的一口菜,而且也是神喜的供品,自古就是祭祀时三牲之一,但凡节气都要敬祖奉神,人过节,神仙也过节,鬼魂也过节,猪肉是祭祀供奉用物中的上品,俗话就有背上猪头认不得庙门,'釜粥芬香饷邻父,阉猪丰腯祭家神''社日取社猪,燔炙香满村',古人好多诗都写过哩,咱们老家'出'年猪时招呼大家吃一顿,肉菜出来第一勺是先要供灶神祖先的。真要有老天爷,有轮回之说,老天爷就不会怪罪于我,猪就是人的一口菜嘛。因此宰杀不算害命。"银娥说:"好了好了,别转文了,不卖派怕人不知道?"贾兆春说:"再说咱就是靠宰猪才扎站下来,贾场长说的要是真话,不宰猪以后咱靠啥让公家给咱一份工作?要我选,我宁愿宰猪也不愿拾破烂儿,那跟讨吃有啥区别?"银娥说:"那你就别收破烂儿了。"贾兆春说:"人怕的就是没有目标,现在咱目标有了,咱们得好好攒钱,要办的大事在后面哩,户口至关重要。"银娥说:"我信命,命里有就有,没有强求不来。"贾兆春说:"命固然重要,可是自己也得努力。"

过完年后的一天,老孔来买肉,感慨地说没看出来刘大麻子是个能人啊,一家的户口转了,是猪头给办的。

等老孔走了,银娥对贾兆春说:"要不你再去趟猪头家吧。"

贾兆春问她:"你说他到底为咱们的事想过吗?"

银娥说:"要不你去了提一提?"

贾兆春叹口气,说:"不说肉和蹄子,光猪头吃了有四五十个了吧,心里还不明白,还要提呀?"

话虽这样说,他还是提了猪头和蹄子,又买了两瓶酒,两条烟,去了猪头家。几次话都到了舌尖上，怕惹人家不高兴，没问出口。见贾兆春回来垂头丧气的样子，银娥就知道事没办成，她叹口气说："我看那就是个嘴上抹石灰白吃的货。"

隔日晚上，刘大麻子吆喝过天阴。是啊，一家人都转成了城市户口，这是多么大的一件事，咋能不招呼人喝场酒呢？开始大家怎么问刘大麻子都不说，喝多了，才说："别问了，就是个花钱的事。"喝了两杯又说，"送啥东西都没钱顶事啊。"贾兆春觉得刘大麻子这话就是冲他说的，刘大麻子扫过他的目光比宰猪刀还锋利。

喝完酒，贾兆春晕乎乎地去了猪头家，借着酒劲终于把话问了出来，猪头哈哈地笑了，笑了许久，忽然狂拍着桌子说："吃了你几个猪头，就想转城市户口，跑到我家里来高喉咙大嗓门的，跟我算账是不是？你以为你是谁，老子要是不高兴，你连站脚的地方都没有！"贾兆春打个酒嗝，踢门而逃，他怕自己会掐死猪头，他听到猪头还在吼，"操你妈敢踢老子的门，盲流，还张狂得不行了？城市户口，就你，穷得跟个讨吃一样也想当城里人，你当城市户口是擦屁股纸。"

# 第六章

　　我从楼上下来，看见老顾正走过来。他搛一下鼻涕，对银娥说："他婶，娃都在哪儿？"银娥说："谁知道。"老顾说："打电话。"银娥说："都去？"老顾说："都去。"银娥就冲外面喊："孙志，打电话。"老顾也跟着喊："孙志，在榆树巷集合，这阵就叫过去。"银娥说："谁遇事了？"老顾说："一个老板，说是政府耍赖，要组织人上访。"

　　孙志正在往木架子上挂肉。那架子是由三根松椽子搭成的，一根一头搭在门框上，另一根在墙上掏去了一块砖搪进去，还有一根栽在地里，三根椽子交会处用铁丝捆拧在一起。椽子上面挂几个钩子，两只羊和半扇猪挂在钩子上，另外半扇摆在案子上。椽子是松木的，肉案是杏木的，都已有些年头，浸了猪油，就像刷上了一层清漆，明光闪闪的。案旁摆一大铝盆，里面是卤猪蹄、猪头肉、猪舌头、猪尾巴，罩着绿色网罩。还有一个小电饭锅，烧着小米稀饭，稀饭里面煮着一个鸡蛋，沸腾的水冲腾着鸡蛋，鸡蛋在锅壁上碰出"当当当"的响声。

　　"秀才好福气呀，"老顾冲我一笑，"睡觉睡到自然醒，数钱数到手抽筋啊。"

　　我笑笑，后半句当然是玩笑话，但前半句则是事实，这会儿，他们已经忙活了三四个小时了。

这些年来，我没有自然醒过，起初是被一种老式的鸡啄米闹钟叫醒，后来是被手机叫醒，睁开眼睛时整个世界还迷糊着。在公交上还要眯一小觉，到了公司，去厕所冷水激面，人才彻底清醒。二房东，名声不好听，但它确实给我带来了悠闲的生活和固定的收入，我衣食暂时是无忧了。十天半月遇不上一件事，但再去应聘一份工作，我已没有了心劲，我甚至把几个要求苛刻的家教也推掉了。

孙志把两扇猪肉挂好，用塑料薄膜套了（锦绣灰尘大，又在路边，蚊蝇也多），掏出手机说："叔，都打？""熟悉的能打的都打，人越多越好，一天管两包方便面，还给根火腿肠哩，四瓶农夫山泉，五十块。"老顾看看我说，"秀才去不？"我摇摇头，银娥笑着说："秀才挣你那钱？得是。"他们都把我叫秀才。老顾说："老板说要吃喝几百号人哩，事要往大弄。这阵势，领导肯定见得及时，半天都用不上。"我说："老板咋了？"老顾说："说是被政府亏了，谁知道呢，老板哪有实话，现在都是老板亏政府。"我"呃"了一声。老顾说："别笑话我们这些人没主见。"

几个女子穿得有些暴露，浓妆艳抹的，经过门口，跟老顾打招呼。老顾说："你们咋打扮成这样？"一女子瞥了我一眼，说："咋咧，难道上访穿戴上还有要求？"另一女子嘻嘻一笑，说："要穿得像兵哥哥一样整齐？"老顾笑了说："不穿更有轰动效应。"银娥说："你个老不正经的。"

几个女子走了，我说："她们也去？"老顾嘻嘻一笑，说："去，她们也是人民群众嘛。白天不都一样，反正领导不认识。她们挣钱再容易，也没这钱来得容易。"银娥说："早上起来嘴里没味？跟秀才说这。"老顾嘿嘿一笑，说："明事嘛，秀才不明白？"银娥说："快走你的。"孙志说："叔，有八个去的。"银娥说："你也去，摊子我守着。"孙志说："妈，你去，结束了顺便逛个街，我守摊子。"银娥说："你去，缓缓脑子。"孙志说："妈，稀饭快好了，你留神着点。"银娥说："你还拿书干啥？"孙志说："上访又没啥事，在人群中也能看书。"银娥说："吃碗拉面去。"老顾说："吃啥拉面，买个饼子边啃边走，老板说要在干部做操时轰轰隆隆地到哩，造声势嘛。"

老顾临走时又说："其实跟我们这些有个球关系，闹成了得利的是老板，老板一个比一个心黑。可话又说回来，我们不去别人也去，人都是个便宜虫，这钱来得容易嘛，你说是不？"我点点头。老顾走出去几步，又回头说："别把风露了。"

我去喜婶馒头店吃早点。喜婶馒头店的馒头是用老酵子发面手工做的，虽说比机馒头要黑一点，但瓷实，一个馒头有两个机馒头的重量，没掺增白粉之类的东西，馒头有麦子味儿。更重要的是这馒头可以让我吃出记忆中儿时的那种味道。稀饭也是熬的，不是那种将米蒸煮烂后，再放到锅里添水化成的稀饭。第一次来吃，喜婶说老酵子起的面，是做给乡下人吃的，城里人吃不惯。我说我就是乡下人啊。喜婶一笑说你哪里是乡下人，不像嘛。我每天早晨来吃两个，要刚出笼的。当然，睡到自然醒是吃不到喜婶馒头店的馒头的。除了锦绣的人爱吃，城里人也来买，一买一兜。喜婶每天早上八层的大笼只蒸一笼馒头，因为只有喜婶和侄女两人做，再多做不出来。馒头是喜婶给我留下的，馏在锅里。

喜婶六十多岁了，两鬓霜白。儿子到城里打工，混在迪厅卖摇头丸K粉，自己也染上了，没钱就打媳妇，逼媳妇给他想办法，后来，又逼媳妇去歌舞厅陪客。媳妇被逼无奈下了毒把他毒死了，被判了十八年。孙儿孙女还小，喜婶想回乡下已经回不去了，老屋、土地都让儿子卖了，就开了这个馒头店。门口有一个大桶，人们把喝完饮料的瓶瓶罐罐都扔到里面。喜婶说，唉，都是冲着这两个娃，可怜嘛。

吃完早饭，我先去大福的"希望彩票屋"。从上大学起我就买彩票，彩民有句话：知识不一定能改变命运，但彩票能！我深信！大学毕业走向社会，我一直把买彩票作为改变命运的抓手，多年如一日义无反顾地牢牢抓着。有句话说得好，梦想还是要有的，万一实现了呢？像我这样的人只能把希望寄托在彩票上。日常生活中一切开支我都会首先考虑能否节省出一张彩票钱。比如吃拉面，我绝对不要小菜和鸡蛋，几个人一起吃，也是如此；抽烟我从五块钱一包的"黄山"改成两块一包的"兰州"，两包就能省出三张彩票；出门路途不超三公里，除非水漫金山，沙尘蔽天，否则我是不会坐公交更不会打的；和同学租住以及与乔楚相处的日子，购物、买菜、吃饭，为了节省出一张彩票我要费许多口舌。乔楚和同学对我都说过这样的话：和你上街，真是丢人。有一次，工资拖着没发，我身上只剩两块钱了，一天没吃饭，到了晚上在吃饭还是买彩票的问题上，我还是选择了后者。或许这张彩票就是大奖，买彩票的人都有这种心理。当然，还有一重原因，我想节俭下来的钱买彩票，或许更容易中奖。生活中有许多这样的实例，即使唯物主义者，在买彩票这种事情上，也还是宁愿相信冥冥之中的一些机缘的。

大福正在做横幅，我说："又出大奖了？"大福说："没有。"看看横幅，一条是"希望彩票屋"跻身全市"十大彩票屋"，一条是向"希望彩票屋"最大中奖者刘大牛致敬。我说："还挂大牛？"大福说："给大家提提神，推动彩票事业快速发展。"刘大牛是个租客，忽然一天，他买彩票中了大奖，有说五百万，有说一千万，有说五十万一百万的，也有说几千万一个亿的。这件事已经过去两年了，刘大牛早已不知去向，大福还一直打着他的广告。我说："跻身十大彩票屋，证明你销售不错哩。"大福笑着说："别看那些商业圈豪华小区边开的彩票屋，卖不过我。这个世界对于我们这些人来说是一个不透气的闷葫芦，我这彩票屋就是个气孔，尽管这只是针眼一般的气孔，总还能透透气嘛。人嘛，总得有个寄托。"我说："说得好。"我买了两张彩票，大福说："说不定下一个中大奖的就是你。"

然后，我去了老拐的铁皮房，买几包烟，买新一期的《小说月报》、《小说选刊》之类的杂志。说到梦想，几年间色彩缤纷的梦想就像肥皂泡一样，破灭得寥寥无几，只剩下作家梦了。上中文系的没有作家梦是不正常的，上大学后我写过散文，写过诗，一度定位终身做一个作家。然而，走出校园，为生计奔波，几乎没有时间再去做作家梦。如今，大把无所事事的闲暇时光让我茫然恍惚，坠入虚无，尤其乔楚离开后，我彻底地颓废沮丧了，连精神都没了。

这当口那篇一万两千字的《风是沙的路》在《人民文学》发表了，就像一道光，为我照出了一条路。我重新拾起了作家梦。往大里说当个作家可以扬名立万，往小里说可以慰藉心灵，再往小里说，尽管稿费很低，但有总比无强。而且我发现锦绣的租客个个都有故事，他们的人生经历那样丰富，是作家凭借想象力编不出来的。

等我回去的时候，银娥的稀饭已经煮好了，里面有红豆、花生、蕨根，呈紫褐色。她捞了鸡蛋放在肉案上凉着，舀了一碗稀饭，说："秀才吃不？"我说："我吃过了。"她又进屋端出来一碟水萝卜辣椒丝，又去对面小管油条铺买了两根油条，坐下喝稀饭。我坐在小马扎上吃烟。老顾回来了，银娥说："咋这么快就回了，今儿领导出来得快？"老顾说："不把政府大门围个三五个小时，领导能出来？"银娥说："那是咋了？老板给吓住了，不闹了？"老顾气呼呼地说："我去了一看那狗日的我认识，曾经欠我半年工钱，还自己有理得不行，我说不要了，留给你一家吃药去，买棺材去，狗日的让手下打我，日他娘。"银娥说："都回了？"老顾说："你当我是谁，我说都回，谁听我的？就我一个回了。"老耿从路对面杂粮铺子撂过来一句话："离了你地球就不转了，你一个人回了，事就弄不成了？人家差你一个？西山上的蘑菇菇，看把你稀缺的。"老顾说："你个瞎尿，一大早就跟我抬杠？"老耿说："我说的就是个理嘛，跟你抬杠？"

银娥舀了一碗稀饭给老顾，老顾端了边吹边吸溜。银娥烧稀饭总要多烧一点，有谁来了没吃饭就会给盛一碗。老顾说："反正我不挣他这五十，穷不死我，给他狗日的上访，人总得活个骨气不是？"老耿说："你这是骨气？狗跟骨头生气哩。"老顾说："夹住你那二条，不跟我抬杠怕长严实咧？闲不住借给女人养（生）娃去。"老耿说："不抬杠寡味的嘛。"老顾忽然就笑起来，说："给我打二斤肉，再来两个卤蹄子。"银娥说："今儿来客？有喜事？"老顾说："这不是喜事？狗日的也摊上事了，我该开心，你说是不？这次雇这么多人上访，看来狗日的是摊上大事了。"老耿说："你咋知道人家摊上了事呢？人家不是冲着利闹还会冲着害闹？那些老板贼着哩，无利不起早，要我说你这是拿自己的钱给人家贺喜哩，政府弄不过老板的。"老顾说："弄过弄不过，麻烦他狗日的一阵是一阵，今儿去的人有三百多人，加上吃喝，不花他狗日的两万。"

老顾不时吸着鼻涕，银娥说："你擤一下，眼看都掉到碗里了。"老顾说："老了，不耐寒了，都啥季节了，早晨还这么寒凉。"银娥说："天气预报说了今早降温哩，出门还连个夹克都不穿。"老顾说："往年这阵子咱这一片已经晒上太阳了，日他娘，去年起了这几栋楼，咱这片就完全给埋在阴影下了，这辈子这里见不到阳光了。"

老顾喝完粥，看了我一眼，说："秀才，你说老板跟政府弄事咋总能弄赢？"我说："这你得问政府或者老板呀。"老顾说："你这等于没说嘛。"

老耿嘿嘿一笑说："这才是抬杠哩。"老顾说："秀才，你说一下嘛。"我只是笑。老顾说："秀才，你一天猫在屋里到底弄啥哩？整日神神道道，见首不见尾的。"我还是笑。老顾说："你不会是那啥卧底吧？"我说："卧在这里？喊。"我站起来进屋，老顾冲我的背影和银娥说："神神秘秘的，你没留心他在做啥？"银娥说："有啥留心的，谁会打咱们的主意？"

下午我去了趟书店，回来见沈财在门前堆了一堆麦草，银娥说："他儿子六福今天出狱。"沈财一笑，说："讲究一下，你别怕，不是恐怖活动。"我明白了，这是要燎一燎。老家也有这种讲究，遇了不好的事，被抓了，回来一定要点起一堆火在上面跳来跳去燎一燎，这叫"一燎百燎"。

六福出事那年我正在晚报社实习，采访过这件事。六福，人都叫他"金六福"，因为有一种酒就叫"金六福"，寓意好。六福在一家公司干了半年活，工钱要不上，他和另外两个工友就想了个办法，跟踪老板，用一个便宜照相机给老板拍照，不管老板干啥，只要让他们跟踪上了，就拍，拍完就把照片送给老板，什么都不说。一个月下来，老板就把工钱一次给他们结清了。这就像丢了一大笔钱又找回来了，他们很有成就感，觉得应该好好犒劳自己，于是决定去"名典西餐厅"吃一回西餐。他们点了比萨、牛排，还要了咖啡。这是他们第一次吃西餐，他们很兴奋，很开心，互相取笑对方刀叉用得别扭，咖啡端着杯子喝。他们对面坐着的一对男女也在嘲笑他们土八路、土鳖、刘姥姥，不时瞟他们一眼，捂着嘴笑。他们觉得这两个人太过分了，他们自己嘲笑自己可以，但别人嘲笑不行。这让他们很愤怒，可也只是在心里愤怒，他们可不想在这里惹事。离开西餐厅的时候，那对男女依旧在笑他们，直到他们出门。

从西餐厅出来他们就去工地干活了。城西有一片森林，还有一个湖，被规划成了一个公园，他们在公园里码道牙石。休息的时候，他们去旁边的果园里寻水果吃，意外发现那对男女正在打野战。他们揍了那男的，把那女的给轮奸了。在西餐厅他们就从这两个人的年龄、举止和窃语中断定那是一对偷情的狗男女，现在就更确定了。要是夫妻怎么会跑出来打野战？他们认为他们不敢报警，报了警，也等于败露了他们自己的丑事，那样麻烦更大。事实上他们确实没报警，报警的是一个路人，而且拍了照录了像。警察赶到时，三个人还像没事人一样在干活。

三个人的供词里都咬定那女的就是鸡，在光天白日之下打野战。最后，他们按年龄大小分别被判处四年五年六年有期徒刑。

六福正在火堆上跳，一个干部走过来，说："火是谁放的？"六福说："我放的，咋了？"干部说："你是谁？"老周认识干部，忙说："沈财的儿子，刚从监狱出来，给燎燎，马上就清扫干净。"干部打量打量六福，掉头走了。六福说："多少个烟囱冒烟，不管，管这？把我们当软柿子捏。"这话声音很大，那干部也没回头。沈财说："秀才，晚上过天阴喝酒，哪里都别去。"

过天阴不是锦绣的传统习俗，是租客们创造的。他们没有节假日（所有的节假日他们是最忙的），只有天阴下雨——得是干不了活做不了买卖的大雨，他们才会吆喝着去小酒馆喝一场，所以叫过天阴。后来，谁发了点小财，谁办妥了一件难事，谁揽了个好活，谁要乔迁了，都会吆喝喝酒，也不一定非要等阴雨天，因为这是一个少雨的城市，一年也下不了几场雨，但大家依然叫过天阴。

酒馆就选择老顾饭馆。老顾饭馆的菜都是家常菜，量大，可口，还会送一道菜一盆汤，而老顾也是好人缘，谁吆喝都会有他。酒是十几元一瓶的糜子酒，他们说酒没有贵贱，喝的是个心情。

酒喝过三瓶，老柳说："秀才，跟你商量个事。"我说："啥事说嘛，还商量？"老柳说："你把厕所通了嘛，我有糖尿病，整日就靠水养着哩，不喝吧口干舌燥，喝吧又夹不住，就得一遍一遍往厕所跑，误得事大哩。"大家都说："就是，就是，人老了出口都有问题，你就通了吧。"老陈说："银娥，你咋弄的，你可不像我们方便，靠着树掏出来能解决一下哩，你得蹲下哩。"银娥说："喝杯酒我给你说。"老陈说："不能喝，喝了第二天尿裤子。"银娥咯咯一笑说："你和女人一样，骑卫生巾嘛。"老柳说："说个不丢人的话，我骑过尿不湿哩。"

老耿说："这么着，我们每户一月给你涨十块钱的房租，十五块也行。"老李说："厕所锁起来，谁上谁找你拿钥匙，上完没弄干净，你罚款，不交钱，下次就别让他上。"我说："这我得跟老房东商量一下，房子是他的，我做不了主。"老顾说："你那间杂货间以前就是厕所，重新弄一下就行，跟他说啥，他在美国，不知道，说了他肯定不同意。"老李说："这样对你也好，省得我们老借你的厕所上，在你房子里出出进进的，打扰你。"老耿说："你体谅体谅我们，人老了下水道都不行，上趟厕所太费劲了，有时候憋得人头上淌汗哩。"老陈咯咯笑着说："多憋上一阵，就从头上全出了。"老顾说："再不你就弄成个公厕，收钱也行。"银娥说："秀才，你就答应了吧，就当行善呢嘛。"银娥这话让我想到了娘，娘说过日行一善。我说哪里有那么多的善可做呢？娘说碰上鸡叨架狗咬仗，攘散了就是善嘛，鸟娃从窝里掉下来，放回窝里就是善嘛。娘这人确实善，喂鸡，她还会往墙根撒一把秕谷，给那些鸟儿们。我一直觉得可怜人更容易有善举，因为他们从别人的可怜想到自己的可怜。

老柳说："一上厕所我就想回家，天宽地展的，哪里不能方便，蓝天白云的，蹲在山坡草地上，那多么痛快。"我说："厕所是现成的，那就收拾出来，大家用，收什么钱。"银娥说："那明天就弄。"老柳说："还等啥明天，喝完酒我一时半会儿就收拾出来。"

# 第七章

　　社会真是变了，仿佛是一夜之间，大街小巷穿牛仔衣、喇叭裤、红裙子、蝙蝠衫、戴蛤蟆镜的人多了起来。但随之，麻烦也很快来了，成群结伙的地痞多起来，他们戴蛤蟆镜穿牛仔衣喇叭裤，一帮一派的，游街串巷。起初还好，只是游手好闲，帮派间打架滋事。到了1983年，开始出现叼吃抢喝，到了肉摊前，抓了卤猪蹄、猪肘就啃，银娥才说了一句话，他们就把肉案掀了。贾兆春冲出来忙道歉，才算息了事。这帮家伙隔三岔五便来骚扰一回，银娥忍受不了，贾兆春说："忍不下也得忍，你没看街上多少小店铺都关门了，千万别跟他们生事，都是不知天高地厚往刀尖上扑的货，啥事都做得出来。"银娥跺着脚说："国家咋不管吗？"贾兆春说："国家还没给惹𤠕（火）呢嘛，惹𤠕了就会收拾的，这么张狂，快了，迟早的事。"银娥气愤不过，只能恨恨地说："别哪天把我惹𤠕了。"

　　有一帮地痞带头的是弟兄三个，叫大王二王三王，几乎每天都要来肉摊上骚扰，连吃带拿。银娥说："这么下去，挣不上钱还要贴，要不咱们先关上几天再说。"贾兆春说："人家关门可以，咱们关门给场里咋交代，每天猪肉不供应了？"银娥说："要不你去给派出所说说。"贾兆春说："街上乱成啥样子了，你当他们没看见？"银娥想想，说："地痞多是十一点才到街上来，写个牌子，十点半前供应熟食，猪肉摆在外面，他们还生吃不成。"因为地痞上街横行霸道，街上不太平，人们也赶早出来采购，中午很少上街了。自挂了牌子，熟食基本在十点前就卖光了，倒也不影响生意。

这天，那帮地痞又来了，见不到熟食，一个个骂骂咧咧的。一个家伙吼道："上午就卖光了。不会是看我们来了藏起来了吧？给我搜！"贾兆春守着肉摊，不让开。地痞说："他妈的跟我们生事，活得不耐烦了？"贾兆春的脖筋都跳起来了，但最后还是让开了。

地痞就像土匪进店，日本鬼子进村，把盆子整得哐里哐啷的，那二王拿了砍刀在肉上一下一下砍着，说："明天给爷们留着，我们来要没有就把你剁了吃。"整块的猪肉被砍出横七竖八的刀口，白森森地翻开来。贾兆春说："兄弟，别这样剁，这样剁了肉还咋卖？"那家伙却挥着刀说："明儿老子不高兴，再剁就是你这张脸了。"说完，挥刀剁在猪肉上，在贾兆春脸上拍几巴掌，走了，其他几个地痞也都学着在贾兆春脸上拍。

走出老远了，一地痞忽然又转回来说："我们不能白来呀，拿钱请我们吧。"银娥说："早晨到现在还没开张。"那地痞说："没开张？你们的熟食不是卖完了吗？"贾兆春一直忍耐着，两只手剧烈地抖动，银娥见状忙掏出钱来，说："我请你们吃碗面。"说着就数钱，那地痞一把就将钱卷全夺走了。

"你说，一个屠夫被几个地痞整得没办法。这世道，"贾兆春说，"这些狗日的也太嚣张了，太不懂规矩了，土匪见了屠夫都避让哩，他们这是往刀尖上撞哩。"

银娥正忙着把那些剁坏的肉顺刀口剁成不同形状的条块。

贾兆春深吸一口烟，徐徐吐出，说："我要动手，他们一群都不是我的对手，我不信他们比三百斤的大猪还费手。"

银娥说："你想做啥？别犯驴脾气。"

"我就说说，"贾兆春嘿嘿一笑，在小春头上摸了一把，"我可不想闯祸，你们都是我的责任，我责任重大哩。"

几天后的一早，卖菜的邝世贵家来了好几个警察，出出进进的，警察走了，人们才知道邝世贵的女儿邝美霞被强奸了，在巷子里被拉走的。贾兆春蹲在肉摊前磨刀，他在磨师傅送他的那套刀，他眼前浮现着美霞的身影。

银娥收摊回来，贾兆春问她："美霞你见了没？"

银娥说："没见，说是不止一个牲口干的，唉，才十四五的人。"

贾兆春手抖起来，磨着的宰猪刀割破了中指，血就喷涌出来。

银娥找了棉花要烧灰止血，贾兆春说："没事。"把指头搋进嘴里边嘬边吐，从脚下捏了一撮土撒到伤口上，说："土是最好的长药。"

银娥说："你磨那刀做啥，场里发的刀不好用？"

贾兆春说："不是，磨磨，刀不磨自己老哩。"

见银娥坐在那里发痴，贾兆春故作轻松一笑说："今儿买点芹菜，回去咱们吃顿芹菜饺子，我想吃。"

银娥叹口气，说："这事传得全锦绣人都知道了，以后咋活人吗？就吃个哑巴亏，别声张噻。"

"才十四五的人，哪里想得那么多，再说有人看见了，能压得住？肯定是那帮狗日的干的。"

"哪一帮？"

"就是弟兄三个带头的那一帮，狗日的这么作孽，总有一天会让人给宰了。"

"去看看老邝吧，遇上这么大的事，你拿上二斤肉，一个肘子。"

"出了这种事，只怕是连人都不愿见，去了不是往伤口上撒盐？"

银娥说："也是，过上几天再去吧。"

过了几天，贾兆春去看了美霞，邝世贵正往一辆架子车上装东西，他递了一根烟，邝世贵点了。

"要搬家？"

"回家，城里不是咱待的。"

"美霞呢？"

"回去了，不回去还咋待下去嘛。"

……………

这天，银娥提着两个蛇皮袋子去挖野菜，贾兆春说："把小娥和小春也带上。"银娥说："我去挖野菜，你当我去游山玩水。"贾兆春嘿嘿一笑，说："带他们到田野耍耍，你看城里人都带着娃到田野里踏青哩。"银娥带着小娥小春一路走一路掐折花草，给他们编了小花帽戴上，两个小家伙追捕蝴蝶，咯咯咯地开心笑着。

娘仨一进锦绣的村巷，觉得人们看他们的眼光不对劲。肖长福跟头流星地扑上来，号哭着说："姐，不、不得了了，出、出大事了。"

银娥走后，贾兆春让肖长福照料肉摊子，他去路边买了烧纸。离清明节还有一个月，街巷两边就有了卖烧纸的。城里人不讲究，清明提前一个月找个周末就上坟了，说是怕有事耽误了。早清明，晚寒衣。在老家清明是可以提前的，但提前不能超过一周，要是提前一个月就能上坟，那还要清明节做啥呢？每年到清明节这天，贾兆春都会在十字路口给先人烧纸。今天他是要给妹妹烧纸。从美霞被强奸几天来，他夜夜都梦见妹妹。虽然这些年他常会梦见妹妹，但没有这么密集。这几夜梦中的妹妹时而就变成了美霞。昨晚，梦境非常清晰地复原了妹妹被那几个牲口欺凌的场面，他梦里狂乱抢捶，把银娥都打醒了。银娥推醒他，他满嘴是血，那是梦中咬烂了舌头和腮帮子。银娥问他咋了，他说做了个噩梦，你睡吧。

他沿着御史渠一直走到一条偏僻的十字路口，给妹妹烧纸。老家人有讲究，连续梦见一个死去的人，是要给烧纸的。烧完纸，他痴痴地望着纸灰在风中旋起，泪水扑簌簌落下来。

回到肉摊前，贾兆春点了两根烟，递给肖长福一根。肖长福说："哥，要不这肉摊子你关上几天，躲过风头再说。"贾兆春说："这是公家开的，要求按时按点开，关不关由不得咱，硬关了怕就再没有这活了。"肖长福长叹一声，说："这三王的爹以前武斗时就组织了一个大刀队，自命什么北区司令，在这一带横行霸道的，后来给另一派打死了，现在三个儿子又拉起了队伍，叫什么龙虎豹队，人说跟他爹那时候一样，就差背大刀了，要再不管这么下去，怕有一天真就背大刀哩。"贾兆春听到龙虎豹三个字浑身一抖，说："是不是这弟兄三个叫张龙张虎张豹？"肖长福说："就是。"贾兆春脑子炸了一个霹雳，霍地站起来说："是不是还有老四叫张蛟？"肖长福说："没听说，也可能吧，这名字普遍。"贾兆春感到胸口一阵发闷，肖长福问："哥，你咋了？脸色怎么这么难看，是不是病了？"贾兆春说："没事。"肖长福又说："有病别硬撑着。"贾兆春还是说没事。肖长福放下手里正补着的鞋，说我给你熬杯茶提提神。贾兆春"嗯"了一声，肖长福就进屋去熬茶了。

这时，那帮地痞又来了，熟食还剩下几块猪头肉，一个地痞抓起一块来递给一个披着衣服的家伙，贾兆春一把抓住地痞的手说："你娘没告诉你从屠户跟前抢肉吃是往刀尖上撞吗？"那披着衣服的家伙一扬手就给了贾兆春一个耳光，说："往刀尖上撞？你他妈的活腻了，知道爷是谁吗？"贾兆春说："张龙。"张龙哈哈大笑，得意地说："知道爷的大名？！"贾兆春说："你们弟兄三个今天来得挺齐全的。"张虎又给了他一个耳光说："操你妈，知道爷们，每次来还不好好招待。"贾兆春说："你家老四张蛟怎么没来啊？"张虎说："我妈没给我们生下，否则我们就是四大天王。"贾兆春说："你妈的×也太金贵了，该给你再生一个弟弟，凑齐了。"张龙挥拳打来："你他妈的敢骂老子？"话音才落，贾兆春手中的剁肉刀一挥，张龙的头就歪到了一边。张虎还没反应过来，刀已经从脖颈砍过去。地痞哪里见过这阵势，七八个人撒腿就跑，喊着杀人了杀人了，贾兆春扑上来一脚踢倒了张豹，问："美霞是不是你们强奸的？"张豹直"呜呜"大叫，贾兆春剁一刀，"是不是？"张豹说："是、是、是我们干的。"贾兆春就像剁猪一样剁起来。肖长福听得叫声，扑出来一看，大叫一声扑过去抱住贾兆春，贾兆春双眼血红，已经魔怔了。

"姐，三个一个都没活，当场就死了。"

"一眨眼间的事呀，我一壶水还没烧开，姐！"

就像一个炸雷响过，一道炫目的闪电打过，天蓦然黑了，像铁块砸下来，银娥什么也看不见了，倒了下去，肖长福扑过来一把扶住。

如果贾兆春能忍耐三个月，这劫难就躲过去了，因为三个月后，"严打"开始了，几乎是一夜之间，省城的地痞流氓全被扫荡一空。然而，贾兆春的内心已经崩溃，他等不及了。

银娥的天塌了。病急乱投医，她跑前跑后，逢人便求。肖长福说："姐，救不下了，搁哪个朝代都活不了命了，三条人命啊。"贾场长来看银娥，也劝她："别找人，别花钱，谁也说不上话，三条人命，没有活路。"

因为正赶上"严打"，案子判得很快，银娥很快见到了贾兆春，她哭着说："你咋的了嘛，你一直在劝化我呢嘛，到了自己咋就醒不开了？"

贾兆春说："银娥……"银娥说："咱们说过谁都不能闪下谁……"贾兆春打断银娥说："这里说话有时间限制，等我先把重要话说给你。我要给你说十个谢。一谢你救命之恩。我们一直争谁把谁带进城，我是想逗你生气，说真的，是你带我进城，倘若不是你或许我把大事早就做下了。我人虽然进城了，但仇恨没有消灭，君子报仇十年不晚，总有一天，我要让张万寿老狗日的感受白发人送黑发人的痛苦，我要让他受到断子绝孙的惩罚与痛苦。二谢你传宗接代之恩。不孝有三，无后为大，我是独子，你让我有儿有女，到那世我也能挺直腰身见列祖列宗。三谢你知遇之恩。我没有想到你会喜欢我，会嫁给我，你说我活的个啥人，连牲口都不如，你是啥人，说癞瓜瓜（癞蛤蟆）想吃天鹅肉，一点也不过分啊，我连妄想都不敢有啊。四谢你真爱之恩。从我们一同离开张庄，到今天整整一千三百八十八天，你没有说过一句污辱我的话，你是那么疼我，那么爱我，此生足矣。五谢你雪耻之恩。张万寿为两个儿子提亲没成，我却娶到了你，这让我多么的荣光啊。六谢你活命之恩。你不知道我有多喜欢你，多少次我都觉得自己活不下去了，可一想到你一看见你就想活了，没有你，我怕早就不在人世了。七谢你再造之恩。这几年的时间，我对这辈子充满了希望，你鼓舞了我追求美好生活的信念，恩同再造啊，尽管我自毁长城，但这几年的幸福时光足够我活一辈子。八谢你成全之恩。没有你我一辈子光棍是打定了，我不会娶妻，人在这世不翻人身（结婚），到那世就是一个孤魂野鬼。九谢你劬劳顾复之恩。你一个人要为我贾家养育一对后人，此恩重于泰山啊。十谢你送埋之恩。我以前想过，我死了有可能暴尸荒野，狼啃狗叼，但现在有你，我无虞矣。"

贾兆春扑通跪下去，"咚咚咚"磕了三个头说："谢谢你，谢谢你啊，这几年对我就是几十年，就是一辈子，就是永生，你让我这辈子没白活。"头磕得太重，额头上渗出血来。

"我有这么多的恩，你为啥不陪我到老呢？你给我背的诗里不都说死生契阔，与子成说；执子之手，与子偕老。冬雷阵阵夏雨雪，乃敢与君绝吗？你咋就把我扔在半路上？不就几个地痞吗，你不是一直在劝化我吗？"银娥跺着脚说，"你曾经说过你的命是我的，可你把命给了别人。"

"你别哭，听我给你说。说到劝化，我在劝化你，也是在劝化我自己，咱们是在别人的地盘上讨生活，忍辱负重是必须的，可是……你知道我宰了的那三个狗日的叫啥？张龙、张虎、张豹，这是让我黑血反腔的三个名字啊！你还记得咱村里也叫这几个名字的那些畜生吗？我为啥不念书了？大队、学校、老师、校长没说不让地主的子女念书，是那几个狗日不让我念的，他们在半路上拦我，不让我去学校，到了学校不让我进教室，给我开批斗会。大队开批斗会，押上台那么多人，他们就盯着我爷斗，到了滚革命的蛋，因为给人踢下去推下去摔得重，他们都有了经验，押到斜坡前还不等民兵踢，就抱头自己滚下去，别人自己滚下去都行，我爷不行，他们揪上来非要一脚踢得滚下去，这都不说了。你不知道啊，他们把我大妹妹糟蹋了，弟兄四个猪狗不如啊……出了美霞这件事，我天天晚上梦见妹妹，我宰不了那四个畜生，我等不及了……我不能再让这里的三个混蛋祸害别人……"

贾兆春手脚被粗重的镣铐锁着，他用头疯狂地撞墙。银娥喊："兆春，兆春……"贾兆春就像疯了一样撞着，撞得整间房子都像在晃动，银娥高喊："公安，公安……"

进来两个公安将贾兆春扯住，说："好了，会见到此结束。"贾兆春清醒过来了，说："对不起，我有些冲动，再给我们点时间吧，我知道时间还没到。"公安很不耐烦地扯贾兆春走，贾兆春说："再给一个将死之人一点时间吧，我保证不再撞头。"两个公安互相看一眼，走了。

贾兆春抬起被锁着的双手，抹去额头涌流的血，说："张万寿更是猪狗不如，他看见了都不管，掉头背着手走了，我爹看见了，张万寿还威胁我爹，我爹不敢声张。我大妹妹上了吊，我逼问我娘才知道的。从那个时候起我就觉得上天让我来到这世上就是要狗日的一家命的，我要用我这条命换狗日的一家的命，我要黑了张万寿这门人，让他断子绝孙，在我心里他们一家人死了几次了。连宰猪我都不敢看，我为啥宰猪，就是为宰了他们一家练胆。我不会给他们下老鼠药，下敌敌畏，那太便宜他们了，我要把他们一个一个活剐了，就像神出鬼没的刀客。可我是独子啊，我还要传宗接代啊，不然，张万寿一家早成我的刀下之鬼了。"

银娥啜泣着说："你咋不说嘛，总是窝在心里，说出来化解化解就过去了嘛。"

"你心里装的事还少吗？说给你再装到你心里？"贾兆春说，"到了城里这几年我一直在化解，你多好的一个人儿，我想抛弃一切和你好好过下去，一生一世，可那仇恨就是一块石头做的冰，化不了，是世界上所有毒物凝结成的毒，解不了，那些狗日的影子老在眼前像妖魔鬼怪闪晃，那是一场永远都醒不来的梦魇。这就是命，你说你信命，我不信命，但现在我信了，这是命中注定。唉，这弟兄三个就是催命的啊，他们再坏也不该我把命搭上。猪头狗日的命大，那天他没闪面，要闪面我先把狗日的做了。你说得对，那狗日的就是个吃白食的，从没把我们当过人看。不说了，不说了，大仇未报就这么把命丢了，真是死不瞑目啊。"

银娥说："你后悔吗？"

贾兆春垂下了头，说："不说了，银娥……"

银娥说:"我问你你后悔吗?"

贾兆春哇呜一声号哭起来,"丢下你们母子咋办啊,死好死,活不好活。我咋是这么头猪啊……"

贾兆春一双手互相抠,抠得血肉模糊。银娥多想抓住那双手,可他们被铁栅栏隔着,隔得好远。银娥有气无力地说:"兆春,别哭了,别抠了,我和两个娃活得下去。"

"不该带你来城里啊,该去深山老林,开一片荒,像白毛女一样天不收地不管过日子。"

银娥浑身的筋骨仿佛都被抽了,她紧抓着铁栅栏勉强趴在窗台上。贾兆春用镣铐敲着栅栏说:"银娥,你要打起精神啊,听哥的话,回去吧,把小娥、小春给我爹娘,他们会好好待两个娃的,他们也没白养我,我给他们传宗接代了。你好好嫁个人,过个安生日子。"

时间到了,两个公安来押贾兆春,贾兆春说:"还有几句话。"公安很不耐烦,贾兆春吼道:"跟一个将死之人争什么时间,不怕我死了变成厉鬼找你们?"

两个公安面面相觑,然后站在一边。

"你看,人还是要凶一点啊,"贾兆春嘿嘿一笑,"银娥,我走了,苦了你了。我死了,就在春山底下找个地方埋了吧,那里天宽地展,云高风淡。我家族规讲得明白,横死的人不能进祖坟,你送回去也只能埋在荒野,我也不想回去。"

贾兆春被带走了,临出门他粲然一笑说:"银娥,如果是上天堂我一定带上你,可我这是下地狱啊。"银娥高声说:"二十年后,又是一条好汉。"

银娥希望过了年再执行枪毙,贾兆春是正月初三的生日,过了年就满三十了,可连小年都没让过。那几天一直下着雪,通知去拉尸首时雪停了。

天寒地冻，土地冻了三尺多深，打坟坑很费劲，镬头扎下去，只有一个青印，春山坡土中砾石又多。贾兆春人缘好，来送的人不少，大家拾来柴火，架了一堆烧，把冻土烧化，挖了很大的墓穴。埋完之后，人们又捡石头圈起了一个好大的院落。银娥说："活着的时候锤头大的一间房子，你说连腰都展不了，脚都伸不开，这里天高地阔的，给你弄个大庄院，你好好展展腰，伸伸腿。"

银娥搂着小娥和小春坐在坟前，眼里空空的，许久不动。大家劝慰了一番，老顾说："让她坐坐吧，坐坐吧。"人们陆续散去，小春与小娥睡着了。她叫醒了小娥，小娥哭了，叫醒了小春，小春哭了。银娥对肖长福说："他舅，你领着小娥小春先回吧。"肖长福从口袋里摸出两颗糖，两个孩子就不哭了。

银娥坐在坟前，寒风中坟丘的浮土飞起，纸灰犹如蝴蝶花。风掠过灌木蒿草发出呜呜咽咽的声音，遥远而幽深。柴灰色的雾霭从四野浮起，入暮的大地宁静而幽暗。

贾场长给送来了米面，猪场的职工还给他们捐助了些钱物。银娥母子像冬眠的蛇在小屋中度过了这个漫长的冬季。到了清明节，他们去给贾兆春上坟。春山浸在明媚的阳光里，融融春意中，花从山脚向山顶次第开放了，灌木蒿草在风中低吟浅唱，雁湖上有许多小船，人们的欢笑声传来。春山峰顶上积雪如云，显得冷傲清高。"春山原不老，为雪白头；黄河本无忧，因风皱面。"银娥眼前浮现出他们第一次到春山的情景。贾兆春的坟上开着一种花，花骨朵长满了刺，极其艳丽，芳香扑鼻。

"回去吧——"银娥听到悠长的声音，不知来自何处，但浑厚清晰，她茫然四顾。她是该回去一趟了，带着小娥小春，在城里她就什么都干不了了。

回到了张庄,银娥才知道张庄和她离开时已全然不同了。包产到户了,大队改成了村,村干部也都换了,爹已经什么都不是。村上也没有给她分地,把她当失踪死亡处理了。

银娥去了贾兆春家,贾兆春的爹已经招了女婿,老汉说一句话都要看女婿三眼,银娥什么也没说,抱着小春拉着小娥走了。贾兆春的爹追上来说男孙给我撂下。说着扑过来抱小春,小春连哭带抓,银娥抱着小春转身就走。她听到老汉的哭声传来。

家里也是哥嫂掌家了,爹娘说话行事也要看哥嫂的脸色。在家里住了两个月,哥嫂言语中已是不待见,她咬咬牙,把小娥放在爹娘跟前,领着小春又回到城里来了。

银娥来到猪场,才知道贾场长已经退休了。新上任的是马场长。马场长说:"猪肉供应点已经安排了待岗职工。"银娥站了一会儿,咬咬嘴唇说:"我宰猪行吗?"马场长说:"你宰猪?"银娥说:"宰猪,我男人就是场里宰猪的。"

贾兆春宰猪她都不敢看,现在要宰猪了,她想起贾兆春的一句话,害命的活有啥难的,有刀子呢。

银娥杀的第一头猪是头阿黑猪。猪场的猪都是饲料喂的,都是够了标准才杀,哪头猪都在二百五十斤以上。银娥把所有的悲愤怨恨聚集起来,才在杀猪的铁架子前站稳。她没用场里的杀猪刀,而是用贾兆春留下的那把刀。阿黑猪被夹在铁架子中间,丝毫没有抗争逃脱的余地,它眼睛几乎喷出火来,它把对生命的渴求化成绝望的号叫,沉闷如雷,撕心裂肺,银娥心里还是怯了,提着刀的手像秋风中的树叶抖动。

这么秀气温柔的一个女人要宰猪,许多人丢下手里的活围过来,这更让银娥气愤慌乱。老常黑着脸吼一声:"操你们娘的,看笑摊呀,都给老子滚开，啥时候老子杀个人给你们好好看看。"人都散了。

场里两个宰猪的都过来站在银娥身旁，老牛说："就是一刀子的事，胆正、心硬、刀准，别怕，有我们呢。"老牛声音压得很低，就像滚过大地的闷雷。银娥沉稳地点了点头。这都是贾兆春积下的人缘，平日里他们谁有事，招呼一声："兆春，替个班。"贾兆春都是说："没麻达。"

银娥的眼前出现了贾兆春，响起贾兆春的声音，她的心沉稳下来，手不再抖了，一只手迅速扯过猪的大耳朵苫了猪的眼睛，一只手握刀，鼓足气力，刀从猪的胲下捅进，然而，由于用力太猛，刀口偏离，未抵达心脏。猪只有在刀捅到心上，才会瞬间死亡。所以每只被宰杀的猪心上都有一个刀口。猪疯狂地挣扎，整个铁架子地动山摇。老常一拍银娥的后背说："没事，回刀。"回刀不能将刀抽出来，而是扭动刀寻找心脏，因为刀在肉中，动一下都会伤及肉骨，因此回刀猪最痛苦，也是屠夫最痛苦的，但必须回刀，不能等待猪在痛苦的挣扎中流尽血而死去，那将是一个漫长的过程。

银娥的心在颤抖，手在颤抖，老牛说："银娥，你让开，我来。"银娥摇摇头，她攒足气力，扭动着刀寻找着猪的心脏，小臂都没进了刀口中，殷红的血在猪挣扎号叫中喷出，喷溅了她一身。老牛说："刀子见肉自快，别整个胳膊都用力，只用腕力，用个巧劲。"刀尖终于找到了猪的心，在戳到的一刻，猪的四蹄用劲全力蹬出，再没收回，全身一颤，就像人打个冷战，发出一声长哼，平静下来。

猪被人们从铁架子里抬出来拾掇去了，银娥憋着的一股气泄了，一阵眩晕。老常说："你回去歇着吧，今儿的任务交给我们了。"银娥咬咬嘴唇说："没事。"老常说："孩子，别硬撑，得慢慢来。"老常这一声孩子，把银娥几乎叫哭了，但她强忍住了，把泪水逼了回去。在这城里，你放纵地流泪都不可能，给谁看呢？银娥说："就是要命的活。"老牛嘿嘿一

102

笑说:"万事开头难,只要开了头就没事了,你这样想,猪是人的一口菜,人吃了它,它就功德圆满了。"

过了几天,贾场长来了,说:"农村现在包产到户了,也挺好的,要不你带着娃回去,待娃大些了再进城来。"银娥摇摇头说:"回不去了。"贾场长又说:"现在政策活了,可以卖议价肉,允许个人摆肉摊了,你自己摆个肉摊吧,比宰猪强。"银娥说:"猪我也宰,肉摊我也摆。"贾场长叹口气说:"你一个女人家……"银娥说:"我能行,要命的活嘛。"

过了几月,马场长把银娥叫去,说了一大堆,银娥听明白了,宰猪的活不让干了,房子也不让住了。贾场长对银娥说:"也不能怨他,上面有政策,要清退临时工,让正式职工上岗,硬性任务。"又说,"春山下有个猪场,那是春山村办的,现在承包给了个人,你去那里宰猪吧,咱这里是国营的,死板得很,个人的活泛。"

银娥在锦绣走了几圈,还是选择了在老地方摆肉摊,那个地方自从出事后,肉摊就撤到别处去了。她租下了肉摊后面的一间房子,房子是新盖的。家没什么可搬的,一架子车就搬光了。银娥去了春山猪场,人家以为她是要批肉去卖,她说我买猪自己宰,自己卖。一头猪自己宰自己卖,能多出八到十斤肉,因为把整个猪分割成大排、小排、肋排、蹄髈、猪爪等二十多块各类猪肉是有学问的,刀功是非常讲究的,根据顾客的需要,一刀下去砍出顾客所需要的八九不离十的斤两,重复切剁,会有碎肉碎骨。一个好屠夫一头猪分割完会产生十几元的利润差价。老板看看她说你能宰猪?银娥说我给你宰一头你看看。银娥宰了一头猪,老板说你以后来我这里宰猪。谈妥后,银娥每天五更起来去猪场,杀完猪,她挑一头,说好价钱,再杀。她目光很毒,挑的毛猪杀后过秤,总会长出几斤甚至十来斤肉。借猪场的肉案和洗管、炉火把猪的肠肚、内脏、蹄、头拾掇出来，然后用板车拉回来。

猪场办的卤酱肉厂开始给个体户批发各种熟食，银娥就去批一些来卖。祁菊英悄悄跟她说："你自己卤酱，简单得很，你买个高压锅，我回去教你。"银娥买回高压锅，跟着祁菊英学了几天，就会做了。后来，她又批了羊肉、鸡肉、鸭肉来卖。肉摊上丰富了，客户也就多了。自己摆摊的好处就是想卖啥卖啥，不像给猪场摆肉摊，只能卖规定卖的东西。

每天五更银娥起身去猪场，把小春抱到肖长福的屋里。肖长福偶尔有事不在，她只能把小春裹好，放到脚蹬三轮车上，到了猪场，将小春放到看门老头的房里，小春继续睡，她去宰猪，宰了猪，收拾出来，装上车，再将小春放到车上，去买羊，买鸡、鸭，买熟食。好在肖长福很少有事，也很少回家，小春也就少了早起的苦处。

"严打"运动过后，地痞该抓的给抓了，没抓的吓破了胆，不敢再来叨吃抢喝，社会风气一下子好了许多，但还有一位来吃白食的，就是猪头。银娥想"严打"咋没把他打了，他更像地痞无赖。这天，猪头又来了，提了一个猪头，站了站要走，银娥说："还惦记着我家猪头，我们家的猪头不是地里长出来的，是拿钱买来的。"猪头"呃"了一声，很轻，目光很阴冷，手里提着的猪头并没放下。银娥和他对视着："我男人死了，是你害死的你不知道？"猪头又"呃"了一声。银娥说："我男人说了，你是喂不熟的那种东西，不要说你没心，你连人都不是。"猪头看着银娥，银娥又说："你不是养下我们的人，也不是我们养下的，凭啥在我这里白吃呢？这些年你白吃了我家几百个猪蹄子，几百副猪下水，几十个猪头，要是卖了钱，把钱给你，你就把事给我们办了，你就是一头猪，白食吃惯了，连账都不会算啊。"猪头又呃了一声，放下了猪头，张张嘴要说什么，银娥接着说："知道不，是那几个不知死活的地痞无赖撞到刀尖上，救了你，不然剐了的就是你。"银娥把手里的刀哐咣剁在肉案上，声音很响，猪头一抖。银娥怀里抱着小春，小春忽然呸了猪头一口，唾沫还很多。小春不知在哪里学会唾人的，但还从没把唾沫唾到人脸上。银娥说："看到了嘛，我儿还吃奶哩都认下你了。"猪头抹了一下脸，怔了怔，走了。银娥对着他的背影说："你记着，这世上所有的事情都会有结果的，我男人说的。"

那天的太阳很爽朗，照到地上是骨白色的，猪头淹没在那骨白色的阳光里。事实上，猪头起初并不是为猪头而来，而是来打银娥的主意，但他怯贾兆春手里的宰猪刀。事实证明他怯对了，不然可能死的就不是那几个地痞了。不过，他今天来还是馋银娥，想着男人死了，这是一个机会，看来还是不敢动手。一个宰猪的女人比宰猪的男人更让人觉得可怕。

后来，银娥再没见过猪头。好几年后再次见到，猪头已瘫坐在轮椅上，头像个拨浪鼓摇着，口水长线一般挂在嘴角，明晃晃的，就像一个月娃子，脖子里戴着个涎水围围，浑身散发着一股屎尿味。小姑娘推着猪头边走边拿手机和人聊天。姑娘是个见面熟，对银娥说："脑溢血，半身不遂，可难伺候了，他儿女都见不得他，还骚得很，动手动脚的，干满这月我就不干了。"

地痞就是庄稼地里的杂草，会一茬一茬长起来，"严打"过去一年多，新痞子又长起来了，经常来骚扰。有一天，一个痞子抓了一个猪蹄就啃，银娥顺手抓起刀扎在他大腿上，痞子嗷嗷大叫，银娥说："想找死吗？！像张龙张虎张豹？"地痞放下猪蹄要走，银娥说："把猪蹄子拿走，钱放下。"地痞说："多少钱？"银娥说："你瞎实了？没看到牌子上写着？"地痞掏出钱数数，不够，银娥说："回去拿去，别让老娘提了刀剁到你家里去。"一会儿地痞把钱送来了。银娥想贾兆春说得对，人还是要凶哩。

日子又恢复了原样，银娥顾得过来，只是少了贾兆春在时的快乐。

小春还吊在奶头上，银娥睒着硕大的奶头，也不避人，来人了，把奶头从小春嘴里揪出来去卖肉，卖了肉又把奶头塞进小春嘴里。小春也习惯了，揪了奶头也不哭。银娥也不打扮了，夏天上身老穿一件皱巴巴灰色半截袖儿，下身是铰了贾兆春的长裤裤腿的半截裤，跐一双塑料拖鞋。冬天就像个男人穿一件军黄大棉袄，一双军用棉鞋，手套都是军黄的。因为剁肉，衣服上总是沾着点点血肉。又粗又黑的大辫子也剪掉了，剪成了齐耳短发，就像锅盖头，两只耳朵挖在外面，因为是自己剪的，剪得很不整齐的。她胳膊、大腿粗起来，浑身有了腱子肉，一疙瘩一疙瘩地往出突。坐在肉摊前，远远一看，会以为是贾兆春坐在那里，迷信一点的人都说是贾兆春附了体。人们叹息说："这女人心死了，一个好好的女人哪。"

锦绣的几个大婶操心给她介绍人，不是年龄大，找不上媳妇的，就是有这有那残疾的，再不就是扫大街的，淘厕所的，运垃圾的，说是城里人，就是有个城市户口。有一个是干部，有份坐办公室的工作，年龄大近二十岁，银娥想为两个娃，嫁就嫁了吧。可干部一听有两个娃就退缩了，但还来。有一次，男人放了二十块钱，就把银娥搂在怀里，银娥说："你不知道我是宰猪的？"男人迟疑了一下，装了钱走了。

# 第八章

走在去喜婶馒头店的路上，老秦迎面走来，我刚要打招呼，他却拐进中心巷去了。老肖正给小卖店卸货，我说："晚上给我送四瓶金糜子酒和两件黄河啤酒。"我要请老秦喝酒。老秦喝白酒厉害，喝醉了还要喝啤酒醒酒。他说你试试，灵验着哩。我试过，结果醉得更深。

在喜婶馒头店吃过早点，我去了老秦杂粮店。老秦开了一家杂粮店，专卖老家的扁豆、小米、黄米、荞面、黑豆、黄豆、胡麻油。看到我，老秦脸红了，目光游离，我故意说："我到底咋着你了，见着我像躲债一样。"老秦说："没咋，没咋，你这么好的人。"我说："对我有意见，你说出来啊。"我这样说是为了减轻那件事在老秦心中的分量，我要让他感觉我根本就没把那事当回事，只有这样，他才会从那件事中彻底解脱出来。老秦递给我一支烟，深深叹口气。我说："今晚到我屋里喝酒，我就不信喝不过你。"

事情是这样的。一位同学结婚，非要我给张罗婚车装饰。我只能答应，五点钟非自然醒来，刚出门下了半层楼，就听见楼上有门响，脚步声踢踢踏踏，楼梯很窄，狭路相逢，想错开身都不行，我知道他们比我的事要急，就在拐弯处的墙角紧贴墙根站定。楼道里有灯，但是灯泡只有十五瓦，还让蝇屎糊了个严实，光线黑魆魆的，一切都模糊不清。下来两个人，一男一女，女的在前，男的在后，贪婪地搂着女的肩膀，脸往女人脸上贴，一只手伸进短裙内。女的说你再这样，我可要加费。男的感叹道真无情无义，裤子提上就不认人了。这是老秦的声音。女的说有本事回头，我减半收费。老秦噼噼啪啪拍着女子的屁股，女的过去了，不知她看到没看到我。老秦在转弯时踩到我的脚，妈呀一声大叫谁！老秦是个近视眼，我怕吓着他，忙说我。老秦往上推推眼镜说你可吓死我了，你、你、你深更半夜的在这里做啥？我说今儿有点事。老秦说你……没说出来就走了。

从那天后，老秦见我总是别别扭扭的，街巷里碰面能躲开就躲开了。那么擅长抬杠的一个人，只要我在场，就前言不搭后语，总偷眼看我，目光相对时立马躲开，要不干脆找个借口走了。

我从老顾馆子里提了一盘酱牛肉，一盘凉拌肘子，一盆清炖羊肉，拍了个黄瓜，一盘煮花生。我和老秦一人一瓶白酒，不用酒盅，像喝啤酒一样对着瓶嘴儿直接喝。喝过二两，老秦说："唉，都没脸见你了。"

我故意装作没事人般问道："咋了？"

老秦说："没出息啊，你说……"

"你是说那天的事，"我拍着桌子哈哈哈地狂笑，笑了许久说，"那算个啥事，啊？你说，你看看这锦绣，多少一年两年不回一次家的，谁不是找小姐解决生理需求？这有什么，很正常的事么，就是夫妻都在城里打工的，都还找小姐哩！"

我说的是实情，在锦绣，这是一种再正常不过的生活了，不要说像老秦老婆去世了，就是许多老婆活着的，也多是在老家种地，所谓夫妻生活名存实亡，都是这样解决性生活。

老秦喝了一大口酒说："话是这么说，明事暗干着呢，你跟我儿年纪一般，在乡下你算是小辈……"

我说："可这不是乡下，这是城里，再说你才五十出头，老先人孟子说，食、色，性也，这是很正常的需要。你看看这城里，'西域公主''太子洗浴城''万水千山'这些夜总会、歌舞厅、娱乐城、洗浴中心，一夜成千上万的消费，哪个是你我消费得起的？可你看多红火，都是达官显贵们在里面消费哩，不然几天就萧条倒闭了，你说他们缺老婆吗？"我故意用了"你我"这样的字眼，这会让他有亲近感。"你这人也真是，我还想我是哪里做得不周，咋着你了，惹你见怪了，这有啥呢？喝酒！"

老秦抓起酒瓶狠狠跟我一撞灌了几大口，说："我一直觉得你会看不起我，还是要读书哩，读过书的人通情达理，要是别人，早传得一路风声了，当笑话不知咋讲哩。"

我说："再找一个老伴嘛，才五十出头，活个八十，还有二三十年光景哩。"

"咋找？在城里找上，你说她能跟我到乡下去？现在这日子我是看明白了，迟早是要回去的，城里养小不养老，待在城里，老了咋办呢？过了五十五六，连活都揽不上，吸风屙屁？说饿死真就饿死。房子租得起？死都死不起，埋的地方按平方米算，比买房子还贵。"老秦说，"回去了种点地，现在种地国家还给补点钱，至少饿不死。死了天宽地展的，想往哪埋就往哪埋。"又说，"要在老家，我肯定早就找了。"

我说："那就回去呀，城里生活你也享受过了，回去托老。"

老秦说："我早就有回去的心思了，可回去把两个儿子撂在城里咋办？大儿还在牢里，小儿还没安妥，城里就像个大陷阱，这些娃你不操心，到时真就把祸闯下了。你说我那大儿，天下没有免费的午餐，话说得多好，他偏就相信天上会掉馅饼，相信那一夜致富的梦想，这娃，这辈子是毁了啊。"老秦的大儿子搞传销，团伙给一锅端了，罚款判刑地折腾了一气。伍子胥一夜白头，老秦是三月白头，心劲就全散了。

我说："三年嘛，已经过了两年，快哩，也不是啥事。"

老秦深吸一口烟，徐徐吐出来。"要说一锅端对我是大快人心的好事，不然狗日的非把家给败了，判三年也不多，可三年也是坐牢啊，媳妇还没娶，背个坐牢的名声一辈子就像个把柄，谁不忌讳？媳妇就更难找了。小儿谈了个对象，知道哥哥坐牢就不往下谈了。啥手艺没学下，你说出来干啥呢？能到工地搬砖、砸钢筋？靠啥生活？"老秦双手挠着头说，"我没有想到把日子过成这样了，这辈子是荒废了。"

我说："怎么能说荒废了呢？你在城里也是有房的人哩。"

老秦一脸苦笑，说："有房的人，我进城整整二十二年了，父子三个人下苦，就值一套房？五十几平方米，还没我在老家的一间房大。要说我老家的房子阔气哩，正房五间，偏房四间，木头都是红松，门墙都贴了瓷砖哩，就是住不上嘛。"

我说："那就卖了嘛，在城里好好买一套房子。"

"卖了，卖给谁？人都跑到城里了，剩下老人娃娃，娃娃大了进城念书，老人都等死哩，死了一埋，村子就荒了，送得没人要了，这才几年，农村就变成这样了。"老秦喝了口酒说，"这些天我还发愁着哩，你说这小儿眼看要结婚，给了小儿吧，大儿出来咋办？肯定会跟小儿闹，弟兄都做不成了。给大儿留着吧，又怕出来给你踢腾了，再说这房子大儿没掏过钱，是我和小儿挣下的，哎呀，要在乡下，哪有这么多的烦恼。"

我说："你大儿我看挺明理的，听你的话哩。"

老秦说："明理是明理，可我怕的是进去改不好再改坏了，你看坐监

110

劳改的都是啥人，监狱里那些牢头狱霸，不是杀人放火的，就是搞歪门邪道的，劳改出来学好的有几个。"他的担忧跟沈财同出一辙。

一人一瓶白酒，又喝了一箱啤酒，老秦的心结应该是打开了，看着他轻松的身影，我忽然另类地想，说不定我们找过同一个小姐。

乔楚走后，我一度想找个对象结婚。我开始参加一些应酬，也组织一些聚会，创造与女士们接触的机会。我以为找对象结婚应该不难，二房东、包租公在我这个年龄确实不是一份体面的工作，但收入顶得上两个刚参加工作的公务员的工资，怎么说也可以给我加点分吧。当然，我深知，不要说有了正式工作的，就是依然漂着的城里女孩也不能奢望，"包租公"这个身份她们是不屑的，反而会助长她们的清高冷傲。那些年讲出身，现在依然讲出身，农村与城市依然天堑相隔。这点自知之明我是有的。

在我组织的小范围同学聚会上，我见到了邓玉梅。邓玉梅出身农村，大学时期我一度喜欢或者说暗恋过她。当然，那时候她眼里是没有我的。常言道同性相斥，异性相吸，对于来自农村的学生，同乡即同性，因为我们踏进城市，都有一个迫切的希望，改变自己的出身。

从获得的信息来看，邓玉梅仍然像无根的浮萍漂着，身边也还没人。聚会过后，我和邓玉梅在咖啡屋见的面，尽管在我看来不及那些小酒馆实际，但我知道咖啡屋更有仪式感，人是多么需要仪式感啊。几年不见了？我已记不清了，人不走运的时候时间概念是非常模糊的。邓玉梅的变化很大，大学的时候她是很淑女的，安静而内敛。现在完全变了，姑且不说别的，她的手机来电的声音是"宝贝，来电话了"，短信的提示音是猪哼（那时候微信还没出来），她接电话时喜怒哀乐张扬得淋漓尽致，说话与以前判若两人，而且非常吵闹，尤其是，我们坐了不到一个小时，"男人没一个好东西"这句老气横秋的话，我都记不清她说了多少回，她接完电话回过短信就会发出这句感慨。这大出我的意料，让我怀疑大学期间她的安静内敛是装的，像诱饵。她电话实在是太多了，隔个三五分钟就有，短信时时刻刻都在涌入，至此我才发现，因为手机你想跟一个人安静地坐着真是不易。当她坐下来，浑身每个部位呈现出来的细节都带着形而上的仪式感、优越感，不可否认，她眼里依然没有我。这让我疑惑，既然没有我，为何会单身应约？

很快她就撑不住，原形毕露了，她说："把你的手机给我。"我递给她，她说："不良内容都删干净了。"我说："我的手机里没有什么不良的东西。"她说："隐私都加密了吧？"我说："我没有隐私。"她一笑说："男人没一个好东西！"我想她不该说这样的话，即使要表现这样的意思，至少应该把"男人"换成"男生"或"男的"，说成"男生（男的）咋都这样"，但继而我为自己这想法感到古怪而可笑。

我以为她的手机欠费了没电了要打电话，她说："复制一下你的通讯录，你没意见吧？"我说："你复制那做啥？"她说："你是公安还是纪委？"说完她通过蓝牙开始复制了。我想她大概干的是保险之类的活计。我说："我的通讯录含金量不高。"她说："含金量不高也是含金量呀，再说含金量看怎么说了，对你来说或许含金量不高，对我来说就未必了，有些人能装得很。"我想她的意思是有权有势的人，未必看得上和我勾连，对我来说用不上就等于没有含金量。"勾连"这个词是日语对汉语"关系"的翻译，我觉得太准确了。

复制完，她说："我还有事，以后再约吧。"她跟我见面就是为了复制我的通讯录？我当然不好挽留，也无意挽留，故意说："要不要我把通讯录中有权有势的给你点出来。"她说："不用，一听电话我就能听个八九不离十，这点我有天赋。"我笑笑说："有些人潜得很深，就像我们班有些直到毕业才知道他家有多富。"她说："那不是潜，准确地说应该是低调。"我说："不是低调，是装，以前炫富，现在哭穷。"她说："你点点也好。"我点着名字——说明，她说："还说含金量不高，看来你……"她没有说完，临走，她一撇涂得发青的嘴巴，又说："男人没一个好东西。"这一年流行"菜"这个词，尤其男女之间常会说他不是我的菜，显然我不是邓玉梅的菜，当然她也不是我的菜。

接下来见面的两个女同学与邓玉梅类似，她们像变色龙，随时都在改变自己的角色。不要说找对象的感觉，我连逢场作戏的心思都没了。随便应男人之约吃饭；毫无节制地喝酒，而且喝交杯酒；毫不在乎地听黄段子，而且肆无忌惮地讲黄段子；要求一个男人送她回家，而且勾肩搭背；她们承认这个世界疯了，连手机都叫"爱疯"，甚至认为女人红杏出墙，男人夜不归宿，这就是风花雪月的浪漫。以前说知识越多越反动，现在是知识越多越混乱。虽然不应该拿男女授受不亲的老教条审视女人，但至少不该失去应有的矜持和自重吧。

我找对象的心一下凉了，可需要性生活啊，于是我开始找小姐。起初，我也觉得罪恶深重，但很快就释然了。我是个正常人，正是荷尔蒙喷涌的年纪，总不能老是自己解决吧。

每天黄昏来临之时，我都会到楼顶去像犯人一样放放风。我坐在楼沿，两条腿在空中荡秋千，因为锦绣的楼顶只有楼沿一溜儿是干净的，其余的都被屎尿占领。如果这个世界只有夜晚，锦绣也是美的。深邃的苍穹下，灯光就如同雕刻家手中锋利的雕刀，因了光与线，锦绣原本平面的世界呈现出抽象的梯级与深度，有着浮雕式的立体质感。小吃摊、麻将屋、烧烤屋、酒吧、歌舞厅、洗头房、洗脚屋……在流光溢彩的灯光烘托下，白日里破败简陋脏乱不堪的锦绣街巷也是一派灯红酒绿的繁华都市气象。

六月的一个黄昏，一个女子走进了锦绣。一连几天，这个女子就像一个游魂一样在锦绣的街巷徘徊。她红唇粉颊，穿着一种黑白线条相间的筒裙，就像一匹斑马，格外引人注目。起初我误以为她是梁上君子来踩点，现在梁上女君子也不少。看到她出入一些酒吧、歌舞厅，我又想或许她是老房东说的那种猫一样的女子吧。但是，她要是小姐，在夜幕如重帷苦盖的时间里就不会这样无所事事，她该上生意了，即使没上生意，这时间也应该站在路边，冲经过的人做一些动作挑逗，可她没有。她表情迷茫，眼里还有忧伤，尽管短暂，像闪电。我想她是一个生活中遇到了问题的女子，她所遇到的问题不外乎是失恋，孤独，迷失了方向。

她注意到了坐在楼顶上的我，冲我笑笑，爬上来，坐到了我的旁边，她两根手指像剪刀一样冲我剪剪，我递给她一根烟。她抽烟很老练，深吸一口，让烟雾穿越五脏六腑，然后徐徐吐出。抽烟如此老练，我想她应该有过支离破碎的生活。抽了两根烟，她说她叫祁春。这个给人希望的名字，却带着让人绝望的寒气。

蚊子像轰炸机攻击我们，我们去了屋里。我打开啤酒，我们喝起来。她说她在找一个男人。我问一个什么样的男人，值得吗？我以为她是给一个男人玩后甩了，这种事现在是太稀松平常了。她说是她的父亲。她说她父母都是高级知识分子，教授、研究员、博士生导师，一身名头，可她父亲给一个没有一点知识的女人带走了，她母亲因此自杀了。我说那你还找他干什么呢？她说起初我不这样想，我觉得他欠着我一个交代，欠我母亲一个说法。她说她从大二就开始找，为了这她把自己的第一次都卖了，一万块，是她自己找了一个老板卖掉的。她说她需要钱来找回一个答案，也想用毁了的自己来教训他，可是一年多的寻找她越来越恍惚了。她是想找父亲呢，还是想找自己呢？她说现在我明白了，我就不该找父亲，也不该为母亲悲伤，他们都是滚滚红尘中的尘埃，过客，与我有什么关系呢？他们只是把我扔到这个世界上的人。

当我们睡到一起的时候，她说："厌倦了就说一声。"我说："为什么刚刚开始就说这样的话？"她说："你是男人呀，男人是最喜新厌旧的动物，有一天会厌倦的，从眼睛里就能看出来。"我说："你从我的眼睛看到什么？""性交，"她说，"不过你的眼睛还有点干净，不像许多男人的那样污浊肮脏。"当我们做完爱，她躺在那里又说："你不厌倦我，我也会厌倦你，女人也一样，或许不等你厌倦，我先厌倦了，就自动消失了。"

祁春是个游戏狂，正是"魔兽世界"风靡的年月，她一打一夜，瞌睡了倒头便睡，直睡到第二日正午，醒来狼吞虎咽暴食暴饮，然后去柳园换气，因为熬夜让她头疼。回来又进入游戏世界。她也教我打，她睡前要做爱，做完爱，她睡了，我打游戏，醒了依旧要做爱，做完爱，我睡了，她打游戏。她为我建立了打游戏做爱做爱打游戏的生活规律。

祁春真像说的一样，半年后消失了，不要说打招呼，连个字条都没留。我打她的电话，不在服务区，过几日再打，已是空号了。她说过每到一座新的城市，她就会换一个新的号码，把旧世界抛弃在脑后。她走了，把我留在了"魔兽世界"里。

这天，我去华胜电脑城对电脑进行升级换代，出来在中山街发现被人盯上了。一个老头斜挎着一个蛇皮袋缝制的大包一瘸一拐地跟着我。一个人被人跟踪是有感觉的。他有什么企图呢？碰瓷？讹诈？这类事新闻上报道多了。进了老井巷，我藏在一个墙角把他截住，恶狠狠地说："你跟着我想干什么？"他红着一张脸说："我、我……"我说："这么大年纪了，做什么不好？为老不尊，干这种缺德的勾当。"他说："我等瓶瓶。"我说："等什么瓶瓶？"他说："你手里的瓶瓶。"为了一个矿泉水瓶，他竟然跟了这么远。原来他是一个拾瓶瓶者。我将水瓶递给他。他接过装进斜挎的大包憨憨一笑，说了声谢谢，回身走了。看着他的身影，我动了恻隐之心，想到自己多疑，那种口气伤害甚至是侮辱了他，我叫住他说："你跟我来吧。"他疑惑地看看我，最后还是跟我来了。

通了厕所，听了大家的建议，我装了锁，钥匙就放在我这里，谁上厕所谁进来拿。很快我就发现这真是件麻烦的事。我多忙呀，"魔兽世界"那可是一个大世界，什么都得我操心，我连给那些临时租户烧开水、打扫房间的时间都要挤出来。而这些临时租户更是过分，用水一点都不珍惜，有的提去直接烫脚，一暖壶水一阵就整光了。是得雇个人了。

我递给老头一根烟，说："老家遭难了，日子过不下去了？"拾破烂儿收入或许比种地强，但与种地相比终究不是个体面的日子，而城市对于他们并不宽容与友好，除非遭难，谁甘愿遭受白眼？我想他这么大年龄不该到城里来讨生活。他说："也不是，种地日子也能过下去，现在啥也不收了，公家还补点钱。"我说："那为啥跑到城里来呢？"他说："为了娃念书嘛。"我说："孙子在城里念书？"他说："不是孙子，是……儿子，上一中。"

一中是名校，有贵族学校之誉，能上一中除了学习拔尖，再就是非富即贵。从他的情况看，走的不会是攀附权贵的路，那么这孩子应该学习不错。

我说："孩子书念得不错。"他说："凑合吧。"我说："你给我烧水打扫卫生吧。"他嗫嚅着说："一月能给多少钱？"我说："八百。"他挠着头，半天才说："那养活不住，这是个缠人的活，我就再啥也干不了了。"我

116

说:"你除了拾瓶瓶,还兼着别的活?"他说:"给人家看货场,晚场。"我说:"那算了吧。"他说:"有住的吗?"我说:"厨房闲着,除了烧水,不开灶。"他去看了看,说:"那行吧。"我说:"你别勉强,人不难找。"其实八百找人还是容易的。他说:"不勉强,货场车来车往人出人进的,吵得很,影响娃学习嘛,这里安静。"我噢了一声,说:"那这样,一千吧。"又说,"四间房打扫卫生用不了多长时间,除了个别人,这些人不常在房间,开水送了,闲时间你也能拾瓶瓶,晚上你照样可以去看夜场。"他说:"谢谢,你真是好人。"

这个人姓杜,儿子叫马胜。我以为上高中了,来后才知道正上初二。对他们之间的关系我心生怀疑。一则他姓杜,儿子却姓马;二则年龄相差悬殊,他已六十出头,而这孩子才十五岁。不过乡下的事情复杂,我没心思去追究。

马胜是个眉清目秀的孩子,只是有些蔫巴,是个闷葫芦,话很少,碰面,他一低头就过去了。他的脸上有一股浓重的忧郁之气,看人的眼光很重,甚至是冷硬,这与他的年龄有些不符。我想这小家伙的脾性肯定不怎么好。从学校回来,他就坐在窗前那张破旧的办公桌前做作业。我住的那间房窗户正对着厨房窗户,一抬头一目了然。马胜做作业的时候,老杜就像许多家长一样坐在一边,抱着大茶缸子,咬着烟锅,完全像个监工。事实上这最分散孩子注意力,还会引起孩子的逆反心理。再说了他一棒子接一棒子地抽烟,对孩子的健康也不好。我就对老杜说你不要坐在他旁边盯着,这会引起他的抵触情绪,他要心不在学习上,你盯着也没用,再说你抽烟对孩子的健康也不好。他说我不是盯着他读书,他读书从来不用我操心,我就是觉得看他读书的样子挺好的。从那以后他不再坐在马胜旁边了,而在远处看着。

院心有一棵古松，过百年的树龄，树冠遮蔽了大半个院子。在"魔兽世界"里待得头昏眼花时，我会出来，坐在树下，和老杜聊聊。他平时抽两块一包的黑棒子，是目前市面上价格最低廉的烟，抽起来又苦又冲，我刚毕业，也抽这种烟。他也不让我，自己点了抽。我抽五块钱的白沙，递他烟时，他说你抽你的，我抽这，冲，劲大。我们会说些农村的事，当然会说到马胜读书，他说："教过娃的老师都说这娃天生就是念书的料，我能不供吗？"我说："那是该好好供。"有时他会问我一些读书方面的事情，我讲的时候他听得很痴迷，会感慨地说："人一辈子不念书就等于待在黑屋子里瞎活，我们这些人就是白在这世上走了一遭。"既然说及马胜读书，我想有必要告诉他现实的严峻，就说："读书是个花钱的事，上高中上大学很费钱的。"他问我上大学花了多少钱。我说："六七万吧，加上高中过十万。"他说："这些年我攒下了点钱，够娃把书念成。"有一回他问我城里老师补课还收钱？我说："城里就这样。"他说："老师嘛就是教书的，公家给发工资，补课咋还收钱？"我说："就这么个世道，现在啥都拿钱说。"他叹息说："这风气可不好。"

# 第九章

　　银娥是被风拍醒的。"嘭，嘭，嘭"，风一阵一阵打来，就像一个醉汉狂拍门板。银娥一阵猛烈的咳嗽，口干，牙碜，眼涩。外面的世界被风统治了，风让所有的东西发出自己的声响，哐里咣当，呜呜咽咽，或粗大暴烈，或细长尖锐，有什么东西被拖着狂奔，街巷里兵荒马乱的，仿佛这世界要完蛋了。

　　银娥感觉床在晃，连房子都在摇，她爬起来，拉开灯，屋子里罩着一层沙尘，连灯光都不清亮，看看窗外更是一团漆黑。这是一座多风的城市，但这个季节很少刮这样大的风，昨日天气预报没说有大风，有沙尘暴，睡的时候世界还很安静的。风从门板裂开的缝隙往里挤，像猫夹在门缝，吱吱的。银娥担心地震，这段时间大街小巷都在传说地震，电视上也讲地震知识，说地震来临前会出现异常天象。她穿好衣服，想叫醒小春，可看小春打着小鼾睡得跟小猪娃一样香，又不忍心，就给他穿好了衣服。银娥下了床，她得出去看看肉架子，肉架子三拧四捆的不怕被风带走，她怕棚顶的苇席给风卷走了，在城里啥都得拿钱来买。肖长福回家了，要是他在，就不用她操心了。

　　银娥拉开门销，还不等拉开门，风就像个壮汉冲开门扑进来，差点将她掀倒。银娥迈出门槛，踩到一个软乎乎的东西，跌了个跟头，吓得"妈呀"大叫一声。黄风土雾的啥也看不清，她打开手电筒，看清是一个汉子，就像是刚从土里钻出来的。银娥说："你你你咋咋睡在这里？"汉子坐起来说："妹子，吓着你了，我在这达蜷缩一晚，天亮就走。"银娥说："黄风土雾的，跟家里淘气咧？"那汉子说："没咋的，打扰你了，快进去睡去，这风大的，别凉着了。"

银娥看看苇席还在，转身进屋，在床上坐了一会儿，风是越刮越大了，"嘭，嘭，嘭"门板狂响。银娥拉开门说："进来吧。"那汉子说："不进去了，我就在这达蜷缩一夜，明儿一早就走，你快睡吧。"银娥说："这么大的风，吹出病来，不是作死。"汉子站起来拍了半天身上的土才进来，银娥发现他是个瘸子。她想这人肯定没吃饭。还有一碗米饭和剩菜，肖长福回去了，她忘了（在银娥的记忆中肖长福回家是不多的），给他也做了饭。银娥端给汉子说："你叫什么？"汉子说："孙连。"孙连捧着碗蹴在地上埋头就吃。银娥说："有凳子不知道坐？"孙连说："蹴惯了。"孙连的头发乱得像鸡窝。银娥说："跟女人淘气咧？"孙连说："没有。"他几口就扒光了饭，又喝了一碗白开水，说："天快亮了，我这就走了。"银娥说："才三点钟，你去哪里？"

银娥打开另一间屋让孙连先睡那里。这几年社会活泛多了，农村人进城打工的多了，老家来人城里寻活，都要在屋里挤住到活寻上。银娥就买了合成板从房间里隔出了一个只能放下一张床的小窄道，用木板拼了一张床。原本没有门，可人杂了，有些人手脚不干净，屋里的东西顺手牵羊就带走了。她就从旁边做了个只容人侧身出进的小门，安了小门扇，上了锁。

第二天，银娥从猪场宰猪回来，孙连正抱着肉架子栽在地里的那根木柱摇晃。银娥说："你摇它做啥？"孙连说："大妹子，这杠子晃动劲大，怕是栽在土里的那截朽了。"银娥说："从栽上就没动过。""肯定朽了，这是杨木，最赖了，泡了水容易朽，我给你换换，别倒下来把娃砸着了。"说着一用劲，杠子就折了，果然木头都朽了。孙连说："能找上木头吗？榆木、杏木、梨木最好，整根的要花钱买，两三尺长的找几截就行。"银娥去了牛山木工店，找了几截杂木，又从屋里找出钳子和铁丝。孙连说："能有点水泥沙子最好，土这东西啥木头埋进去都容易朽。"水泥沙子好找，这几年租客越来越多，锦绣时时刻刻都有人建房造屋。孙连把杂木与杨木棒拧扎接好，把坑往大里扩了一倍，底子与四壁铺垫了石头，把杠子栽进去，和好泥灰灌进去，又往泥灰中填碎石头，然后把整个坑抹平，嘿嘿一笑说："这就牢靠了，记得给泥灰饮水，慢慢凝固就结实了。"又把上面两根杠子重新捆好，将苇棚扎一遍。银娥一直看着孙连，她恍惚了，分明是贾兆春嘛，那一举一动跟贾兆春一模一样。"今儿肉先别往上挂，就摆着吧。"孙连背起挎包，过去摸摸小春的头，说，"妹子，谢谢你，我走了。"银娥说："你去哪儿？眼看吃饭了，有处吃饭？给我看着肉杠子。"

　　银娥炒了韭菜猪肉片，炖了排骨，烧了鸡蛋汤，炒了土豆丝。吃饭时她发现孙连抓筷子的手时不时地抽搐一下，她心里一颤，贾兆春杀人前就是这么个征兆，这是心里窝着一股气的征兆，只是当时她没想太多。孙连吃了一碗饭，放下碗。银娥说："几天没好好吃饭了吧？还作假。"孙连长叹一声，又端起一碗。银娥说："肉是给你做的，这么热的天，不吃让坏了去？"小春吃完饭，翻腾孙连的帆布包，银娥过去给了他一巴掌说："哪里学来的毛气，乱翻别人包的。"小春不哭，翻着眼睛瞪娘，孙连说："你看你这人，翻你让他翻么，娃娃知道个啥，打娃。"银娥把包提过来时，看到包里装着一把刀，心里一紧，看看孙连。孙连埋头吃饭，扒

121

饭就像有仇似的。"你吃肉啊,饭比肉好吃?把排骨都吃了。"银娥把排骨、炒肉片全扒到孙连碗里。

孙连闷着头吃光,打个嗝,说:"这顿饭吃瓷实了,我真的好几天没吃饭了,谢谢你了,妹子,我走了。"银娥泡了杯茶水,拿了烟,说:"你急慌慌的做啥?喝杯茶,吃根烟。"孙连点了根烟,银娥说:"听你的口音跟我老家有些近。"孙连说:"县是礼通县,公社叫岽梁镇,村子叫孙上庄,你怕不知道,离口袋驿不远,有一条河叫闰河。"银娥说:"离我家不远,我家是草鞋镇张庄。"孙连说:"知道,但没去过,你们庄子在山拐拐子,避路。"银娥说:"来城里揽活?"孙连摇摇头,银娥说:"找人?"孙连不说话,银娥盯着他说:"背把刀找人,想杀人?"孙连就抱着头长叹一声。

孙连到城里来确实是来杀人的。他是来杀常如梅的。他在南山窑下井挖煤,挖了几年,矿上出了事故,一起下井的人,死了不老少,他活了下来,一条腿给砸折了,矿上医院里接了,没接好,瘸了。常如梅的哥哥年龄大了,娶不到女人,她爹是打算换亲的,可没有合适的人,话说得很明白,儿子娶媳妇花多少,彩礼就要多少,包圆了就行,他不会从女儿身上落一分钱。孙连算算账,自己下窑挖煤和矿上补的钱能娶回常如梅,就让爹请媒人去提亲。婚事说定,开了酒瓶(举行定亲礼),婚期定下来,孙连带着常如梅去镇上领结婚证,买衣裳。定亲时说定买五身衣裳。衣裳买够了,孙连就想给常如梅买个东西,问她还想要啥。常如梅不言传。后来在供销社里,常如梅指着货柜上架着的皮箱说要皮箱。孙连问了价,说:"二百多块哩,值一头羊钱哩。"常如梅站在那里不走。"咱又不是城里人,走南闯北提个这。"孙连说,"锤头大的东西,又盛不了个啥,贼娃子顺手一提就提走了。家里你娘家不是陪了两只

122

大榆木箱子嘛，有多少衣服装不下？"又说，"二百块能买四五身衣裳哩，天天穿新的哩，买衣裳吧。"常如梅掉头就走，孙连忙说："买买买，你这人。"常如梅不回头，孙连挑了一个，喊："你来看哈，我又不知道啥好，买下了你不欢喜。"箱子就两个了，一个桃红色的，一个云灰色的，常如梅要云灰色的，孙连说："结婚呢嘛，桃红色的喜庆。"常如梅一扭身，走了，孙连买了桃红色的，不能总由着她，惯下毛病，以后诸事都得由着她。这箱子有四个轱辘，是一只会走路的箱子。孙连家有一个老式的榆木立柜，箱子一提回来，就架在了立柜的上面，就像一团火焰。孙连每天早晨一睁眼，看的就是柜顶上的桃红色皮箱。

　　孙连知道常如梅嫁给他，心里一百个不愿意。常如梅长得漂亮，且是见过世面的。那年月一个右派下放住在她家，一住就是五年。右派回去后，很念旧情，这些年常接济她家。右派孙子出世后，便接常如梅到家里做了保姆。常如梅一直把那孩子领到上小学，自己也洋气得就像个城里人，连口音都变了，眼里已经没有老家的人，更不要说他一个瘸子了。可常如梅家里太贫寒，爹以死逼她，她没有办法，只能回来通过嫁人，解决哥哥的婚姻。

　　结婚后，常如梅一直拒绝着孙连，孙连虽有些气恼，但总想着等她从幻想中回到现实中来，就会认命了。可娘对他说城里待了几年把心待野了，生个娃就拴住了，娃是拴娘的石头。孙连一想对哩。他说我曾经也心高气傲，现在不照样活成了这个样子。常如梅不理会他。孙连去动常如梅，常如梅依旧拒绝，他一蜷胳膊说看见了吗，老子挖了多少年煤，胳膊上肌肉都成石头疙瘩了，比你腿子还粗，小心老子把你腿子当杨木杆杆撅成两截，瘸了咱们就是一对，老子养着你，给你三天时间，你想去。常如梅顺从了。孙连以为她认命了，心里说生在这个世上，不由得你不认命。

事实上，常如梅并不是被孙连吓住了，而是她怀孕了。常如梅当保姆早与右派的儿子搞到了一起。右派的儿子信誓旦旦地说一定要把她弄进城里来，时机成熟离婚娶她。可几年过去了，右派的儿子还没有离婚，常如梅等得好辛苦。父亲逼婚，右派的儿子说你先回去应付事。她说我回去就得嫁人。右派儿子说那就先嫁了，你放心我迟早会娶你。她说我嫁人了你不嫌弃我？右派的儿子说嫌弃啥，我不也是结婚了，何况咱们多少年了，你第一次不是给了我？嫁了孙连，她常找借口回娘家偷偷到城里与老右的儿子相会。她原本打算两个月就离开孙连，可怀孕了到城里还得打胎。右派的儿子不喜欢戴套子，让她吃避孕药，常出意外，她已经打过几回胎，大夫说再打胎以后就不好怀孕，一辈子怎么能没孩子，她想正好把孩子生了，也算对孙家交代了，毕竟花了人家那么多钱，直接走了心里也过意不去，要生个儿子就更好了，也算是回报了。常如梅一开怀就生下个儿子，她长吁一口气，原来想着儿子满月就逃走，可看着儿子她又于心不忍了，她走了儿子吃什么？这是从她身上掉下来的肉疙瘩呀，孙连家穷得哪有钱给娃吃奶粉。这样，她一直给孩子喂奶喂到吃上了饭了，才悄然逃走了。

一天早晨醒来，架在柜顶上的那只会走路的桃红色皮箱不见了，孙连痴呆了一段时日，儿子的哭声像长风一样，没完没了地笼罩着他。他把儿子孙鹏抱给娘，揣着一把宰猪刀直奔省城来了。"日他娘，都不要活了！"找到常如梅一刀结果了，再一刀结果了自己，他的世界就清净了。

到了省城，他傻眼了。他在山沟里挖煤，连个县城都没去过，没想省城人这么多，简直就是人的海洋，找一个人就像在大海里捞一根针，他几次把人认错了。半年过去了，孙连带的积蓄也花光了。城里需要劳力，但不需要一个瘸子，揽不上活，他已山穷水尽走投无路了。

孙连说着就落泪了，一落泪就收拾不住，银娥把毛巾递给他，他越发伤心，最后哭得哇哇的。银娥来气了，说："日囊尻样，五尺男子，尿水子多得很。"孙连擦着眼泪，嗝儿嗝儿的。银娥说："眼下看是她哄了你，但往命上说也许你上辈子欠着人家的，再说把她捅了，国家把你一枪打了，你儿咋办，让当孤儿去。"孙连不说话了。银娥给了他五十块钱，说："你收破烂儿去吧。"孙连看了银娥一眼摇摇头说："妹子呀，出来我没有想过要拾破烂儿，拾破烂儿就跟讨吃一样。"银娥说："都没路可走了，还嫌啥丢不丢人。"孙连摇摇头说："不是这么个道理，这活下贱，就没一点儿尊严，我有儿哩，没娃咋么都活人哩，拾了破烂儿，儿子咋活人？"银娥怔了一下，说："那就回去吧，离开土地的日子真是不好过，靠着土地心里踏实，不管咋也是饿不下肚子，地里刨腾刨腾能弄一口饭吃，可是在城里讨生活说哪天没饭吃就真的没饭吃了，喝西北风，啃石头了。"孙连摇着头说："回去的路断了，妹子，你知道，女人跑了，最是打脸的事，人们日囊尻日囊尻地骂我，离开家的时候我就没想过要回去。"

孙连背了包要走，银娥说："你去哪里？"孙连说："下窑背煤，挣些钱到城里来找狗日的，我得找她，都别活了。"银娥说："一条腿都撂在窑下了，还下窑挖煤，挣不上钱把命搭上？"孙连说："死了把罪孽脱了。"银娥一拍桌子说："说那不负责任的话。"孙连蹴在地上吃了两根烟，银娥笑笑说："你要觉得丢人，就换个词，叫废旧物资回收，搞再生资源的，城里人都这么说，你不就是个买卖人了？"孙连嘿嘿笑了说："大妹子，你可真会说话。"孙连起身拉了架子车，银娥把钱递给他，他说："拾破烂儿要钱做啥？"银娥说："现在拾破烂儿的多，想拾也拾不上，得拿钱收，这是好生意，你大哥就一直收破烂儿。"

中午孙连没回来，一直到天黑尽了才回来，把架子车靠墙立起来，就进小房子睡觉，银娥说："饭不吃了？"孙连说："我、我吃过了。"银娥说："一口馒头一口水？谎都不会撒，肚子里就像钻了鸟儿，叽里咕噜地叫哩。"孙连几乎要流下眼泪来，银娥端了饭菜来，说："都吃了，中午给你做的剩下了，晚上照样给你做了。"孙连捧了碗吃，银娥说："一个人的是做，两个人的也是做，多一双筷子的事，以后回来吃。"

孙连吃完，银娥提个小篮子递给他说："去大众澡堂洗个澡。"孙连有些不好意思，说："不洗了，不洗了，洗了还得脏。"银娥说："味道大得都快把人熏倒了，头发都锈成毡片子了。"孙连说："收破烂儿整天跟破烂儿打交道，哪一阵能干净？"银娥说："你大哥那时候收破烂儿，一天收拾得不比谁精神？自己要给自己长精神呢么。好好搓搓，垢甲怕都能上二亩地了，你还有换洗衣服没？"孙连说："有一身。"从包里掏出一身衣裳，银娥一抖，啧啧啧地说："你看你把衣服穿得，比你身上那身还脏，汗圈圈都长白毛了，没见你这么猪的人。"银娥找出一身衣裳说："这身衣服是你大哥的，人不在了，你在意吗？"孙连说："有啥在意的。"银娥说："那就洗了换上。"孙连洗澡回来，见银娥坐在那里洗衣服，银娥说："一身洗了几盆水，水还是黑的。"又抬头看看孙连，说："整日邋里邋遢的，洗干净了，看上去多精神。"

锦绣兴起装太阳能热水器，银娥咬咬牙靠后墙根装了一个，因为洗肠肚经常要用热水，烧水费煤费电，平时用凉水，月头上几天肚子疼得抽气。装了热水器，啥时都有热水用，澡也就洗了。银娥对孙连说："以后，一天洗一回澡。"孙连说："那太享福了。"

半个月后，孙连把两百块递给银娥，说："你这小房间租给我，价钱你说，在你家又吃又喝的，等以后有了再给你。"银娥说："你拿着吧，收破烂儿要本钱，攒点钱租个大点的房子，那房子睡个觉都憋屈。"孙连叹口气说："妹子，就睡个觉，还当把这里当家。"

车站人来人往，破烂儿多，孙连就去那里拾。这天他拉着板车走着，忽然背后一个声音说："大哥，进去歇缓歇缓。"这声音是那么熟悉，孙连没有回头，把草帽往低压压，快步往前走，那声音又跟了上来，"大哥，你别走，松快松快。"孙连吼了一个字："滚。""二屎样，山棒！"等脚步声远去了，孙连慢慢扭转头来，果然是常如梅，是这个婊子。他抽了自己两个耳光，为啥要给她狗日的留面子？为啥不一口唾在她狗日的脸上，为啥不抽狗日的几个耳光，为啥不捅狗日的几刀？

"我日你娘，放着好好的日子不过，进城卖屄，我还当你驴日的跑到城里过多么光鲜的日子哩，千人骑万人捣的个东西，捅了你驴日的，脏了爷的刀，下辈子下油锅去吧。"孙连这么骂着，悲从中来，他抱着头蹴在地上哭起来，招引许多人围观。他大吼一声："我操你娘！"人群惊慌四散。

常如梅跑到城里，打电话接电话的成了别人，才知道老右派已经去世，儿子也搬了家。她找呀找终于找到了右派儿子的新家，才知道那杂种离婚又结婚了，给了她二十块钱让她快快回家。她还能回家吗？只好在城里晃荡。有一天，一个男人问她是不是要找工作，她感激地点点头。她就被带到了车站旅舍，结果被那男人糟蹋了一遍又一遍。她破罐子破摔，就在车站卖笑拉客，做起皮肉生意。

哭完了，孙连心里一下不堵了，回来时买了瓶酒，银娥看着他说："你拾到狗头金了？"孙连笑着说："我的仇别人给报了。"他讲了与常如梅遭遇的事，说："你说千人骑万人捣的，不是给我报仇嘛，狗日的死了下油锅，炸！骨头都冒了烟了。"喝了点酒，银娥讲了贾兆春的事，孙连流着泪说：

"妹子，你善得就像个菩萨，咋命这么苦。"

五更里银娥起来收拾去宰猪，孙连说："我也去。"银娥说："你去做啥？照料小春，免得他跟着我起五更受罪。"孙连说："我看看你杀猪，我还没见过女人杀猪。"于是就把小春抱上车，小春还睡着死死的。孙连拉着车载着银娥母子。

回来的路上，孙连说："你别宰猪了，一个女人家。"银娥说："不宰猪，靠啥生活？"孙连说："干个别的。"银娥说："我也想过，也打问过，做啥都要掏本钱，还不一定有宰猪卖肉挣得多。"孙连说："那我来宰你卖，加上收破烂儿的收入，日子不难过。"银娥说："你宰得了？"孙连说："能有多难，你一个女人家都宰得了，我有啥宰不了，害命的事。"银娥说："我也是逼的，宰第一头猪后，我睡了一个月。"孙连说："我最多睡半个月。"孙连宰第一头猪确实差点晕了，多亏有银娥在身边。自此，孙连每天早晨去宰猪，拉回来，银娥守肉摊，他去收破烂儿。

孙连收破烂儿，也揽活干，这天，一家搬家雇了他，六楼，上上下下，跑了不知多少趟，把顶工钱的两车破烂送到收购站，已是晚上十点多钟。回到家，推门进去，一抬头孙连呆了，银娥正在洗澡，光着身子雪白雪白的，银娥也呆了，两人都僵住了。一辆车驶过，刺目的灯光扫过，银娥大叫："快把门关上。"孙连忙把门关上，猛然惊醒似的，拉开门就走，银娥说："这么晚了你能去哪儿？"

事毕，孙连长叹一声说："妹子，我配不上你，一条腿瘸着，你长得心疼（漂亮）着哩，咋也得找个囫囵（健全）的人。"银娥说："把人欺负了才说这话？"孙连说："没办法嘛，我管不住自己嘛，你是仙女下凡了，哪个凡人能忍得住。"银娥拧了他一下说："你可是真会说话。"

孙连跟着银娥去给贾兆春上了坟，回来他要和银娥领证，可结婚就得

128

和常如梅离婚，常如梅虽然跑了，可婚姻没散。孙连就去车站找她。自从上次见到常如梅，他再没去车站捡过垃圾，他怕见到她，麻雀也有瓜子大的脸，何况一个人？可是一连好多天过去，他都没找到常如梅。他又在城里的歌舞厅、洗头房、野鸡宾馆周边探头探脑地找，他想她只能在这样的地方生活。然而，常如梅就像蒸发了一样。他有些纳闷，不要说刻意找，就是碰也该能碰上的。

事实上，那次孙连蹴在地上哭泣，常如梅也在围观的人群中，她认出了孙连。从此她就离开了汽车站。

找不到常如梅，婚没法离，孙连就无法和银娥登记领证。他抱着自己的头号啕大哭，说："这个婊子呀，害人没个深浅。"银娥说："算了，就这么过吧。"孙连说："咋也得有个名分啊，我是个男人，领不领结婚证也没啥，可你是个女人，不能没名没分不明不白啊。"银娥说："慢慢再说吧。"

肖长福回来，银娥看到他胳膊上戴着孝，就知道老人去世了。晚上银娥做了一桌菜，喝了几杯酒，肖长福就要走，孙连硬留，肖长福忽然心情很烦躁，说："你们……喝吧。"起身就走了。银娥叹口气说："回去有两个月了，老人去世心情也该缓过来，肯定是遇了啥不顺心的事了。"孙连说："唉，除了有钱的有权的顺心，再谁有顺心的事？"

过了几日，肖长福要搬走，银娥说："在这里摆得好好的，咋就搬走了？"肖长福说："十字路口那里人多，生意会好些。"银娥说："你在这里摆了多少年了，人都知道，生意做的是回头客。"肖长福咬咬嘴唇说："我还是搬走吧，那边看起来人多多儿的。"肖长福搬走了，孙连说："我是不是哪儿做得不对，你弟多心了。"银娥说："他不是那号人，有啥他会说的，十字路口人多，撵热闹去了，一个人嘛也孤荒的。"肖长福搬走了，还是经常给银娥母子做鞋，却很少到这里吃饭了。

找人不如碰人，忽然一天，孙连在柳树巷碰到了常如梅，常如梅也看到他了，撒腿跑开了。他就追，他没想到他虽是一个瘸子，竟然追不上一个穿高跟鞋穿搂屁股裙的女人，回来懊丧地跟银娥说了。银娥说："你别再找了，这回她肯定远走了，就这么过着吧，我和兆春也是没领结婚证过了几年，没见人把我们咋样。"

过了两个月，银娥说："你要觉得收破烂儿丢人就不要出去了，日子能过。"孙连嘿嘿一笑说："有啥丢人不丢人，我没想到这活下贱，却蛮养人的。"银娥顿了一下，这是贾兆春说过的话。她眼里闪着泪花，却没让它流出来。

# 第十章

　　老顾的饭馆出了一桩奇事，来了一桌人，开着三辆越野，点了一桌的菜，要四盒中华烟、三瓶剑南春酒。老顾高兴啊，他这小饭馆，哪里接待过这么高档次的人？哪有中华烟、剑南春酒？他是去老徐烟酒小卖部拿的。结账时，几个抢着结，最后终于说定一个人结，其余的与这人道别都上车走了。结账的人说再拿两包中华。老顾说你稍等，我给你拿去。客人说你去拿烟，我正好撒泡尿，你这酒馆菜不错，就是环境太差，上厕所还得去公共厕所，也不在酒馆里装个厕所。老顾就去拿烟，他的眼睛也盯着去上厕所的顾客。烟拿来，客人还不见从厕所里出来。许久过去了，还不见，老顾觉得事情不妙，便去厕所找，那人早走得无影无踪了。这一桌老顾损失一千两百多元。

　　我说："报案。"老顾说："报啥案，报了能查出来？这案他们能破了？他们要那么厉害，咱锦绣出了多少个案子，破了几个？当个亏吃，揉个肚子疼算了。"我说："不报案，就是怂恿那些家伙。"老顾撇撇嘴说："喊，报了案，警察来查，不得管饭？那些人嘴吃得刁刁的，三天两头往你这里跑，哪么多哪么少？我给你说，以后千万别招惹这些个人，招惹下他们，那就是毛鬼神缠身。"锦绣人对警察破案是从来不抱信心的，破案

131

在他们看来就是走走过场，对警察他们是蔑视的，甚至是抱着一种看笑摊的心理看这些人。锦绣先后也发生过多起案子，警察牛哄哄地来了，又牛哄哄地走了，案子没破一件，还这长那短地训斥他们。老徐说："就是啊，他们就是在咱们跟前耍歪使狠像个警察，指望他们？亏吃下去都是福。"老周也说："亏吃下去都是福，那是老话了，我们谁没吃过亏，咋一点都没见着福？"

酒场是大家发表意见发泄不满释放怨怼的场所，喝点酒大家都成了意见领袖，批判社会，抨击时政，都有着自己的切身感受。我读书比他们多，信息面广，而且引经据典，在他们看来我知识渊博，他们常常说了自己的苦恼自己的观点，会说秀才，你说呢？事实上对许多事我并没有他们理解得透彻。

他们各有各的苦恼。比如张文祥，他的苦恼来自于国家给予种地和退耕还林的各项补助，家里儿女都在城里打工，他只得回去领，找了这个找那个，路途遥远，一趟一趟的，也就花得差不多了，补助等于没补助，一来一去得一个礼拜，要加上耽误掉这一个礼拜挣的，还倒贴着哩。他说："唉，这一年几趟地跑，吃不肥跑瘦了，现在城里人发工资不都是直接打到卡上了嘛，你给大家办个卡嘛，一总子（一起）一次发了嘛，直接打到卡上嘛，多方便。"老陈说："那你给他们提呀？"张文祥说："提，谁听你的？"几年后，政府实施一卡通，农民所有的补助全部打到了一张卡里，可张文祥已回老家了，因为他已经很老了。

老冯的苦恼则来自于土地。他破釜沉舟，把田地、宅基地都卖了，买下了户口。"那时候正天不怕地不怕的年龄，二劲大，以为这世上没有做不成的事。城里就是天堂，你说城里的残疾人都能娶到乡下最漂亮的姑娘，成个城里人你说那是啥气象。日他妈，与城市共存亡哩。"户口买下了，老冯又抓紧生了一个孩子，想着有了城市户口，儿女就随父母，自然就入上户口了。结果，给儿子入户口时，人家说还得买。他才明白自己的户口跟人家是不一样的，"日他妈，连本本都不一样，人家都是红皮的，咱们是绿皮的，这不坑人嘛，户口没有粮食关系，城市户不是城市户，农村户不是农村户，这是个啥玩意儿嘛，我要它做啥？能吃能喝？你倒是给我说明白呀。"老顾说："给你说明白，人家哪里弄钱去？"老冯忽地站起来，像一头拴在磨盘上的驴在磨道里转来转去："秀才，你说说，我能不能找国家的麻达？"我说："这恐怕找不了麻达。"老冯又扑通坐下了，说："唉，人的命天注定，你再折腾没球用。你说，我折腾来折腾去，折腾了个啥么？吃屎都撵不上热的，就这命。现在想回也回不去了，真像老戏里唱的，上无片瓦遮身体，下无寸土立根基。日他妈，这一辈子还想着能活个好人哩，结果活成了这样。"

说起土地，老许更是悔青了肠子。他和老冯一样也把户口转了。"以前种地要向国家缴税，如今国家鼓励耕种，不但不用缴田亩、人口税，且只要有农田，就可有补贴。"到了后来，农村户口也可以享受医保和养老金，老许是哑巴吃黄连有苦说不出口。前年一条高速公路从村子上穿过，占了老许的地，土地一下就值钱了，补了一大笔钱，儿子要他回去分钱。老许说地卖给人家就是人家的了，分啥钱？要都这样，做买卖就没人亏本了。儿子说那就去告，打官司。老许说打官司？人嘛，咋能这么做事？我的脸往哪里放？我还活人不？儿子说这有啥，现在儿子跟老子打官司的少了？他们这样卖地是违法的。老许不回去，儿子回去了，结果让人家骂了个没进门，说老子跟你大说事的时候你还在你娘的腿肚子里转筋哩。老许听了，倒嘿嘿笑了。但这为日后儿子跟他大吵大闹最后老死不相往来埋下隐患。老许将一杯酒倒进嘴里："人眼前头路黑着哩，老先人说早知三天事，富贵一千年，实实的。房东这老家伙可是个人精哩，你说人家就不要那个城市户口。这倒好了，占了这么大的宅基地，还有园子，现在吃租子就吃得肥头大耳的。"老顾说："说球那有啥用？这世上卖啥的都有，就是没有卖后悔药的，喝酒。"

老崔把手搭在老米的鼻子上，"有气呢嘛，我还当你死了。"老米不说话，一杯酒咂得啧啧啧的。老崔一拍桌子说："言语金贵的，说上几句话把你挣死了，为你好哩。"老米摆个摊子修车补胎，摊子上有许多自行车旧轮胎。有一次他孙子把轮胎当铁环滚，结果轮胎滚到路上去了，孙子去追轮胎，就让汽车给轧死了。孙子和城里的孩子没有得到同价赔偿，连城里孩子的三分之一都不到。从那以后老米就不说话了。一个幸福的家庭不一定是一个富足的家庭，但一定是一个有寄托的家庭，孙子是老米的寄托，老米就一个儿子，儿子生了一男一女，就做了绝育手术。老米跟儿子谈，让儿子离婚，再找一个生个孩子。这话让儿媳妇知道了，大闹一场，儿子竟也说不再要孩子了，不想背负那个负担。老米揍了儿子，儿子和媳妇就离开了省城，再没了音信。老米曾经是多么精神的一个人，除了干活，过天阴，出门，吃宴席，总是穿着藏蓝色中山装，他不但能说会道，生旦净末丑都能唱。可是现在的老米……"你老厾这么下去，以后会得老年痴呆的，秀才，你说是不是？"老冯说。我说："就是，老米，吼一段。"老顾也说："来一段，来一段。"老米说："球。"现在被人逼急了，他就会说"球"。

乐意却唱起来："姜子牙钓鱼渭河上，孔夫子在陈曾绝粮。韩信讨食拜了将，百里奚给人放过羊……"唱的是秦腔《五典坡》里的片段。乐意是个老租户，租住了十二年。唱完他给我敬酒，我忙回敬。乐意说："我那房子你早些打捞着另租,翻年我就回去了。"我说："咋就回去了？""不回去还能死在城里？死都死不起啊，再说也不能死到城里，"乐意说，"翻年老爹七十九了，六十大寿没给过，七十大寿没给过，八十大寿咋也得给好好过一下，不然就太不是人了。老人嘴上说不过不做，可心里念想着哩。"

老陈说："那房子就给我留着。"我说："你不是住着吗？"老陈说："儿媳妇进城来哩。"我想老陈是给老方遇到的事吓着了。老方的儿子在城里打工，儿媳妇一直在家里。前不久，老方的儿子回家，将人堵在了屋里，将人和媳妇都打残废了，不是狗扑着咬，差点失了人命，现在还纠缠在官司里没有脱身。找我给写的诉状，鼻涕一把眼泪一把的。

老顾说："喝酒图快活哩，这弄成啥了，忆苦思甜啊。"老陈说："真要像那时候，开忆苦思甜大会也好，领导来了，也听听我们的苦处。"老顾一拍桌子说："檐前水滴的旧窝窝，多少年了说来讲去的都是陈芝麻烂谷子的烂事，耳朵都起老茧了，心里堵不堵，喝酒图个快活，你一折他一折地喝戏呀？喝酒，谁都不能再说家里乱七八糟不快活的事，罚酒。"老黄就说："对对对，别讲那些不受活的事了，抬杠讲荤段子。"于是，就抬杠讲荤段子。银娥又笑又骂，我没想到她也能喝酒，而且酒量挺大。我问她平时喝不，她说："喝点，喝个晕晕乎乎的好睡觉。"

酒喝得深，直到十二点。第二天，我正睡得迷迷糊糊的，"哐哐哐"擂门声大起，我以为自己在梦中，但分明又看到房内的一切和窗户透进的阳光。还不待我问是谁，外面连敲边说："房东快开门，我是老顾。"我穿着裤头拉开门，老顾几乎是扑进我怀里来，说："啧啧啧，你睡得可够死的，好福气，快穿，快穿，写几个字。"我说："咋了？"他说："老耿没了。"我揉着眼屎粘住的眼睛说："没了？"老顾说："死了。"我"啊"了一声，打个冷战说："死、死了？死哪里了？"对一个房东来说，死人是个大麻烦,我头上的汗水都冒了出来。老顾说:"不是你这儿的老耿,是那个老耿,济公。"

我"呃"了一声,眼前浮现出眼泡松弛,连眉毛都耷拉了下来,乌青色青筋一根一根暴露出来,脸就像一张揉皱的牛皮纸的老耿。每到深秋,银杏树叶子金黄,一片一片旋转着落下来,老耿就拣银杏叶泡茶喝。他看到一个资料,说是用银杏叶泡茶喝,能降高血压。银杏树叶像一把小扇子,老耿叫济公扇,人们便把他叫济公。锦绣有两棵银杏树。这是两棵百年老树,上面挂着锈迹斑斑的牌号。老耿要等到树叶落下来才去拣,我说你摇一摇,再不就拿杆子敲。他说熟落了的好,效力大。我说你拾那么多,一年喝得了?他说我家高血压遗传,我弟弟妹妹都有,给他们点。大概是受了老耿的影响,拣银杏叶的越来越多了,就顾不上等到自然落叶,一入秋就有人上树摘了。

"咋就没了?"我边穿衣服边说,"昨天我见还精神着呢。"老顾说:"以后慢慢给你说。"我说:"写什么?"老顾说:"你先出来,咱们合计合计。"

老耿的死是老黄发现的,平日他们走得近。老黄去找他扯磨,到了发现门大开,人倒在地上,已经硬了。法医来了,检查的结果是心梗导致。老耿就一个儿子,父子俩关系一直很好,忽然一天干了一架,那架吵得很厉害,之后儿子便带着媳妇走了,一去便没了音信,手机号码都成了空号。老耿的遗产很可怜,两个折子,只有二百六十块钱。没想到老耿这么穷,也都不相信他这么穷,因为他曾想和老黄合买一套房,一人一半。人们揣测他的钱可能让儿子卷走了。

"设张桌子,秀才记账,老黄收钱。"乔大头说,"秀才,你写个捐款箱,老于,做条横幅来,白的,你别再做得花花绿绿的,上面喷上耿营丧葬募捐处。"老黄说:"那么麻烦做啥,记下就有人还了?难道还要立个功德碑呀，摆个捐款箱，像寺庙里的功德箱就行了。"乔大头说："听我的。"我说："对对对，听老乔的。"老黄说："往哪里埋？这可是急事，打坑请阴阳的，这么热的天，别让人臭了生蛆了。"乔大头说："先捐款再说其他的事。"

老陈、老顾出车，祁菊英全套纸活，还带了两个吹手。老乔说："先动哭声。"于是祁菊英、喜婶、银娥等几个先收拾一下，就哭唱声起："老耿犹如一只蚕，一生勤奋又节俭。为儿为女吃尽了苦，才积得这份薄家产。只说你长寿享清福，谁知你早早离人间。你有一双好儿女，也能含笑在九泉。"我想这是祁菊英为人哭丧经常的唱词，只不过把主人公改成了"老耿"。没有经过任何彩排，有腔有调，悲伤气氛宣泄了出来，人们都应声落泪。老朱说："守着灵堂，都哭自己的难怅哩。"

老黄抹着泪说："停停，后两句不要唱了，还一双好儿女？儿女在哪里？提起那个狗日的我黑血返腔哩。"乔大头说："你让唱么，唱个半截子？"老黄说："秀才，你把词给改上两句，再说老耿就一个儿子。"乔大头说："改了她们还要熟悉，哭唱不顺口，再说儿子都在哪里呢？唱给别人听的，死了死了，一死百了，还讲究个啥，别多事了，让她们好好哭唱，人死了，这边哭得越欢，那边越是喜庆。"

桌子摆上，老肖找来烟箱，用白纸糊了，我写了"捐款箱"，老于的横幅也做好了，挂起来，人都围了过来，乔大头带头捐了五百，老黄也捐了五百，我捐了一千，银娥捐了五百，老顾说："客我待了，几桌饭的事嘛，我们一起争吵抬杠的多少年，该给他管几桌饭。"

这个头一开，捐款的人就相应地提高了数额，人们才明白了乔大头的用意。乔大头就像个卖当的吆喝说："老耿跟咱们一起生活了几十年，走得恓惶，儿子联系不上，百年修得同船渡，千年修得共枕眠，一起生活了几十年，前世咋也修了几百年，有钱的帮个钱场，没钱的帮个人场，咱们送他最后一程。"老黄说："说得好啊，我服了。"

主要开销就是公墓、火化、墓碑，除去这些，还有盈余，老黄说："没想到啊，还是善良的人多。老乔，多亏你啊，这锦绣要是咱们的村，我们选你当村长哩，等把老耿送埋了，我好好给你敬几杯酒。"老陈说："对对对，这是应该的。"乔大头说："老耿在锦绣活下人哩，没活下人，我张罗也是白张罗。"老陆说："还是你的谋略顶了大事哩。"乔大头说："放张桌子，记个账，都不好意思不捐，也不好意思少捐，只摆个箱子，几块钱也是投。"老黄说："你呀是当市长的料嘛，可惜生不逢时。"老柳说："山大有草哩，头大有宝哩，你这大脑袋，以后打交道要小心哩。"乔大头说："我要动脑子玩，你小心不住，当我那些年村长是白混的，跟县上领导斗智斗勇哩。"老黄说："那你村长咋不当了？腐败了？"乔大头说："走得没人了，给谁当？我还得过日子哩。"

春山脚下，山冈起伏连绵，薄霭如雾。老朱说："要说这老东西也是个有福人，不是我们他哪里能睡在这里，下辈子就是个城里人了。"老黄说："一辈子也算没白活，我们送他送得也风光。"乔大头说："那是，要在村里，哪有这么风光，抬重（抬棺材）的人都没有。"老顾说："唉，咋说也还是寒凉，送葬是儿子的事啊。"乔大头说："要在乡下，就是儿子孝顺，天南海北的还有个赶回来赶不回来哩。"

回来，聚到老顾的酒馆里，乔大头接过账本看了看，说："把余下的钱按比例从高往低退了。"我说："我的就不用退了。"乔大头说："大家的事，又不是谁一个人的事。"老黄说："这本子烧了去吧，那狗食我们也不想他知道，就当没他。"老顾说："说得对哩，到头七了你烧了去。"乔大头说："唉，都不容易，也别过于怪罪那娃了，不易哩。"老黄默默地喝了一杯酒，抹了一把泪说:"你们不知道,老耿是给儿子气死的。"

几天前,老耿和老黄说了半晚上的话。老耿已经光棍十年了,他和老李相好,给儿子娶了媳妇,老耿就想娶老李,两个人好了几年了,总不能不明不白的,也得给人家个名分。老李的儿子话也说出来了,说你赶紧嫁过去,不明不白的不怕丢人现眼。其实呢老李说儿子也不想养她这个娘,人老了挣不来钱,病还多。老耿跟儿子谈,儿子一直不同意。前不久,老耿又跟儿子谈了一次。儿子说你们就这么过着,为啥非要娶到家里来?老耿说我总得给人家一个交代,一个名分。儿子说你们都这么大年龄了,以后吃药谁管,得病谁看,谁养活你们的?老耿说不用你们管。儿子说我们不管能行吗?还不让人唾沫把我们淹死了?搞不好让记者报道了,网上转发了,我们还活人不?老耿说那你们就到别的城市去打工。儿子竟然说你想那啥了找小姐去,就不用负担啥了。老耿气坏了,打了儿子,一辈子没打过。儿子就和媳妇离开了这座城市。老耿说活得没意思,都不想养老人,老人就成了拖累。

到我离开锦绣都没见老耿的儿子回来。

# 第十一章

李成说:"借你门前这风水宝地摆几天摊。"银娥笑笑说:"还风水宝地哩,卖啥?"李成说:"这不要开学了,卖学生用品。"银娥猛然想起小娥,掐指头算算,小娥已经七岁了,到了上学的年龄。从送回去她就再没回去过,爹不让她回去,说人言可畏。李成摆了书包、书皮、文具盒、各种笔,银娥说:"给你开个张。"她买了一套。回去领小娥,小娥却躲在外爷背后,用眼睛偷着看她。硬领上走,连哭带咬,银娥的泪水就落了下来。爹说你先回吧,等我把麦子收了开学前给你送过去。爹把小娥送来后,是趁着她睡着了偷偷离开的。小娥哭了几天要找外爷,不哭了也很生分。银娥心里觉得愧疚,她想到了孙鹏,对孙连说你去把孙鹏也接来吧。孙连说接来负担就重了。银娥说能有多重,接来让他先熟悉熟悉,过一年也该上学了。孙连说先让长着吧,等到念书的时候再接吧。

孙连以为学校就是娃念书的地方,带着小娥去报名时,才知道自己把人丢大了,这学校不是想进就进得了的,人家要户口,一听是农村户口,就连话都不跟你说了。老朱说没户口就得花钱。可花钱也得有门路,银娥去找老贾。老贾已经退休了,银娥一直当着恩人经常去看望。老贾爱喝几盅,银娥就常送一些猪蹄、猪头肉、猪肝,年头节下,也去家里坐坐。

老贾又找了儿子，儿子是个老师。儿子说这事要校长点头才行，怕得花钱，收了几个没户口的，都是花了钱的。银娥说只要娃能上学，钱我花。老贾说风气咋瞎成这样了，娃娃念书都要花钱。

花了钱，小娥入了学，孙连和银娥请小贾吃饭，小贾说："小学还容易些，中学麻烦就大了，现在管得越来越严，钱越要越多，你花这冤枉钱，还不如把孩子的户口解决了，反正迟早得解决。"孙连说："说得容易的，解决户口有多难呀。"小贾说："正常渠道解决当然难了，但可以买呀，现在都买户口。"孙连说："户口也能买？"小贾说："虽说国家禁止，但私下里都在买卖，我们学校许多学生户口都是买的，有几个是锦绣的？"银娥说："都是谁呀？"小贾想想说："有个叫陈东，还有一个叫萧跃进，给我们学校铺过瓷砖，他们的户口就是买的。"陈东孙连认识，找到他，孙连说："买户口也不通个气？"陈东说："我哥买户口我才知道的，人家一再说不能乱说，也贵得很，一口人就得五千块，不过老钱这个人办事利索，钱交了户口就能办出来。"一口人五千块，都买是不可能的。银娥说："咱们紧紧手，再借点，把三个娃的户口买了。"

孙连买了烟酒，又提了个猪头，跟着陈东去钱贵生家。钱贵生是管锦绣这一片的警察，总背着一双手阴沉着一张脸从锦绣街上走过，孙连倒是认得的，但不知道家住哪里。到了钱贵生家门口，陈东说："我就不进去了。孙连说："人家不认识我，怕搭不上话。"陈东说："别看老钱背着一双手阴沉着一张脸，没架子，好接触，不像个当官的，你就说你买户口，热情着哩，这事人家再三说要保密，我进去反倒不好。"

孙连进去，钱贵生竟说认得他，还递给他一根中华。人家是干部，这么平易近人，孙连就很有些感动。说了买户口的事，钱贵生应得很畅快，说："一个户口得六千。"孙连嗫嚅半天，说："不是说五千吗？"钱贵生说："谁给你说的？"孙连不敢说陈东，就说街面上听人说的。钱贵生说："那是去年的价，今年风声紧。"又说："看这形势明年管得更严，要买得抓紧。"

已经拉下不少债务，一个户口长了一千块，买三个户口钱就有了个大缺口。银娥说："那就先把两个儿子的买了吧。"孙连说："小娥的不买了？给小娥和小春买吧，大哥在那世也就不牵挂了。"银娥说："小娥是个女娃，书念得好自己就解决了，念得不好嫁个城里人也就是城里人了。"孙连说："可、可小娥大了咋给她说？要不孙鹏的户口先不买，反正他最小，再说明年上学，说不定咱们明年就又能挣够一个户口钱。"银娥说："你听我的，先把两个儿子的户口买了，男娃费事，户口只要能买，以后手头宽余就给她买了，女娃嘛。"孙连说："遇上老钱这么个好人不易，再说老钱说明年管得更严，我回家想想办法。"银娥说："回家能想啥办法？"

孙连知道回家不要说借这么多钱，就是百十块钱也未必有人借给他，在老家人看来，出门人是最容易学坏的，他几年没回家了，像一朵云无根地飘着，谁知道在外面干了些啥勾当？至于弟兄他也没指望，进城后，他的地都是老大和老三分了种着，说是每年给他粮油，几年了一斤粮也没给过。回家想办法，他是要卖地，卖院落，卖羊，只要户口解决了，就等于在城里把根扎下去了，一切就都不是问题了。

回到家，孙连原本想直接去找有钱的人家，可想想还是先跟弟兄们说明了，他知道他们没钱，就是有钱也都打着白落的主意，给他们说是不想在弟兄们之间落下话把儿。果然，老大说："土地我和老三分了种，院落给我留下，学明（大侄儿）亲事定下了，就等收拾院落往回拉扯（结婚），你迟回来个把月，我就把锁撬了把学明安顿进去了，反正你们一家也不会回来了。"孙连说："我要现钱，一把清。"老大说："不白落你的，亲兄弟明算账嘛，老先人都是这么说的，价说好了我们给你打欠条压手印。"他说："我急用钱哩。"老大说："谁会欠下你的？手头一宽余就给你清了。"孙连笑着说："那你们先把这几年种我地说好的粮油给我清了，咱们再说土地和院落的事。"老大说："这几年不是没收成嘛，天旱得黄土都起火哩，我们的苦都白下了。"孙连说："别说亏天的话，这几年老天爷没亏孙上庄。"两个人不说话，孙连跳起来走了。他当然不能给弟兄们说实情，买户口要传出去让人家查出来可就坏大事了。

村上除了几户在外面有吃皇粮的手头有活钱，再就是赵松年了。赵松年是老地主的长子。解放时老地主把财宝埋在地下，土改时期斗地主起浮财水淹活埋的招儿都没逼出来，政策转变之后，守着老院子的赵松年就陆续挖出财宝来了，日子过得油乎乎的。这几年人们开始往城里扑，陆续有人卖地，多数地都让赵松年买去了，人都说他想复辟。在那些年复辟可是大罪，但如今社会变了，复辟不复辟的没人管了。孙连去找赵松年，赵松年说："地和庄院我都要了。"谈好了价钱，赵松年就喊："鹏程哎，取纸笔来，给爷磨墨。"孙连知道他要显摆自己是个老秀才，就说："用钢笔写快，我还有急事哩。"赵松年说："钢笔是你们用的，我用不了。"孙连说："毛笔你都用得了，钢笔用不了？"赵松年得意地说："这话说对了，我会写毛笔字，为啥要用钢笔？写不了毛笔字的才用钢笔。"孙连在心里呸了一口，他很着急，他知道老大和老三会把山里放羊的爹找回来，卖地是典型的败家，爹肯定拦阻。赵松年正摇头晃脑地写契约，老三来了，说："爹叫你。"孙连只能出来。

他们出了村，来到一个山坡，父子四个蹾下来，爹说："土地院落咋能卖？你胡整啥？"孙连说："我急用钱哩。"爹说："携家带口的在城里讨生活哪有那么容易的，过不下去就回来。"孙连怕被纠缠，说："我在外面惹下点事。"像头顶上响了个炸雷,爹霍地像个兔子跳起来说:"多、多大的事?你、你闯下啥祸了?"孙连不想给爹心里放负担,就说:"事倒不大,有钱就能摆平。"爹说:"那也不能卖地呀,把地卖了你就没根了,在空里飘着呀。"孙连烦躁地说:"不说这些了,土地和院落我卖定了。"老大说:"卖地那是你的权利,这院落房子我们可都是出了力的,人人有份。"孙连说:"少给我胡搅蛮缠,一人一处院落,谁的院落不是一家人一起拾掇的?"老三说:"那咱们就把话往丑里说,爹不是我一个人的爹,在我家过活着哩,你就不管咧?"孙连说:"话要这么说,就把话挑明了说,分家时爹和娘的那一份都分给了你,这阵跟我们讨爹的赡养费,老大,你说是不是?"老大说:"你们两个说事,别把我往进扯。"孙连说:"咋是把你往进扯,这是我们两个的事?你是孙悟空,从石头缝里蹦出来的?"老大不说话,老三说:"那爹要得个大病,给看不看?你们就不管了?"老大说:"你胡搅个啥,说房子说地。"爹叹口气走了。老三说:"你这不孝的货,你是个野种啊……"孙连一个嘴巴扇过去,老三扑上来两个就扭打在一起,老大往开拉,当然拉的是偏捶,孙连吃了亏。弟兄三个人在黄土梁上玩缠得尘土飞扬,都像是从地里钻出来的土行孙,引得一村人倚门观望。孙连回到家,爹从羊群中隔出八只羊来,老三说:"你把爹给你放羊的工钱给了。"爹说:"走吧走吧。"老三说:"就是雇个长工也得给工钱。"孙连说:"账要算那咱们就算清了,你把这几年种我的地的承包费给我清了。"老三说:"给娘看病了,抬埋娘了,给爹吃药了,你儿在家吃喝不要钱?"孙连从羊里拉出一只羊:"这只羊够了吧。"

跟赵松年签了契约,拿了钱,孙连赶着羊走时,赵松年说:"你赶着羊进城?"孙连说:"去镇上卖羊。"赵松年说:"那羊我也买了。"说了半天价,孙连拿了钱出门时,赵松年嘿嘿一笑说:"你们弟兄们打得挺欢的。"

孙连眉毛一挑说："按辈分我该叫你叔，现在只能叫你天杀的，天杀的可不是我给你起的，是你一娘所生的弟兄和侄儿们骂出来的，笑话别人先想想自己，你挖出你爹的财宝独吞，你们动了宰猪刀子，这么快就忘了？不是你爹拿命保下点家财，你球都不是，吃屎都撵不上热的。在我跟前当本事显摆？也就是在咱孙上庄，在外面就你那几个钱，还不够人家塞牙缝的，癞蛤蟆掉到井里了，看天沟子（屁股）大的一坨。"走了两步孙连又回头说："就你这德行还在人面前人五人六的，拿毛笔写字充文化人，啊呸。"走到远处，他看到赵松年还站在那里没挪地方。

孙连沿着闰河走，到鹰嘴湾，水潭照出了他满身尘土和满脸血渍。他把衣服扒下来洗了，又跳进水潭洗澡，浑身青一坨紫一块的到处都疼。他落下泪来。小时候他们弟兄三个齐心协力，在庄子上谁人敢惹？洗完澡他躺在草地上，头枕着包睡去了，梦里依旧是小时候的情形。

一阵狗叫把他惊醒，几只狗在河谷里追一只野兔。收回目光，他看到爹在给他翻晒衣服。爹说："你这一觉睡得够死的，衣服我都翻晒几遍了，出门在外咋能睡得这么死，一定要警醒着。"他坐起来，爹说："不管遇了啥大事，要往好处想，往好处想心就宽了，人啊最怕的是心里不宽，心里不宽就会事上加事。"他说："爹，没事，你心里放宽。"爹叹口气说："我心里咋能放宽？"他笑笑说："那你还说让我心里放宽。"爹说："城里路，石头街（gai），没有票子吃不开，在城里不好过就回来，人活一世，几起几落地活哩，不丢人。"他递给爹一根烟，爹的手抖得接不上火，他不能让爹寝食不安，就说："爹，我没遇事，我是要买城市户口。"爹说："城市户口也能买上？"他说："能买上，都找人说好了，要不然也不会卖地卖院落。"爹说："那就该卖，这是大事。"他说："爹你可一定要守住口，千万别给人说，国家不允许，偷偷摸摸的事。"爹笑了说："你还怕爹嘴

145

不牢靠。"又掏出三块银圆说:"拿着,现在一块过百了。"这是爹抠抠掐掐攒下为自己死后壮地准备的。人死后在棺材下葬之前,要在坟坑撒几个银圆,这叫壮地,寄寓后辈儿孙将来富有。他强忍着眼泪推回给爹说:"你留着。"爹说:"留着做啥,我还准备了些麻钱子,我死后你们再换上点钢镚子,撒到坟坑就行了,就是个意思。"他哽咽了,说:"爹,这我不能拿。"爹说:"爹再帮不上你,拿着吧。"他掏出二百块钱给爹,爹说:"你正用钱哩,给我做啥?衣服干了,穿上赶紧走吧,别把车误过去。"说完撺羊群去了。

孙连穿上衣服,抹了一把泪水,沿着闰河离开了村庄。后来孙连买了十块银圆准备给爹壮地,可是爹去世时他正在四川干装修,等赶回来头七都过了。上了猪头梁,孙连坐下来看着村子,心里一阵慌乱,从此就和这孙上庄没有一点关系了?他这样问自己。

回到省城,银娥问脸上的疤是咋回事,孙连说:"走路急让树枝扫了一下。"银娥说:"说实话。"孙连说:"我把房子家院和土地、羊都卖了。"银娥踢了孙连一脚说:"这么大的事,你咋也得跟我商量商量,说卖就卖了,这不是断了后路吗?"孙连说:"从走出村庄的那一步起,我就没想过回去,死了都不回去。"银娥叹口气说:"卖就卖了,好好说嘛,打个啥捶吗?"孙连说:"老人说恩人转夫妻,仇人转兄弟,这话实实的啊,就当我这辈子没兄弟。"

两个人算算,还差一大截,能借到钱的都借过来了。孙连只好去找老祁。老祁开着几家装修材料店,挣了钱给人放高利贷。孙连现在收破烂儿走着固定的线路,人都熟悉了,秤上公平,价钱不欺,有了破烂儿都等着他,他几天去一趟,其余的时间便都在装修市场拉活。现在装修热起来了,雇车拉材料的人多了。他经常给老祁拉货送货,觉得是熟人，何况给他背利息。老祁却不给他放贷，说："说实话，你没有值钱的东西做抵押，再说我这利你靠拉货、收破烂儿背不起。"孙连垂头丧气地回来，肖长福来了，给了银娥一个存折，说："你们买户口吧，叫你姐叫了多少年，还是把我当外人，借钱也不找我借。"银娥说："看你日子紧巴，当你没多少钱。"孙连说："兄弟，给你把利息背上。"银娥说："对对对，把利息背上。"肖长福说："姐，你这么看我？"银娥说："可……"最后没说出来。孙连一把抓住肖长福的手使劲摇着兄弟兄弟地叫。肖长福竟有四千块，孙连说："没看出来这补鞋做鞋还挺能挣的。"银娥说："能挣也能省，这些年他连过年都不回去，我一直当他也就混个吃喝。"孙连说："我找了几个人，一听借钱都摇头，有几个事先听到风声，一见面倒先问我借钱。哎呀，你这个弟弟真是好人呀。"

钱凑够交给了钱贵生，钱贵生说："孩子不能做户主，得有个大人做户主。"孙连顿了半晌，说："那就先少买一个孩子的吧。"钱贵生给了他一张纸，说："你把姓名、性别、民族、出生年月日写清楚。"孙连说："不需要回去开户籍证明？"钱贵生说："打那麻烦做啥，一个来回你开销也不小，上会研究时我解释一下就行了。"孙连不知道银娥和小娥、小春的出生年月日，只能回家去问银娥。银娥说："问我的做啥？不是给三个娃转嘛。"孙连说："孩子不能做户主，得有个大人，我想着先给你们娘三个买了，再过两年给孙鹏和我买。"银娥说："你这不是胡整嘛，你是男人，当户主，我一个女人家当啥户主？两个娃就给两个儿子买，小娥上学钱已经交了，明年两个儿子一起上学，户口买不上，再掏一份钱，眼见的亏也吃？你就按我说的去办。"孙连说："户主还办你，万一咱们再生一个，在城里娃可以跟娘户口，跟不了爹的户口。再说户口能买，用不了几年以后也就都买了。"

147

把写好的名单送给钱贵生，孙连问："多长时间能办出来？"钱贵生说："你急啥？"孙连说："孩子要上学。"钱贵生说："那我让抓紧办了，不耽误孩子上学。"

钱贵生办事倒干脆利落，两个月户口办下来了，他拿着户口本在手上拍着说："不要给人说，现在查得很紧，说出事来自己兜着。"孙连说："看领导说的，这轻重我掂得来。"钱贵生说："把户口本装好，别丢了，补起来麻烦得很。"孙连说："看领导说的，还哪能丢了，像命一样看顾哩。"户口本拿到手的一刻，孙连恍惚了，他狂掐自己一把，疼得自己大叫一声，不是做梦。过后，孙连又提了猪头、烟酒去谢钱贵生。

有户口就是好，到学校人家一看户口本，小春、孙鹏就报上了名。两个娃上学的当天，孙连说："咱们在外面下顿馆子，答谢长福兄弟。"银娥说："我做几个菜不好？堆了那么大的账，还下馆子？"孙连说："也不能太抠了，这多大的喜事，长福兄弟帮了这么大的忙，请长福兄弟下顿馆子，城里人答谢人都是下馆子哩。"银娥喷喷地咂着嘴唇说："才买了几口人的城市户口，就把自己当城市人。"孙连说："咋不是城里人，虽然我户口还没买，可我是城里人的男人，城里人的爹，咋了？"银娥说："长福是我弟，我弟不是那号人，不计较的。"果然，两个人去请肖长福时，他说："就在家里，今儿姐夫做，我和我姐等着吃。"银娥笑着说好。孙连把户口本给肖长福看，说："兄弟，他妈的这么个本本子，没有就是不行嘛，你明年也买吧，几个儿子，也不小了吧，咬咬牙给儿子买了，有了这东西，儿子去学校上学也风光着哩，咱们就是和他们一样的人了，他们就是想赶也赶不走咱们。"肖长福叹口气说："我买它有啥用，一个人吃饱了全家不饿。"

酒喝完长福摇摇晃晃地走了，孙连还激动得不行，说："你弟真是个好人，他咋就把你叫姐，我看面相他比我还老哩。"银娥也激动地说："这是老天爷给我的一个弟弟呀。"孙连说："没想到他光棍一条，咋整的嘛，这么好的一个人。"

肖长福又搬回来了。搬回来的肖长福有一个变化，不再叫银娥姐，而叫银娥。银娥生气了，说："回来耍大来了，我差你的钱，就连辈分也差了？"肖长福说："我比贾兆春小两岁，贾兆春比你大五岁，不信你看我的身份证。"银娥说："你还弄得很清楚。"银娥看过身份证，还真比贾兆春小两岁。她说："那你当初为啥把我叫姐？"肖长福说："出门三辈小，见了女子叫大嫂，我不是初来乍到，要借你这地儿摆摊子吗？"银娥说："那不行，叫了十几年姐了，那就是姐了。"肖长福就像个赌气的娃娃似的说："我再不把你叫姐哩，我再也不把你叫姐哩。"孙连看了身份证，又掏出自己的，说："你跟我同岁，可你比我月份小，你得把我叫哥吧。"肖长福看了身份证说："哥我叫，但不把她叫姐。"孙连笑着说："你把我叫了哥，再叫她姐，那我们成了啥关系了？"肖长福说："就是么。"银娥说："你把孙连叫了哥，不叫我嫂子？"肖长福结巴着说："那也不叫，就叫你银娥。"孙连说："那可不行，叫我哥就得叫我媳妇嫂子。"肖长福说："一张嘴说不过两张嘴，反正我再不把你叫姐了，也不把你叫哥，就叫你们银娥，孙连。"孙连说："你这人就不讲道理了。"肖长福气哼哼地说："我就不讲这个道理。"等到了晚上睡下，孙连说："你弟心里有你哩。"银娥说："胡说啥哩。"孙连说："我说的是实话。"

银娥心里长叹一声，为啥贾兆春走后她没和肖长福生活在一起，一方面她真是把肖长福当弟弟看待了，这些年了，肖长福就像一家人一样。另一方面她一直有个感觉，肖长福是有老婆有娃的，而且娃娃不止一个，因为他给娃娃做的鞋是真漂亮，大人的鞋要结实，娃娃的鞋既要漂亮，又要结实。一个五大三粗的男人，如果没有娃娃，哪会给娃做鞋？可有时候银娥也迷茫，肖长福逢年过节从没回过家，后来政策暖和了，进城打工的人多了，逢年过节、收庄稼都会回家，他也不回去，也一直没见他的婆娘来过。银娥又想可能是他家里负担挺重的，拖儿带女的来一趟城里开销不起。不过每年肖长福会离开那么三五天，银娥就想可能是回去和老婆团圆去了。说起来熟，其实还是不熟。因为当时都怕露了底，像盲流一样被抓了遣返回去，所以即使问也不一定会得知实情。

第二天，银娥让肖长福帮忙照看着肉摊，她去了祁菊英家。她离开猪场的第三年祁菊英就下岗了，又离了婚，干这干那的，最后竟干起了给人哭丧的活儿，还开了个花圈店。她曾说过祁菊英，干啥不好，选了这么个活。祁菊英说："姊妹，你说我还能干啥，想做个小生意都没本钱，又囊，不像你连猪都敢宰。"银娥见祁菊英穿着那件黑色的大团花缎面的大襟衫，裤子也是黑的，夹着一个厚垫子。只要这身装束，那就是要去哭丧了。银娥说："又有活了？别太卖劲了，就是个意思，别把嗓子哭坏了。"祁菊英笑笑说："今儿不是哭丧，是冲喜。一个大领导不行了，回老家要做法事冲喜,冲喜得动哭声,来小车接哩。"银娥说："冲喜要去老家？"祁菊英说："城里不敢弄，国家不允许，人家是领导嘛，不像咱们这号人，可不敢给人说，人家一再安顿了。"银娥说："长话短说，给你介绍个对象。"祁菊英："姊妹就是关心我哩，可你说找了多少个了，咋就不成嘛。"两人正说着话，一辆小车停在门前打喇叭，银娥说接你的。祁菊英说："啥样的一个人噻。"银娥说："你认得的，回来再说。"

银娥回来就跟肖长福说，肖长福说："整天号丧，我一听就觉得像不在这世上了。"银娥说："那也是一个活路嘛，你看电视上，死多少人，披麻戴孝地送葬哩，不都活得好好的，都是假的嘛。"肖长福说："反正那钱我看不上挣。"银娥说："你要是不习惯那活，结婚后让她换个活，现在活也好找哩，年龄又不大。"肖长福说："我的事你别操心了，我就这么一辈子了。"银娥说："就这么一辈子了？你多大年纪了？没儿没女没婆娘，年轻时咋都好活，老了咋活？"肖长福说："咱们这些人，谁还能想一辈子，一天一天地活，一年一年地活嘛。"银娥想想又说："你看周亚凤咋样？"肖长福摇摇头，银娥连续说了几个寡妇，肖长福说："姐，我的事你就别操心了。"银娥说："肯叫我姐了？"肖长福说："想来想去我还是叫你姐吧，你别操心我了，你操的心还不多嘛。"

第二天，祁菊英来了，说："姊妹，你给我找的对象是谁？"银娥说："看把你着急的，过两天我再给你说。"祁菊英说："好姊妹哩，哪能不着急，再大点就真嫁不出去了。"银娥看了一眼肖长福，肖长福闷着头抽烟，祁菊英掏出一包烟，说："长福，给，好烟，中华哩。"肖长福扭头看了一眼，说："你不抽烟，人家还送你烟？"祁菊英说："听人家说这烟多贵，我看人家给抽烟的一人发一盒，我就故意抽了一根，人家也给了我一盒子。"

肖长福说："你咋就能哭得出来？"祁菊英说："守着灵堂，各人哭各人的愁肠，我哭我自己，想自己难心的事，眼泪憋都憋不住，咋能哭不出来？"银娥也想过祁菊英咋就能哭得出来，听她这么一说，可不是这么个道理？肖长福接过烟，拆开抽了一根，把烟盒递给祁菊英。祁菊英说："给你了，我家里又没男人，放下谁抽，我要抽上瘾了，谁给我买？"肖长福却不要，说："我怕把口味抽高了，到时供不起。"银娥长叹一声，祁菊英说："姊妹，大干部家就是大干部家，那富得跟宫殿一样，待承得好得很，钱还多给了一百，给了一箱牛奶，一包衣裳哩，我回来衣服口袋里还搜出三百多块哩，你说要不要给人家送回去，人家待承得那么好，心里过意不去，昨晚一夜没睡好。"银娥说："那得给人家送回去。"肖长福说："送啥送，三百多块钱在咱们是大钱，在人家就是几块钱，再说那些人这是搞迷信活动哩，国家不允许的，知道了处分他们哩，人家再见都不想见你哩。"祁菊英说："这么说不用还给他们了？"肖长福说："你到哪里去找人家？人家给你留了电话？"祁菊英说："没有，不过我记下那车号哩，找着那车号就能找到。"肖长福说："你快算了吧，别给人家找麻烦了。"祁菊英走时拉过银娥悄声说："你给我说的是不是你弟？"银娥说："我弟？"祁菊英用嘴努努肖长福，银娥"呃"了一声，说："你别急噻。"祁菊英把烟塞到银娥手里走了。

银娥坐下又跟肖长福说起祁菊英，肖长福说："姐，你咋就那么爱操心，你就不能不操心让心里宽敞着？"看着闷头补鞋的肖长福，银娥恍惚了，他到底有什么样的生活呢？

# 第十二章

"回家啊？"

"回家！"

"都回？"

"都回，好几年没回了！"

一大早窗外就不时传来周长存回应人们问话的声音。老周声音洪亮，把回家变成了一件理直气壮的事。是啊，谁能说回家不是一件理直气壮的事呢？

从窗口望出去，一辆长城皮卡停在门前，周长存和老婆、两个儿子大包小包地往车上装，四个孙子穿着过年的新衣裳，兴奋得像跳跳球，蹦蹦跳跳的。我出门来故意问，要搬家？老周说大过年的搬什么家，回家过年！我说："全体回家？"周长存说："回回回，都回，过个团圆年，好几年没回去了，租了个车，人口多，合算。"

从我住进锦绣，就没见周长存回过家。他总是说回一趟家花销太大了。他给我算过一笔账，一个来回光车费就得两千来块，车要不赶趟，还得在县城住店，又得几百。家族大，堂叔老子，姑舅姨婆，还有家族主事的三爷家、村长家都得走动一下吧，一直在村里待着也不说了，在城里混了这么多年，不能太寒碜了，就拿给娃压岁钱说，人家给咱娃五块十块，十块二十块拿不出手，每个娃小一张（他把五十元叫小一张），光这就得一千多，这么下来五六千出去了。这是出，还有进呢，逢年过节破烂儿多得很，还都是高档破烂，有些东西没坏，除旧换新就当垃圾扔了。别的不说，就说衣裳和鞋，就是旧了点，不时兴了，有的衣裳买回来不喜穿都没沾身，皮鞋连跟子都没磨偏，拣回来过年穿都是好行头。你看我脚上这双皮鞋，真正的"花花公子"，擦出来跟新的一样，就扔了。说到这里他就会感慨地说，娘的，穿到咱脚上就成假货了，没一个人说是真东西，我在高档小区拣的，每回不给那门卫买一瓶啤酒都不让进门，那小区的人穿假货？回家过年得十几天，几千没了，回去过个年，里出外进小一万哩。

一过小年，年就轰隆隆地来了，不可抵挡地来了。整个锦绣躁动不安，匆匆回家的人就像潮水一样涌动，各种各样的行李箱轱辘"橐橐橐"滚过街面，不绝于耳。两边的店铺门前堆满年货，挤占了本来就狭窄的街巷，叫卖声抑扬顿挫，大大小小的音响反复播送着《流浪歌》《常回家看看》《走四方》一类的歌曲，音量开得很大，多个音箱的播送形成了一种交响。

许多店铺已经打烊了，喜婶馒头店还开着，我一进去，喜婶笑盈盈端上来一个馒头，一老碗玉米楂子，一碟腌韭菜黄瓜。我说："婶，你这店铺啥时打烊？"喜婶说："打啥烊，现在人都懒了，过年都不做馒头，要馒头的人多。"我说："婶，再来一个馒头。"

乔大头也在吃馒头，对喜婶说："你就听我的。"喜婶："那能成吗？"乔大头说："咋不成，你没看城里人都来买你的馒头嘛，以后开连锁店，做老板。"

喜婶看看我，我看看乔大头，乔大头说："我给喜婶说扩大规模，雇上两个人，这么下去咋行？要是你哪天头一歪走了，你两个孙子咋办？

不抓紧时间挣点钱，你走得放心？"喜婶说："雇两个人得多少钱？你当我……"乔大头说："死脑筋，挣呢嘛，让秀才说。"我说："我看行哩。"乔大头说："听到了嘛，早上来了多少人，没一个人说不行的，这不，连秀才都说行哩，你还定不下心来，这么个，你家还有啥人，带出来么。"喜婶说："没啥人了，要有靠得上的人，我能在这里吃这碗饭？"乔大头说："亲戚呢？"喜婶说："没了，都在城里猫着哩，剩下的都是老弱病残。"乔大头说："就一个用得上的人没有？"喜婶说："有个侄儿，是个哑巴，干活倒卖力，打工没人要，在家里窝着哩。"乔大头说："明儿就回去领去，我再给你找一个。"乔大头起身，给钱，喜婶说："算了。"乔大头说："我就爱吃个馒头，要我说你这做得还不地道哩。"喜婶说："手上没劲了。"乔大头说："赶紧把娃叫来。"喜婶说："那要你操心哩。"乔大头说："我来操心。"

喜婶又给我拿来一碟小菜说："秀才，你说行不？"我说："行么，咋不行？叫来先干着看，好了干下去，不好了也不亏啥么。"喜婶说："也是哦。"我走的时候，喜婶："大年二十九你来，婶给你蒸几个喜馍。"我说："谢谢婶。"乔大头说："今年又不回了？"我点点头，慌忙走了。

2002年大学毕业后，我只回过一趟家。1994年我参加高考，复读了四年才考上。1997年，我又落榜了。复读三年无果，在我们那片十年九旱的土地上，就等于连续跌了三个年成，何况在我那样的家庭。我的父母都是残疾人。父亲只有一条腿。农业学大寨那会儿，县上提出要把蟒蛇岭全修成梯田，就放炮炸山，我父亲是个炮手，结果有一炮延后爆炸，他一条腿被炸飞了，只剩下空裤管了。不能说父亲命运不济，命运垂顾过他，可他把机遇放弃了。就在他出事的前一年，轴承厂招了一批工，父亲有幸被招进去。轴承厂是国家三线建设时期建起来的，就建在犁铧山深处。父亲进厂后分在四车间，四车间是专门往轴承里填钢珠的。据父亲讲他走进车间，看到一排师傅坐得整整齐齐，往轴承填钢珠，一个，一个，一个，头不抬眼不睁的，他看到一个人睡着了，打着呼噜，手还在填钢珠，就像个机器。老师傅告诉他一天要填一万个钢珠才算完成工作任务。父亲深深吸了一口气，又长长吐出来，要这么填一辈子钢珠，简直不可想象，他又背着铺盖卷回来了。回来不久他就被炸飞了一条腿。没了一条腿，父亲就只能娶了母亲。母亲小时候在麦场上玩耍，草垛着火了，她躲进了场窑里，才保住了一条命，脸却被烧伤了，一双眼睛也被浓烟熏坏了，只剩一丁点儿视力，从此她的世界就是一片模糊，不要说在煤油灯下，就是白日天阴着，干活也只能凭经验和感觉，常常是跟头流星，碰得到处伤痕。每当说起这些往事，父亲就拿拳擂头，说要不咱们早就是城里人了，扑进公家的怀抱吃粮票，月月有个麦子黄，受这烂杆土地的气？农民潮水一样往城里涌的时候，父亲曾去城里揽过活，轴承厂已经从山里搬到了城里，他希望能找一个填钢珠或类似于填钢珠的活计，可谁会用一条腿的人呢？何况工人都下岗了，他只能回来。我们那个地方山大沟深，十年九旱，属于半农半牧区，主要的经济来源不是土地，而是养殖业，也就是养羊。他们每一份收入都要比别人多付出几倍十几倍的辛苦，长期的苦累、忧烦和悲伤，让他们要比实际年龄苍老，脸上皱纹又深又宽，四只手都蜷曲得像踩了霜雪的鸡爪。他们全身都是病，每天都要吃药，倘若有钱，他们需要吃好几种药才能保证没有痛苦地活着，可他们只吃得起一种药，无论啥疼都吃止疼片。

我们弟兄仨，本来我还有个妹妹，五岁时得病夭亡了。在我们那里，不要说我们这样的家庭，多数孩子念到小学毕业就不念书了，十三四岁就是一个劳力，能分担生活的重负了。可父亲虽然失去了一条腿，但他内心一点都不窝囊，他憋着一口气。一对残疾人支撑着的家能有什么样的日子？又小门小户的，在村里能有什么地位？谁把我们一家人当过回事，我们过着仰人鼻息的生活。在人面前父亲是说不起话的人，他就像长久被人摁于水中，太需要浮出水面长出一口气了。唯一的出路就是供我们念书，他把改变命运的希望寄托在我们的读书上。考上大学，那就是朝里有人了，那气象就不一样了，一家一族在村庄上再弱，也不会有人欺负你，而是巴结你，红白喜事，吃席上岗子（上席）都给你留着，连村干部都要高看你几眼。你将担负起一个家一个家族甚至一个村庄除下苦以外的事务，比如当队干、招工、当兵（有转干的机会）之类能改变命运的事务，比如批宅基地、要救济补助、打官司之类涉及生计的事，比如料理在城里打工找活、讨工钱、孩子入学、伤亡赔偿之类的事务，朝里有人那就是一句话的事。董光的姑夫在县里当着官，董庄的大队长、小队长都是董家人，要风得风，要雨得雨。

"又去复读啊，啧啧啧。"

"考上就是中皇榜，出来就是公家人，一身子躺在国家的怀抱里了，月月有个麦子黄。"

"房子国家给盖哩，花钱国家给发哩，老了国家养着哩，得病国家给治哩，死了国家给埋哩，那日子，啧啧啧。"

"前途大得很，你家就是朝里有人的人了。"

复读几年，每年开学，父亲送我出村，在街巷都会听到这样的话。听上去他们说的是考上大学的远大前程，事实却含着对我们父子执着的嘲讽，因为上高中的我们村有五个，复读到第三年就剩下我一个了，他们都出门打工去了。在他们看来，大家都是一个命，你要改命就是自不量力。有人直接笑话父亲是自己把头往胶锅里撅。这话除却嘲笑的成分，也说的是事实。我考上大学，对他们来说，不但把一个壮劳力送走了，还要付出更为艰辛的劳作供养读书，无疑加重延长了他们的苦难，"里出外进十几二十万没了"，这账他们替他算得清楚明白，上大学的开销加上不上大学几年打工挣的，可不是十几二十万。可父亲没有放弃。然而，哥哥谎了他，现在我又一而再，再而三地谎了他。

1998年，我终于考上了大学，全国重点大学，拿到通知书那天，母亲做了一桌菜，我端着酒敬他们，说："爹、娘，苦着你们了。"父亲咯咯咯地笑着说："啥话哩，这一口气你让爹出得长啊，你让爹没白活啊。"那天，他第一次喝醉了。

四方朝贺啊，爹宰了两只羊。家家都出了份子钱，爹不收，人们都说："咋了，朝里有人了，怕我们以后沾光？！"

然而闭塞的老家人并不知道，1996年国家就出台了《国家不包分配大专以上毕业生择业暂行办法》。国家许多政策传达到我们那里往往要迟上几年。就是我，也是上了大学的第二年才知道的。等我2002年从大学出来，"毕业即失业"已经是残酷的现实，每年毕业生加上往年积累的失业毕业生，队伍可谓庞大。

那年寒假，我回了趟家。村里人知道我回来了，家家户户都请我吃饭。在报社实习时，仰仗报社这一平台，通过老记者的关系和新闻报道的影响力，我也办过一些事，讨工钱（那几年欠工钱几乎是常事），入学，住院，包括打官司，这些事在村里反响不是一般的大，而自从通了电视，他们就对记者充满了崇敬之情，甚至知道无冕之王这个称号。以后，他们就把我当成生活中的一根拐杖，其实我连一根麦柴都不是。他们说这娃出息大了，在省上的哩，门楼多高，又是记者，说句话的事。父亲红光满面地接待着，应承着，他被压抑得太久，他太希望人们能把他当回事了。人们走后，他对我说："回去给说说，办了。"在老家人的概念里，这个社会许多事都可以"说说"，大事说小，小事说了，就是犯法的事也能"说说"，十年说成五年，五年说成三年，三年说成没事。事实上，我留在报社已经彻底没戏了，我连自己的事都办不了，还哪里办得了他们的事？然而，我又怎么能实话实说呢？父亲说："好汉护三庄哩，人就活得这么个么，衣锦还乡，就是成了中央领导，也活的是个老家嘛！"他竟然知道"衣锦还乡"。

千不怕，万不怕，就怕老爹打电话。我希望能像个无赖一样，不管不顾，或者说直接告诉他们我什么东西都不是。我甚至想到了蒸发，像那些欠债欠命的人。可我不是无根的浮萍，不是风，不管走多远，我的家都在畤村，我连一句拒绝的话都说不出来。父亲的电话一个接一个打来，他需要坐蹦蹦车，到镇上去打电话让我"说说"，求他的人也无非给他管来回几块钱的车费和一碗两三块钱的生余面罢了。通过那遥远的声音，我清晰地看到他一起一伏的就像是行走在水上，那张脸在坚硬的山风中布满褐红的期待的表情。我只能去找我实习时的指导老师，一次、两次、三次……没完没了，这么说吧，天天有事是有些夸张，但一周两三次事是经常性的。城市向农村敞开大门，也把各种各样的遭遇像抛绣球一样抛给农民。老师终于不堪其累，在办完最后一件事后，他对我说："这是最后一件事了，你自己都光着屁股，却在奔波着为他人做嫁衣，没有衣锦，就想着还乡的事，这会让你一事无成。"

我终于办不了事了。托我的许多事都没了下文，村里人对我有了看法，他们不认为我没能力办，而是不用心或者不想给他们办，或者说人大了，求不动了，甚至认为我记着他们的仇怨。父亲在电话里吼，"好汉护三庄，你这样做事？以后你就是当了中央领导，活的也是个老家。"直到侄儿到了娶媳妇的年纪，宅基地批不下来，我一点办法没有，可当兵回来在乡上开车的王欢，一批就是两处，父亲似乎才明白，村里人也终于看明白，我考上大学拥有的神圣光环不复存在了。我也不再捂了，实话实说，告诉他我没有工作。他给我打来两万块钱让我找工作。他说现在这社会没钱办不成事，不花钱哪有工作？该花钱别心疼，不够了我再想办法，重要的是先把工作解决了。别看他在山沟里待着，对外面世界的潜规则却很了解。我说你哪来的两万块钱？他说你别管。我知道是拉了高利贷。他说你在城里安心解决工作问题，别惦记家里，别老往家里跑，一来一去搅销大得吓人，出门门槛低，进门门槛高，工作解决了风风光光地回来。话外音我听得明白，我理解因我而给父亲造成的处境，办不了事回来丢人现眼的，被人下看，受人嘲弄。我回去不但不能为他增光添彩，只能让他更加卑微窘迫，回家对于我和他来说都像炼狱。这是封了我回家的路。从那后我就不再回家了。每到年关，他就给我打电话说家里没啥事，我和你妈没病没灾的都好着呢，在城里忙你的。

　　从喜婶店里吃过回来，周长存还在收拾回家的东西，我说："你这是要把整个城市搬回家去。"他嘿嘿一笑说："好几年没回去了，咋也不能太寒酸了，我们周家是大户，都得走走嘛。"说着他递给我一根烟。他平时抽两块五一包的"兰州"，今儿是十块钱一包的"白沙"。他说："回家不能再抽'兰州'吧，来人也散不出手，抽个好点的烟，也不是咱虚荣争脸，回家一定要装人，让老人心安点，咱们在村里待着，老人心安哩，在城里讨生活，老人心悬着哩，就怕咱们过得不好。"我点点头，他又说："回家过个年，光吃烟就多冒掉几百块。你今年又不回？"我迟疑了一下，说："还没拿定主意。"他说："都大年三十了还没拿定主意？回家嘛又不是决策啥大事哩，你又没啥拖累，'咔嚓'门一锁，拉个箱子就回了。"我笑笑。他又对我说："回吧，咱不惦记老人，老人惦念咱哩，我爹打电话说不要回来了，没病没灾的都好着呢，一来一去搅销大得吓人，话是这么说，其实是探咱的口气哩，还是想咱回去哩，一个儿女一条心，老人一辈子牵肠挂肚地不易哩，虽说咱们每年该孝敬老人的钱一分不少，可回去和不回去不一样，一年就一个年嘛，回吧。"这时，银娥出来听见周长存这样说，也劝我："回去吧，你也好几年没回了，老人挂念着哩，这里我给你照料着，能回家的回家了，没啥事，公家还放七天假哩。"

我扔掉抽了半截的烟回屋，把置办过年的伙食塞进了双肩包，背着就出门了。周长存说："没看出你还是个急性子，不拉个箱子？"我说："别小看我这包，比箱子能装。"他说："买东西去东环批发市场，便宜又新鲜，过年嘛货出得快，都不是仓底子，今儿大年三十，都准备过年哩，更便宜。"

我不想去东环批发市场了，买再好的礼物放坏了父母都舍不得吃，给钱更合他们的心意。经过"老耿小超市"我买了五条"芙蓉王"，一条二百三十块。周长存说得对，回家一定要装人，让老人安心。

我现有三万块钱，我想都取出来，要新崭崭的连号的封条都没开的钱，摆在父母面前，这该让他们心里多踏实。尽管三万块钱与他们这些年为我的付出相比，差距很大，但用小品里的话说，见着回头钱了。然而，出租车上播着新闻，说是回家的农民工成为盗贼的主要目标，我害怕了，还是不取了，把卡直接给父母也好，仅仅是一种形式，他们哪敢花钱？哪会花钱？哪舍得花钱？他们会原封不动地存着，准备给我娶媳妇。

# 第十三章

　　孙鹏和贾小春上学了，孙连对他们要求十分严格，两个娃从学校回来，只要不念书写字，就会黑着脸训斥，动不动就是一巴掌。他打贾小春下手轻，打孙鹏却要重得多。孙鹏屁股火辣辣地疼挨不到板凳上，写字时总是站着写，泪水啪啪地打在本子上。银娥看出来了，孙鹏再挨打时，她就护着。孙连说："你不要老护他。""我不护会出事的，我是后娘。"银娥说，"你也别老是打，吓唬吓唬就行了，娃挺懂事的。"孙连说："不打不成才，我一定要他给我把书念成了，我要让那个婊子看看。"银娥说："你心里还有她。"孙连说："我恨死她了。"银娥说："恨也是一种想。"这是贾兆春说她的话。孙连垂下了头。银娥说："以后要打，两个打几下都打几下，打多重都打多重。你这么会打出事来的。"孙连再打的时候就下手一样重了，贾小春才体味了屁股火辣辣疼坐不到板凳上的滋味。

　　三年级的时候，小春已懂了许多事，孙连再打他时，他就说："你凭什么老打我，我又不是你亲儿子。"这话是同学李成功教他的。他们班有好几个同学都是后爹，只有李成功不挨后爹的打，而且后爹还待他挺好的。小春说："肯定是你妈厉害，你后爹害怕。"李成功说："我妈才不厉害哩，我后爹还揍我妈哩。"小春说："那他为啥对你好？"李成功说："以前也老

162

打我哩，有一回我说你凭什么老打我，我又不是你亲儿子。他就再不打我了。"贾小春知道说这种话是要冒风险的，说不定会被打得更重。但是，孙连听了这句话却叹口气，停了手，摸了摸他的头，嘿嘿一笑，掉头走了。

那天，孙连对银娥说："娃大了，懂得事了，不是亲生的隔着一层，两张皮，再打怕越打越拗，起反作用，以后你打小春吧。"从此之后，小春就由银娥来管教，但银娥打小春，小春就说："妈，你看在我大的面子上饶了我吧，我一拿书就头疼瞌睡，再打啥都不行嘛，我就这么个命嘛。"再打，小春就说："人都说娘后了，爹就后了，咱家倒反过来了，爹后了娘就后了，你再打我就找我亲爹去。"说得银娥哭了一场，想想也后怕，再打小春就手软了。

小娥上初中时，孙连想着给她买户口，一打听才知道，买城市户口的太多，一个户口已经涨过了一万，而且不好买了，钱贵生都不接这活了，说不好批。孙连求钱贵生，钱贵生说："不就是为娃上学嘛，交钱上吧，比买城市户口划算。"孙连说："可还有高中哩。"钱贵生说："高中不属于义务教育，就是你有城市户口，考不上也要交钱上的，考上了就是农村户口，也交不了多少钱，要是成绩好，一分钱不花学校抢着要哩。"孙连回来跟银娥说，银娥说："老钱说得对哩，老常的儿子上了高中，我问了。"孙连请小贾吃饭，才知道学校公开向农村户口的学生收赞助费，赞助费一要就是两三万。后来，找了个收费便宜的，交了赞助费。孙连说："唉，那时候咬咬牙，把小娥的户口也买了，就不用掏赞助费了。你说掏了那么多赞助费，娃还是个农村户，亏不亏？"银娥说："咬咬牙，咋咬？把你卖了还是把我卖了？要有钱这账谁还算不明白。"孙连说："我再打听打听，看能不能买上，一定给娃买个城市户口。"银娥说："打听啥，钱已经交了，有城市户口上高中也没用，她的出路就是好好读书。"孙连说："可这个学校是钢铁厂子弟学校，钢铁厂都倒闭了，都说学校不咋样。"银娥长叹一声说："唉，那只能怨她的命不好。"

小娥上初中后学会了偷钱，银娥狠狠地打过她几回，还是不改毛病。孙连说："你这么打也不是个事，要说这是大人的过，娃娃嘛，哪有不偷钱的，你把钱管得她偷不着，她不就不偷了。"银娥就找木匠老王用杂木边角料做了一个箱子，可还是没难住小娥，她很聪明，从箱子背后用铅笔刀卸掉合页上的螺丝。银娥就埋怨孙连："叫你不要老给小娥钱，你看毛病惯下了，学会偷了。"孙连只是叹息。他很惯小娥的，刚刚从山里领回来，小娥缠他，见银娥却生得像后娘，小娥说孙连有外公的气味。那是烟味汗腥味儿。孙连对小娥更是疼爱有加，一带上街就给她买衣服，小娥穿得不比城里姑娘差。小娥上学的学校远，孙连一天四趟接送，经常买这买那，每天总要给几毛钱零花钱，银娥说不要给她零花钱。孙连说人家娃都买这买那的吃，我娃站在旁边看着？我不抽纸烟了，抽旱烟给娃把零花钱省出来。其实，银娥平日也娇惯小娥，小娥在乡下长了六年，她觉得愧对她，也就由着孙连。

无奈之下，银娥又去找老王，把箱子改成了暗合页，然而，这仍然没有难住小娥，她偷偷配了一把钥匙，这样她就偷得更顺手了。还不待银娥发现，小娥发现了户口本，才明白她与小春、孙鹏原来是不一样的。

小娥与银娥大闹一场。她把户口本砸到了娘的脸上，提着刀跟娘闹。小娥的反应是银娥没有想到的，也觉得愧对小娥，赔着笑脸说："不是没钱嘛，有钱还能把你落下？"小娥说："没钱？给他们买咋就有钱了？我大还是他们大？"银娥给噎得说不出话来。一连几天小娥要死要活地大闹，银娥只好躲着她。孙连觉得小娥有些过分，却不好发脾气，只能好话相劝。小娥却又把矛头对准了他，用刀指着他说："你就是两面三刀的笑面虎，

164

你就是绵里藏针的东西，你把便宜占了还装好人，你就一团黏在银娥身上的鼻涕，恶心死人，呸呸呸。"银娥就给了小娥一个嘴巴。小娥跑了，孙连去追，却被银娥扯住了。

银娥想她能跑到哪里去呢，一会儿就回来了。然而，眼看日落西山，暮色如风，小娥却不见回来。银娥急了，和孙连分头去找，把小娥常去的地方都找过了，没有。最后银娥想到了春山，果然在贾兆春的坟前找到小娥。坟头插满了花，在风中摇曳着。那是一种淡蓝色的小花，有个很好听的名字，叫灯盏，极茂盛，有数十枝，就像一盏盏小灯笼。无疑是小娥供在贾兆春坟头的。银娥心里一阵悲凉，把小娥揽进怀里，小娥就是犯了天大的错，她都原谅了。小娥要从她怀里挣脱出来，她死死抱着，小娥忽然在她胳膊上咬了一口。这一口咬得很重，就像一个小狗咬住猪腿。她没有火，小娥就咬着那条胳膊，目光直直盯着她，许久后，小娥松开嘴，走了。小娥的目光让她一凛，那已不是一个孩子耍脾气的目光。

从此，小娥就像变了个人似的。最大的变化是对孙连的态度，这是银娥没有想到的。孙连是多么惯小娥啊。但在小娥看来，孙连过去对她的一切好全是装出来的，是猫哭耗子假慈悲，她完全上当受骗了，因此现在见了孙连就摆出一副苦大仇深的架势，不再叫爹，而是直呼其名，或叫那谁，后来直接叫孙某。还学会了话外带话，阴阳怪气，讽刺挖苦。银娥骂她，她顶着骂，粗话是张口就来。银娥要打她，却被她推了一个跟头。银娥恼了，爬起来提了扫帚就打，小娥直挺挺倒在地上，倒出了白眼仁，黑眼珠全没了。孙连吓坏了，抱着小娥就叫，又掐人中。银娥撇嘴一笑说："没事，这我也会，我那时也这样，她倒跟我挺像的。"小娥跳起来，唾了孙连一脸说："伪君子，假慈悲，瘸了吧唧，你嘴巴好臭，比公共厕所还臭。"银娥一巴掌狠狠扇在她的脸上。小娥一头撞来，将

165

她撞了个仰面朝天。银娥翻起来抓了剔肉刀，孙连忙抱住夺刀，小娥"呸"了一口，说："你们好恶心，夜夜抱还没抱够。"银娥踢了她一脚，她一把提起剁刀说："你再要动我，我不剁你一刀就不姓贾，我就姓真。"银娥哭了，哽咽着说："兆春啊，你让我咋办？"小娥说："偷汉养人的，你还有脸提我爹。"银娥扑过去，小娥敏捷地跳出门外，骂一句"一对狗男女"奔逃而去。孙连说："你打她做啥，本来就是我们做得不对嘛。"银娥哭出了声："我们有啥错，谁体谅我们？"

自此小娥再回到家里来，就找碴和银娥闹，而且把气还撒在两个弟弟身上。他们只要一动她的东西，她捞上啥就砸过去，还骂打死你两个狗日的城里人。后来，小娥又转变了策略，开始拉拢教唆贾小春。

小娥对小春说："他教娘收拾你哩。"小春说："我才不信你哩。"小娥说："你就是个傻瓜，世界上最大的傻瓜。"小春说："还用得他教，娘打我不比打你多，下手狠着哩。"小娥说："都是他教的，以前娘像现在一样打你？"小春说："以前我不坏嘛。"小娥说："呸，以前你不坏，把尿尿到我鞋窠篮里谁干的？偷钱谁干的？"小春咯咯笑着说："以前我小嘛，还没长大。"小娥说："别看他平日惯你，心里恶着哩。"小春说："他更惯你哩，你不识好歹。"小娥说："他就是笑面虎，后爹有几个心好的，我听他教娘哩。"小春说："哈，你偷听？"小娥说："我不偷听行吗？不偷听他们还不知咋谋害我，我得防着他们哩。"小春撇撇嘴说："你有钱？他们谋害你有啥好处？"小娥说："你别不信，我可是你亲姐。"小春说："我告妈说你偷听他们说话。"小娥说："你去告吧，我才不怕他们哩，他们没把我当人待过。"又说，"你个没脑子的猪，他们把我们当亲生的待过？不是打就是骂。"小春说："孙鹏是他亲儿子吧，打起来像仇人哩。"

到了初三那年，小娥动不动几天不闪面。孙连跟银娥说："这么下去咋行，得管管。"银娥说："管得下？你看现在见了面就像是阶级敌人，你说东她偏往西。"有一回小娥有半月没回家，银娥和孙连找了几天，找不到，银娥说死了活了由她去吧。孙连骑着三轮车边收破烂边继续找。在网吧收破烂儿时，他发现里面全是学生，就开始留意在网吧里找，果然找到了。他几乎都认不出那是小娥来了，浓妆艳抹，头发也烫卷了，叼着一支烟坐在一个男生的腿上，那男生头发黄乎乎的，还打了耳钉。孙连叫小娥回家，小娥说："你谁呀你，瘾了吧唧的想泡我？"出了网吧，孙连伤心地哭了。回到家他没说小娥辱没他的话，只告诉银娥小娥在什么地方。银娥去了，小娥还在那里，她扑上去甩了两个耳光，扯了小娥的头发往回走。一个男生扑过来，银娥火了，一脚踢得他弓着嗷嗷直叫。银娥说："几百斤重的猪老娘一只手都提得住，一个个头染得跟鸟毛一样就当自己是野兽？"这群娃娃中有好几个是锦绣的，都认得银娥，吓得都跑了。银娥扯着小娥骂："冤家，害货。"小娥说："你有两个城市户口的儿子，可不看我就是个冤家，害货，你还管我干啥。"银娥扬手又是两个耳光，小娥嘴里的血就流了出来。拉回家，银娥用一根棍子狠狠地抽了小娥一个遍体青。小娥睡了几天。这天孙连回来，见小娥起来了，忙出去给她买了果粒橙，这是她最爱喝的。孙连拧开递给小娥，小娥接过却泼到了孙连的脸上，说："你打我呀，你咋不打我呀？"银娥一个耳光就甩了过来，小娥也甩了银娥一个耳光。银娥眼冒金星，一阵恍惚，瘫坐在地上。小娥背着包就走了。

银娥依旧认为小娥会回来的，然而，半个月、一个月、两个月……小娥再也没回家。银娥和孙连到处找，再没找到。银娥说："就是个猪脑子，你咋也该把这学期混完，拿个毕业证么。"

到了贾小春和孙鹏上初中的时候，游戏厅已是遍地开花，尤其是学校，都被游戏厅包围了。他们上的红星中学是纺织子弟学校。这里原是红星

167

大队，建纺织厂时，村民集体转成了工人，农民孩子多。纺织厂已经倒闭，厂房、营业房都给了下岗工人自谋生路，他们就围绕着学生，开起了游戏厅、录像厅、台球室、麻将室，一进校园，枪炮声、拳击声、啸叫声、呻吟声夸张地传扬着。学校隶属纺织厂，管理松散，一个班的学生一半钻在游戏厅，老师只管上自己的课，不闻不问。

玩游戏是要钱的。父母有正式工作家里条件好的学生，每天有零花钱，许多学生早点在外面自己吃，他们就把早点钱省下来。贾小春和孙鹏没有零花钱，早点也在家吃，连早点钱都没有可省的。他们唯一有钱的机会就是天热了，会得到一根雪糕钱。出了门贾小春对孙鹏说："钱给我，我先练手，练高了教你。"孙鹏说："嗯。"游戏币单买一个要四毛钱，对于生手来说，一个币连一分钟都撑不上。倘若攒到一块钱，可以买四个币子送一个币子，一个币就成了两毛。贾小春发明了用铁丝在街机钩币，铁丝触到通电的地方，机器误识别为投币进去。但是好景不长，因为大家都这么做，老板很快就发现了。他们只能不停换游戏厅，可很快所有游戏厅都知道了。

为了钱，干脆说为了游戏币，他们捡过牙膏皮、纸片子、塑料鞋底，十几个牙膏皮才能买一个币，而要找十几个牙膏皮实在不易。钢铁值钱，他们打建筑工地的主意，可常常是才进入工地边缘就被赶了出来。一次在一个工地，他们没有发现看守人，钢筋、铁丝捡了不少，开心地算着卖了能买多少币，一个老头牵着狗出现了，逼着他们放到门房里，他们才明白这老家伙躲在暗处，利用他们给自己干活。他们想到了偷，到一个工地兵分两路，一路引开看守人，一路去偷。然而，这样对付了人，对付不了狗，那时候的建筑工地几乎都养狗。

游戏厅就是一个江湖，结伙抱团，在游戏厅，被抢、勒索是再正常不过的事了。一上初二，贾小春就解决了打游戏的经费问题。有一天，他们几个人刚进游戏厅，就被一伙人拦住，攒下的钱被搜走了，那带头大哥还在贾小春脸上扇了几巴掌说，跟老子翻眼睛，不服气？贾小春一拳上去，那家伙一个兔儿蹬天倒在地上。他喝一声说打这些狗日的。经过一场混战，他们并没吃亏。这一战长了贾小春的斗志。贾小春像贾兆春，块头大，拳头、脚，一切就都大，又打过几次群架后，他拉起了自己的队伍。那时候，锦绣的学生中间帮派众多，而且时不时就会冒出新帮派，因此，打架是常有的事。贾小春打了人，有些家长会找麻烦，但一听是贾兆春的儿子，娘和后爹又是屠户，便都悄声屏气地走了，回家就对儿子说别惹他，他爹杀过三个人。于是就传开了，就像杀人也遗传一样，这让他声名大震，队伍越来越大，就有人上供，同时也把一种责任压在肩头，他得保护他的追随者不被抢劫勒索，还要保证弟兄们能勒索抢劫钱和游戏币，这自然不在话下，但让贾小春有些不爽的是，人们更多提到的是他爹，就像他是靠着爹的名望混社会。

解决了经费，玩游戏的人也得躲避着老师和家长。贾小春是如何逃避家长的惩罚呢？全凭孙鹏。同学中有许多弟兄俩一起上学的，哥哥总觉得弟弟是个累赘，贾小春也觉得孙鹏是个累赘，可没有孙鹏更麻烦。后爹不打他，可娘打他下手不比后爹轻。娘明确交代让他们同去同回，他不跟孙鹏一起回家，就露馅了，因此他不能让孙鹏回家，他们必须形影不离。他打游戏，孙鹏就在一边站着，他也觉得可怜，于心不忍，他虽然在家也常受娘的踢打，出来还是快乐的。孙鹏在家爹不是打就是骂，出来也不快乐，让孙鹏打游戏吧，简直就是糟蹋钱。于是他就对孙鹏说："打游戏太费眼睛，你不能打，你这眼睛再打下去会瞎的，你去摆书摊的老头那里看书吧。"老头的书一毛钱三本，三毛钱一下午，比起让孙鹏打游戏还是合算多了，倒也合孙鹏的口味。后来，贾建设说："花那钱做啥，我带给他书看。"第二天背了两本《儿童文学》，到回家的时候，孙鹏把书还给贾建设。贾建设说："你啥时看完啥时还我，我再给你换，我又不看，我一看书头就疼。"孙鹏说："我读完了。"贾小春："你坐在游戏厅里还能看进去书？没看吧。"孙鹏就给他们讲了所有内容，贾小春说："你这是吃书哩，建设，你家还有书吗？"贾建设说："多的是。"孙鹏说："你爹在书店工作？"贾建设说："不是，我爹就是化肥厂工人。"贾小春说："那你家哪来这么多书？""买的。"贾建设说着拿出一个单子，"这是我爹开的，要让我读完，要写心得体会。"贾小春说："那你明儿多背上几本，孙鹏你把书读了，写篇心得，就当租书钱。"从这以后，孙鹏就坐在一个僻静的角落里读书，贾建设的爹给贾建设开的书单，成了孙鹏的书单。孙鹏读上书了，贾小春觉得对得住这个弟弟了。

银娥和孙连每天都很累，五更天起来，中午从不休息，晚上睡得天昏地暗的。他们并不知道贾小春的行为，孙鹏胆小，也被打怕了，有什么话也不会对他们说。看着两个孩子同进同出，他们就放心了。

有了资金和时间保障，贾小春的游戏水平迅速提高。到玩上"石器时代"时，贾小春已经打疯了，胆子越来越大了，待爹娘两个人都睡了，就偷偷出去玩，至天明潜回来，再去学校，在课堂上打盹。他有一个好本事，能够睡得比猫还安静，从不打呼噜。

带头大哥都有马子，那是身份地位的象征。贾小春也不例外。坏学生代表着青春、时尚和活跃，更受女生的青睐。男生打游戏，女生也打游戏，谁不喜欢那种刺激而眩晕的感觉呢？贾小春的马子是同班的陈朝娣。陈朝娣也玩游戏，不过太笨，不要说难关，普通关也会死。死一次就等于花一次钱。贾小春尽管心疼，可有什么办法呢？

# 第十四章

　　回家确实很费事，坐六七个小时班车到镇上，离家还有五十多里山路，要坐四个小时蹦蹦车，而要赶上蹦蹦车得在集散之前。三十是大年集，一上午集就散了，肯定是赶不上了。不过，我有同学在镇上，他会用摩托车送我回去。

　　忙乱了多日的长途汽车站虽然不再挤得像锅粥，但人也不少，我想大都是像我这样忽然回家的人吧。能到我们镇的班车只有一趟，上车一看，还好，有两个空座位，一个大胖子穿着鼓鼓囊囊的老式羽绒服，像铁塔一样几乎把两个座位占了，包还放在身旁座位上，人在假寐。对他的心理经常坐长途班车的我是明了的，在还有空座位的情况下，上车的人一看他这架势，自然不会选他旁边的座位，车开了如果再不上来人，一人坐两个位置，宽敞舒服，毕竟是长途。另一个空座位在一女子旁边，我当然要选择这里了。我有些疑惑，长途班车美女旁边怎么会有空座位呢？我问她旁边有人么，她摘下耳塞式耳机看着我，我又问了一遍，她笑笑说："坐着一个人，又下车了，你先坐吧。"说着往里靠了靠。我说："谢谢。"她长得端庄秀丽，瓜子脸白皙干净，一笑两个浅浅的酒窝很迷人。我想应该是个大学生吧，可能是带家教延误了回家的时间。

我说:"回家?"她点点头,说:"你也回家?"我说:"回家,你咋也这时间才回?"她顿了一下说:"忽然想回家了,你咋也这时间才回?"也是一个忽然想回家的人,我笑笑说:"和你一样,忽然想回家了。"她笑笑,复又戴上耳机,依稀听出她听的是凤凰传奇的歌。

我心里不安,担心那个人忽然上车来,那就麻烦了,大胖子旁边已坐了一个人,也是个胖子,两人互相挤得很不痛快。如果那个人再上车来,我就得坐塞在座椅下的小马扎,那可是有罪受了。还好,车开了,那个人没回来。

她接了个电话,把"二"说成"爱",由此我断定她是我们那一带的人。我说:"你家是?"她说:"黄花坪。"黄花坪离我们村不远,我坐班车经常穿过黄花坪去公路边。她说:"你家是?"我说:"柳树峪。"她说:"离我们村十几里地。"

原想一路上和她说说话,可她一直戴着耳机,眯着眼睛,我就不好讨扰了。我掏出书来,没看几页,便睡去了。路是柏油路,可月长年久,坑洼不平,几次被颠簸醒来,看她依然戴着耳机,便看书,看几页复又睡去。

车刹得太猛,头撞在前面的靠背醒来,我看看窗外,已到了黄花坪岔路口。

天气不好,风贴地皮刮着,带起缕缕尘土,天地之间悬浮着灰黄色的尘雾,太阳模糊成了一团摊开的蛋黄,散射到大地上的光黏稠混浊,虽然才两点钟,却给人黄昏迟暮的感觉。应该有大风,说不定会是沙尘暴。到了冬季,我们这里遭遇沙尘暴不稀奇。

她站起来说:"我下车了。"我看看表说:"我也下车。"她有些意外地说:"你也在这里下?"我点点头。

我改主意了。到镇上还有百多里路程,全是斗折蛇行的盘山路,这

172

在高速公路上跑残了淘汰到乡村公路上的客车，走盘山路无疑是老牛车，而一路上不断下人，走走停停，到了镇上天基本上就黑了，五十多里山路摩托车得走两个小时，同学回家就半夜了，倘若遇上沙尘暴，同学就回不了家，怎么能为了自己回家过年让人家流落在外？重要的是三十晚上是要上坟的，老先人在坟茔里候着子孙们的辞年头，清点人头哩。而从这里下车，走小路到村上也就二十里路，步行两个小时就到家了。这才两点多，时间绰绰有余。路上运气好遇上驴车蹦蹦车，还能捎个脚。

下车的就我们两个，司机从车肚子里掏出个很大的行李箱，车就一溜烟开走了。

离开公路，便是砾石路了，她拉着的行李箱给石子硌得一蹦一跳，被风一卷，几次翻倒。她把行李箱横过来提着走。行李箱显然很沉，她整个身子都歪斜了。我说："箱子我提着。"她说："你快赶路吧，我不远，翻过燕麦岭就到了。"我说："这才两点多，赶黑到家就行。"她说："赶早不赶晚，你快赶路吧，我能回去，别连累得你揣夜。"我说："我就是赶路也得从黄花坪经过，顺路的事。"她咬咬嘴唇说："那谢谢你。"我笑笑说："还生分？相遇就是缘分。"她说："你的包我背着吧。"行李箱比我想象的沉多了，我判断她该是打工的，大学生还没挣钱，行李箱没这么沉。我说："没让家里人来接？"她说："家里没电话。"

环顾四周，荒野空旷，看不到人影，连牛羊也不见一只。风越刮越带劲了，裹挟着尘沙像大海的波浪一浪一浪地打来，沙粒打在脸上像无数小针在剜。且是戗风，噎得人气都上不来，风头打来，得停步背过身去，等风头过去。这是沙尘暴的前兆。

到了燕麦岭下，她把包从肩上卸下来说："你赶路吧，我缓缓再走，谢谢你。"又说，"你别担心我，翻过岭就到了，我挪也能挪回去。"

虽说黄花坪就在燕麦岭那边，但一上一下五六里，一个女子带着这么沉的箱子翻越是很难的，天色尚早，她确实挪也能挪回去，可这荒野，这风天，把她一个人孤零零地丢在这里，怎么能让人放心呢？

我说："天还早哩，来得及。"她说："沙尘暴要来了，天气预报有沙尘暴，快赶路吧。"我说："沙尘暴要来，我能赶得过？"看她眼光有些飘忽，我忽然想她会不会要等什么人，笑笑说："你要等人吗？"她摇摇头，我说："你要等人，我就先走了？"她说："你这人，我哄你干啥？"

风已经起来了，从山坡上扑下来越发刁野，掀得人直往后退。我说："到沟湾里避避风再走吧。"她咬咬嘴唇说："你走吧，我……我天黑了才进村哩。"我敏感起来，说："你把我看成坏人了？"她一笑说："你长得慈眉善目的倒像个佛哩。"我说："那你怕啥？"她说："我不怕，我有啥怕的？"我说："你为啥天黑了才进村呢？"话问出来我就后悔了，这像打探人家的隐私，很有些不地道。她没有回答，往沟湾里走。

我想到了逃婚。这几年我们这一带逃婚的多了。像她这年纪的都在城里打工，见了世面，想法活络了，家里做主的婚姻不称心，就逃，不再像母亲辈那么认命了。我断定她是遭遇了不幸的婚姻，那就更不能把她一个人撂在这黄风土雾的荒野。

沟湾不但不避风，反而成了风的通道，被两边的崖壁一夹，风越发猛烈。有几棵柳树，枯死的枝丫像一只只瘦骨嶙峋的手臂，插在风中发出呜呜的哀鸣。活着的枝条被风压得贴到地面上，在风头过去的间隙又纷纷弹回天空。风在啸叫，从山顶到沟壑，从树端到草尖，山野尘土弥漫。尽管穿着防寒服，但风还是从袖管、领口、裤腿直往里灌，连骨头缝里都是风，冷得直打哆嗦。

沙尘暴来了，霎时天地间一片昏暗。虽然靠树站着，但风几乎要将我们从树后扯出来带走。风头过去，风力小了许多，但空气中悬浮着的沙尘密度很大，非常呛人，沙土落在身上沙沙有声。悬崖下洪水旋出来一个很深的凹槽，我们钻了进去，里面有灰烬，显然放羊人常在里面躲避风雨。实在是太冷了，牙齿都打起架来。沟壑里秋冬时节被风掠来的枯死蒿草甚多，我冲进风中搂了些回来，又从树上掰些枯枝，架起了一堆火。

火焰升起来，看到地上烧焦的洋芋皮，我说："要有洋芋烧着多好。"她说："你也爱吃烧洋芋？"我说："小时候经常烧着吃，到城里就没处烧了。"她说："我箱子里有火腿肠，还有面包，咱们烤着吃。"我说："我包里也有。"于是我们就烧烤起来。

面包和火腿肠经过柴火熏燎，别有风味。她嘻嘻一笑说："好吃，比城里的烧烤好吃。"我说："小时候打野兔，套鸟，掏鸟蛋，烧着吃那才香哩。"她说："就是嘛，那日子也好哩，谁能想到日子变成这样呢。"我掏出一瓶二两装的小糊涂仙打开递给她，说："喝两口打打寒气。"她抿了一口，专心专意地烤着食物。我侧眼打量着她想，真是逃婚吗？我想她肯定也想问问我的情况，可她不问，那就意味着她也不愿我问她的情况。她又抿了口酒说："沙子打得眼睛都睁不开，又是饫风，估摸沙尘暴半夜也歇不了，要不你到我家住一晚，明天初一，不耽误你过个囫囵年。"我说："也好。"她有些开心，抓过酒瓶喝了一大口，说："我家有自行车，骑上省力多了。"火势败落下去了，我去扳枯枝，她说："不添柴了，我们走吧。"我说："不急，天还早呢。"她咬咬嘴唇说："回！"

黄花坪倚燕麦岭半腰坐落，四五十户人家，陷在风沙中一片昏黄。"咚——啪——"的零星鞭炮声宣告年节已来。是孩子们把整挂的鞭炮拆开再放，这叫放单。有狗叫了几声，被风吹得很远很模糊。这样的天气狗也给逼进窝里不愿扑出来，在窝里叫几声应付事。

她拍响了一座院门，开门的是个老汉："月梅，你……你咋回来了？"看到我，老汉把抄在袖筒里的手抽出来搓着，说："天冷得，快进东屋暖和。"又冲屋里喊："他娘，来人了。"

我打量了一下院落，五间砖瓦房翘檐隆脊，贴了瓷砖，院子宽敞，也用红砖墁了。

月梅喊："娘，我回来了。"东屋门帘一挑，走出个婶子来，"我的梅哎……"三步并作两步走上前来拉住女儿手端详着。月梅在娘脸上拧一下，说："看啥看，你又不想我？"月梅娘"哇"一声就哭了出来，月梅说："呀呀，不识耍了嘛，别哭嘞，后面还有人呢。"月梅娘慌忙放开女儿的手，抹着眼泪说："咋不早说么，娘鸡麻眼了，这天昏沉沉地看不清，冷死了，快进屋上炕去，炕上暖和。"月梅说："把上屋开开。"老汉说："上屋一冬没烧，冷僵着哩，先到东屋里坐，我去架火。"老汉从靠墙码着的柴垛上抱了样子进中间的屋子去了。

屋里热腾腾的，但很暗，灯泡大概是十五瓦的，光芒昏黄。月梅说："鸡麻眼了还点这么暗的泡子，有没有大一点的？"娘窸窸窣窣地翻找了半天，拿出一个灯泡说："你看是多少瓦的。"月梅说："二十五瓦，还有没有大点的？"她娘说："还有个六十瓦的。"月梅说："拿出来，黑沉沉地你们也不心急？"她娘说："眼睛不清干，做不了针线活，费那电做啥，今儿是年三十，平时都不掌灯。"

换了六十瓦的灯泡，一下亮堂了，屋内一目了然。屋子集吃住于一体，靠窗支着一个小案板，上面摆放着锅碗瓢盆，当地架着一个火炉，火炉上蹾着铝壶，"扑哧扑哧"的，铝壶失去了本色，乌黑乌黑的。

月梅娘说："快上炕坐，这天冷得。"月梅说："炕单黑乎乎的能坐人？"

她娘说："有新的呢，打算明早换上呢。"月梅说："明早才换，不过年不过日子咧？"我脱鞋就要上炕，月梅一把扯住我说："等等。"我笑笑说："我从小就是在土炕上滚大的。""可现在不一样咧。"月梅说着打开行李箱，掏出一个新炕单，直接铺在上面。铺好了炕她说："你洗了脸再上炕吧。"

月梅把脸盆洗了一遍，提起铝壶倒了热水，从缸里舀了冷水掺上，试试水温，说："你带洗漱的没？"我打开包，才发现走得匆忙，没带。她从箱子里掏出洗漱用品，说："用我的，把头也洗洗吧。"我洗过脸，上了炕。炕上真是热乎。月梅也洗过脸说："水杯也没带？"我说："也忘了。"她从包里掏出一个不锈钢茶杯，用开水烫洗了说："这是我的杯子，你凑合着喝吧。"

老汉进来说："上屋热起来还得等一阵，先在这屋坐会儿。"说着从箱子里拿出一包烟放在我面前说："你吃烟。"月梅说："你那烟人家吃？"老汉憨厚地笑笑，我说："吃，就是个冒烟的东西嘛。"我掏出烟来递过去一根，老汉挥挥烟锅说："我吃这，劲大，过瘾。"

月梅出去，老汉跟了出去，说："你说你做这事，叫你别往回领，就是不听话，要领回来也不赶早说一声，冒冒失失就领回来，咋也得准备几个菜，都三十了，准备也来不及了。"

月梅娘也跟出去，说："他爹，别说闲话了，赶紧去三眼家借上五斤肉，要不买上五斤，三眼昨日才宰的猪。"月梅说："连猪肉都不打，过个啥年吗？"娘说："不知道你们回来，我们两个人的年有啥过头？"月梅说："不打猪肉初一饺子也不吃了？"娘说："今年猪肉贵得要命哩，宰了两只鸡哩，鸡肉包饺子也好吃哩。"月梅说："给你们的钱呢？就知道抠，就知道给你儿子省，我想猪肉咋也打了嘛，早知道我买点带回来。"老汉说："都赶紧进去，把人晾在那里算甚？我这就去。"月梅说："算了，这么晚了，有鸡肉也行。"老汉说："人家第一次来嘛，不整几个菜说得过去？说话做事没个深浅。"月梅说："大过大的借肉？让人家咋说哩。"老汉说："有啥说的，谁家过年没借过肉？"

我忙从屋里出来说："月梅，三十晚上不是吃拉魂面嘛，就吃拉魂面，酸汤的。"月梅笑笑说："爹，那就别去了。"老汉搓着手说："第一次来嘛，咋也得整几个菜。"我说："月梅，你忘了装在我包里的猪蹄、耳朵、肘子、牛肉，都是拌好的。"这是我自己办的年货，过年七天假，所有的馆子都关门，当然得准备充足些。月梅会意，说："就是就是，我也让你们弄糊涂了，爹，你赶紧操心把那屋烧热了。"月梅娘在案板上"叮叮哐哐"的，我一看是在剁鸡，说："婶子，别麻烦，就做面。"月梅娘说："鸡是煮好的，不麻烦。"我对月梅说："月梅，吃了那么多烧烤，你还吃得进去？"月梅说："你可别作假。"我说："到家了做啥假？"月梅抿嘴一笑，说："娘，他油水吃满腹着呢，就做酸汤拉魂面。"

月梅给火炉下面塞了几个洋芋，我说："其实不吃饭，吃这东西就行。"月梅说："那他们心里能过意得去？"月梅过去帮娘做饭，娘说："你缓着，你是远路上的客嘛。"月梅拧了娘一把，娘咯咯地笑，月梅说："电视还没买？我说买，你们偏要等家电下乡。"娘说："家电下乡也要掏不少钱哩，张成家买了，雪花大得看不成，也收不了几个台，再说又看不懂，花那钱做啥。"月梅："哼，一辈子抠抠抠过个啥日子，就知道给你儿子扒光阴吧。"娘说："你嫂子生个儿子，知道不？"月梅说："能不知道，我给打了一千哩。"娘说："虎头虎脑的可福态哩。"月梅说："你见了？"娘说："哪里见去，我长膀子咧？你哥说跟他小时候的照片上一模一样，你哥小时候就虎头虎脑的。"月梅又拧了娘一把说："看把你欢喜得，等会儿我给你看。"娘说："你有照片，拿出来娘先看看。"月梅说："看把你急得。"娘说："看看嘛。"

月梅冲我一笑，拿了手机打开，娘俩在那里看，娘说："这咋还动哩？""这是录的像。"娘在那里看，月梅又从包里拿了几个相框，娘一个个看着说："跟你哥小时候一模一样。"月梅说："看把你美得，娶了媳妇忘了娘，结婚了再没回来，就是白眼狼，还把你一说起来眼缝缝都是笑，看我明早打电话咋骂他们。"娘叹息一声说："也可怜哩，大过年的人家都回家过年，两口子领个娃待在城里，连个走的亲戚都没有，你说孤不孤？不孤你跑回来做啥？"老汉进来，月梅娘说："快来快来看噻，孙子，孙子。"老汉说："还不赶紧做饭，啥时间，让人饿着？"我掏出酒说："月梅，把猪蹄、耳朵、肘子、牛肉盛上来，我和叔喝两杯。"老汉说："把你的酒装上，我给你拿酒。"我说："就喝这，都打开了。"

老汉一眼一眼瞥锅台，我知道他想看看孙子，可月梅故意要急爹，就和娘在那里边说边笑边做菜，不把手机送过来，相框也不拿过来。我跳下炕去拿相框和手机，月梅悄声说："我想急急他。"我说："娃娃气。"月梅找出手机里的相片和视频，我翻给老汉看，老汉叹口气，说："生下到现在还没见过呢。"

月梅端上几个菜来，放在炕桌子上，我斟了酒，双手捧起一杯，说："叔，我敬你。"老汉抖着双手说："不敢喝了，浑身的毛病。"月梅说："别让他喝了，动过大手术，滴酒不敢沾，你喝吧，要不我陪你喝。"我说："我也喝不了多少，过年嘛意思一下，叔，那你吃肉。""那我就这一杯陪陪你。"老汉抿了一口，"你让你爹这辈子没白活啊。"这话让我眼眶潮湿了，我考上大学，父亲第一次喝醉了，拉着我的手说的就是"你让爹这辈子没白活啊"。

月梅娘还是把一只鸡又烩又炒地端了上来，把一只鸡大腿放在我碗里，我说："月梅，不怕我吃出病来。"月梅说："明天路上就消化了。"老汉说："明儿就走？"我忙说："我在柳树峪有亲戚，去看看。"拉魂长面做得很地道，一根就盛了一碗，酸汤里调了浆水，味道很鲜，我吃了两碗，月梅嘻嘻一笑说："你还挺能吃的。"老汉说："有这么说话的？没个分寸，你别理会她，再吃一碗。"我说："好。"又吃了一碗。

上屋两间房大，房套房，里屋摆着双人床。看得出是新房，墙上挂着几幅结婚照，贴着"囍"字，拉着彩带，整洁温馨。月梅说："我哥装新的房子（洞房）。"我说："你哥你嫂过年不回来？"月梅说："都在深圳打工，结婚三天就出去了，没回来过。"月梅往下扒被套，我说："你扒被套做啥？"月梅说："换新的。"我说："你这就见外了，都新新的，别打麻烦。"月梅说："我买回来新的哩，换换吧。"我说："从小家里没多余的铺盖，弟兄三个钻一个被窝，炕上没铺的，就在土炕滚。"月梅说："可你现在不一样了，大干部哪有不讲究的。"我说："你咋知道我是大干部？"月梅说："做事上看得出来，说话上听得出来。"换好了被套，月梅说："床上铺了电褥子，一阵就热了。"

窗根下有窸窸窣窣的声音，月梅瞟一眼窗户，咯咯地一笑悄声说他们把你当成我对象了，我一直给他们说我有对象哩。我笑笑，从一进院子我就感觉到了。于是，我顺着月梅的意思和她说起了城里生活，说起房子，说起菜价，说起工资，说起堵车，说起污染。我们很默契很开心，声音有些模糊，甚至暧昧。月梅把手伸进被窝里摸摸说："床热了，快上床吧，两床被子都压上，别感冒了，大过年的。"

确实冷，上床钻进被窝，躺了一阵我忽然想到我现在是准女婿，第一次上门，咋能没有表示呢？拉开包，还好我为自己置办的年货挺丰富的，两瓶酒，两条烟，一盒茶叶，三色礼是有了，遗憾的是茶叶只有一盒，要成双成对就完美了。还得每人给个红包，给三百还是五百，我犹豫了一下，决定每人五百。老周说得对，咱在城里混着哩，何况是大干部，不能寒碜了。提着礼物到了东屋门口，听到母女俩边啜泣边说话。

"你哭啥，又不想我。"月梅说。

"不想你，呜呜呜——你娃良心让狗吃了？呜呜呜——"月梅娘说。

"想我几年不让我回来一趟，呜呜呜——呜呜呜——"

"不让你回来还不是为你好，回来听他们嚼舌头，心里好受？"月梅爹说。

"嚼去嘛，不怕把舌头嚼断了嚼去嘛。"

"娃，尿泡打人不疼，臊气难闻，唾沫星子淹死人哩。呜呜呜——"月梅娘说。

"哭啥，哭啥，悄了，大过年的丧气不丧气，一年没遇个啥事，都好好的嘛，都悄了，月梅，爹问你句话，他是干啥的？"

"嘻嘻，大学生，大干部哩。"

"越来越没实话了，都是城里的水吃坏了，扯皮溜谎的。"

"哄你干啥？我咋就不能找个大学生，大干部？"

"真……真是大干部？"月梅爹说。

"省上的干部，比你见过的干部大几辈哩，嘻嘻。"

"我的天神啊，你个瓜女子，你把人家带家来做甚？"月梅娘说。

"带回来让你们看看呀。"

"唉，我们两眼墨黑的能看个啥，你自己把持好了就行。"月梅娘说。

"迟早你们还不得见？爹，你看人咋样吗？"

"人没啥说的，实诚，又没架子，从吃喝上就能看出来。"月梅爹说。

"就是看上去年龄大点，不过年龄大点也好，知道疼人。"月梅娘说。

"说啥呢，就是年龄相当，这事也不能成，散了去。"月梅爹说。

"为啥，他人可好了。"月梅说。

"人再好，这事也不能成。男人谁不忌讳那事，那就是一座山，没人能翻得过去，爹是过来人，听爹的话没麻达，好好的散了。"月梅爹说。

"我觉得跟你挺般配的，人又面善哩，为啥要散了？你给他亮个耳，我们不要彩礼，不连累你们。"月梅娘说。

"好了好了，不说了，老说这些话，看洋芋熟了没？"月梅说。

"味道早都出来了，肯定熟了，人怕睡着了。"月梅爹说。

"呼呼地睡了一路，估计看书哩，背了一包书哩。"月梅说。

"将来有大出息哩，他爹这辈子没白活啊。"月梅爹说。

"我叫去。"月梅说。

我忙敲响了门，进了屋。

我把礼物放在箱盖上，一人给了五百。他们坚决不收，脸都争红了。我给月梅使眼色，月梅说："一个钢镚儿都掰几牙哩，这么多钱却不要，让过三十里铺没站口了，拿上吧。"老汉说："这娃说话越来越把不住沿了。"他坐在炉边，把烧煳的洋芋抠得焦黄焦黄才递给我，说："干部呢嘛，还稀罕吃这个。"我说："从小就吃。"我吃了三个洋芋，老汉很高兴，说："是个实在人，没忘本，这样的人以后才有大出息哩。"吃着洋芋，老汉熬罐罐茶，说："喝得惯不？"我说："喝得惯，从小就喝这哩，我爹一日最当紧的事就是这口茶了。"说完连续打了几个喷嚏，月梅说："你感冒了？我给你找药。"我说："哪有那么娇贵，我几年都不感冒一回。"月梅嘻嘻一笑说："那就是你得罪下人了，有人骂你哩。""月梅，你的嘴咋学得那么刁，"老汉说了月梅一句，又冲我说，"一年没回家了吧？"我"嗯"了一

182

声，老汉说："这是你爸妈念叨你哩，你们也是，回来就早几天回来，赶过年回家去，除非万般无奈，年是要在家里过的，你们都在城里讨生活，老人最是惦念哩，你爹娘不知瞭你多少回了，一个儿女一条心，上了年纪你们就知道了。"

第二天一早吃过饭，老汉提出两瓶酒，说："酒不好，给亲戚带上。"我不要，老汉生气了，说："你看你这娃，大过年的就是个心意。"月梅拉拉我的手，我只好接过来装进包里。月梅推出来一辆自行车，说："我送送你。"我说："不用送了。"月梅生气了，说："为啥？我不信他们能把我横吃了竖咽了，就知道蹬着门槛耍歪使狠。"

月梅一直把我送上山梁，她捏着一卷钱塞进我手里，说："谢谢你。"我又把钱塞回去，说："你这是干什么，给老人的，过年哩。"月梅说："大哥，谢谢你，真的谢谢你。"我接过自行车，月梅说："你看出来我是做啥的了吧？"我不知道该跟她说些什么，说："以后打算咋办？"这是一句毫无意义的话。

月梅凄然一笑，说："能咋办？走一步看一步，我进城那年十五岁，十五岁知道个啥？能干个啥呢？不也这么走过来了。"我告诉她手机号，说："你等我，初三不出门，初四我过来咱们一起走。"她说："我住不了那么长，明天我就走了，回家像住店。"我说："那明天我过来咱们一起走。"她说："你们有七天假哩，留在家里过年吧，走了老人心里难受。"我说："都给老人说了我们一起走，你一个人走了，老人会咋想？"她扑上来搂搂我，说："我等你。"爬上一道坡，在坡顶歇缓掏烟时才发现她搂我时把那卷钱又塞回我口袋里，连我给老人的礼物都算成钱了。

有自行车就是快，九点半钟，我就进了村子，家家户户都在往出赶牲口，这是要出行了。正月初一，新的一年开始。农村人为全年出行吉

183

庆顺利，按历书标明的财神、喜神方位，于日出一竿多高时，家家户户将羊牛马驴骡头上挂红布穗，背上鼻梁上染红色，赶到村里东岗子上，人们围堵在三面，敞开大利的方位——每年按历书所示，东南西北四个方位有一个方位大利，那便是财神喜神来到人间的方位。全庄子上的羊马牛驴骡集合齐了，点炮扔进群中，各种炮炸开，羊马牛驴骡惊得狂奔，散入荒野山坡。这就叫"出行"，也叫"迎喜神"。看样子今年东方大利。人群中都是些老人，再就是娃娃。我看到爹娘，他们赶着羊，拉着驴和牛。羊有二十几只，牛驴各有一对。狗也都赶热闹去了。我悄悄进了院门。按老家的习俗，初一回家是丢人的事。

四下看看，几年了家里没有任何变化，出门来爬上左右墙头看看，两个哥哥家冷冷清清，枯蒿满院，大门上锤头大的锁子锈成了褐红。看来他们也没回来。

炕很热，我上了炕，点了根烟，无比感伤，泪水湿了眼眶。进了屋，看见箱盖上放着包，我才知道父亲这几年在西山砂场给人家看砂场。因为腿不便当，年纪也大了，干一天比别人要少给三分之一的工钱。但这也比在家里种地强。而人家之所以能把活给他，是因为安排了残疾人，国家有免税政策。

爹娘回来了，爹看了我两眼，没说话，娘愣了半晌，过来捏着我的手就抹泪。娘要去给我下饺子，我本来想说我吃了，可又一想让娘下吧。我一直以为弟弟和哥哥过年他们都是回来的，爹娘享受着天伦之乐的。

"你哥我不让回来，一来回拖家带口的，搅销太大了，再说现在娃娃都念着书哩，报个平安知道好着就行了。"父亲说，"你弟我也不让回来，带家教哩，一个假期还能挣点，你负担就轻了。"

我不知道他的话是真是假。对于哥哥我不敢说啥，我这些年读书他也是尽力尽心的。可弟弟我得说说。我去山顶打电话，父亲说："我昨儿才打过，都好着哩，花那钱做啥，还得爬趟山。"我还是上山去了。

我给大哥二哥打了电话，拜年，祝福，又给弟弟打，手机里很吵，我说你在做啥？他说在滑雪场。我说你去滑雪了。他说当安全员。我愣了一下，忙说注意自己的安全。他说没事，人造雪。

回来，娘煮了饺子。他们都已经吃过了，初一吃饭赶"早"，以家里烟囱先冒烟为好。不单纯是饺子，擀长面和饺子同煮，叫"金线吊葫芦"，就是指金线穿元宝，寓意期盼全年财富茂盛。娘还是都煮了，爹说："煮那么多吃得进去？"娘说："陪娃吃嘛，再吃一碗能把你撑破了？"

娘包的饺子不像馆子里的，没放太多的调料，就是盐和花椒，味道很纯正。我有些贪食了。娘拿双筷子装样子，她摸一下我的头说："我当你领个媳妇回来呢。"我愣了一下说："她回老家过年了。"娘把喂到嘴边的饺子放回碗里说："你、你找下了？"我说："你看你惊得，我都多大了。"娘说："我当你把年岁忘了哩。"我嘿嘿地笑。

吃过饺子，娘洗锅刷碗，我说我来。娘哈哈一笑说看我娃懂事的，明年把你媳妇带回来给娘洗。爹说把你想得美的，人家回来给你洗锅？娘洗了锅碗，端了花生瓜子上来，盘腿坐在炕上嗑。

我把银行卡掏出来，给爹说："这里面有六万。"爹说："给我做啥？"我说："你们花呀。"爹说："到哪里花？"娘说："快装上，别让人看着了。"

爹下炕在墙洞里一番翻腾，掏出来一塑料袋千裹万裹的疙瘩，我知道那是钱。塑料袋一层一层打开，有一股奇怪的气味，最里面却装的是玉米。爹从玉米里掏出一疙瘩钱来。我说："这才不安全哩，最诱老鼠了，吃了玉米连钱一起吃了。"娘说："玉米是老鼠药。家里猫老了，现在人又走得稀拉拉的，找个猫都找不上。"一百的五十的二十的十块的五块的，爹指

185

头蘸着唾沫数钱，我说："爹，钱上有老鼠药。"爹说："没事没事，现在人日能得，老鼠药只闹老鼠，连猫都不闹哩。"娘说："你别数了，你啥时候钱没数了？钱还会走路？怕我偷了？"爹说："我记得是一万八千三十五。"爹又摸口袋，摸出一沓子钱来，数了一千九百六十五，说："这两万你装着。"自己就剩下了二百多块。

我想这是他们这几年的收入了，说："你给我做啥，你们花嘛。""我们往哪里花？"爹说，"现在城里房子多少钱了？"我说："你问那做啥？"爹翻了我一眼说："明儿我去再找两万来，十万，够首付吗？"我说："你别管了。"爹说："说话不过脑子，结婚人家娃跟你租房住？"我说："现在都是租房。""迟早得买，凑够钱了就买了，钱放下顺手就溜掉了，"爹挠挠头说，"结婚花销这一块你算过吗，人家要不要彩礼？"我说："不要，城里人还赔哩。"爹说："城里人就是文明，咱这里现在彩礼都涨到十二三万了，先结婚，人家那边也别小气。"

爹下炕穿了皮袄，我说："爹，你做啥去？初一不出门。"爹说："不出村没事，你别担心，家里还有十几只羊，还得放。"我说："你别去找钱，首付七八万就够了，结婚时再拉高利贷，再说我们今年不一定结婚。"娘说："你都多大了，早结早了，你弟眼看要毕业了。"我说："噢，要结也到年底了，差钱的时候，我再跟家里说。"爹说："我们还要去见见你外父外母吗？"我说："不用，结婚时见见就行了。"爹说："那你给……你媳妇叫啥？"我想想说："乔楚。"爹说："那你给上两千块钱，就说我一千，你娘一千，见面礼。"我说嗯。爹说："把你手机给我。"我说："你要手机做啥？"爹说："你咋那么多话。"我说："你别给我哥打电话，我估摸钱差不多，差钱也不是啥事，我认识几个老板，不够问他们周转一下。"爹说："我给他说过，你结婚他给你准备一万，两口子也都应得痛快着哩。"

我说："他们也都是紧紧的，拖家带口的不易。"爹说："不是钱的事，他出钱是你们弟兄们的情义，他以后还用得着你哩。"我说："眼下还不用钱，到时候我跟他说。"爹说："说了让他们早早准备着点。"我说："大过年的，你让他们好好过个年。"娘说："就是，七天年过了再说，大年初一给娃打电话说这事。"

他们就像了了多大一件事，靠着草垛晒暖暖，说着我的婚事，又说到我的弟弟。我出门上山，给乔楚打电话，依旧是空号。我沮丧地想，三年多了，她该有了新男友，或者已经结婚了，大概也把我忘了，或者只是偶尔可能会想起一下，就像我偶尔想起她一样。坐在山头上，看到倚着草垛坐着的父母，米黄色的阳光照着他们，感觉像影视剧镜头。阳光真好。

初二一早，我起来上梁顶收短信，收到月梅的信息：大哥，你在家安心过年，我先走了，自行车就在你家撂着吧，反正家里也没人骑，谢谢。后面有一张笑脸图案。我忙打电话过去说总得有始有终，让老人心里踏实，我父母这边都说好了，你等我。月梅说我已经在车上了，谢谢你，真的谢谢你。

我决定告诉父母真相，我不想再让他们生活在谎言中，说了我的现状，我说："要说比当干部工资高多了。"我想这对于他们是一种安慰，也是一种解放，他们完全可以不用再为我操心了。母亲很开心，父亲沉吟了半晌，说："咋也得蹦跶个有意思的活儿。要说你哥在城里卖苦力，日子也都能过，一辈子那样活得也好哩，可你不一样，你念了那么多书，这么着就全糟蹋了。"

我看着父亲，半晌无语……

# 第十五章

临近中考，孙鹏给车撞了，司机逃逸。孙鹏失血过多，要输血。孙连挽起袖子，把胳膊伸了过去，说："大夫，没钱买血给他输，我是他爹，直接给他输血，能抽多少抽多少，快救我儿子。"大夫要验血，孙连说："我是他爹，哪有老子的东西儿子用不了的？你行行好，就输给他吧。"大夫不理他，验血的结果是输不成，儿子是 A 型血，他是 B 型血。大夫说："没钱买血，就叫他母亲来给输血。"孙连皱皱眉头说："我的血输不成，她的血也输不成，她跟我一个型。"大夫说："你老婆也是 B 型？你记错了吧？"孙连说："没记错，我们领结婚证办户口时，她的身份证没办，就给她办，要验血型，验出来是 B 型，大夫把 B 写得跟 13 一样，我还跟他争吵了几句哩。"

孙连记得清楚，领结婚证时给常如梅办身份证要验血，验出来血型也是 B，他还说咱们有缘哩，你看血型都是一样的，常如梅却翻了他一眼，一句话没说走了。当然这些他没跟大夫说。

大夫说："你还要不要儿子，赶快想办法交钱输血。"孙连说："你看你这人说的，儿子我咋不要？刚才你不是叫他娘来输血吗？他娘的血能用，我的血就更能用，赶快抽我的。"大夫不理他要走，孙连拦住不让走。

大夫走哪里，孙连撵哪里，哀求到哪里，大夫摆不脱，烦躁地说："两个B型血咋能出A型血的儿子？天下怪事。"

孙连痴呆在那里半晌，突然蹿了出去。大夫跟在屁股后面喊："拦住他，拦住他。"大门口两个保安就把孙连拦住了。大夫说："你们这些农民工，又想把人撂到医院就跑。"

孙连站在院里四口抽了两根烟，走进去抬起胳膊对大夫说："抽吧。"大夫说："你的不能输，听不懂是咋的？赶快交钱去。"孙连说："我以血换血，把我的血卖了给他买血总行吧？"以血换血，孙连又把身上几百块收破烂儿的本钱交了，给孙鹏输了血。

孙连看着孙鹏，觉得孙鹏成了另一个人，以前，看孙鹏，眼睛、鼻子、脸盘甚至是一举一动都像他，别人也开玩笑说孙鹏是他进去领出来的，可是现在，孙鹏变成了另一个孙鹏，没有一处像他的。孙连想如果不是车祸，他们就是一辈子的父子，可老天爷通过车祸的形式告诉了他真相，老天爷公平哩。孙连心里说如果我上辈子欠了你娃的，我抓养你这么多年，又卖血救你娃的命，那么我也还清了，从此我们永不相欠，各走各的路。

银娥赶来，孙连已经不在了，大夫问她是伤者的啥人，银娥说："我是他妈。"大夫看了她两眼，其他几个大夫护士都看她，窃窃私语。银娥觉得怪怪的。她问一个护士我丈夫呢。护士说："走了。"银娥说："这人真是。"接下来的几天，孙连没来医院，银娥觉得奇怪，就问大夫出啥事了，大夫说："问你自己。"银娥说："我不知道才问你。"大夫说："这孩子不是你跟你丈夫生的吧？"她说："不是，我是他后娘。"大夫说："那我给你说也无妨，这孩子也不是你丈夫跟他前妻生的。"银娥叹口气说："你告诉他了？"大夫说："他逼得我没办法，硬让我抽他的血输。"银娥说："那你也不该告诉他。"大夫说："蒙他一辈子？！我这人最见不得你们这样做事。"银娥说:"拜托您千万别给孩子说。"大夫说:"你们要瞒他一辈子?那是极不道德的。"银娥说:"家家有本难念的经,再说这孩子正考高中哩。"大夫"呃"了一声说:"那是关键时期,我保证不会告诉他。"银娥说:"麻烦你给手下人也交代一下。"大夫说:"这你放心,但我还是要说,这样是极不道德的,我希望你们在他考完高中告诉他身世真相。"

孙鹏醒过来,说:"妈,我大呢?"银娥说:"你大有急事出远门了。"银娥在医院伺候孙鹏,回不了家,孙连没再去过医院。孙鹏情况好转了,银娥趁他睡去的空闲忙回家去找孙连,孙连却不在家。肖长福说:"每天一早肉挂上杠子,让我照应着,就拉着架子车出门,很晚才回来。"银娥心里生气,肖长福掏出一卷钱来说:"给大哥说,别这么辛苦,他再累倒了哪多哪少。"银娥说:"你劝劝他。"肖长福说:"劝了,劝不住。"银娥说:"钱我有。"肖长福说:"拿着,不花在呢嘛。"银娥拿了钱忙回了医院。

孙鹏恢复得很快,这天晚上,银娥对孙鹏说:"鹏鹏,你晚上自己照顾自己,你大揽了个活,忙得要命,我回家去看看。"孙鹏说:"谢谢娘,你不用来了,我自己能照顾自己。"

银娥回到家等着孙连,孙连一直到晚上十一点钟才回来。银娥说:"你咋了,孙鹏一遍遍问你。"孙连不说话。银娥说:"这辈子不见了?"孙连抬头看看银娥,银娥说:"我都知道了。"

孙连霍地站起来说:"我找那对狗男女去了,妈的我要找到他们,把狗日的一个个宰了。"

"宰了他们,像宰猪一样?"

孙连"嗯"了一声。

"像贾兆春一样,一刀一个?"银娥一脚踢翻了个板凳说,"我他妈的就这么个命,一个个都是英雄好汉,都把杀人当本事耍,你走吧,滚!"

孙连蹲在那里不说话，银娥啜泣起来，她踢了孙连一脚说："你走啊，走啊。"孙连还是没反应，她扳起孙连的头，却见孙连把自己的脸抓烂了，嘴里也在流血。"你咋了，你把舌头咬掉了？哎呀，你说你，一个大男人。"她忙拿过毛巾给孙连擦。

孙连忽然就号哭起来说："我冤啊，我冤死了啊。"

银娥长出一口气说："你吓死人了。"

孙连嘴里的血汩汩往出流，银娥说："把嘴张开。"孙连说："没啥，是腮帮子。"银娥说："你张开我看。"孙连张开，只见里面咬了几个大坑，血肉模糊，银娥找来云南白药往坑里撒，说："你也真下得了口。"血止住了，孙连点烟抽，银娥夺掉，说："都咬成那样了还抽。"

孙连就在地上转圈圈，银娥说："这事放给谁谁也不好受，可是事遇上了你得多方面想，杀人多简单，我还想杀人哩。"

孙连说："我得找着两个狗日的，让他们把他们的儿子领走，我要让他们赔偿这些年的养活费和老子的青春损失费。"

银娥噗地笑了，说："青春损失费，还记下不少新词，那就是两个不负责任的人，要是负责任，他们早都把娃领走了，再说他娘都成那样的人了，他们领去鹏鹏能有啥好的？"

"我就给他们养活一辈子？好不好是他娃的命。"

银娥盯着孙连说："要是找不着他们你咋办？"

"赶出门让自己找去，找着找不着也是他的命。"

"赶出门？你说个真心话，真要是找着他们你真的舍得给他们？找不着你真能狠心把他赶出门？"孙连不说话，银娥接着说，"你跟鹏鹏一点感情都没有？谁的儿子不谁的儿子又咋样，娃有啥罪，这是他的错吗？不管了，让他成了孤儿？"孙连还是不说话。银娥又掏出一卷钱给他，说：

191

"你明天买个学习机去看看鹏鹏，我看几个娃都有，一问是学习机，说是对学习可好了，鹏鹏懂事，没念叨过，咱们得想到。"

孙连说："还给他花钱，这次花掉多少？"

银娥把钱放进孙连的口袋说："你不想买就不要给买了，我给鹏鹏说你有急事出远门了，你别说漏了。"

睡下，孙连嘴里疼，不停地喝水缓解，银娥说："没见过你这号人，自己作践自己。"

孙连说："你不知道我在他身上下的苦，那个婊子真心狠呀。"

银娥叹口气说："想得来，一个男人抓一个娃不易哩。"

孙连说："明天你在家忙，我去伺候上几天吧，眼看要考高中了，别让娃心里有事了。"

孙鹏醒过来，叫了声"大"，说："你回来了，苦着你了。"他声音虚弱，一双眼睛忽闪忽闪地看着孙连。孙连有些慌乱，不敢与他目光相对，扭头"嗯"了一声，他不知道该做些什么。孙鹏说："大，我想喝水。"孙连忙去倒水。平时孙鹏是绝对不会跟他要水喝的，这是孙鹏在撒娇，人病了就可以撒娇了。

孙连在开水里兑了矿泉水，喝一口，不烫不冰，正好，端给孙鹏喝。孙鹏的手臂也伤了，可他想自己端了喝。孙连说："逞能个啥？"他端着水喂孙鹏喝。孙鹏没喝多少水。他把学习机给了孙鹏，孙鹏两眼放光，接在手里抚摸着说："大，谢谢你。"孙连说："现在主要是好好养伤，好了再用。"孙鹏嗯嗯地应着。

孙连感到太压抑，气都出不来，就说："快睡觉，一天要多睡，伤口好得快，我出去吃根烟。"说完就逃跑似的往外走。孙鹏叫声"大"，孙连回头，孙鹏说："谢谢你。"孙连说："快睡觉去。"

孙连待在病房觉得别扭，也怕孙鹏看出来，马上要考试了，不管咋样不能影响到考试。因此，他总是借故吃烟去外面。医院大院里到处都是人，穿着灰白竖条相间的病号服，呻吟的、哭喊的，孙连看着听着心里颇烦，就从医院出来，他需要一个没人的地方。不远处是一个拆迁工地，楼房拆成一堆废墟。他走过去，蹴在砖头瓦砾上吃烟。

这天，孙连看到了贾小春和一伙同学走过。学校离这里老远的，他们来这里干什么？他往前跟了两步，看到他们进了游戏厅。他盯着游戏厅足有半天，一直到了黄昏，也没见贾小春出来。接下来几天，他看到每个下午，贾小春都和这伙同学待在游戏厅里。

孙鹏出院后，孙连又跟踪了几天，发现贾小春的下午几乎都是在游戏厅度过的，而且发现他夜里也去游戏厅。这让他为难了。如果是孙鹏，他会把狗日的捶成肉饼，可是小春他就不能这样做了。他也没跟银娥说，说了银娥肯定会把小春打个遍身青，而小春更会把仇记在他身上。他现在很被动，贾小娥已经恨死他了，现在偶尔回来，见了他就像见了阶级敌人，一句话不说，只拿眼睛瞪他，那目光寒凉啊。他再不能惹贾小春的讨厌了，那样跟银娥就难处了，问题还在于现在已经不是打能解决问题的了。但这事又不能不管，这么下去贾小春就毁了。

这天，他进了游戏厅。贾小春正在玩《三国志》，孙连拉拉贾小春，贾小春注意力高度集中，扭了下肩膀说别动老子，没见老子正在关键时刻？尽管孙连拳头都攥成石头了，骨节嘎巴作响，但没砸在贾小春的身上，他叫了声"小春"，贾小春的第一反应是一顿暴揍肯定躲不了，他不怕揍，可是在这游戏厅被揍，威信就失大了。孙连没有打他，只是瞪着双眼看着他，拉着他出了游戏厅。一进家门孙连就打了孙鹏，尽管他很心疼孙鹏，但他只能采取这种办法。他一下一下打孙鹏，贾小春看不过去，一把扯住他说你还不如直接揍我。

思前想后，孙连还是对银娥说了实情，银娥狂揍了贾小春一顿后，对他说按时按点上学，不许早走一分钟，不准晚归一分钟。只要贾小春早走或晚归超过一分钟，银娥提了二截棍就是一顿狂揍，即使有时候是让老师留下了，银娥也照打，老师留你为啥不留别人？一定是你不学好。礼拜六、礼拜天更是不让贾小春出门，不念书你就坐着。贾小春度日如年，这时候他想起贾小娥说的"不打的心里才更毒哩"这句话来，简直恨死孙连了，从那时开始贾小春在背后叫孙连老孙。

贾小春没考上高中上了职中，孙鹏考进了六中的快班，就是重点班。孙连对孙鹏的要求更严了。

"鹏鹏学习够卖力的了，你别再凶神恶煞地对他，左一巴掌右一巴掌的。"银娥劝孙连。

孙连说："我还想像古时候，让他头悬梁、锥刺骨哩。"

"我觉得读书这事也不是打出来的，你说小春我也没少打，就是不钻嘛，鹏鹏一看就是念书的料，坐在那里一动不动，能念进去，我也是个初中生哩，看他们的作业本就能看出来。"

"要是不打，孙鹏也和小春一样，现在这社会你看嘛，靠娃娃自己哪里管得住自己，我要是个娃娃也管不住自己哩，惯娃娃你给个好心不要给个好脸，大了他就知道你打他是为了他好。"银娥叹一口气，孙连接着说："主要是我和小春两张皮，打重了怕他跑了，打轻了他不在乎，要是我亲生的，像打鹏鹏一样打，他念书不比鹏鹏差。唉，长大了落小春的埋怨哩。"

"别看你对鹏鹏凶，其实心里还是挺疼他的。"

"能不疼他？那婊子说起来我真恨不得一刀捅了，你说心狠不狠？知道一个大男人带娃，能带个啥样？她硬就撂下走了。我走哪儿背到哪儿，大点儿会走了，我走哪儿拉到哪儿，就是我的个影子嘛，风吹日晒地把罪受了，你看娃黑得，都是小时候晒的了，想起来我都寒心，亲生的不亲生的又能咋样？"

银娥说："那大夫一句话到现在我记着，瞒娃一辈子是不道德的。"

"我没想着要瞒他一辈子，迟早要告诉他的，不告诉他我心里就是个事，我这人心里装不了事，一装上事脑子里就钻进了虫子，告诉他了，我心里就没事了。以后他待咱们如何，凭他娃良心去，再说那娃心眼稠，瞒也瞒不了一辈子。"

"鹏鹏仁义哩，不会没良心的，我打小春，鹏鹏背过小春给我说妈，你别打他了，他以前就没好好学，基础没打好，对念书没兴趣，一上课就打盹，现在学也来不及了。你说这娃，你说过多少次，让他改口叫爸，叫爹，叫大人家笑话。可他说他们笑话笑话去，我就不改。要是别人娃，自己就改了，叫大还觉得丢人哩。他跟我说叫大亲嘛，叫一声气壮山河。"

孙连嘿嘿嘿笑着说："有一回鹏鹏回来晚了，他直接对我说，大，我今儿耍了半天，你打我吧，说得我心疼的，搂着他亲了一口，鹏鹏说你这一口比打了十棍还有激励作用。他一定要给我考上大学，我要让那婊子把心肝都悔青了悔烂了。"

"你也别老恨她了，你说咱们不是都跑到城里来了吗，现在你说让咱们回去，你愿意回去吗？她把自己害得也够惨的了。"

"不说那婊子了，鹏鹏考上大学，就把命运改变了，你说咱们这过个啥日子，他过好了，也能拉帮拉帮家里。"

"就是啊，这日子把人压迫得，就像闷在水里，鹏鹏考上大学，让咱们好好地把头探出来长长地出口气。"

"用老师的话说鹏鹏就是咱们的想象，实现咱们的理想。"

"我看到鹏鹏在一张纸上写了一个娘，描得好重哩。"

"那是你对他好，他感念你的恩情哩。"

"不会从大夫那里知道了吧? 大夫口都松，不掂轻重。"

"不会吧，唉，你说现在告诉他，会不会激发他更加努力学习?"

"我也说不上，娃娃这时间心里想的谁也把不来，不过还是不要说了，告诉他肯定分心，这么大的事哪有不分心的。"

"对，等他考上大学，一拿上通知书就告诉他实情，他要想找他娘自己找去，能找到是他们的缘分，找不到就是命。"孙连说。

"他到哪里去找? 你从现在就留心找一找。"

"他出车祸我就找了几天。"

"找人不易，但会碰上。"

"鹏鹏考上大学，有那么个娘丢人不? 娃心里咋想?"

"也是啊，要不等他大学读完了，那时候他自己也会想事了，再告诉他。"

自从知道了孙鹏不是亲生的之后，孙连动不动就长吁短叹，这在以前是没有过的。这天晚上睡下，银娥说: "我给你生个儿子吧。"孙连不说话，只是紧紧搂着银娥，银娥感到他全身冰凉。银娥就像一个很讲诚信的人，一生就生了个儿子，取名叫孙志。孙连说: "我孙家几辈人感你的大恩大德。"他不让银娥下床，一直伺候着她出月了。

因为少雨，锦绣的房顶略带点小坡，没有覆瓦片，只抹了稻草黄泥。那时候的锦绣到处都是这样的房顶，房顶上很干净，堆放着一些农具家什。天空碧蓝深远，星若钻石，流星划过天空，就像老师拿粉笔在黑板上画了一条射线。

小娥和小春在房顶，孙鹏仰头看着，小娥说："孙鹏，上来呀。"孙鹏就上了房顶，躺在离小娥、小春较远的地方。小娥说："孙鹏，离姐近点，躺在姐身边。"孙鹏就靠着小娥躺下，揪一截草秆放在嘴里嚼，小娥"啪"地打了一下他的手，说："吐了。"递给他一块东西，孙鹏说："姐，啥？"小娥说："泡泡糖，一人一半，只能嚼不能咽，能吹出泡泡。"小春说："把我们当山汉，就你见过世面？"小娥说："你们是城里人，我是山汉。"孙鹏剥了泡泡糖，一撕两半，递给小春一块。小春说："小气鬼，一人给一个，半个吹不起泡泡。"小娥说："照样吹得起。"说着她吹了一个泡泡，又说："他们有了自己的儿子，咱们就都是后爹后娘了。"小春说："咱娘是亲娘，孙鹏爹是亲爹。"小娥说："屁，孙鹏是娘后了爹后了，咱们是爹后了娘后了。"小春望着天空说："管球他哩，反正我以后不靠他们，我要靠自己。"小娥说："这就对了，咱们以后要团结一心哩，孙鹏，以后有姐罩着你。"孙鹏说："看，流星，流星。"

银娥出月，孙连抱着孙志说："又多了个债主，逼死人咧。"银娥说："要不咱们把他送了人去，再不卖了去。"孙连嘿嘿地笑着，指头拨弄着孙志的小鸡鸡说："你听你娘说啥话哩，你将来要当大干部，咱家遇了事好给咱们摆平，我们以后要享你的福哩。"

孙鹏要代表市里参加北京举办的物理竞赛，坐飞机需要身份证。以前的派出所没有了，归并到了春山路派出所。孙连去派出所办理的时候，才知道银娥、小春、孙鹏并没有城市户口，只不过有个户口本。人家还怀疑他们的户口本是假的，对比着看了又看，认定户口本是真的，问他们是怎么办出来的。孙连说了，人家说那就是钱贵生的个人行为，他是偷着盖了公章，并没有给你们真正入户。孙连跟派出所的人就吵起来，人家比他还能吵，几句就把他喝了出来。孙连恨得咬牙切齿。钱贵生已经死了几年了，死时他还去给人家出了大礼。

孙连找了律师咨询能不能告，律师说："给你们买户口的人已经不在了，你要告谁？"孙连说："告派出所。"律师说："那一点胜算都没有。"孙连说："可这公章就是派出所的，他们也说户口本是真的，他们就一点责任没有？"律师说："当然有责任，有大责任，管理不严，下属违法乱纪，怎么说都可以，可是你要知道你告的往小里说是派出所，往大里说是公安局，再往大里说是司法，这两年卖户口引发的这样那样的事不少，跟派出所、公安局都有关系，你告的不是一个人一个派出所，你说能告赢吗？"

律师给孙连打了一份材料，孙连一看是文件，一份是国务院办公厅的，一份是公安部的。孙连说："那我儿子孙鹏的户口在哪里？"律师说："你买户口的时候开户籍证明了吗？"孙连说："没有，钱贵生没说要嘛，只让我们写了名字，出生年月。"律师笑了，说："那你当时就该想到这户口是假的，转户口没有户籍证明怎么转？"孙连说："不懂嘛，看他威风八面的，都当他权力大，随便就办了。"律师说："既然户口没转出来，那你儿的户口肯定在老家。"

回到家，孙连恼怒得上蹿下跳，银娥说："你那么气能咋样？把人气坏了不更吃亏？这社会上上当受骗的多了，就当上了当了。"孙连气得捶头，银娥说："你这样想，这户口这几年也给我们省了不少钱哩，小春、孙鹏上学一看户口本就收了，不然这几年也花不老少钱哩。"孙连说："话能这样说，可事不是这么个事嘛，做人咋能这样嘛？"银娥说："那你想咋，你能咋？别想了，赶紧带着鹏鹏回家办身份证，别把娃学业上的事耽误了。"

父子俩回老家办身份证，孙鹏先回来了，银娥问你大呢？孙鹏说："身份证得十天才能拿上，我大让我先回来念书。"半个月后孙连才回来，有些激动，银娥说："你咋的了，怪兮兮的。"孙连说："我把婚离了。"银娥说："常如梅回家了？"孙连说："屁，坐牢哩。"银娥说："咋、咋就坐牢了？"孙连嘻嘻一笑说："把相好的东西割了。"

常如梅离开火车站，进了歌舞厅做小姐，她要报复右派儿子，可右派儿子又搬家了。苍天不负有心人。有一回，右派儿子和一帮人来耍，竟没有认出她。她还故意问右派儿子说："哥，你不认识我了？"右派儿子说："认得啊。"她说："那我叫啥呀？"右派儿子说："海棠呀，一树梨花压海棠呀。"说着就把她压住了。常如梅强压着怒火。右派儿子和那些朋友讲他们玩过的女人，说到了雏，说你们他妈的都玩的是什么雏，见过把半截床单都让血染了的雏吗，她们叫过疼吗？他们说吹牛不怕牛把嘴踢了？右派儿子说不信是不？见过我家保姆吧，正点不？十五六岁就让我开苞了，真正的雏在山野，城里妈的找雏要到幼儿园。那些人又问你的保姆现在在哪里？右派儿子说嫁人了，还送货上门，不过我已经厌烦了。常如梅几乎要失控了，但她还是强压住了怒火。第二次右派儿子再来，带她去开房，她指缝间夹了一个刀片，将右派儿子下身割了个一塌糊涂。右派儿子彻底废了，她被判刑八年。

银娥说："你、你这时间离婚太那啥了，她在难中嘛。"孙连说："她害人害己，再说不离咱们咋办？今年冬天咱们回去把证领了。"银娥说："证嘛，领不领有啥关系。"孙连说："咋能这么说？领不领有啥？那国家还为啥让领证？"银娥说："你就爱较真。"

孙鹏参赛回来，一中的老师来家里，问想不想让孙鹏同学到一中去上学，孙连说："你们要多少钱？"老师说："不要钱，我们还给他发奖学金哩。"孙连说："我娃升学的时候去你们一中问过，你们不收，现在却要。"

老师笑笑说："此一时彼一时，孙鹏同学是好苗子。"孙连说："噢，明白了，你是来挖别人墙脚的。"老师说："话不能这么说。"孙连说："那该咋说？你走吧。"老师说："我给你说孙鹏在一中考北大、清华没问题，但要在六中上，考个大学没问题，但要上北大、清华……你考虑考虑吧。"孙连说："快走吧，这事没商量，人家老师对我娃那么好，眼看桃子熟了让你们摘去，啥人嘛。"老师起身要走时又说："我们不但给孙鹏同学奖学金，还可以给你们家属解决一个工作。"孙连大张着嘴没说出话来，那老师掏出一张名片递给孙连说："你们考虑考虑，我姓陈，这上面有我的电话，想通了给我电话。"孙连一看，人家原来是一中的教导主任。

晚上孙连给银娥说，银娥说："这事做不成，现在的老师对孙鹏多好，把娃夸得，每次开家长会我都脸上光彩。"孙连说："一中说能安排家属工作哩，你看小娥这么混下去也不是个事，外面名声不好听，以后嫁人就麻烦。"银娥长叹一声说："这个冤家现在话是一句都听不进去。"

当下最紧要的事是把小娥嫁出去，有了这个工作，就好找对象了。银娥说："你去趟学校，跟周老师讨个主意，人家那么看得起孙鹏。"孙连到了六中，碰上几个孩子打架，打得头破血流的。他就掉头回来了，他决定让孙鹏去一中。

孙连找到了陈主任，陈主任说可以让小娥去校办打字室，事说毕孙连长长吁了一口气说："这事终归不仗义，孙鹏学习好都是人家周老师待娃好，我都没脸见人家了。"

事后，孙连和银娥去了周老师家，周老师开始很气愤，说话很冷漠。银娥就把家里的情况讲了，说："我们也是没办法。"周老师叹口气说："鸟儿都拣高枝子落，说个良心话，我舍不得孙鹏，但对孙鹏来讲，去一中更好。"孙连又说："我知道我们做得缺德。"周老师笑着说："你们也别

200

自责，从父母这个角度讲，我能理解你们的心情，我的孩子也在一中上学。"

小娥在哪里，只有小春能找见。小娥不回来，银娥急了，跟着小春去找。银娥几乎认不出小娥了，眼影、睫毛、口红，穿得那么露，头发像鸡窝。她强忍着愤怒，劝说小娥去上班。小娥说："再加一倍的钱我都不会去的。"银娥说："你害我害到哪一天？"小娥说："我靠你们吃还是靠你们穿？叫你不要管我，我说过多少遍了。"说完就跟着几个红发黄毛走了。银娥一阵眩晕，跌坐在地上。孙连说："你生那么大气做啥？这么大年龄了还能管得下？"银娥睡了几天。孙连说："你去学校吧。"银娥说："有摆肉杠子挣得多吗？儿子一个个枪杆一样起来了，头上还连瓦都没一片。"

贾小春的职中生活几乎是在游戏厅度过的。职业中学说得很好，其实完全像个大托儿所，把没考上高中的学生托成青年，推向社会。老师吊儿郎当，学生油嘴滑舌，老师只管上课，学生尽情顽劣，就像两条平行铁轨，互不相干。毕业后，银娥的意思是让他学个驾照开车，贾小春不愿意，直接进了"百福龙"游戏厅做了台管，彻底成了一个游戏者。

这时的朝娣已经非常厌恶游戏厅了，要贾小春另寻个事做。贾小春说寻个事也是为了挣钱，还不一定比这挣的钱多。朝娣就说你说你上个职中有个鸟用，你看人家李上寨。朝娣一提李上寨，贾小春就英雄气短。初中毕业李上寨也想上职中，他爹说早晨晚上都分不开，还学你多个锤子（男性生殖器），跟老子干装潢。李上寨就跟着他爹干装潢，几年间就出师了，能自己挣钱了。李上寨经常请贾小春吃饭，出手阔绰了，很有些发达了的派头，烟酒都上了一个档次，一点就几个菜。朝娣动不动就拿李上寨说事，怨怼情绪越来越大，贾小春哪里受得了，两人经常吵架。

有一次朝娣又说起李上寨，贾小春火了，两人对骂，朝娣骂贾小春是个骗子，贾小春说："老子啥时骗过你？"朝娣说："你那户口是假的，还说没骗过我。"贾小春没想到朝娣会这样说，会在乎这个，就说："老子就是农村户口咋了，老子的鸡巴是泥巴的吗，老子没让你高潮迭起，你当初瞎眼了。"朝娣骂贾小春"土鳖"，贾小春一个巴掌扇过去。贾小春手上的劲可不是一般的劲，即使到现在他依然每天八百个俯卧撑。朝娣头甩了几甩，一颗牙就飞了出去。朝娣在短暂的眩晕过后，扑上来几把就抓烂了贾小春的脸，说："操你妈，你敢打老娘。"贾小春说："日你娘，老子打你算轻的了，小心老子弄死你。"贾小春平时也是骂操你妈，现在他骂日你娘，这是典型的乡下骂人的话。朝娣说："我当然得小心了，你爹就弄死过三个哩，你娘又当屠户了。"她抓起"乡巴佬"鸡蛋砸向贾小春说："滚回你乡下去。"贾小春说："你当你是城里人，城里人有叫你这样的名字的，看看人家的名字，安娜，燕妮，你叫什么狗屁朝娣，你爹叫什么狗屁来福，呸，恶心。"朝娣呸了贾小春一口说："老娘就是叫朝娣，也是城里人，我爹我娘有工作，我娘还坐办公室，你娘呢，一个宰猪的。"贾小春像被揭了伤疤一样，他狂躁地抓起水果刀，朝娣夺门而出，跑到老远骂："滚回乡下去，你个土八路，大土鳖。"

孙鹏没辜负银娥和孙连，考上了北大，大二寒假回来，贾小春给他接风洗尘，两个人喝了十二杯扎啤。孙鹏说："哥，咱们打游戏去。"贾小春说："好，我陪你。"孙鹏说："打比赛。"贾小春噗地笑了。

这时候的游戏厅已经改成了网吧，贾小春最拿手的就是打游戏比赛，可是他输了。他不服气，两人一直打到了深夜，直打得他恶心呕吐起来，一局都没赢。

"这是啥情况，你啥时候练的？"贾小春问。

"再打十年你也打不过我。"

"你是说哥弱智，脑残？"贾小春怒了。

孙鹏嘿嘿笑着说："要说聪明，你比我聪明，我不是吹捧你，可是你知道你为啥打不过我吗？"

贾小春沮丧地摇摇头。

"我在程序上动了手脚，加了外挂，你咋能打过我？你是在跟程序作战，换个话说你是跟全国顶尖高手或者说游戏制造者在打，你怎么能打得过呢？你看那些在游戏上赌博的，哪个赢了？"

贾小春一拍桌子说："妈的，走了。"

从此，贾小春离开了游戏。

李上寨揽了一家公司的装潢活，活干完了老板欠钱不付，他对贾小春说："你要讨回来给你百分之二十，连税都不用上。"贾小春吆喝了几个同学去讨。老板开始很硬，可是当贾小春拳头往桌上一砸，老板看了两眼，站了起来，围着他转了两圈："你姓什么？"贾小春说："老子坐不更名，行不改姓，姓贾。"老板说："贾兆春是你啥？"李上寨说："是他爹，他叫贾小春，知道了吧。"王贵说："你不知道他是谁？二十几年前锦绣捅了三个人的是谁？就是他爹。"老板"呃"了一声，很痛快就把钱给了。这老板正是当年地痞中的一个。

出来贾小春给了王贵一个耳光说："以后少提我爹。"王贵说："不提那狗日的不给钱嘛，你看一提你爹他比儿子还孝敬。"贾小春说："我们打天下要靠自己。"王贵说："我们的目的是讨债，不是动武，只要一提你爹能把钱要来，省得我们动手。老人说骂架没好口，打架没了手，打起来人家把咱伤了划不来，咱把人家伤了惹麻烦，这么不动一拳一脚就把钱拿到了，有啥不好？你爹干的那事大了，就是品牌，咱们为啥不用？"贾小春一想也有道理，就递给王贵一根烟说："你这脑子还够灵活的。"王贵说："那是你们他妈的一直都要拳头，没看到我的优势，梁山一百零八将，第二把交椅谁坐？吴用，军师。"

讨回了钱，李上寨没食言，当场付了百分之二十，于是就都出去喝酒。李成说："我觉得这行能做，现在欠账的人可多了，以后咱们干脆组织人替人追倒债。"贾小春说："好，你把以前的那些家伙吆喝起来，我来带。"李成说："那些家伙都变了，再说城里人做事瞻前顾后的，心眼又多，要来咱们分得少，你不是农村出来的吗，叫些农村小青年。"贾小春张张嘴想说什么，可他懒得说了。接下来，他们揽了几个活，都是些小老板，一提到贾兆春当年刀挑地痞的事，许多人都是知道的，而贾小春也越长越像贾兆春，几次讨债顺利地讨来了。贾小春就感慨，虽然事情过去了十几年了，可多的威名依然在流传。

贾小娥再回到锦绣已经是五年后了。她是坐着一辆小车进的锦绣，人们没有认出她，但认出那辆车，那是游喜贵的车。贾小娥是以游喜贵办公室主任兼总经理助理的身份进入锦绣的，她是来视察"喜贵粮行"的。银娥看到，眼前一黑就倒了下去。幸亏肖长福在，唤醒过来，银娥有气无力地说了声报应，之后便抓着肖长福的手嗷嗷大哭。

游喜贵在黑市上偷偷摸摸卖粮，政策松动了，在锦绣开了"喜贵粮行"，卖米面杂粮油盐酱醋，后来又开了"喜贵"米面粮油公司，城里的主要街道都有了"喜贵粮行店"。当年，银娥和贾兆春一直是在游喜贵那里买粮吃。有时候贾兆春去买，有时候银娥去买。很快银娥发现，都是同样的价钱，她和贾兆春买回的粮差别很大，贾兆春买回的米碎米多，蒸米饭蒸气有霉味儿，米汤不清亮，她买的米整爽，蒸气里没霉味，米汤清亮，就对贾兆春说游喜贵这人不地道，人品麻达。贾兆春说这世上啥人都有。以后买粮都是银娥去。贾兆春死后，有一次游喜贵给银娥送来一袋米一袋面，银娥给他拿钱，他忽然就将她抱住了，她一个巴掌甩在他脸上说滚，把你的粮食背走。游喜贵是多么烂的一个人啊，锦绣人背地里都叫他背着粮袋的嫖客，谁能想到这狗日却将女儿占了。银娥甩了小娥一个耳光，小娥说："你还打我，你再打我别怪我不客气。"银娥说："再让我在锦绣碰到你，我一刀捅了你。"小娥说："这我知道，你就是个宰猪的嘛，你宰几百斤大猪眼都不眨一下。"

# 第十六章

　　我去电脑城更新升级了电脑，回来装好，正要进入《魔兽世界》，老杜推门进来说想请我吃顿饭。我感谢他的心意，递给他一根烟。他双手接了，说："我也不知道哪个馆子合你的口味。"我笑笑说："就老顾饭馆，家常菜地道。"他说："几点？"我说："六点吧。"

　　老顾饭馆能坐四个人的小雅间正好空着。烧肥肠、扒肘子、酱猪手绝好，地三鲜、乱炖和荞面搓搓，地道的家常味，我点了菜，怕老杜付钱，先把钱付了。老杜来了，说："咋能让你破费？"我笑着说："我咋也比你好啊，你掏钱我心里能好受吗？"他搓搓手说："你这人说话实，受听，这城里人啊实话少。"

　　老杜在对面坐下，说："喝点酒？"我看他两只眼睛布满了血丝，嘴上起了一圈水疱，说："你上火了，还喝酒吗？"他说："喝点喝点，不碍事，烂上几天毒气出了就自己好了。"不让他花点钱，他心里会不好受的，我就说："酒钱你掏吧，就铁盖的苦荞酒。"他说："喝个稍好一点的吧。"我说："就那酒，真。"

　　老杜的精神倒了，完全就是一个小老头。我长长吁出一口气来。马胜消失已半月了，遇上这种事，谁能不上火呢？可这么大的城市，一个十五六岁的孩子自己走了，要找又谈何容易？碰了杯酒，我说："你心里也别放事，不会出事的，马胜大了，很机灵，不会给拐卖绑架的。"他勉强笑笑说："这我知道，我们这样的人打到人家眼睛都不磨，能出啥事，只是把念书耽搁了嘛。"我说："或许娃心里有啥疙瘩，疙瘩解开了就回学校了。"

老杜抓起一杯酒在我的酒杯上碰了一下，一仰脖儿灌下去，说："娃不会回学校了，他给伤透了。半个月前吧，马胜的班主任把我叫去了，给娃上课的几个老师都在，你一言我一语的，就像那时候开批斗会，哎呀那话难听的，就差日爹喝妈了，班主任把桌子拍得雷响，指头都快戳到我眼珠子上了，就像我把个祸害带到城里来了。那个英语老师直说了，你就不该把他带到城里来上学，害人害己。你说话哪有这么说的，娃杀人了还是放火了，咋么个害人害己嘛？就说娃学习不好，你是教书的，马胜上初一就是你们教着，学得不好你们就没责任了？那个数学老师说一中就不是他上的。这啥话嘛，一中咋就不是马胜上的？城里娃山里娃都是娃嘛。还有个光头，阴得很，虽然不说话，可一直嘴撇着盯着我看，那眼光毒得很，直往骨头里渗，马胜哪里受得了那眼光？唉，老师嘛，应该明理的，咋能这么说话？一日为师，终身为父，这我都懂嘛，唉，他们看不起农村娃。"

老杜又灌了一杯酒，灌得太猛，呛得大咳一阵。"他们虽然没有明说，意思我听出来了，早早把马胜领回去，念下去也没希望，硬撑个啥？种地打工，该干啥干啥去。那个班主任还说让我把娃转到农民工子弟学校上去，那里适合马胜，这他能帮我办。"

他抽搐起来，我递给他一张纸巾，他没有用纸巾，而是用手背抹了一下眼泪，说："我才知道我娃这两年多书念得不易啊，同学对他不好，老师也没好好待过他，娃受了委屈了。这娃从念书到现在，老师从来没这么待过，都夸奖娃呢嘛。唉，这些天我也想了，这一步我是迈得太大了，要是转到县里就好了，至少老师不会这么待我娃，娃也就不会出问题了，这一步跨到省城来，反倒把娃给害了。"

"其实也没啥，念书固然好，不念书也不一定不好，许多大老板也都是没多高的学历。"我宽慰他说。

老杜摇摇头说："要说吧，这几年啊咱那里对念书也不那么热了，不像以前砸锅卖铁也得供养娃把书念成，大学毕业工作难找，像马胜这么大出门打工的多着哩，也不是啥丢人的事。只是啊我总觉得人活一辈子，也不光是个挣钱吃喝的事，终归读下书了才活得有意思嘛，就像一间屋子，念了书窗子就打开了，不念书窗子就永远闭着，黑哇哇的。不念书，这辈子就缺了意思，亏得很嘛。"

我心里一颤，他的话与大师的话何其相似。约翰森说："一个家庭中没有书籍，等于一间房子没有窗子。"高尔基说："读了一本书，就像对生活打开了一扇窗户。"这些都曾经作为我的座右铭，写在笔记本上，贴在墙上的。

"说透了，人家为啥低看我们这些人？就是我们没念下书嘛。我要是个文化人，那些老师跟我说话总得掂量掂量，也就不会那么难听了。"我敬了他一杯酒，他仰头一饮而尽，说："不说了，托付你个事，迟早见了马胜好好劝劝，不愿在这里念了，回县城念，正是念书的年纪嘛。"

我说："一定，一定。"

老杜点了根烟，深深吸了一口，悠悠吐出来，说："我给你说说马胜吧，你要不想听我就不说了。"

我说："想听，你说。"

208

人是需要倾诉，就像需要进教堂忏悔，那是一种释放。我知道他缺少倾诉，特想倾诉，可在这座城市，谁愿意听他的倾诉呢？就我在这座城市也找不到能够听我倾诉的人，只要我一倾诉，别人立刻说没那么矫情吧，甚至说能不能不那么腻歪。

老杜说："我从头给你说吧。你怕也猜到了，马胜不是我儿子。"我点点头，他接着说："我五十二岁上给儿子娶了媳妇，也没啥负担了，就想再续一房女人。以前说人活七十古来稀，现在人活过七十岁也不稀奇，长拖拖的还有几十年光阴哩，虽说有儿不愁老，可也只能是吃饱了穿暖了，日子终究还是孤嘛，找个老伴也有个拉呱挠痒的人，人这一张嘴，除了吃饭还得说话不是？总不能对着风说，对着墙说吧。有个苤口，山背后的一个寡妇，带着个十岁的儿子。我想自己才五十出头，也能帮寡妇把娃抓大成家。开春把事说定了，我打算腊月里把事办了。我喂了一头猪，喂了一只大羯羊，准备把席面铺厚点。虽然是娶寡妇，也得过一下，人嘛就活这么个。

"眼看还有一个来月就到喜日子，出了件事。那天晚上，月光清明，我起夜在粪堆上滋着尿，就觉得少了点啥，想想是少了羊叫。大羯羊闻着我的气味，听到我的动静，会咩——咩——地搭个声。羊比人灵。我以为是它睡过去了，就咳嗽两声，还是没听到羊叫，心里就觉得怪怪的。到羊圈一看，大羯羊不见了。我知道是给人偷了。那年天旱，跌了年成，一跌年成，毛贼就多了。我进屋提了羊铲打着手电追了出来。

"我们那里离牛王镇近，贼娃子偷了羊会连夜赶到牛王镇，把羊宰了，肉卖肉皮卖皮，你就是追到集上也认不出来。我们那一带，家庭副业主要靠养牛养羊，牛王镇有牛羊市场，天天都是集，南来北往拉肉拉皮的很多。我就顺着去牛王镇的路追。翻了一道山梁就看到前面有一人拉着羊。大羯羊听出了我的脚步声，回头咩咩地叫。我喝了一声，那人站下了。是个小伙子，也就三十岁上下。我打着手电看了两眼，不认识。后来，我才知道是马圈湾的马万军。虽然他年轻力壮，我心里也不怵，羊铲也是顺手的家伙，动手我不一定吃亏，再说强贼怕弱主。马万军却掏出烟来，给我扔了一根，自己点了一根，说跌了年成日子打住了你没做过？要说这句话说得也是实情。我们那里十年九旱，种一坡，拉一车，收一簸箕煮一锅，跌年成是经常的，家里日子打住了，有些人手脚就不干净了。但是，我日子打住没偷过。"

老杜停顿了一下，给我敬了杯酒，自饮了一杯，说："不过，我拾到过一只羊。那时候还没封山禁牧，我喂着五十多只羊，经常出山放羊。有一回在山沟碰见一只失群的羊，我没等人找来，把羊赶到集上宰了卖了，为了怕人看出来，我还把自家两只羊赶到集上一起宰了卖了。后来，丢羊的人找羊找到门上，我没承认。唉，从那以后我动不动就老想起这事，你说一只羊帮不了日子，却把这件事搁在了心里。有些事做的时候不觉得啥，慢慢地才会显出来。人啊是不能做亏心事的，做了就会在心里窝一辈子。我老后悔了，可这世上没卖后悔药的嘛。

"马万军说你就当折个财，回去睡觉吧，再不算我借你的，等以后手头松了还你，我说话算话。这么说着他就往前走了。事哪有这么做的，世上有这理？偷东西让人抓住，那就是不让你做贼得逞嘛，不说我眼看着要用羊，就说偷我的羊让我追上了，还让我回去睡觉，回去能睡得着？哪有这么做贼的，这就有些欺负人了。我拦在他前面，马万军就亮出一把刀子，给月亮一照明晃晃的。我吓住了。他挥挥刀子说再缠豁了你。这豁的意思是开膛破肚的意思。我就不敢跟了。"

说到这里，他看我一眼说："你记着，人手里拿着要命的家伙，千万

210

别跟人生事硬上，人在气头上都愣，逼急了就把事做过头了。我们村就出过一次命案，因为两个娃娃打架，张三寻到王大拿家找事，王大拿正蹴在院里磨刀准备宰猪，年快到了。三言二语的两个就别上劲了，王大拿挥着刀子说你驴日的这东西都不认识？往刀尖上撞呀。张三呸了一口说羞你先人去吧，你个嫖客日下的也是拿刀捅人的人，还能成的不行了，你戳呀，借你娃个胆。说着还往王大拿跟前凑。嫖客日下的，咱那里人没文化，骂架经常这样骂，老子骂儿子也这样骂，觉得解恨嘛，可用这话骂王大拿就是揭短了，王大拿弟兄四个，三个都长得像大（爹），就他不像，他大一直不好好认他，人都说长道短的。打人不打脸，骂人不揭短，王大拿头一甩，一刀子就把张三捅透了，还连扎几刀。结果最后把命搭进去了。"

我点了两根烟，递给他一根，他接过去咂了两口，继续说："我掉头往回走，但我不是真就回家了，我转过山嘴，顺着另一条路就往镇上来了。我去派出所找张警察。张警察管我们那一片，经常骑个电蹦子（摩托车）来村上处理事情，那人是个正派的人，我们也熟悉。到了派出所一敲门，开门的就是张警察。我把情况一说，张警察有经验，说他拉着羊走得肯定慢，直接到路口上去堵狗日的，结果就把马万军堵住了。马万军这个愣头还当我给吓回去睡觉了。马万军是咋回事呢？后来我才知道他小舅子娶女人，婆娘姊妹三个，人家两个光阴好，每人出五百元的礼，他婆娘好强，也要出五百元，可家里穷得连看的钱都没，逼得没办法，两个人打了一架，才走了这一步。

"按以往的情况，交点罚款或者押上十天半月也就放了，一只羊的事嘛，再说马万军不吸毒不耍赌，是日子打住了第一次偷。可人背运鬼吹灯，这事出的茬口不好，偏偏遇上了专项打击，上面把这当成了重点，马万军给判了十年刑。我吃了一惊，去找张警察说一只羊的事嘛。张警察说一只羊的事嘛。我说太重了。张警察说是太重了。我说你别跟着我说噻，赶紧想办法。张警察说现在说啥都晚了，没办法了。我说你们都是戴大盖帽的，给说说罚点款算了。张警察说公安是公安，法院是法院，我们只管捉人，判刑由不得我们。我说十年，他那婆娘就跑了，那个家就散了。张警察埋怨我说审的时候你说他拿刀子挥着要豁了你做啥？我说人家问呢，再说马万军就是拿着刀子挥着那么说的，我没虚说他，人家也问他了，他也承认了。张警察说就这句话厉害啊，把偷盗变成持刀抢劫。我就扇自己的嘴，张警察说你扇也白扇，说出来的话落在纸上还能扇回去？

"我去看了一回马万军，送了一只煮熟的鸡，两条烟。我气得骂马万军，你个驴日下的，做贼有你这么做的，强贼怕弱主，这话你没听过？让人家追上了把羊还给人家不就了事了？还拿刀子比画。马万军说你咋不歪（厉害）一点，你要是歪一点，我也就把羊还给你了。我说你手里攥着刀，我歪一点？要是歪一点怕也就没这么麻达了，你豁了我，公家一枪打了你，都零干了。马万军说我就是吓唬吓唬你，拿刀豁了你，不要命了？事是我自己做下的，怨不得你，你回吧。

"看了马万军回来的第二天，我心里颇烦，蹴在院里看两个蚂蚁打架，一个婆娘拉着个娃进了院子。我当是走路的渴了讨水喝，正要进屋去给端水，那婆娘说我是马万军的婆娘。我头皮就麻了。那婆娘说你把马万军送进去了，十年我守不住，这娃我也养不活，你给马万军养去。我说咋是我送进去的，是公家判的。那婆娘说不是你带人抓了他，公家能判他？我说你不逼他他能去偷。那婆娘把娃往前推了一下说叫大，那是你大。我说你看你这人，他把我叫大？娃不叫，那婆娘就拧娃的耳朵，拧得娃娃哇哇叫。我说你看你多毒，这么拧他，他不是你儿呀？那婆娘说现在是你儿了。说着又掐，那娃被掐得连声叫我大，往我怀里钻。那婆娘走了，我拉着娃撵出去说我是你啥人，你把娃往我家里撂？不怕我把你娃卖了？那婆娘说不怕马万军出来豁了你你就卖吧。就这么娃撂到我家了，才三岁嘛。我又去看了趟马万军，我说我打听明白了，坐牢没有坐满的，好好改造，争取减刑，十年最多坐个六七年，儿子我给你养着，出来还给你。回来我儿子不干，要我把娃送回去，我说他大在监狱，他娘飞了，他爷他奶埋进土里了，往哪里送？儿子说你要给别人抓儿养儿，我没本事养你们。不跟我过了，跟我另了家，后来两口子锁了门出去打工了，一走多少年都没了音信。"

"寡妇也没娶成？"

"寡妇说我一个儿，你一个儿，日子过得下去？这是实情嘛。"

"那马万军呢？十年该出来了。"

"这个瞎尿改造你好好改造嘛，坐了五年了，伙上别人逃狱，让抓回去又加了几年刑，前年好不容易熬出来了，却结交了一帮不走正道的人，去云南贩毒，背海洛因又给抓了，这次判了无期，唉，非死到监狱不可，人啊一步路走歪了就步步都歪了。"

老杜斟了酒，我们碰了，他说："刚开始心里总觉得不对劲儿，老想着这不是我儿子，是马万军的儿子，可慢慢就觉得这娃亏欠谁的啥了？再说虽说孽是马万军自己造下的，可终归跟咱有关嘛，是咱把娃害得三岁上离娘离爹的，亏欠着人家娃哩，后来我就想是我儿咋不是我儿又咋，还没个炕头高，你指派上就能给你拿这取那的，在你面前像个皮球蹦蹦跳跳，藏藏躲躲逗你开心，叽叽咕咕地跟你说话，你说养个猫养个狗都能养出感情来，何况是个娃娃。我就把他当儿子孙子养，越养越亲，比亲生的还疼。

"唉，这娃可怜，我一个大男人，没抓过娃娃，还得顾日子，下地干活，上山放羊，割草打柴，只能架着他，就像一顶帽子，一截围脖，再大一点就像我的尾巴一样跟着。到了地里，割几把草，拔几把庄稼，搭个棚子让他坐在里面。大一点他满坡跑，追蝴蝶就学蝴蝶一样挖开两个胳膊一扇一扇地跑，逮蚂蚱就学蚂蚱一样一蹦一蹦地跳，鸽子一群一群地落下来，他就冲进鸽群里捣蛋，和鸽群一起一落的。蹦跶乏了，倒头就在地里睡了，风吹日晒蚊叮虫咬的，跟着我把罪受了。"

老杜完全沉浸在过去的生活里，喝酒自斟自饮，抽烟自己拿自己点，仿佛我根本不存在。

"要说啊这娃自小和别的娃不一样，坐在那里一个人说话，叽叽咕咕的，像鸽子唤伴，又像母鸡叫食。我问胜胜和谁说话哩。他说和天。过一阵再问，他说和地。再过一阵问，他说和风。一直问下去，他一直有不同的回答。不说重话就说明脑子好使，我说你到草棚子里待着，晒黑了。他说土咋晒不黑？树咋晒不黑？草咋晒不黑？歇缓的时候，吃馍喝水他嘴也不闲：大，风是从哪里来的？大，风有大吗？风有妈吗？今儿吹过的风和昨儿吹过的风是一阵风吗？风急慌忙的要去做啥？我从来没想过这些事，也从没这么想过问题，觉得风就是风，一直就是那样，他这么问，我一想还真是，被风吹了多少年，我对风却一点不知道的。不光是问，他还有自己的认识：大，风有大个子，也有小个子。我就问你咋知道？他说大个子风在山头上刮，小个子风在草头上刮。我就噢一声。他又说：风有大人，也有娃娃，刮得满天是土的是大人，刮不起土的是娃娃。有时候他会自言自语，说大风是小风的大，白天的风是大，晚上的风是娘。他是个机灵的娃娃，村里那么多娃娃谁这么想过问过？一个人干活，我也心慌寂寞，有了他就不寂寞了，那日子也好哩。"说到这里，他停下了，说："我这人说话黏得很，你怕不爱听了，不说了吧。"

我说："我挺爱听的，让我想起小时候。"

"你也是农村的吧，能这样看待我，我就估摸你是山里出来的，城里人眼头高，都在脑顶上长着哩。"

我说："我的家乡离你那里不远，不过是两个省。"

他说："那我接着说。那年村上学校里来了女先生，是来支教的。我们那里条件不好，山大沟深的，派不下来老师，只能一年一年轮流派人来支教，教一年就回去了。一天，我带着胜胜在园子壅玉米。胜胜问大，日头有年岁吗？会不会老？日头日日那么烧着能烧多久？我噢一声。回答不了他，我就噢一声。胜胜又问大，日头灭过吗？要是有一天灭了咋办？这次我能回答了，说老天爷造下它就是不灭的，咋会灭了？灭了老天爷也会再点着的。胜胜说大，你咋知道老天爷造下它就是不灭的呢？你见过日头灭了老天爷点过？我回答不上来。走在田埂上的女先生说胜胜好有想象力。我停下了手里的锄头说想象力是个啥？女先生说想象力嘛，想象力就是想象力。我心想这话等于没说嘛，就问想象力重要吗？女先生说当然重要，对于一个人来说想象力再重要不过了。我就很激动，问胜胜想象力多吗？女先生咯咯咯一笑，说不能说多，要说丰富。我激动地说想象力人人有吗？女先生说人人都有，不过像胜胜这么丰富的少。我说你说胜胜能把书念成考上大学吗？女先生说能啊，这么聪明，肯定能考个重点大学。那时候胜胜还没上学，我知道女先生是随口说说，念书的事谁能说得这么肯定，但我喜欢听。女先生说胜胜你要好好供养，从现在你就要好好给他攒钱，将来送到城里念去，这里教学太落后了，会耽误孩子的。从那时起我就想着一定要把胜胜供养成个读书人。这娃书念得好，从念上书就没拿过第二名，参加过县上的比赛，拿的都是第一名，奖状拿回来一摞，教过他的老师都夸奖哩。"

他去了趟卫生间，回来说："要说胜胜能转到省城里来念书，还是托毛主席的福。"

我说："托毛主席的福？"

他嘿嘿一笑说："在咱寨上完了小学，初中要到辘轳镇去上。辘轳镇中学教学不行，留不住人，好老师都往城里调，考上高中的学生少得可怜，有能耐的都往县中转，咱朝里没人，正发愁哩，村上来了个驻村干部，就在村部住着，来我家时看上了一张画儿，就是毛主席像，以前一直衬箱底。说是五几年印下的，第一版，收古董的人来过几趟，出大价钱想买我没卖，看他喜欢我就送给了他。他人挺好的，说你有啥事给我说。我求他帮我把儿子转到县城去。他说转县城还不如直接转省城，一中，全省最好的学校，就这么转过来了。哎呀，这么大的事，他到山顶上一个电话就办了，我高兴得都睡不着觉，现在看来，不是个好事。"

他斟了酒，我们碰了，他说："不说了，谢谢你，你真是个好人，好人有好报嘛。"

我说："马胜知道他的身世吗？"

他说："知道，我给他说过，我没瞒他，要瞒他我早把姓改了。那年他妈来了要领他走，他不走，也不叫妈，我还说不管咋说她是你娘，这一辈子变不了，以后还得认。去年马万军贩毒判刑了，他跟我说要把姓改过来，我没让他改，给他说不管咋说他是你大，你得姓马，大有儿子。每到了给老先人烧纸的节气，我把纸买好，我给我家先人烧，他给他家先人烧。硬拆十座庙，不黑一门人，咱不能做这种事。"

"这世上，所有的事都是有结果的。"他双手捧给我一杯酒，长叹一声说：

"明儿我就回去了，今儿想请你吃个饭谢谢你，又害得你破费了。"

"就这么回了？马胜只是心里有些堵，过几天想通了就回来了。"

他摇摇头说："这娃我了解，他不会回来念书了，其实这学期一开学我就觉得不对劲，你说这娃，受了委屈也该跟我说道说道，人啊心里有事需要给人说道说道的，有些弯子自己转不过来，别人给你说道说道也就转过来了。"

我说："别回了吧，在城里养活自己也没问题，总比务劳土地强，你年岁这么大了。"

他笑笑说："不回？哪天死在你这里，就把你害下了。"

我说："你看上去比我健康。"

他摇摇头说："这是你宽心的话，我得过一场病，医生说要抓紧治疗，不治疗活不了多久，治吧得七八万，攒下点钱看了病胜胜咋办？我就回了，可没死下嘛，这又活过了好几年。原本鼓着一股子劲挣扎着想让胜胜把书念成，给娃个好前程，现在胜胜的书不念了，我得准备着给他成个家，种地遇上雨水广的年景，收入比这强，现在都进城打工，撂荒的好地多。胜胜正是见风就长的年纪，一眨眼就大了，他那狗食大是指望不上了。我眼看着七十了，活过七十有今儿没明儿的，谁能知道哪天头一歪，走了，总得料理料理后事，做副棺材，做几身老衣，把一切备停当了等着。这两年心疼一来一回的花销，祖坟也没上，怕都让荒草淹了，我死了到那一世，老先人也不喜见嘛，不回去咋行？

"回去啊我还得去找趟儿子，我把他生下养大成家，他该尽的孝要尽，不尽孝以后还咋活人？人家唾沫星子都能把他淹死，说话做事都走不到人前头去，也快四十了，该醒事了。你说我儿要是像你，念的书多，这个弯早就转过来，没读下书脑子糊着哩，就像人经常骂的猪脑子。你看你，

217

爹娘一年检查一回身体，弟弟读书你也供了。"

这话让我很是惭愧，我读的书多，真就脑子不糊了？

他又说："不过也不能说不好，虽然人不回来，可还给捎这带那的，知道我这腿风湿重，买了护膝、保暖裤，我带着马胜进城的头一年，回来过一趟，还给放下了一千块钱，狗日的给我生了个大胖孙子，虎头虎脑，憨墩墩的，也上小学了，看着孙子，我对儿子的气一下子没了，他还没到我这个年龄嘛。"

他拍拍我的手背，说："你是个好人，能把我们这号人看在眼里，你将来有大出息哩，谢谢。"

我说："咱们不说谢谢，你也是凭自己的辛劳。"

"有些人啊，见了我们这号人就像躲瘟疫哩，连人家拉的狗都不如。"他双手捧了杯酒，和我碰一下，一饮而尽，说，"有些话我想跟你说说，说得不对，你别生气。"

我笑笑说："要是这都生气，在城里早气死了。"

他说："你不能老待在屋里，这么待着咋行呢？要说你这日子吃喝不愁的，能说不好？可这日子是老了过的日子，你过得早了些，年轻人嘛，日子过得太 pi 了。"

我想 pi 应该是"疲"。和疲组成的词语有几十上百个，我想该有疲怠、疲堕、疲苶、疲暮、疲懒、昏疲之类包含有衰败、颓废、堕落、不振作、无生气的意思。"疲"这个词他用得很准确，入木三分，力透纸背。

他说："读书是个受苦的活，读成大学多不容易，年轻人嘛，又是个大学生，人也长得排场，该活蹦乱跳的，走路嗵嗵嗵的，鞋底都能扇起土，说个你不多心的话，你现在这样我都觉得没意思，电脑喔（那）东西再好也是个死的，虚的，守着喔东西有个啥意思。你要好好活一场，该过有想法有意思的那种日子，把你念下的书用上，那才有意思嘛。"

我明白他的意思，在"魔兽世界"里，我常常是一打一夜，晚上不睡，早晨不起，这是乡下老年人最看不惯的了，要是我爹看到，早提着二截子棒跟我说话了，可惜我爹还以为我正在干大事业哩。

我捧了一杯酒敬给他说："谢谢你。"

他喝了酒，嘿嘿一笑，又说："我们这号人就是个瞎活，上炕认得婆娘下炕认得鞋，一辈子猪往前拱鸡往后刨地活着，活得寡淡，没意思得很。你不能瞎活，你咋能瞎活呢？你欠你父母三个心愿：当国家干部，娶个媳妇，生个大胖儿子。老人念想的就是这个，对马胜我就是这么说的。人活一辈子啊，就得一桩心事一桩心事地了。"

这话在我的心上狠狠地揪了一把。

他摇摇晃晃站起来，一笑说："我是瞎说哩，你是大学生，读了那么多书，道理不比我懂得多？说得不对你多担待，别往心里去，我喝得有些高了。"回来的路上他像是自言自语，又像是对我说："人这一辈子啊说是长，其实短得很，日子就浮在眼皮皮上，眼一眨一天，一眨一年的，我啊一件事就把一辈子弄完了。"回到小院，他说："你找人，人找到了我再回。"我说："没事，这活我自己也能干。"他说："那我明天就回去了。"

老杜进屋睡去了，我却一点睡意都没有，出来坐在银杏树下，小风掠过，树叶飒飒有声，挂在枝丫间的月亮有些鬼魅，月光被割碎了，像散落的银箔。夜已有了些许寒意，我进屋泡了杯茶，披了件衣服，复坐在古松下，点了一根烟。酒让我有些恍惚，仿佛刚才和我对酌推心置腹的就是我的父亲。是啊，父亲一直是把我当人才一样培养的，他要把我培养成一个支撑门面的人，可我在干什么，抽着烟，下着馆子，整日抱

219

着个死电脑，沉溺在虚拟的世界中……

旁边的歌舞厅里，有人在唱《北国之春》。"妈妈犹在寄来包裹，送来寒衣御严冬……家兄酷似老父亲，一对沉默寡言人，可曾闲来愁沽酒，偶尔相对饮几盅……"我潜然泪下。这首歌曾经是我的最爱，是我开机的音乐，也是我主页的音乐，更是我精神世界的主旋律。然而，这些年，我却将它抛弃了。泪眼模糊之中，我看到我的父亲，像老杜一样佝偻着身体一瘸一拐向我走来。

我掐了烟，走进房中，打开电脑，找出了《北国之春》，在歌声中，我搜了"我是如何走出魔兽世界的"，说法很多，有说认真工作，找个女朋友，有说把装备该扔的扔，该分解的分解，能卖的卖，然后找个看起来顺眼的人，把 G 和材料都送他，接着就是最简单的事情了，选择角色，然后就 DELETE，（删除）。有说删号，删程序，把密保烧了，把网线剪了，把电脑送人……当然，如果你意志够坚定，以上步骤都不需要。有一个家伙说得真痛快：你他妈的还在吃奶还是在吃屎？！这还用问啊！是啊，这还用问吗？！嘿嘿，删除"魔兽世界"多么简单！

我开始删除"魔兽世界"。"魔友"们纷纷拉拽我，电脑也担心我脑子进水，删错了，不停地用"是"和"否"提示。全部删除干净，我感受到从未有过的轻松。我打开劳动就业网站，选择了几条信息，我不再好高骛远选择那些挤得头破血流的热点部门，只要是国家干部我都报名，并从网上订购了资料书籍。老杜的话没错，我欠父母三个心愿：成为一名国家干部，娶个贤淑媳妇，生个大胖小子。

第二日一早，老杜提过来一个大蛇皮袋子，说："这是马胜的东西，放在你这达吧，要见着他了，你帮我给他好好说说，你读了那么多书，能说会道，马胜崇拜你哩，说你是国家重点大学毕业的。"他掏出一百块钱来，说："我们那里山大沟深的，没通电话，我会到镇上给你打电话。"我把钱推回去，他说："咋能老费你的钱？"我说："接电话不花钱。"我问到镇上很远吧。他说："不远，四十多里地。"我们坐在那里吃了一根烟，我送他去车站，他说："不用，我找得见。"我坚持送他到了车站，上了车他说："谢谢你，你真是个好人。"我说："我得谢谢您哪，真心的。"

# 第十七章

　　这年秋季开学后，孙连替代了朱大奎成了锦绣起得最早的人。当朱大奎扯着嗓子喊"豆腐嘞——"的时候，孙连已经骑着三轮车载着孙志和喜宝在路上了。

　　喜宝是银娥弟弟的儿子。银娥弟弟两口子在深圳打工，喜宝六岁时就办入学，八岁了还没办成，两人连个音信都没有。村上撤点并校，学校并到了李家塬，离村子有十几里路，翻山越沟的，送了喜宝上学，爹一天就什么都干不了。爹急了，领着孙子来找银娥，"不念书你说以后咋办，你们就给打个麻烦吧，钱我出，找个学校先让上着，或许明年就办了带那边去上了。"求了好几个人，钱也花出去了，都开学两天了，两个孩子才入了学，却不在一个学校，一个城东，一个城西，离得很远，这样孙连就得比别人早起一个半小时，先把孙志送到东，再赶着把喜宝送到西。孙志送到东，等到老师在校门口接，孙连就得拼命一样蹬着自行车往西赶，蹬得慢一点，喜宝就迟到了。这一趟蹬下来，孙连得出一身大汗，两条腿就像蒜辫子。太累人了，还误事，他只能跟保安商量，把孙志寄托在保安室里，一天一块钱，保安不屑。孙连涨了五毛，等于一个饼子加一碗稀饭，保安的早点他管了。保安依然不屑。孙连出到了两块，保安说一个月一百，一学期一次给清，孙连答应了，然而，保安冷漠不屑的表情让他极不舒服，他在心里呸了一口，脖子一扭说不敢劳您的大驾了，还是我亲自送。保安说你他妈的逗我玩呀。孙连说正是。

一天四趟接送，让孙连苦不堪言。辛苦倒也罢了，时光被割碎了，耽误得一天啥也做不了，问题还在于这么下去要六年时间。六年啊，时间就是金钱，小娥、小春、孙鹏都等着钱安顿哩。朝阳小学就在锦绣对面，抬头就能看见，要是孙志喜宝能转进朝阳小学，就不用花费时间，孙连愿意花一万到两万办这事，就当一年的苦白下了。可找了几个有关系的人，却都摇头，说："朝阳是名校，有权有钱人家的孩子都收不完，领导批了条子都不定进得去。"

喜宝的学校围墙是铁栅栏，每隔十来米守着一个卖玩具、文具、小零食的，学生下课，就像逐花的蜜蜂拥向铁栅栏，生意真是不错哩。孙连也去批了玩具、文具、小零食来卖。一天下来，他才发现这个他没看到眼里的生意其实很能挣钱，两三毛批的就卖五毛，五六毛卖一块，他就想以后他要做这一行。

学校周围是禁止摆摊设点的，因此被学校保安、城管追赶是常事。孙连和其他人就像个老游击队员，跟城管打游击，不止一次逃避了城管的穷追猛打。有一次，他被城管堵住，无处可逃了，他把三轮车锁在了电线杆上，就像把一个人铐在电线杆上一样。城管走过来说这是你的三轮车？他摇摇头说你们的一个人铐在这里的，那人跑了，他追去了，刚刚拐弯，你从这边绕过去能堵住。城管就按他指的路追了过去，他骑了车子就跑掉了。城管里也有好人，有一天，他又遇上了城管，城管没有追他锁他，只是冲他喊，还不快走。他激动啊，他想给城管一百块钱，让他买烟吃，城管啥时候对他这么客气过，好人啊，可城管不收，走了。

都熟了，学生上课之余，他们会经常用"城管来了"互相诈唬，猛然喊一声"城管来了"，立刻都跳起来蹬了三轮疯跑。这天张天明喊了声"城管来了"，孙连并没有跑，他想又在乱诈哩，不过即使乱诈他平时也会左顾右盼，可今日他没有，他正在想心事。孙鹏打回电话来说有公派留学的名额，学校让他报名参加考试，他不想去，想早早回来参加工作。他问孙鹏学校有多少学生，孙鹏说多少多少，他又问这次名额有多少，孙鹏说多少多少，他火了，吼道："那你长个猪脑子，这还要问，多少人走后门都弄不上，有这机会放弃？！"孙鹏说："我回来工作，家里负担就轻一些。"孙连说："你回来负担就轻了？家里问题就能解决了？留学也就几年的事，出来工作不晚，多少年都这么过来了，不差这几年。"他又说："等着，让你妈给你说。"银娥接过电话说："鹏鹏，这么难得的机会，多少人求不来，你要想将来有大出息，可不敢胡思乱想放弃了。"这几天他心神有些不宁，因为孙鹏正在考试，不知道能考得上考不上。也在埋怨老天爷，既然你把他送到我家来了，就不该再通过车祸让我知道他的身世。

城管真的来了，孙连再逃为时已晚，但能逃还得逃，逃还有希望脱身，不逃就是跟钱过不去，每逢节假日临近，抓住了罚款都是很重的。孙连狂蹬三轮车，他想只要进入光明街，就能逃脱，光明街拥挤，城管的车开不快，而沿街那些小巷就像蛛网，车开不进去。这些年收破烂儿，他在这座城市的大街小巷奔波游走，他像熟悉自己的掌纹一样熟悉那些毛细血管般的街巷。然而，城管明白他的心思，不让他轻易钻进那些毛细血管里。孙连被那辆皮卡死死咬住，只能在大街急驰。他那条瘸腿平时没什么，一急就不太得劲，看上去像是浮在水上，一起一伏的。下午三点钟的大街人不多，皮卡很容易就追上了他，跑是跑不脱了，他就想停下来，可皮卡却像一头发怒的牛，一头一头地抵他的三轮车，发出"咥、哐"的声音，皮卡一撞，三轮车就往前蹿出一大截。孙连心疼三轮车，不敢硬停下来，更怕三轮车被推翻轧到车底下。他喊："我投降，我投降，我跟你们走。"可城管们不停，一个家伙把头伸出车窗来说："跑呀，你他妈跑呀。"皮卡依旧撞着，孙连只能骑在车上，被皮卡撞着往前走。

前面是一道大坡，陡而长，孙连平时拉货下这道坡时都要紧拉着闸。城管们一下一下撞着，孙连有些害怕，他大声喊："我投降，投降，愿意接受处罚。"城管们不停，皮卡撞击三轮车越发厉害了，孙连紧拉三轮车车闸想要跳车，可三轮车一停，皮卡一头撞来，给撞出十几米，几乎飞起来，"咔嚓"车闸绷断了，三轮车顺着大坡疯狂奔驰，皮卡上还有人喊："想借坡逃跑，我送你一程。"皮卡猛撞一下，三轮车就像脱缰的野马从大坡飞冲直下。

孙连拼命拧着车把拐弯，三轮车就翻向排水渠，扣在他身上，车轴砸在他的下巴上，他的脑袋磕在水泥隔离墩上，立时脑浆迸裂，下巴碎裂，当场死亡。事故没有牵扯到任何人，结论是为了逃避城管执法，逃跑中三轮车车闸意外断裂，造成车毁人亡。

银娥要给孙连做个道场，捎带着也给兆春做个道场。兆春死时，她没做道场，因为那个时候社会还是破四旧那会儿的模样，谁也不敢，和尚道士也找不上。这两年街上和尚道士尼姑道姑沿大街串小巷化缘求布施的多了，有些人家也是做过道场的。可锦绣村长说这是迷信，不能搞，你抓紧时间埋了，不然上面知道了，不让土葬，会让你火化的，我知道你们最怕火葬。银娥只能罢休了，说那我就以号哭当经声超度吧。

小娥没找到，小春去了外地，孙鹏正在考试，她没有给说，只有孙志和喜宝，银娥心里愈发感到悲凉，好在有孙志摔孝盆。孙连埋到了贾兆春旁边。帮忙的人陆续走了，肖长福陪着她。她对肖长福说："你带两

225

个娃先回,我一个人坐坐。"肖长福说:"姐,你要挺住啊。"她说:"不挺住咋办呢,你看这两个碎东西,丢在这世上吗?"肖长福领着两个娃走了,银娥想起贾兆春走时,也是这样的情景。

孙鹏拿到了公派留学的指标,回来后号哭着说:"娘,你咋也得给我说,让我送送我大。"银娥说:"有啥送的,你正考试哩。"孙鹏说:"试不考我也得回来送送呀。"银娥说:"胡说,多么难得的机会,你要把事耽误了回来送你大你大都不会高兴哩。"坐在坟前,银娥告诉了孙鹏他的身世,孙鹏说:"娘,我知道。"银娥说:"你、你咋知道的?"孙鹏说:"办身份证时我就知道,血型、星座我也比你们懂得多。"银娥说:"这话你告诉你大多好。"孙鹏带了酒和三个小杯子,他跪下奠酒,双手高高地举过头,深情地叫了一声:"大,我敬你,你就是我唯一的大,我亲亲的大!"又跪向银娥双手捧着酒杯高高地举过头,说:"娘,我敬你,你就是我娘,我亲亲的娘。"祭奠完,孙鹏拉着银娥的手摩挲着说:"娘,我参加工作吧。"银娥说:"胡说,好好去念书。"孙鹏说:"娘,你看家里……"银娥:"你想让你大在地下不安呀,家里好着哩,多难的日子都过来了,千万别分心。你大说了,你就是我们的想象,你出息了他最高兴,你看他坟头的花朵,那就是他笑哩。"

残阳的余晖中野草贴着地皮瑟瑟摇曳。银娥说:"你大那时候那么揍你,你恨你大吗?"

"恨,一度我是那么的恨他,讨厌他,我觉得他对小春比对我好,我就想人都说娘后了大就后了,我一直在等着我长大,我要复仇。"孙鹏攥紧一双手说,"娘,你看,我大一打我我就咬骨节,你看我这手骨节就像树结一样。"

银娥心疼地说:"我还当你跟小春练功打出来的,你这娃也是。"

226

远处传来一阵阵鸟鸣，孙鹏折了一株野草摇晃，样子像舞剑。"上了高中我就不恨了，在学校还是学习好了风光，全学校人人都关注啊，我是全校的明星啊。我知道我的身世后，就彻底不恨了。我不止一次想过，要是我是我的父亲，我是不是会如此对待一个跟自己毫无关系而且几乎毁了他一生的人？我无法回答，而在我的生活中，我看到好几个像我这样的孩子，他们遭受虐待，被人狠狠地打，被人用最恶毒的下流的语言骂，去做繁重的活计，而我的父亲就是让我学习，把我一定要培养成一个人才，他心里是多么的矛盾啊。那年我从北京拿了奖回来，他去参加了学校的颁奖盛典，我看到了他的激动，他所有露在外面的肌肤都红彤彤的，两只粗糙的手摩挲着衣裳，发出刺啦刺啦的声音，就像两截树皮摩擦出的声音。出了学校，他请我下馆子，吃的西餐，他不吃，看着我吃，忽然他抚摸了我的头，长叹一声。他抚摸我头的那只手是那样的重，他的长叹就像来自地下。他掏出十块钱塞进我手里，我说大，我不要。他眼睛一绷说你是傻瓜吗，连钱都不要。我说我不花钱。他说你是傻瓜吗？连钱都不会花。从那以后他会偷偷地给我钱，让我每天喝瓶牛奶，他说别让你姐你哥知道。娘，你别多心，他是怕我考上大学体检检不过去。我没喝牛奶，把钱给了我哥，他需要钱，现在想来，我哥的今天与我有着关系的。"

银娥说："你娘你大找到了，不在省城，在……"孙鹏说："我知道我娘在哪里，我找过。"银娥说："你咋找到的？你啥都不知道。"孙鹏说："办身份证我听我外婆说的，她老给我外婆寄钱，还留了手机号码。"银娥说："那你明儿去给你娘说一声吧。"孙鹏说："她肯定知道了，我外婆知道了。"银娥说："你亲自去给说一声吧，她该有多高兴。"孙鹏说："我不去见她。"银娥长叹一口气说："你先念书，书念完了再考虑这些事吧。"孙鹏说："娘，我大周年过了，你跟我肖叔过吧，你需要人帮。"银娥说："你书把脑子念坏了，在你大坟上说这话？"孙鹏说："娘，我大在地下有知，也会这么安顿你的。"孙鹏指着孙连旁边的地方说："我死了就埋这里，给我爹暖脚。"银娥拍了孙鹏一巴掌说："说啥死呀死呀的。"

银娥又怎么能想到，两年后孙鹏真就埋在了这里。孙鹏去美国留学遭遇了车祸。银娥不知道是咋出的车祸，校方说孙鹏是夜里打工的路上遇的车祸，拒绝赔偿。逃逸的肇事车辆也没有找到，车祸孙鹏也有责任，一共赔偿了两万五千美元。校方一个领导说孙鹏实在难得，从一入校就打工，这在中国来的留学生中罕见。孙鹏在手机上留下录音遗言：娘，我打工攒下了四万美元，就给我哥买房子吧，把我送到春山下，骨灰盒摆到我大骨灰盒旁边。银娥还是买了墓地，就买在了孙连和贾兆春的旁边。墓地不便宜，因为属于公墓上风水地段。

银娥又开始宰猪。这天，她起来收拾了屋子，准备去猪场，听到一个孩子的哭声，开门一看，门边放着个柳编筐，苫着一条方格床单，掀开一看是个孩子，裹在一条毛巾被里。孩子穿着一件乳白色的套头针织衫，粉白粉白的，有奶瓶，奶粉，尿布，还有一沓钱。银娥把手伸到小家伙屁股底下一摸，尿湿了，就抱起来给换了尿布，孩子不哭了，嘴巴一张一张地笑。

"谁这么缺德把娃丢弃了，放在我家门口？"银娥喊起来。她知道这孩子被丢弃了，这样喊是白喊，可她不喊又咋办呢，"不知道我家里啥情况，丢在我家门口，我能养活吗？"

人都围过来了，七嘴八舌地议论起来，一个女的手指点着小孩子的脸蛋说："大姐，你就养着呗，看笑得多灿烂。"银娥看那女的，有一颗老大的泪痣，就说："站着说话腰不疼，我一窝孩子都养不好，你咋不养着？"那女的脸一红说："看大姐说的，我要是结婚了就养着他。"银娥说："谁

228

养谁养去，我才不养哩。"那女的说："丢娃的人是看着你不会让孩子受罪饿死才丢到你家门口的。"银娥说："我的娃不养活了？我自己的都养不活养不好。"孩子号哭起来，银娥说："谁的，快领走嚏，急死人了。"

孩子哭得越发厉害，银娥把手指头往他嘴上一放，孩子吸着不哭了。银娥说："饿了，谁的孩子，快抱走嚏。"那女的说："丢的人肯定早走了，哪能等到这会儿？"银娥说："咋整嚏，你看娃饿了，都没劲哭了。"那女的说："你看那包裹里有奶粉奶瓶，你先给冲奶粉。"银娥瞪一眼那女的，对肖长福说："他舅，你给冲奶粉。"肖长福往屋里走，银娥又说，"还是我冲吧，你笨手笨脚的也不会。"说着把孩子递给那女的说："给，先抱着，我给冲奶粉去。"那女的往后一退，说："我不敢接，万一你撂到我怀里不管，我找谁去？"银娥说："那你就滚。"

肖长福接过孩子，银娥冲了奶粉喂，孩子就不哭了。银娥扫着人群说："人就在你们里面站着哩，你就行行好，丢到那些条件好的人家，娃也不受罪，对，你丢到城里人家门口，娃大了就是城里人，丢到我家就是个农民。"没人搭话，银娥又说："没人管我也不管，反正又不是我家门口，我也是租房住的。"这时一个干部模样的人说："你要再丢弃就会构成遗弃罪，那是要承担法律责任的。"

干部模样的人说的话是有先例的，锦绣发生过这样的事。银娥说："那你领走，你是干部嘛，家里日子肯定比我家日子宽余多了，养个娃也能养好。"干部模样的人掉头就走了。银娥说："都是些站着说话不腰疼的人，我要是那样的人，还喊出来？"那女的说："你不是刚刚没了一个儿子吗，这孩子就是你儿子转世投胎，来到你家的。"

银娥看看那女的，又抬头望望，天气晴好，春山沧桑而挺拔，顶峰落满了雪，坐满了云，再低头看看怀中的孩子，轻轻按按他的小鼻子，说：

"这些人也是，总得给娃把名字取好吧，以后不认了？"那女的说："就叫早晨吧。"银娥说："早晨哪是个人名？不过叫晨晨挺好。"人都散去了，肖长福说："这孩子我来抓养吧。"银娥说："你抓养，你会抓养？你抓养还不是我抓养，就随你姓吧，叫肖晨。"

丢弃的孩子多是有病的，银娥担心这孩子有啥病，抱着到了医院去体检，结果孩子很正常。银娥想可能是哪个不懂事的姑娘生的。

孙连三周年过了，银娥问肖长福你有家室吗？肖长福摇摇头。银娥说："我克夫，你看两个男人都没有好下场，你……你要不怕，不嫌弃，就搬来一起住吧。"尽管天天待一起十几二十年了，银娥对肖长福依然一无所知，这并不重要，重要的是他心里有她。

肖长福涕泪纵横，说："姐，你也信那？我不信，人要真的有前世，命要真的有安排，我们的命不会这么苦的，这世界也不会是这么个样子。"银娥说："不说这话题了，我一直把你当弟弟待哩。"肖长福说："我不该叫你姐，是自己把自己耽误了。"银娥想也是，如果肖长福不把她叫姐，或许贾兆春没了，他们就生活到一起了。

肖长福不让银娥宰猪，说："批肉来卖吧。"银娥说："那利薄。"肖长福说："终究是害命的活，有我这门手艺，日子不难。"肖长福给了银娥两个存折，有五万多，说："密码是你的生日。"银娥说："你咋知道我的生日？"肖长福说："有一回兆春兄弟给你过生日，叫我进去喝酒，我就记下了，每年到你的生日，我都会给你摆桌席，我一个人吃，不敢叫你吃，怕兄弟多心。"银娥说："你存着。"肖长福说："我存着有啥用呢？添上给小春买个房娶媳妇吧。"

过几天，银娥说："趁还年轻，我给你生个儿子吧。"肖长福说："几个娃正花钱哩，有晨晨就行了。"银娥说："晨晨不是你的骨血，长大了人家父母就会来认了。"肖长福说："那么容易就让他们认走？""来认就让认走嘛，"银娥说，"不孝有三，无后为大，你这么大年纪了，没个后到那世连先人都见不上。能有多难？一个马儿一把草，几个娃都大了，眼看能借上力了。"肖长福就哭了。

银娥又生个儿子，她说："我总觉得我上辈子得了你家恩惠，这辈子欠你家一个儿子，你看这一生就生了个儿子。"肖长福落泪了，银娥说："你给起个名吧。"肖长福说："我没念过书，能起啥名？"银娥说："随肖晨起嘛。"肖长福说："叫肖义吧，他一定要仁义、义气。"银娥说："这不起得挺好的嘛。"

锦绣正在建设创业一条街，有了孙鹏挣的补的加上自己攒的和肖长福存的钱，银娥想正好买一套门面房，但是门面房带不了户口。银娥说那就买住宅房，对贾小春说："把你姐叫来。"小娥来后，银娥说："交个首付买两套，买房子不是能带户口嘛，一套以我的名义买，把你们几个的户口都带了，一套以小娥的名义买，把你小娥的户口解决了。"小娥盯着小春说："你的意思呢？"小春说："我也是这个意思。"小娥说："真心话？我听你的心跳得好厉害。"小春说："不信就算了。"小娥拍拍小春的脸，说："算你娃有良心，你的情姐领了，娘的情我也领了，别操心我，房子我不要。"小春说："你可别客气，错过这一段，黄河可就再没渡口了。"小娥说："你个白眼狼，娘半辈子过去了，还租着住，你住楼房啊。"贾小春说："娘跟我们一起住，再说我现在还没有找下对象。"小娥说："住得下吗，把几个弟弟卖了？"贾小春说："咋也能按揭五十平方米的房吧，十几平方米房子一家人住了多少年，也没见把你挤扁挤竵。"银娥说："听我的，买两套。"贾小春说："听娘的，有了房子你找个正经事儿做。"小娥说："啥是正经事儿？"贾小春说："懒得跟你说，我是挽救你哩，当钱多得没用了。"

银娥说:"小娥,你有房子,户口也解决了,好好嫁个人……"小娥说:"嫁个城市户?当个城里人?"银娥长叹一声,说:"你就原谅娘行不行,别赌气了,要不我给你磕三个响头?"小娥咯咯笑着说:"要以前,你磕就磕,现在我怕你把我折死哩,娘,你听我说,现在城市户口一点用都没有,有了城市户口也没人给你解决工作,城里人都下岗到处打工,得了病看病也没人给你报销,有些城里人比我们活得还可怜哩。"银娥说:"这我也看明白了,但那是暂时的,你看许多单位招人还是要本市户口,再说以后你们有了孩子上学……"小娥说:"你可想得真远?你当初想过你那么漂亮,会成为一个宰猪的吗?你在北门照的相多么风采,像明星一样哩。"银娥就长叹一声,小娥说:"你说买鸡蛋好呢还是买母鸡好呢?"银娥说:"啥意思?"小娥说:"就是说买鸡蛋吃了就没了,买母鸡就会天天下蛋,天天就有鸡蛋吃。"贾小春说:"说买房哩,啥鸡蛋母鸡的。"小娥摇摇头说:"我说的就是买房,我的意思是买一套门面房,买门面房是投资,买住房是消费。小春结婚了想做啥生意也行,不做生意出租也挣的好钱,要不到时候加盟我们公司就开个粮店。"银娥说:"啧啧啧,看把你财大气粗的,门面房一平方米得多少钱?锦绣创业街上的房子倒便宜,可人家不卖给我们。"小娥说:"贷款呀。"贾小春拍一掌小娥说:"头脑不一样了,你这社会没白混哩,娘,就买门面房。"银娥说:"就现在这点钱,能买多大门面房,贷多了利息那么大。"小娥说:"出租,租金能养活住房贷,再说不背贷款没压力,钱攒不住,背了利息,小春有了压力,就不会胡乱整了,这是挽救他哩。"小春说:"我有啥挽救的,我好好的。"小娥说:"老游说了,叫我劝劝你别给人讨债,那是违法的,会弄出事的,有些老板有黑社会背景。"小春说:"我还觉得他干的是违法的勾当。"银娥说:"别斗嘴了,那就买门面房吧。"

门面房带不了户口，银娥又动摇了，可小春、小娥坚持，就买了。门面房刚刚办好手续，贾小春就出事了，为讨一笔债，他们拿刀威胁，还砍伤了人家，事发被抓。凡事都有小道消息。当时城里正闹手电帮，在偏僻的街巷尤其是城乡接合部、城中村横行，他们的武器是光芒超强的手电筒，忽然刺向你的眼睛，让你瞬间失明，他们抢夺走你的包、手机、行李箱，你要反抗，便捶击脑袋。媒体上连篇累牍地报道，社会上传得沸沸扬扬，说人员组成是街霸、地痞、混混和进城务工的流民。于是贾小春就成了手电帮的成员，过几日又说是手电帮帮主。这些元素都符合黑社会性质。过了几天就有传说小春是黑社会，还说有人命在身，把贾兆春也扯了出来。老顾说不就是帮人要钱吗，咋就跟黑社会扯上了？我还想着让娃啥时候帮我讨债哩。老陆说茬口不好，现在正打击黑社会团伙，就怕往上靠。银娥几乎要疯了，整日以泪洗面，说："走了他爹那条路，贾家就绝后了。"

贾小春出事倒拉近了银娥和小娥的距离，小娥天天回来，说："老游也在想办法，事情不大。你别整天哭，把眼睛哭坏了，你看看多少人靠你哩。"又给娘一套化妆品说："你把脸也保护着点，才多大年龄，头发都开始白了，唉，你说你……"银娥说："知道心疼娘了？"小娥给了娘一万块钱，银娥不要，小娥说："拿着吧。"

肖长福又拿来一个存折递给银娥说："得花钱，现在就这么个世道。"银娥看看肖长福，肖长福说："房东不是个一般人，求求他，让他给咱走走关系。"银娥去找房东，房东说："别乱花钱，一起抓了好几个，你花钱能起到啥作用？"肖长福说："听广播电视上说，黑社会罪可是大罪，正是打黑专项行动，我怕把小春弄进黑社会。"房东说："如果真跟黑社会牵扯上，你花钱也是白花，你花钱没意义，等等看情况，你放心我会打招呼。"

还好，就在贾小春的案子要结案的时候，手电帮给破获了，却是一帮南方来的。老房东给银娥说："最多五年，估计也就判个三年。"银娥给房东钱，房东说："你是我的老房客了，就像一家人一样。"银娥说："现在就是花钱的事，你说了话，就感激不尽了，咋还能让你欠人情？"房东说："我不欠他们人情，小春也是我看着长大的，坐上几年牢对他有好处。"

贾小春最后给判了三年。一家人去看他，银娥说："进去了好好改造，别再生事，耍拳头硬。"贾小春说："娘，你放心，我有分寸。"银娥哭着说："你爹也说过这样的话。"贾小春说："我和我爹不一样，我是用人不慎，让几个二球把人害了，砍人家，这年头拿刀都是唬人，还真砍啊，真当这世界是刀砍出来的！"银娥就笑了，肖长福说："你有这认识我们也就放心了，在里面好好改造。"银娥说："都是命，小时候来过一个算命打卦的，就说他百事不成，有难在身。"肖长福说："那都是屁话，我小时他们还说我福大得要命，你看我这耳垂，不比哪个当官的大？"

第十八章

　　装着马胜东西的那个很大很沉的蛇皮袋子一直堆放在我房间的墙旮旯儿，就像一个提示符号，每当我经过时就会想起老杜，想起马胜。老杜虽没明说，但事实上是通过这个袋子把马胜托付给我了。隔一段时日，他就会打电话过来。接他的电话时，我眼前就浮现出他佝偻着身子翻山越岭的情形。几个月时间过去了，马胜没有出现，也没回到学校。

　　房间本就不大，这个蛇皮袋子就格外碍眼，我想把东西装到我的旅行箱里，马胜来拿的时候，连旅行箱一起送他。蛇皮袋里除了些衣服、鞋袜，再就是课本、作业本、复习资料什么的。一个用一条红丝带扎着的盒子引起我的注意，打开一看是个笔记本，我猜想是日记。思虑再三，我打开了笔记本。倘若是日记，或许从中能找到马胜去向的蛛丝马迹。笔记本的扉页上写着："我的日记我来记，日记里面有秘密，谁要偷看我日记，我会说声你妈的——马胜。"应该说在马胜这个年龄段的孩子中，他的字写得相当不错，"马胜"两个字写得很潇洒飘逸。下面有日期，算算应该是他上初中以来的日记。

　　粗略地翻翻，没有日期，也没有天气，甚至连学期都没标，就是一段一段的记录，每段的前面有"⊙"符号，倒更像是手记。从内容上看，也不像许多中学生那种流水账般的日记，像作文一样充满了疑似好人好事。日记很真实，抽了根烟，我决定细读这本日记。


⊙报名迟了两天，不过还不晚，没有正式开课。学校真大，真漂亮，学生真多。我被安排在最后一排，一个人一张桌子。其实前面有同学一人坐一张桌子，我坐那个位置正合适。为啥把我安排在最后面呢？后面太嘈杂，听课很费劲。

⊙要军训，班主任要求穿专门为学生设计的迷彩训练服。交二百六十块，由学校统一购买。唉，开学的头一天我大才给我买了一身新衣服，早知道直接买迷彩训练服就行了，学校这不是坑人钱么。

⊙听同学说这是贵族学校。贵族啥意思，街上有"贵足"，那是洗脚的。肯定不是这个意思。查字典：贵族，是指奴隶制社会和封建社会以及现代君主制国家中享有世袭特权的统治阶级上层。那就是说贵族不是好东西，现在是社会主义，怎么还有贵族？

⊙同学问我你爹是打石油的？我摇摇头。又问那是挖煤的？我摇摇头。又问那是黑包工头？我摇摇头。他们说那是咋暴发的？我还是摇摇头。李博思就给了我一拳，说不说是吧，有你追着我们说的时候。这一拳好疼，我给他一拳会更疼，可我忍住了。他是班长，一个人坐一张桌子的就是他。

⊙一下课，他们就冲我大叫"山寨版、山寨版"，我知道这是我的外号了。山寨，我知道，老家有个山寨，原来是土匪窝。"山寨版"，啥意思？我查了字典，没有"山寨版"这个词。李博思问我你说的是哪国语言？尚东方说鸟语吧。郝阅说不，应该是驴语。妈的，我不能再轻易开口讲话，免得被他们嘲笑。我得练习普通话。

⊙……

⊙英语测验我的成绩倒数第一，英语老师把我叫到办公室，把教案摔到桌子上，说我还从没带过你这么差的学生，把家长给我叫来。我大换了身新衣服来了，英语老师拍着卷子让我大看，说他的英语得补，不补就不要上我的课！晚上，大买了牛奶、水果带着我去英语老师家，路上给我说你看老师多好，你英语差专门给你补哩，你不能辜负老师的好心好意啊。可老师说她很忙，也带不过来，坐都没处坐。大说一个牛也是喂，一群牛也是喂，没处坐让他站下听。大又说马胜说了，马老师的英语教得最好了。英语老师说你、你另外请个老师给补吧。说着就把门拉开了。路上，大说好好跟着老师学，这老师长得多聪明，一看就是有学问的人。我说老师说让另外请个老师。大说那是老师客气哩，这话还听不来，老师就是教书的嘛，喜欢爱念书的学生。再说牛奶、苹果都收下了，一百多块都花上了，不答应人家能收咱的东西？她也姓马，人不亲姓还亲哩。我觉得大说得有道理。

⊙我去了英语老师家，可她只把门开了半牙儿，探出头来说给你说了我没空，带不过来，让你另外请老师补。说完就把门关上。我站在门外，听到英语老师在讲课。大说得对，一个牛也是喂，一群牛也是喂，一个人听也是讲，一群人听也是讲，没坐的我站下听嘛。唉……

……

⊙我跟李晓说补课的事，李晓说补一节课一百块，你补得起？我说补课还收钱啊。李晓说要是不收钱，我早就补去了。一百块，我大得跑多少条街道，捡多少个瓶瓶。李晓说英语老师家里的小课桌很有名气，能学到课堂上学不到的知识，好多打算出国的都在她那里补英语。我说那数学老师补课也收钱了？李晓说只要补课，所有老师都收钱，市场经济嘛。我没告诉我大，当然我也不补课，我要加强自学，多下功夫。

......

⊙顾晓刚丢了钱，叫喊着说谁拿我的钱，全家死光光。他是对着我说的。大家都看我。班主任来了，说谁干的，悄悄告诉我，我会为他保密的。说这话的时候，也那么看了我一眼。唉，他们没错，这事不往我身上想往谁身上想呢？可我确实没拿。班主任走了，李博思说搜。李亮扑上来就翻我的书包。我一把夺过书包倒提起来，东西落了一地，我又把书和本子全都抖了一遍，把身上的口袋都翻出来。他们搜了我再没搜别人，我说为啥只搜我一个人？李亮却说谁偷了会把钱装在身上等人来搜？他是盯着我说的。妈的，他们只搜了我。我的弹弓被抢了去，他们嘲笑我说你是从蛮荒时代来的，咋不穿树叶？弹弓给他们毁掉了，他们当然不会玩弹弓，他们玩的是手机。除了我和李晓，他们都有手机。李晓说李博思、寇克、顾晓刚他们每月的话费都要三百多。

⊙期中考试我分数垫底。我知道我差，可没想到会这么差。课本上的内容我基本都做对了，丢分就丢在发挥题上。数学试卷中有三道奥数题，英语试卷中有两道阅读题。语文是我的强项，也没考好，作文分很低，不能不承认，他们作文比我写得好。我要把学习撵上去！我要让他们知道他们并不比我聪明！我想让李晓给我讲奥数，李晓说他的奥数也不行。可他每次测验数学都在前三名。他是不想给我讲，怕我以后超过他！我只能靠自己。

⊙寇克从书包里掏了一张红票出去了。我偷了一百。谁让他们冤枉我呢，既然他们这样想我，我为啥就不能这样做呢？做了总比没做让人冤枉强。一下午我心跳得像打鼓，可狗日的寇克竟然没发现丢了钱。唉，我偷钱了！！！

⊙我发现另一个贼了，竟是李亮。他偷了瞿光荣的二百块钱，塞进袜子踩到脚底了。瞿光荣大叫他的钱丢了，大家把目光又投向了我。班主任来了，又看了我几眼，说是谁，偷偷告诉我，我以人格担保为他保密，如果让查出来，没好结果。班主任要求同学们以后不要装现钞，装卡。大家又要搜，李亮扑上来就搜我。我明白他之所以那么积极，是在转移大家的注意力。一直等着他搜完。李亮说还是那句话,谁偷了还会装在身上？还是盯着我说的。我说既然知道不会装在身上，为啥搜我？他们不说话。我说不能光搜我吧。他们说都搜。我盯着李亮说把鞋脱下来。李亮脸刷地就红了。同学立刻说脱。李亮脱了鞋，我把钱从袜子里掏出来拍在桌面上。下午放学，我就被三个学生拦住教训了一顿，他们是外班的，但我知道是李亮的铁杆干的。李晓和李亮是小学同学，李晓说他家里条件很好的，咋会做这样的事呢？

⊙李晓带我去网吧。我说把朱贵也叫上吧。李晓说人家家里就能上网，还用跑到网吧？网吧里面坐的都是些啥人呀，红头发、绿头发、黄头发的，一个个脸色青灰，目光阴沉，大厅里乌烟瘴气，蓝汪汪的，感到阴森恐怖。李晓上了一阵就走了，临走对我说查完题就走，可不敢打游戏，一打就收拾不住了，咱们没时间玩，也没钱玩。我嗯嗯应着，他又不放心，说人管得住自己很难，开始我也管不住自己，后来，就想我瘫在床上的多，起早贪黑的娘，就把自己管住了，你要管不住自己就想你大，那么老了带你到城里来上学，一瘸一拐的……我怕别人这么说，忙说我管得住自己。我先查"山寨版"。电脑解释："山寨版"指有嫌疑仿冒或伪造第三方商品的生产厂家,通俗地说就是盗版、克隆、仿制等。几道题还没查完一个小时就过了。我又续了一个小时。上网真是好啊，那些题讲得太好了，列举各种方法，没听懂的地方倒回来再看一遍就懂了。查完题，还有一阵时间，我打游戏"愤怒的小鸟"，这是我听他们说的。这一打就收拾不住了，才打了十二关，一小时就满了。我想续一个小时，李晓的话在我耳边响起，我决然离开了。经过一个黄头发家伙身边，我扫了一眼，他在看黄网，男男女女赤裸裸耍流氓，黄头发翻了我一眼说看你妈个屄，滚。

⊙这么大的城市，竟能撞上张出，几年不见，他都长成小伙子了，鼻台子上有一绺胡须，戴着大墨镜，头发染成紫红色，叼一棒子烟。他要不喊我的名字，我咋也认不出他来。他大一直在城里打工，后来把一家都带出来了，离开村子时他六年级，我二年级，那时候他可坏了，经常搜我们的身，谁要装钱或者鸡蛋啥的，肯定会被他抢走了，没少吃我的鸡蛋。可现在我觉得他就像亲人，好亲切好亲切。他带我去吃烩肉，他说他们都欺负你吧。我想想说不欺负，挺好的。他嘿嘿一笑，你还装个球！那些狗日的学生欺负咱乡下人，连老师都歧视哩。我教你个办法，他们都有权有势的，怕死，咱们命贱，怕个球，装苶装愣，书包里背块砖，砸狗日的几次，就老实了。吃过烩肉，又带我去他上班的地方。他在火车站服装批发市场给老板站铺子。我说你不是来城里念书了吗？他说念书顶个球用，以后我给你说。

……

⊙平时放学我就回家，抓紧时间学习，可现在网吧和张出的服装铺子成了我每天放学都想去的地方。人就是这么个，管不住自己。

⊙唉，今天我旷课了。早晨，张出来学校让我顶一天班，我说我还得上课，就这我都跟不上。张出说念书不就是为了有个好工作，可找个好工作多难，满大街都是大学生，跟我一起站铺子的，一大半儿都是大学生，念书那是有钱有权人家的事，像咱们早早挣钱是门道，孙兵知道不？孙兵我当然知道了，我们村上的，考上大学家里摆酒席，爹带着我去了，还出了五十块钱礼。张出给我二十块钱说帮哥顶一天班，晚上哥带你吃西餐。我需要这二十块钱，说我顶班你老板同意？张出说我就是自己的老板。我说你不是给老板站铺子吗？张出说铺子是老板的，老板代理几家服装厂的服装，把衣服进来给我一个价，咋卖是我的事，不跟我的一样？天黑了，铺子都关门了，张出还不回来，一天没上学心里慌慌的。十点多张出才回来，还带着个女的，身上有一股艾草的味道，名字叫小玉。我问张出你对象？他说你屁问题真多。我说你说要带我去吃西餐。张出给我挤眼睛说改天吃大餐。他扔给我一套绣着牛头的牛仔衣，说给你的见面礼。我多么想有这么一身，可一直没跟大开口。

⊙周末，张出请客，孙兵也在。张出坐在上岗子，就像老大。孙兵给我一张名片，是销售经理。酒席散了，张出打的送我，我说人家孙兵是销售部经理。张出说球，经理遍地都是，没听说一块砖头掉下来，砸伤了十个人，九个经理，一个总经理，现在卖东西的都是销售经理。我说孙兵真混得不如你？张出开心地说当我骗你哩，他见我是个啥态度，看到了吧，他卖电器不如我卖衣服，一件电器人使多少年？一件衣服人穿多少年？他想跟着我干这一行呢。念书真没出路？我为啥还要念书？！

⊙小玉来找张出，咬着嘴唇说打电话狗日的不接，不知跟哪个婊子快活哩。铁皮门"哗啦哗啦"响成一片，我着急去上网，小玉却坐着不走。我说张出今儿不回来。小玉说那我就睡到这里等他。她说热，把裙子撩得很高，裤头都露出来了，我不敢看她。她要我给她抓背，我给她抓背，她屁股一撅一撅蹭我。我想起顾晓刚他们开房，想起祝佳美。她忽然一把就攥住了说你戳我，嘻嘻。我想从她手里抽出来，可她攥得很紧，把我拽到小床上。她从包里掏出了避孕套，我知道那是干啥的，村长的孙子老拿它当气球吹。她扔给我说戴上，在我跟前还装深沉。我

241

不敢动，她边套边说你包皮太长，以后得割。小玉哼哼唧唧的，我很紧张，感到火辣辣地疼痛。她终于停了，嘻嘻一笑说学生娃开房都开疯了，你还是个生瓜蛋子，给谁守身如玉哩。她帮我摘下套子，顺手甩到了衣服摆子上，仔细看看说都出血了，过两天姐带你去把包皮割了。小玉要带我去吃饭，她出去了，我忙拿张纸把套子包了，从窗子扔了出去。唉，我咋面对张出？

⊙小玉要带我去割包皮，说小手术，不疼的，几天就好了。我说不去。她给我一个旧手机，说你先用着，等姐手头宽余了给你买个新的。小玉走了，我很矛盾很痛苦，这么做对不住张出，他对我那么好，我还睡他对象。我豁出去了，张出来了我就把事讲出来了。张出咯咯咯地笑，说你个瓜蛋子，她是我啥？我说她不是你对象？他说跟她谈对象？我娶个寡妇呀？我说她是寡妇？我觉得寡妇都是年龄很大的女人。张出说她让一个包工头耍了，又抛弃了，不跟寡妇一样？她没脑子，那么随便给甩了？我说你不和小玉结婚还干那事，不怕传出去了以后找不上媳妇？张出说你这脑瓜还是上庄的脑袋，城里谁把这当回事，试婚、闪婚的多了，你同学开房了就得结婚？你跟她也那样，要娶她。我脸红了。他拍拍我说我早看出来了，能给我坦白，没看错你。我说你咋看出来的？张出说这市场一大半是哥的眼线，你拿的手机还是我给她买了新的她淘汰掉的。开三个月铺子，你就能换个iPhone5，这破手机过时了。

⊙月光很清明，大坐在那里冒着烟，像一块冒烟的石头。屋子里氤氲着浓烈的烟雾，给从玻璃窗射进的月光一照，蓝汪汪的。大给班主任叫去了，我能想出来他们对他说了些啥话。大把希望寄托在我身上，他跟我说我就是他的个想法，这想法让我毁了，告诉他不念书了，他肯定伤心，先拖着吧。

⊙张出让我站铺子，我说学校的事还没处理完。张出说挣钱要紧，那都是球大的事，等成了老板，再收拾狗日的们。

日记至此结束了。我发现我抽掉了一盒烟。

我去了趟火车站服装市场，这是全市最大的服装批发市场，车水马龙。我看到了马胜，他变化很大，中间头发隆起，染成了玫红色，两侧和后面一道一道头皮外露，就像刀痕，服装很新潮，叼着烟，脖子里挂着一个十字架，明晃晃的。我觉得他好像长高了许多，可能是他的头发竖起来又穿了高跟鞋的缘故。他正给人推销服装，口头利索，门口的音响正放着那首《江南 Style》。看来生意不错，他没注意到我，我往起拉拉领子，没有走进铺子里去，进去我又跟他说些什么呢？

穷人靠运气，运气是啥？运气就是拼搏与奋斗，我只能心里默默地祝福他了。

大年初一，我接到了老杜打来的电话："给你拜年，问个好，马胜回来了，我拿的是马胜的手机给你打电话。"手机里风声呼呼，我说："你在哪里打电话？"他说："在山上，咱这里只有山顶上有信号，让马胜跟你说话。"马胜说："你好。"我说："该叫我叔叔，不懂礼貌。"马胜嘿嘿一笑说："你还不到三十岁，年龄不够，叫哥们吧。"我说："你这孩子啊……"马胜说："哥们，我们这里雪很大，风也大，吹在人脸上像刀割，别把我大冻感冒了，回城我找你好好谝谝。"

可是，整个正月出去了，我一直没接到马胜的电话。我给马胜打了电话，他说："哥们，我闲了约你，正忙着。"我笑笑说："照顾好自己。"

锦绣的大街小巷又写满了"拆"字，有人来联系上访的事，每户锦绣的原居民（有房产的）都要出钱，雇人上访。是啊，锦绣真正的原住户靠着征地补偿和房产都已经很富有了，他们当然不会去党委、政府大门前承受风吹日晒，吵吵闹闹，他们掏钱雇人上访。房东打来电话说你给上三千块钱，到时候从今年的租金里扣除。我掏了钱。第二日二百多人的上访队伍浩浩荡荡开往政府。在上访队伍中我看到了马胜。我叫了声"马胜"，他走过来伸出手，我跟他握握。我本想问他服装铺子开得如何，怕泄露偷看了日记，就说："你现在在干什么？"他嘿嘿一笑说："开一家服装铺子，混呢。"我说："好好干，几年就是大老板，服装的利润高得很。"他递给我一张名片说："哥们，你以后遇上雇人上访的事，直接找我，我价格公道，要多少人我能给你联系多少人，都是能折腾的，今天这里有四十多号人都是我联系的。"我说："你不是开服装铺子吗？"他说："这种事我也干，现在雇人上访的生意火得很，多种经营多条路。"我拍拍他的肩膀说："好，一定能干大，我看好你。"他嘻嘻一笑说："'魔兽世界'打到啥程度了？你网名叫啥？"我说："如果不打游戏，我肯定能考上研究生，如果不打游戏，至少现在我是百万富翁，可我打游戏几年，一无所有，'魔兽世界'一辈子都打不透，我已从电脑上彻底删除了，你大说得对，电脑再好也是死的，游戏再刺激，也是虚拟的，这种生活等于自杀。"他说："我大能说出这样的话来？"我说："别小瞧你大，他很有思想。"他说："我从来没小瞧过我大。"我说："这就对了，你大把你的东西还留在我这里，你有空来拿。"他噢了一声。

过了几日，马胜来了，我拉过旅行箱，说："一起拉走吧。"他打开旅行箱只拿了日记本，拍拍说："我就带走这日记本，其余的麻烦你让人当破烂儿收了吧。"我说："是你记的日记？"他说："你没看吧？"我笑笑。不久，老杜又打来电话："他还嫩，你知书达礼，把社会看得透，闲了给说道说道。"又说，"谢谢你，给你添麻烦了。"

我会时不时给马胜发个短信，哲理一点的，讲一些道理，说一些大实话，也会给他推荐一些书。他也会回短信，对于读书他说有时间他会读的。

# 第十九章

　　贾小春出狱那天中午，一家人在老顾饭馆包了一桌，肖长福陪贾小春喝了一瓶酒，算为他接了风。回到家，陈朝娣拉着一个孩子来了。陈朝娣银娥是认识的。她叫了声婶，叫了声叔，又冲孩子说："小乐，叫奶奶爷爷。"小乐说："不，不叫。"贾小春说："你谁呀？乱叫乱叫，想讹人呀。"银娥看这孩子眉眼和小春简直是一个模子刻出来的，就走过去伸手去摸孩子，孩子却头一偏躲了。

　　陈朝娣说："跟我去医院。"贾小春说："干啥？"陈朝娣一推孩子说："小乐，叫爸爸。"推的手有些重，小乐一个马趴倒在地上，就嗷嗷哭起来。银娥忙把孩子抱起来，小乐挣扎着不让抱，银娥说："奶奶给你拿好吃的。"贾小春说："趁老子还没着火走吧。"陈朝娣就哭了，说："你、你狼心狗肺。"贾小春说："我狼心狗肺，老子坐牢见过你一面？"陈朝娣："我带着小乐，那里是啥地方，我不想让小乐在那地方见你。"贾小春不说话，点了一根烟，陈朝娣说："你跟我去医院做鉴定。"银娥说："上啥医院，眉眼还看不出来？小春……"贾小春说："娘，你别说话。"陈朝娣说："我就是让你放心，不会缠着你。"贾小春说："我信你。"陈朝娣说："你不信我。"贾小春火了说："我说了我信你，你要骗了我你知道后果。"陈朝娣说："所

246

以我要做，做了鉴定，你的心里明了，再做事就会想着小乐。"银娥把小乐塞到贾小春怀里说："还不快去？"说也怪，小乐待在贾小春怀里却一声不吭，反倒哈哈地笑，还用小手摸贾小春的光头。贾小春和陈朝娣走时，银娥说："从医院出来回家来吃饭。"晚上，小乐是骑在贾小春的脖子上回来的，银娥收拾做饭，朝娣说："娘，我们已经吃过了。"

过了几日，银娥发现贾小春的小拇指头包扎着，她长叹一声，贾小春把包扎的纱布拿掉，小拇指头短了一截，银娥想儿子与过去决裂了。

贾小春找了一个开出租车的活，每周把钱交给银娥。银娥让他装着。贾小春说："娘，你给我攒着，举办婚礼吧。"银娥说："去见朝娣父母了？彩礼说了没？"贾小春说："人家是城里人，当咱们老家要彩礼？"银娥说："朝娣是城里人？这名字是乡下的名字，我一直当农村的。"贾小春说："按城里规矩还得赔哩，要跟我说彩礼就滚蛋。""话不能这么说，好好商量，别让朝娣在娘家抬不起头，"银娥说，"你跟朝娣商量一下，要是要房子的话，现在还买不起，不行就把门面房卖了……"贾小春说："你没老就糊涂了，租金多少钱，租能租两套，我们租房。""租房子就抓紧租，收拾一下，明年'五一'结婚吧。"银娥说，"跟朝娣说这段时间两家人见个面，把事好好说说。"

翻年"五一"贾小春举办婚礼，亲戚来的还是挺多的。婚礼结束，第二日哥哥回西安，弟弟回深圳，送到车站，喜宝和孙志恋恋不舍的。孙连出事不久，弟弟就把喜宝接走了。银娥说："喜宝留在姑这里跟孙志一起念书吧。"喜宝只是一笑，不说话。这娃变了，以前嘴像个雀儿叽叽喳喳不停，她骂是个嘴精，现在嘴秃了，半天不说一句话。银娥心里冷冷的。弟弟离了婚，不知又娶了没，要是娶了看来这个后娘不好。

孙志已上了初中，现在的学校家长会隔三岔五开个不停，这天学校要开家长会，贾小春说："娘，我去，以后也是我去。"孙志说："你别去，少操心我。"贾小春说："现在不操心你，以后让我操大心呀。"孙志说："娘，他是劳改犯，出来老熊我。"银娥翻了脸说："再说你哥是劳改犯，小春你用鞋底给我扇。"贾小春蜷了食指敲着孙志的头说："你长个猪脑子，还知道我是劳改犯？想想孙鹏，再想想我贾小春，这次是训你，下次就是直接揍你了。知道爸那时候怎么揍？啪，你脸上就是五道红印，啪，你脸上就是鞋印，咚，你屁股上就是脚印，不是爸揍孙鹏，他跟我一个德行。别跟我说你姓孙，我姓贾，爸那时候就是顾忌这些，才把我给害了。我告诉你，现在我是家长，娘要护你我连娘也揍。"说着冲娘挤挤眼睛，"以后零花钱你只能从我手里拿，早点在家里吃，学校里饭钱你得报明白，别妄想架桥要钱，我就是坏学生代表，知道坏学生的所有毛病，少跟我玩心眼，每天按时按点到校回家，路上只有半小时时间，我会时时跟老师联系。"

过了几日，贾小春给孙志请了家教，孙志说："你请家教也不跟我商量，你知道我啥差？"贾小春说："老师说你啥都差。"孙志说："你以后别老往我们学校跑。"贾小春说："你那些狐朋狗友我已经都打过招呼了，让我再见一次和你走在一起，就打一次。"银娥说："这么是不是有些过了？"贾小春："我爸揍孙鹏，你觉得过不过？孙鹏考上大学，你都醉得吐了我一身，咋不说？"银娥嘻嘻笑。贾小春说："娘，知道我变化为啥这么大？"银娥说："劳改好了？"贾小春说："孙鹏教育好了。"银娥说："孙鹏教育你？你们在哪里见面？"贾小春说："网络上，他每天都跟我在网络上见面，他说我是长子，说再不学好，就把长子让给他。"


这一年的秋天，银娥回了趟张庄。爹让张万寿一家打了。事情出在

248

庄台子上。庄台子就是宅基地，张庄人叫庄台子。两家人本来就因为当年给银娥提亲的事闹得不愉快。后来张万寿掌了村里的大权，处处压制银娥她爹。这次因为宅基地被张豹占了，银娥的爹去找他理论，反被他打了。

银娥回到家时，爹蜷缩在被窝里，吭吭地咳嗽，出口气都要抬着肩，像一只病鸡一样痉挛。银娥要送医院，他死活不去，说没大事，花那钱做啥？银娥硬将他拉到省城，送进医院，一检查，肋骨断了三根。

医院开的液体吊完，爹就要回去，银娥说："伤筋动骨一百天，你这才几天？"爹说："那是说贵人，咱骨肉贱，没那么娇气，好好的了。"银娥说："住进来了就把身体好好检查检查，要听大夫的话，伤好了全身做个检查，我挂了专家号，你把关节病好好治治，病放大了更花钱。"爹说："不回去，那院子就给人家霸了。"银娥说："占了就让占去。"爹说："除非我死了。"银娥说："跟那些牲畜一样的人争歪使狠，到时候吃亏的是自己，多大年龄了把不来，还没活明白。"爹号啕大哭说："我这口气咽不下去啊，欺负了我多少年，我忍了多少年，我从心里就没有放过他们……人活一口气，佛念一炷香，就是他们把我弄死了，还得抵命，我这张老羊皮换他张羊羔皮。"银娥长出了一口气，替爹擦着眼泪说："那也划不着拿命跟他们弄呀，恶有恶报，不是不报，时辰未到，你不是老说呢嘛。"爹一把鼻涕一把眼泪地说："等不到，也看不到，老天爷太高了。"

肖长福私下对银娥说："爹这口气不出，我怕会酿出大事来。"银娥说："能酿出啥大事来？六十多的人了，还会杀人放火？"肖长福说："你没听爹说这张老羊皮换他张羔子皮，这是豁出命去了，我怕他会给张家人下毒，背炸药包，前不久电视还报道一个人把十几口人给毒死了。"银娥倒吸一口凉气，说："那、那咋办？"肖长福说："把爹接过来吧，咱们也养活得住，离开那里。""有你这句话，我这辈子知足了，"银娥在肖长福的脸上抚摸一下说，"爹不会让我们养活的，他有儿子，两个儿子，不会吃女婿家的饭的。"肖长福说："那就给小娥两个舅舅说，让他们把爹和娘接去住，六十多的人了，回家真是让人心寒。"银娥说："我给打过几回电话了，你不是不知道，各个都有难处。"肖长福说："这样吧，给爹找个活干，一月能挣钱把自己养活住，他就会待下来。"

晚上，银娥和肖长福跟爹说起留下来的事，爹说："这把年纪了，头发胡子都白了，还做啥活，你们面子上能挂得住？务劳土地谁也不说啥，都那么活着哩。"肖长福说："那你就待着，我们养活得住你。"爹说："哎呀，你们也扑腾了大半辈子了，你看你们这日子过得挤巴的，我也住不惯，说个你娃别多心的话，我连个放尿壶的地方都没有，上了年纪的人屎尿多，起个夜难肠，谢谢你们，好好把日子过好，再说也说个你们不多心的话，我两个儿子，在你们这里养老，他们以后还咋见人，还在人前头走路不？"

睡下，肖长福又跟银娥说："现在咋也不能回去，在气头上，别回去真会把事做冒了。报个旅游团让出去散散心，我陪着出去走走。"银娥说："一辈子把一个钢镚儿掰成几半儿花，出去旅游？"肖长福说："小娥不是跟外爷好么，让小娥给说。"

第二日，小娥来了，银娥还没跟她说旅游的打算，她却先说了："我报了一家旅行社，让我外爷和我外婆出去散散心。"银娥很感激地看了小娥一眼，给了她存折。小娥说："你没我有钱。"银娥说："你有多少钱？逞能的，有钱了买上几身好衣裳，你看你穿的啥，哪有一件正经衣裳？"小娥说："别看我这些衣裳，比你那正经衣裳贵。"银娥撇撇嘴，把钱塞进小娥的包里。小娥把钱掏出来说："你的钱给你儿子留着吧。"银娥硬塞，小娥说："我不要，这笔钱我要掏，这愿我早就许下了。"银娥说："让他们去哪里旅游？"小娥说："欧洲十二国。"银娥瞪大眼睛说："一趟多少钱？"小娥说："你别管。"银娥半张着嘴半天说："花那么多钱做啥，就是让出去散散心，他们能旅游个啥？"小娥说："我就要花这么多钱，你知道不，我差点死了，是我外爷半夜三更背着我去公社卫生院的。"小娥的眼里有泪花闪烁。银娥说："你外爷去不了那里，他最想去的地方是北京，他想看看毛主席，他跟毛主席有感情。"小娥说："我知道哩，所以在北京停留几天，都安排了。"

先去了北京，又到了海南，半个月时间过去了，老汉就着急要回去。银娥、小娥和肖长福都说过了年再回去。小娥说："外爷，你住着，你受的气我给你出，我认得个干部，老大不小的官，他能说上话，等帮你把气出了，你回去多风光，看他们还敢欺负你。"外爷来精神了，说："你真认识多大的干部，这么远，他能给咱们那里的干部说上话？"小娥说："能，抓他们狗日的都是一句话的事。"外爷说："是公安上的官？"小娥说："比那大，是管公安的领导。"外爷激动地拉住小娥的手说："小娥，只要能让外爷出口气，花多少钱都值，外爷还攒下钱哩。"说着掏出一个存折，"上面有几千块钱哩，密码是你的生日。"小娥说："外爷，你的存折密码是我的生日？"外爷说："外爷就记着你的生日，年年给你过生日哩，你小时候就像个没爹没娘的娃，外爷不记着谁记着？"小娥说："外爷，这口气我一定要让你出得长长的，你说，想让张家狗日的坐牢吗？"外爷说："能、能让狗日的坐牢？"小娥说："当然能了。"外爷说："能让狗日的坐牢外爷就心满意足了，狗日的太张狂了。"又对银娥说，"有酒吗？"银娥说："大夫说不让喝酒。"老汉说："就抿两口，想着狗日的坐牢，心里……欺负了我一辈子。"银娥说："你也没个掌握，小娥给你根麦草，你还当拐棍拄哩。"又对小娥说："该干啥干啥去，哄你外爷开心哩，你倒不怕吹得明儿变天，黄风土雾的。"小娥说："你当我吹牛哩？我要让他家破人亡。"银娥说："你当你是谁哩？"小娥说："不出半年，你等着看。"银娥说："你娃要是能做这么大的事，娘背着你在锦绣巷道里走一个来回。"小娥说："你说的，记好了。"银娥说："我记牢靠哩，你外爷就是证人。"老汉说："小娥，你给那当官的说，他要是能把张家弟兄四个收拾了，南北二川的人喊他万岁哩。"

小娥走了，爹说："小娥做啥工作？"银娥说："混社会哩，你别听她吹牛。"爹嘿嘿一笑：“能吹牛让我高兴也是孝顺。"又说，"小娥这么聪明，咋就没把书念成呢？我农民识字夜校认下的那些字，教她一遍就认下了，隔几天再写出来，依旧认得，比宝平脑子好使多了，宝平你上午教下午就又成生字了。"银娥说："说起来话就长了。"爹说："要说念个大学生出来，小娥将来前途大着哩。"

翻年的春天，草鞋镇的一个集日，几个时髦姑娘在赶集的人流中散发印着美女像和"美丽生活，从头开始"的广告传单。过了两个集日，一家名叫"美丽生活"的发廊典礼开业，彩球、拱门、鞭炮、花篮，穿旗袍的礼仪小姐，让草鞋镇的人大开眼界，赶集的人都停下手里的买卖生意围观，他们在谈论"美丽生活，从头开始"，说这话说得好。尽管围得水泄不通，不过没出现混乱，因为"美丽生活"租的是草鞋镇派出所的门面房，几个警察摆出一副神圣不可侵犯的架势。人们发现"美丽生活"的老板巩美丽是个不简单的人，在草鞋镇闪面还不到一个月，就已经跟许多人都熟了，尤其是和镇上的领导熟得很，她跟镇长不时耳语着什么，还不时拍打拍打他的手和肩膀。有人说肯定是镇长家的亲戚哩，你看镇长多喜欢她，笑得多喜庆。有人撇着嘴说长得那么水灵，谁不喜欢，就不是亲戚，镇长也喜欢哩。

鞭炮声响过，漫天飞舞的纸屑还没落定，李镇长、杨所长、周院长接过巩美丽手中的剪刀咔嚓咔嚓将四个姑娘托着的大红绸子断为几截，李镇长和巩美丽揭去了蒙在"美丽生活"牌匾上的红绸子，标志着草鞋镇"美丽生活"发廊正式开业。一个只有三间房子四个理发员的发廊开业，镇长都要剪彩，可见草鞋镇的贫困落后。"美丽生活"还搞了个优惠活动，前十个人理发免费，其余的都发八折优惠票。第一个被推上理发椅的是李镇长，第二个是杨所长。杨所长说你要是能给我理出像你那样乌黑锃亮的头发来，那你真是飞机上的暖壶——高水平。巩美丽笑笑，说那可不是理出来的，是补出来的，你现在是长得没有掉得快，这是肾亏。围着发廊的有人问啥是肾。一个人说就是卵子。巩美丽冲着发廊外又说头发也是省出来的。有人说头发还能省出来？巩美丽说只要晚上消停着点儿，这头发就会像我这么密。外面围着的人就大笑起来。巩美丽也咯咯咯地大笑。有人大胆说那可不好省哩。

　　"美丽生活"有四个理发的女子，分别是小风、小云、小星、小辰，都正值妙龄，如花似玉，穿得又时尚，成了草鞋镇一道亮丽的风景线，牢牢地牵扯住了人们的目光。草鞋镇四周都是山，山就像一朵朵莲花的花瓣儿，谦让出屁股大的一坨平地，就有了草鞋镇。草鞋镇人说活在咱们草鞋镇，就像给窨了洋芋。但草鞋镇集市名气却很大，以牛羊交易驰名，逢老历的一、四、七集日，那可是屯街塞巷，人山人海，牛歌羊唱。发廊生意更是火爆。

　　然而，"美丽生活"还没开一个月，就出了件大事，小朵被强奸了，嫌犯正是张虎。小朵是小星的妹妹，她是来镇上玩的。事情发生在小星的住处。小星租的是镇上一位干部的房子，就在发廊的旁边。小朵的大喊大叫惊动了旁边派出所的警察，警察这个门出那个门进，抓了张虎个现行。怎么处理？小李打电话请示杨所长。

杨所长正在巩美丽处，巩美丽气呼呼地说："杨所长，我们已经给你们报警了，你看着办！"杨所长说："别把事弄大了，你这'美丽生活'还要开下去，我让张家赔你们一笔钱。"巩美丽说："正是要开下去，我才报警，这么欺负我的人都没人管，以后谁想欺负谁就欺负，我这店还能开下去？"杨所长说："张家弟兄几个平时我看在你们那里消费可是很大方的。"巩美丽说："所长大人，你把我们看成啥人了，我们开了一个多月你听到我们卖淫了？别一提发廊就好像是卖淫的代名词。"杨所长说："这说实话那倒没有听到什么。"巩美丽说："如果我们是以卖淫为生，敢租你派出所的房子？"杨所长说："那是当然。"巩美丽："所长大人，我给你说小朵是个高中生，你别把这事看轻了，她们拍照录像，要是发到网上你知道会有什么结果？"杨所长说："她们咋能这么做？让她们删了。"巩美丽说："我只是个开店的，她们是我的雇员，你当我是她们妈，我说她们就听了？再说为啥要删了？都当我们好欺负。"

小李又打来电话请示该怎么办，杨所长看看巩美丽说："先把人拿了，带回派出所再说。"挂了电话，杨所长说："我看这事就不要闹大了，我让他们多赔你们点钱，和气生财。"巩美丽杏眼圆睁："这么大的事我可做不了主，再说你就那么怕他们？"杨所长哈哈大笑说："我怕他们？我是觉得平时处得不错，再说和他爹张万寿也这么多年关系了，面子上磨不开。"巩美丽拉开门说："你走吧，难怪张龙会那样说。"杨所长说："张龙说啥？"巩美丽说："走吧走吧，你怕他们，我可不怕他们，这店我不开了，我也要为我的姐妹们讨回公道，是我把她们带到这里来的。"杨所长说："你说张龙说啥？"巩美丽说："没说啥。"杨所长说："你告诉我，我就办了他们。"巩美丽冷笑说："办了人家，你当人家眼里有你，说个实话我也没指望你，小星她们已经打了110，证据都在手机里。"

杨所长暴躁得在地上转圈圈说："你说我办不了他们？"巩美丽持续冷笑说："办了人家？你在人家眼里就是个吃剩饭的。"杨所长吼道："我操他娘，我是吃剩饭的，他说的？"巩美丽："要不我打电话叫他来，你当面给我们说和，再放了张虎，让他领你的人情。"

杨所长抓起衣服摔门而去，到了派出所，张虎已经给放了，杨所长甩了小李一个耳光吼道："谁让放的？"小李头像个拨浪鼓甩了又甩说："是副所长让放的。"副所长说："张总让把人先放了，有事他跟你说。"杨所长说："他人呢？"副所长说："他没来，打电话说的，说改天请咱们喝酒。"杨所长说："放屁，喝酒，喝你爹的尿，把驴日的给我传来。"副所长说："他说有事……"杨所长踢了副所长一脚说："日你娘听他的还是听我的？"副所长给张龙打了电话，张龙说有急事，就把电话压了。杨所长脸子立马就变了，说："去把张虎给我抓回来。"

张虎并没有去哪里，而是到"美丽生活"去砸店，正砸得疯狂，小李小周上去拉住，要给铐手铐子，张虎说："给老子戴手铐子？"小李就将手铐装了起来，带着张虎到了派出所。杨所长在派出所院里转圈圈，张龙来了。杨所长说："你不是有急事吗。"张龙说："确实有点急事。"杨所长阴着脸子："知道你比我忙，但我告诉你这事弄大了，你别拥着杵子打月亮不知天高地厚，自己想明白了，人证物证都在，人家又是拍照又是录像的，要是发到网上，你知道什么后果？"

杨所长进了办公室，张龙要跟进去，他拦在门口，说："你跟进来干什么？啥时候了连个规避都不知道，再说我一个吃剩饭的，你溜须拍马的有啥用？"说着"哐"把门关上了。张龙站在门口半天，骂句"日了狗×拿砖砸翻脸无情"，挠着脑袋想想，就给老爹打了电话。张万寿赶

255

来,看到张虎给铐在那把铁长椅的腿上。铁长椅的四个腿固定在水泥地里。这把椅子铐过村上的平娃、喜柱、秋生、书生、腊月,张万寿从来都没想过有一天会铐他家的任何一个人。

张万寿去见杨所长,一进门杨所长就拍着桌子说:"你跑我这做啥?不知道啥叫规避?"张万寿一愣,平时遇了啥事他们可不是这么个开场白,心里老大不爽,脸上笑着说:"杨所长,你这是日了狗屁拿砖砸哩,翻脸无情啊。"杨所长笑着说:"老张,这是你家的传家格言吗?话说得再难听,我不怪你,这事放到谁头上也不是小事,但是,我给你说你几个儿也太霸道了些,这街上走过,卷起土哩,人嘛,咋能这么张狂呢?就好像这世上没王法了一样。我是做啥的嘛,你说我是做啥的?我这个所长是给你家当的?!"张万寿说:"日他妈,发廊是干啥的你不知道?谁不知道那是几个婊子。"杨所长说:"人家挂牌子了?你把人抓到人家床上了?"张万寿说:"那就是个圈套,专门给我儿设的圈套。"杨所长说:"为啥人家没给别人设圈套?多从自身想想问题,咱草鞋镇有句话:坑都是自己挖下的。"张万寿说:"我给镇长打个电话。"杨所长说:"你给县长打也行哩。"张万寿讪笑着说:"我不是那意思,让他想想办法,这是他的一亩三分地嘛。"张万寿打通电话说:"镇长,我遇了点事。"镇长说:"你的事少了?自己弄球去。"说完就把电话挂了。张万寿傻了眼,愣了半晌,说:"杨所长……""案子已经到县局了,县局的人正往来赶哩。"杨所长说,"我们平时处的关系不错,我给你提个醒,茬口不好,新换的局长,新官上任三把火,你别不当回事。我再给你说这'美丽生活'自开业以来,还真不像别的发廊,没有那方面的事,而且那个小朵是个学生娃,来这里玩的,你自己掂量去。"

张万寿想还得去找镇长,到了李镇长办公室,才推门进去,李镇长说:

"滚！"张万寿腿一软扑通跪在地上说："镇长……"李镇长说："草鞋镇啥事跟你们扯不上关系？飞扬跋扈，你狗日不是有四个儿子吗？进去一个不还有三个，就是儿子都进去了，不还有你吗？"张万寿说："镇长……"李镇长说："滚，你没听见？让我去顶罪？"

尽管张虎高喊冤枉，说是小星约他喝酒，但视频、照片、裤头、精液，证据确凿。还有匕首，张虎在镇上开着一家屠宰场，一年四季穿着高筒皮靴，上面插一把匕首，跟人生了纠纷，老拿刀子比画，这也被许多人检举。张虎被判八年，赔偿十万。

张虎被判刑不久，张龙又出事了。张龙、张豹、张彪弟兄三个在草鞋镇街上开着"草鞋镇皮毛绒有限公司"，垄断着整个镇的皮毛绒生意。草鞋镇的传统产业是养殖业，"牛羊塞道"，一个古代官员经过草鞋镇时这样说，也是媒体偶尔报道草鞋镇时必定要用的一个词。

张龙接待了一个南方口音的客商，半年时间他们做过几十万的生意，这客商出手大方，价格上不像平日那些人那么抠，还时不时给他带个礼物。这次那客商要他准备一批货，送往上海港口，打开国际最大的皮毛市场。张龙连赊带欠准备了十东风车皮毛绒，提货那天，客商说让我们李经理和你兄弟跟车先走，明天我们坐飞机直接飞港口，厂家在港口验货后就立马付款。两人喝了一晚上酒，第二天下午到了机场，客商说我们去贵宾厅，我有贵宾卡。坐在贵宾厅喝了杯咖啡，客商看看表说把你的身份证给我，我让他们先办登机手续。张龙把身份证给了客商。好大一会儿不见客商归来，张龙有些急，又等了一会儿，还不见客商，张龙预感事情不好，打客商手机，一打成了空号，知道上当了，忙又给张彪打电话，竟然也打不通。张龙想要找那客商，却考虑吃天无处下爪，只能把希望寄托在张彪身上。一直耐了五天，张龙才接到张彪的电话，他来不及吼骂，问货呢。张彪说头天晚上住进酒店，李经理说一起去洗澡，我跟他去了，结果就让警察抓了。张龙说洗澡咋能让警察抓了？张彪说洗……洗的是那种澡。张龙急切地问那李经理呢？张彪说我们一人一个房间，我没见到他，处理了我才拿到手机，打他的手机号码是空号。张龙说操你妈，几百万的货你押，你……话没说完，一头栽在地上。张龙被人送到医院，没有抢救过来。几十家债主讨债，张豹、张彪要横，被人家打了个半死。张豹、张彪被抓，在对案件审理时，那些被赊了皮毛绒的都说不赊没办法嘛，他们霸道得很，欺行霸市，张豹、张彪最终以涉嫌欺诈罪被起诉，公司、车辆、家里的东西都被拍卖顶账，两人各被判刑十二年、十年。

张万寿脑干出血，命是救下了，却坐在轮椅上，头摇得像个拨浪鼓，人成了个洋昏子了，半痴不傻的，屎尿不知。看到人扎堆的地方就挤，竖着耳朵绷着眼睛听人家说话。人们闻到臭味，会骂你个老尿又拉下了。

银娥摆了一桌，把孩子们叫到一起喝了点酒，银娥蹲下去对小娥说："来娘背你。"小春说："为啥要背她？"银娥说："这事只有我和小娥知道。"小春说："讲讲嘛。"银娥说："这事就死在我和小娥心里了，别再问。"小娥嘻嘻一笑说："娘，真背呀。"银娥说："背你在锦绣街上走一圈，娘背不动了，就在这屋里走一圈。"小娥说："算了噻，看把你认真的。"银娥说："娘小时候背你少，就算补偿你一次，来吧。"小娥说："算了噻，我可不让你背。"银娥说："一定要背。"小娥趴到娘背上，银娥背着小娥，唱起来：


我背我娃上南山，

南山能瞭万里远，

瞭见皇上坐金殿，

瞭见娘娘戴凤冠。

吃过饭，银娥让小娥陪她沿渠岸走走。她说："小娥啊，你报了两家世仇啊，给你外爷报了仇，给你们贾家报了仇，你爹该瞑目了，你过去的一切娘都不再记在心里了。"银娥就给小娥讲了张家弟兄糟蹋小娥姑姑的事。小娥大声号哭起来。

# 第二十章

　　我是在"内在美"内衣店里碰上尚秀兰的。那天，我参加了一个同学的婚礼，从酒店出来，看到"内在美"内衣店，想到该买几件内裤，就走了进去。我正挑内裤，听到一个熟悉的声音，我慢慢抬起头，从货架的缝隙看过去，是尚秀兰，我心里一阵欢跳。她正在给一位顾客介绍内衣，我没打扰她，隔着货架看着她。女大十八变，又给城里的泡泡衫、乳罩、超短裙、长筒丝袜、高跟鞋、唇膏、眼影、烫发、染色一收拾，她看上去洋气多了，别有风情。我们是初中同学，她初中毕业就不念了，我们再没见过面，也没有任何联系，算算已十几年光景了，但她的声音我依然听得出来。那时候她的腰身很软，走路感觉是在水上行走，我们给她编了顺口溜：轴承脖子弹簧腰，走路好像水上漂。我们叫她水蛇腰。

　　那个顾客走了以后，尚秀兰向我走来，我心跳加速，甚至有些手足无措。然而，她却装作不认识我，一本正经地给我介绍内裤，质地、面料、哪种销得比较好。她竟然一丝激动都看不出来，她可真能装，这点与上初中时没有任何变化。那时候她就特会装，你跟她说话说了半天了，她会说你是跟我说话吗？但她的声音、表情、举手投足，出卖了她。我盯着她看，她躲避我的目光，我想我的目光一定是让她感受到了火辣。我说："当老板了，装不认识我了？"她说："你谁呀？"我笑着说："好好想想，往很久很久以前想。"她脸上有了愠色，说："神经病。"转身就走了。那走路的姿势能骗了我？我笑着说："多少年不见了，还那么会装。"她猛然掉过头来说："别不识趣，看上去人模人样，要买东西就买东西，不买东西就走人，再纠缠别怪我不客气了。"她脸子吊得很长，我一时又有些犹疑了，难道认错了？可连生气都分明是她吗？我又一次不甘心地问道："你真认不出我了？"她连头都没回。店员和好几个顾客都把目光投向我，我听到他们说这世上啥人都有，脸皮可真厚，甚至有人说报警，我只能匆匆离店走了。我想她可能是没认出我来，男大也十八变，何况已过去了十来年。但她怎么会认不出我呢？见了许多同学都说我变化不大，而且那时我们是前后桌坐着。

我不甘心，站在马路对面，回望着内衣店，隔着落地玻璃窗，里面看得很清楚，她怎么会认不出我来呢？我仍然认为她是在装，或许她会走出来，像给我一个惊喜一样认出我来。然而，没有，她似乎很生气，和几个店员冲我指指点点，我真怕她们报警，惹出麻烦来，匆忙打的走了。

她装一装可以，怎么能彻底装得不认识我了呢？一个下午，我看不进去书，坐卧不安，我想或许她不是没认出我，而是不想认出我。我挖空心思地回忆过去，要说坏我确实也坏哩，可是我对她没有坏过，对她没有做过什么印象深刻的坏事，她不至于如此对我吧。

一夜也睡得不实落，像是睡着了，又像是醒着。第二天我又去了那家内衣店，当然是打着买内衣的幌子。她正在给一个顾客推销乳罩。我有些忧，怕她真记着什么仇——或许于别人刻骨铭心的仇恨，于你却是不经意的。那女的说："罩杯太小了，换个大的。"她说："不小了。"那女的说："不行，我觉得还是小了，你给我拿个大号的吧。"她说："真的不小了，你看我的比你大，都穿这型号的。"说着把自己的胸往起挺挺，用手托托。我没憋住噗地笑了。她抬头看看，向我走来，我一时有些紧张，她走到我跟前，忽然捣我一拳，叫出了我的绰号"九窍"。我左耳上有俩米仓，一般人有七窍：双眼、双耳、双鼻加一张嘴，我多了两个，同学就叫我"九窍"。她说："你给我等着。"又回去招呼那顾客，那女的要大号的，她说："大号的没了，你就买这件，肯定合适哩，要不你进去试试。"那女的说："内衣你们也让试？"她说："一般不能试，可看你真心实意想买，破例让你试试。"那女人说："那我不买了，说不定这都让多少人试过了。"女人走了，她边向我走来边说："德行，好像你有多干净一样，看你脸上那色，也不是多么正经的人。"

　　走到我跟前，她又捣我一拳说："啥风把你给吹来了。"我说："还装？"她说："装，我装？装啥？"我说："你这装的功夫可见长啊，竟然能装一天一夜。"她说："我装了吗？"我说："昨天那架势，把我吓得够呛哩。"她说："昨天你见我了？"我说："又装？"她说："昨天我在家里就没出门。"我说："还装，吓得我东西都没买。"她咯咯咯就笑了说："是你呀，那是我妹，你认错了。"我说："你妹？怪不得，说话走路吊脸子神情都像得神着哩。"她又笑着说："店员她们都分不清哩。"我说："这是你的店？"她说："啧啧啧，大学生哟，笑话人都这么高明，我能在省城开店？给人家打工哩。"我说："你怎么出息得这么漂亮。"她咯咯咯地笑着说："你这嘴比以前会说多了，看来还是要上大学哩，文化学没学下，嘴头子练出来了。"我说："我还当你真把我忘了。"她说："哪儿能忘了呢？哎，你说怪不怪，前天还梦见你哩。"我说："这假话说的。"她说："狗哄你哩，真的，你说怪咋就梦见了，咋就见面了。"

　　一起吃饭时，她说："咋没把你媳妇带着逛街，一个人晃荡？"我说："还

262

媳妇哩，一个人吃饱全家不饿。"她说："宁可相信这世上有鬼，也不能相信男人那一张破嘴。"我说："真的，有合适的给介绍一个。"她说："看来你是学坏了，说谎脸都不红。"我说："你想，我要是有对象媳妇，还能自己买内衣裤？"

尚秀兰对我的印象竟然是我跟猪大肠打架。猪大肠的爹部队转业在乡政府开车，吃粮票的公家人，因此很霸道，啥都想他说了算。打架的事我都模糊了，尚秀兰却记得清楚，说："你抢到了篮球，猪大肠让你把篮球传过去，你没传，自己投了，他就扑过去跟你打起来，你一拳就把他打了个兔儿蹬天。"说完咯咯地笑。

猪大肠就这德行，不抢球——他也抢不到球，个子太小，又没劲儿，给人一扛一个狗吃屎，抢不到球他就问人要球，谁抢到球他就让传给他，他去投篮。我以前老给他传球，后来就不传了，因为学校经过模拟考试，我是定下来的苗子，老师都爱护我，我就得势了。

过了几日，又一起吃饭，尚秀兰带着个小孩，我说："你姐的？"她说："我哪有姐。"我说："你、你都有孩子啦？"她说："这有啥奇怪的，董英都两个孩子了，哪像你们大学生，要够了才结婚。"我拍了拍自己的后脑勺，是啊，可不有孩子了。我说："你没说你结婚。"她说："后悔了吧，男人都这德行。"我忙笑笑说："你多心了。"她说："告诉你我结婚了，你还请我吃饭？怕连面都不想见了。"我说："我的意思是给孩子没个准备。"她咯咯咯一笑说："要啥准备的，有钱就行。"我掏了二百块钱，说："第一次见面嘛。"她脸红了，强词说："开个玩笑，你还当真了。"我说："头一回见面嘛。"硬逼她收下。孩子就像个跳跳球，在地上蹦蹦跳跳的，因为才学着走路，根子还不稳，不时跌倒，不过很坚强，不哭，爬起来继续走。

我说："你男人，呃对了，该说老公……"她说："你俗气不俗气，跟老同学吃饭，不能问这些的。"我呃了一声，说："你们谈恋爱几年。"
她说："屁，就一个月，结婚那天名字都叫错了。"我笑了说："咋会这样，
包办的？"她说："那孙子竟然当着那么多人的面送了我一枝玫瑰，还单
腿跪地，那是电影里才有的动作，你说咱们那里，咱们种玫瑰花，都是
给城里人种的，那时真傻啊，就是因为一枝玫瑰，傻乎乎地就上了贼船了。
现在我爸妈还老骂我蠢哩，当然他们是因为没花上彩礼，那孙子家里条
件不行，兄弟姊妹多，我死活就要嫁，他们就没办法。"我说："那咋还把
名字叫错了？"她笑而不答，我说："你那么聪明，应该眼光不错的。"
她说："要说开始还行，可越过越不行了，我现在一见就烦。"我说："你
不爱你老公？"她说："你 out 了吧，啥时代了还这么幼稚的话。"又问
我："你真没结婚？"我说："没人愿嫁嘛。"她说："不会吧，你长得这么帅，
又是大学生，要真没结婚，不是要求太高，就是挑花眼了，再不就是还
没要够。"我说："都不是啊，当我官二代富二代呀。"她说："那咋回事？"
我说："一言难尽。"她说："那就不要说了，我最怕听别人一言难尽了。"

又过了几天，她打电话说："我今天休息，你过来吧。"我说："在
哪里？"她说："来我家呀。"我嘿嘿笑着说："我怕你男人打我哩。"她说：
"他出门了，去广东了。"我"呃"了一声，没回应，她又发过来地址，
发了几张自己的美图，很煽情。我想到了郝留香，回：我今天特忙。她回：
忙啥？我回：谈恋爱，着急啊。她发了个鬼脸，回：现在傻瓜才谈恋爱
哩。我回：你这是要红杏出墙。她说：结婚第二天我就在墙头上站着哩。
我回：你这是不守妇道。她回：为啥只有妇道没有男道？我不想伤着她，
发了一张去山东在大明湖边自拍的照片：我出差在外。她回：真会赶时间，
回来电我。

过了几天，尚秀兰又打来电话，说："在山西还是河南？"我笑了。

她说："撒谎出差，就别出门，我都在街上碰到你了。"尽管是手机通话，我还是脸红了，她咯咯咯地笑着说："看把你吓得，中午一起吃饭，别再找借口，怕我把你吃了，一个大男人，瞧你那点本事。我已经定好地方了，典中典。"我说："有事？"她说："非得有事？老同学嘛。"想想，我还是去了。见了面尚秀兰咯咯咯地笑，我说："你别这么笑，笑得我都无措了。"尚秀兰说："你那时候那么坏，没想到倒变好了，看来还是要上大学哩。"我说："我那时在你跟前不坏嘛。"

尚秀兰说，"不斗嘴了，说真话，给你介绍个对象。"我说："是你？"她笑笑说："我知道我配不上你。"我说："我说配得上，我看你就挺好的。"她脸红了一下说："别胡说，我说的是真的，给你介绍个对象，你有意思了就见个面。"我说："像你吗？"她一翻眼睛说："没正形，男人是不是都这样？"又咯咯咯一笑说，"打电话约你都吓得不敢见面，嘴还会说得很。"我说："我在试探你哩，上学时我就喜欢你哩。"她说："你要不是大学生，我就吥你一口，那时候十三四岁，屁大的个娃，你喜欢我，知道喜欢是个啥，看把你早熟的。"我说："真的，我说的是真话。"她脸一沉说："别胡说。"

孩子闹瞌睡，尚秀兰把几把椅子靠墙并好，把外套叠起来当作枕头，安顿孩子睡好。她刚回桌边坐好，来了一个汉子，戴着墨镜，我感觉有些熟，却想不起来是谁。我想他该是尚秀兰的男人，便站起来，他竟直接给了我一拳，说："光天化日之下，竟敢泡我老婆，还吃的是洋餐。"我紧张了，说："我……我……"他回头看看沙发上睡着了的孩子说："终于把你们这对狗男女捉住了，把我儿子哄睡着了你们偷情，是不是给我儿子喂了安眠药？"说着又捣我一拳。我看尚秀兰，她却只是笑，汉子扯着我说："走，去医院，我要全面检查你们，看你们是不是把事干下

265

了。"尚秀兰说:"好了好了,卖派你能说哩,小声点,人都看着哩。""你们偷情还不让我吵?"汉子一把抓住我的手把我扯进怀里,使劲搂我,搁得我气都上不来,尚秀兰的话语让我心里有了底,我说:"你谁呀,看你这头脸就像二月二的猪头,熟,就是蒙住想不起来。"汉子拿下墨镜说:"妈的,你真不认识我了?"我说:"操,猪大肠。"我给了他一拳,说:"走走,到大街上去。"猪大肠本名朱大扬,"扬"与"肠"发音、字形都很像,还是我给取的外号。朱大扬说:"别逞能了,就你这身板,看看我,不自量力,如果现在你给我取这外号,至少你得断三根肋骨。"

我们搂搂,朱大扬说:"走走走,换个地方,洋餐的菜冷了吧唧的,就是剩菜剩饭,又不让喝酒。"尚秀兰说:"土鳖,土尿,这多有情调。"朱大扬说:"球,情调,全是偷情的。"我说:"对对对,换地方,去锦绣老顾那里,老家口味,地道。"尚秀兰说:"我不去了,带娃回去,下午还要上班,你别出车。"我说:"尚秀兰,你不是说结婚连名字都叫错了吗?"尚秀兰说:"可不是,主持人让互相介绍,我开口就说猪大肠,可不是错了。"

到了老顾菜馆,上了两瓶金稞子,一人一瓶就喝上了。朱大扬没上高中,通过爹的关系初中毕业就当了兵,当兵也是就业之路。原本想着转业能安置工作,结果未能转业,复员了,就跟着老爹学了开车,现在买了一辆大车跑运输。逝去的往昔时光佐酒,更容易喝醉,到了最后,是老顾让人把我们一个个抬了回去。

过了几日,我约尚秀兰两口子吃饭,朱大扬没来,尚秀兰带着儿子,我说:"又你一个,你别这么整,我可单身,小心我把持不住。"尚秀兰说:"就你那胆量,得了吧,再说还有我儿子哩。"我说:"你儿子当哨兵呀,一颗糖他就会把我叫爹的。"正说着,进来一个姑娘,尚秀兰说:"尚秀梅,我妹妹。"尚秀梅伸出手来,我忙握握说:"那天不好意思,把你当成你姐了。"

尚秀梅一笑说:"那天我给我姐替班。"看看尚秀兰,再看看尚秀梅,简直就是双胞胎。尚秀兰笑了半晌,说:"这些天试探你哩,看把你吓的。"我说:"额的个神啊,你可真够吓人的了。"尚秀兰说:"现在的男人一个个都成花花公子了,不下茬试试,咋知道啥德行,把我妹妹推到火坑哩。"

尚秀梅笑着,毛茸茸的眼睛笑起来就成了月牙。她没有浓妆艳抹,没有刻意打扮,穿得很普通,有一种本真清纯,带着农村女孩的朴素,这反倒是一种打扮,现在的女孩子能够素面见人实在不是件易事。

尚秀兰拧了一把尚秀梅说:"给你说今天见面哩,你就这么跑来了,没时间收拾你说一声,改天再见也行。"尚秀梅说:"有啥打扮的,见个面嘛,反正就这么个人。"我说:"就是,现在满大街都浓妆艳抹的,都失去了本来面目,这样多清纯本真。"尚秀兰咯咯一笑说:"看上了?"尚秀梅说:"你咋这么说话?""我这么说话咋了,拐弯抹角地说,麻烦不麻烦?"尚秀兰说,"我妹没上大学……"我打断她的话说:"别说上大学不上大学的。"尚秀梅说:"咋,上大学不光荣了,得是?"

尚秀兰说:"我妹你看上没?"我笑着,尚秀梅说:"好了好了。"尚秀兰说:"我记得你跟我同岁吧。我妹二十四了,我在网上查过,你们八字很合适,你们就谈去,有啥想法都早早说出来,别互相晃来晃去的。"孩子又闹瞌睡,尚秀梅说:"看娃瞌睡闹得可怜的,你赶紧走吧。"尚秀兰说:"看上了?嫌我多余了,那话咋说来着,对,重色轻友,我走了。"我说:"别走噻。"尚秀兰说:"不当电灯泡,我还要上班。"

尚秀梅说她高中毕业就进城打工,学了水暖工。从给师傅背管钳配件开始,学成了能独立解决疑难杂症的水暖师傅,去年开始单干。我说:"你咋就选择了这么个行业,女孩都不选这个行业。"她说:"吃青春饭的行业我不喜欢。"

一个月后，尚秀兰说："你们要是看上了，就定下来，抓紧结婚。"尚秀梅说："我还想谈谈。"尚秀兰说："当瘾过啊，结婚了上床谈去。"尚秀梅说："流氓，文明点。"

我和尚秀梅去见了她父母，老汉话说得很直接，"彩礼十万，这比村子方圆是少了两三万。"尚秀梅嘴张张想说啥，我拉拉她衣襟，看得出老汉是个直人，也是个偏人。老汉又说："十万也不全让你拿，我两个女儿一个儿，别人都是一个女儿换一个儿媳妇，我两个女儿换一个儿媳妇，我没想过要落他们的彩礼，就以她们两个的彩礼包儿子的彩礼。"尚秀梅跳起来说："穷疯了，第一次见面，就说这些烂事，像是怕谁把你女儿抢走了。卖我呢，你咋不要个二十万一百万。"说着摔门出去，我跟出来，尚秀梅说："早知道就不该回来。"我说："这彩礼少了好几万哩。"尚秀梅说："不是彩礼不彩礼的事，急得等不得了，有这么做事的?"

我进来，老汉说："你回去跟家里人商量，让你爹来一趟，双方大人见个面，商量好了就让人来提亲。"我说："我爹就不用过来了吧，我家的事……"老汉翻了我一眼说："自古是父母之命，媒妁之言，这又不是隔着千里万里，都是一个公社（我们那一带许多老年人的口还没改过来，依旧叫公社，不叫乡镇）的，有多远?"尚秀梅说："你别听他的。"我说："也不能说老人……"尚秀梅说："你别说了，我下午就回了，你回家去看看老人吧。"

这门亲事我是打算结了。一日不结婚，我这副担子就一日从父母的肩上卸不下来。至于彩礼我现在有四万，父亲能凑两万，问大哥借两万，至于结婚的开销问题也不大，从上次回家后给父母撒了谎，他们已经在家里开始准备了，鸡成群，蛋成筐，油成缸，猪羊喂得肥壮，需要花钱的开销，用老家人的话说原汤消原食，以礼钱包开销，花不了多少。至于房子，只能是中长期规划了。可是双方大人见面让我有些做难，我给父亲说过不收彩礼的。只能回去一趟了。进门才知道，父亲已经病倒了一个多月。

硬扛，这是老家人对待疾病的惯常手段，扛过就扛过，扛不过就说寿数尽了。我当下就要带他到城里看病，父亲坚决不去，说："进了医院哪有查不出来病的？"我说："你这样拖，拖出大病来，哪么多哪么少？"父亲说："我感觉这次的病不太好，可能是老病了，看啥看，花那冤枉钱。"老病就是要命的病。我雇了蹦蹦车，将父亲拉到了镇上，又租了辆昌河面包，把他拉到省城医科大学附属医院，一检查胃癌，还好是早期。

决定做手术。父亲的许多指标是不正常的，需要调养。其间，有一天父亲跟我说："回吧，癌症就是个死病，就是把钱花光把人看死，当官的有权的得上都没办法，电视里演的那个总统得了癌症，多大的人物，不也没救下嘛。"我说："你胡思乱想个啥，谁给你说是癌症？"父亲说："几个大夫说我听见了，你们还瞒我？早说了让我心里有个准备，你让我糊里糊涂地死啊。"我嗷嗷大哭起来，父亲捣了我一拳头说："真是癌症，那你长个猪脑瓜，癌症能看好，住到医院花这钱？多少人把钱花光拉了一屁股债走了，看不明白呀？书念到狗肚子里去了。"我捶打着自己的脑袋，说："你咋这样，给我也耍阴谋诡计。"父亲长叹一声说："人固有一死，毛主席语录都这么说，明知道这病就是个死病，让我临了再背一疙瘩债？到那世我能安生？回。"我说："胃癌治愈率百分之八十以上，看，一定要看。"父亲说："癌症哪有看好的啊，你们这是头往胶锅里擩。"父亲被我们弟兄三个硬逼住了，可我们都忽略了他会跑。我去医生那儿签一大堆责任书的时候，老大上了个厕所，父亲就不见了。好在老家不通火车，而省城只有一个长途车站。我和老大在车站把正要上车的父亲截了下来，把他推进出租车，都不跟他说话。他嚅嗫半天说："癌症就是个死病，看啥看，临死还让我开膛破肚。"我说："钱都已经交了，想退也退不出来。"他就长叹一口气，我说："现在最重要的是你必须以快乐的心情面对，你年纪不大，胃切除掉一部分，剩下的那部分还会长的，长得和以前一样，人家八十岁的人还做手术哩。"我对老大说："你回去一趟，看着把羊全卖了，别把妈再累坏了。"让我感动的是那些长租户知道了，都来看望父亲，这让父亲很激动。

我一直没有给尚秀梅说，我想对于普通百姓来说，癌症就是为家里挖了一个大坑，我们可以到此结束了。尚秀梅几次约见面，我都婉转推了。我想就此结束了吧，没必要让人家跟着受连累。尚秀梅也再不打电话了。我很失落，悲伤，沮丧，说实话尚秀梅让我真有众里寻他千百度，蓦然回首，那人却在灯火阑珊处的感觉。她本真、朴实、纯洁，还带着十几年前那种女孩的气息，失去她或许再也找不到这样的对象了。

然而，我在医院却碰到了尚秀兰。她来给孩子看病，问我在医院干啥，我说："看个亲戚。"尚秀兰说："既然是亲戚，我和尚秀梅也该看看。"我说："不用，不是太亲的亲戚。"尚秀兰说："你看你说的，再远的亲戚到省城也近了。"下午，她和尚秀梅来了。我只能实话实说。晚上，和尚秀梅吃饭，我说："这病不是小病，等于在我家挖了个大坑。"尚秀梅说："你心里别有负担，这事就是日常生活的一部分，谁不得病呢，你应该早有心理准备呀，谁家生活也不是一帆风顺，有些人看上去生活一帆风顺，不是他们不遇事，而是有钱有势，遇了事能把事摆平，所以说生活一帆风顺的，不是有钱，就是有势。"我说："我这大学是白读了，用老家人的话说是书念到狗肚子里了。"尚秀梅说："你知道我还咋想？"我说："咋想？"尚秀梅说："我想你还是想找个大学生，门当户对嘛。"我愣了一下，说："我没想到你会这

270

样想。"尚秀梅说："咋能不这样想呢？你是大学生嘛。"她掏出两万块钱，又说："先给老人看病吧。"我说："不用，我们弟兄三个……"她说："拿着吧。"我拉住尚秀梅的手，紧紧攥着。

几个疗程过后，医生说可以回家了。我们都要留父亲在城里，这样恢复得快一点。父亲说："要让我心情好，就送我回老家。"是啊，我们弟兄三个都还在奔波中讨着生活,待在城里,他的心情怎么好得了？我说："爹，回去你别再苦了，这病一定要静养，等完全好了，你再受苦吧。"他笑了说："花了这么多钱，不疼命也得疼钱呀，咋也得挣扎着多活几年，这你们放心。"

送父亲回来，和尚秀梅吃饭，她说："喝点酒吧。"我说："好。老爹逼你了吧？"尚秀梅说："不理他，咱们不结婚，他急也没用，难道还会像人口贩子把我绑了卖了？"我说："这累了一屁股债，你傻啊，明明看着是个火坑，非要往里跳。"尚秀梅说："老人不得病谁得病？这是正常的呀，照你这么说那一辈子不要嫁人了。"喝过几杯酒，尚秀梅咯咯咯地笑，笑了许久，我说："你有啥鬼点子，笑得这么开心。"尚秀梅说："用不了多长时间，他就会同意的，咱们不急他急哩，我也老大不小了。"我捏捏她的鼻子，咬着她耳朵说："可我急哩，真的急哩。"她拧我，我说："我怕把你丢了，真的，怕老爹上吊寻死地逼你。"她说："逼我我也不同意，现在不是在村子上的时候了。"我说："我还是害怕，一辈子遇上你这么个人不容易，咱们把生米做成熟饭吧。"她又拧我说："我姐给我说你时我想你咋也会娶个大学生哩。"我说："我是娶个一辈子相托付的人哩。"这个晚上，我们真的把生米做成熟饭了，十一点她要回，我说："回去做啥？"她说："我姐看得紧着哩，别看她在城里待了这些年，观念还是老家的。"

老周给小儿子娶了媳妇就要回去了。他租的是门面房，房子腾出来，

271

立刻就有人来租，我说已经租了。我让尚秀梅开了水暖配件店。尚秀梅出去干活，我守着店铺，活找上门来，我很着急。我说："你教我吧，我也跟着你干水暖。"尚秀梅说："那你大学不是白念了。"我说："咋能说白念了，念书这事除了为了生计，也是人一生的修养。"尚秀梅叹口气说："我还是想你找个文化点的活。"我说："你看天然气公司和供电系统那些工人，都是大学生，有的还是研究生，不也是通管道修线路？"尚秀梅嘿嘿一笑说："你要学这还不是小菜一碟，这简单。"我说："简单你还学了几年？"尚秀梅说："师傅不给你过窍，早早过了窍，谁给他干活，我现在是你师傅，你当然学得快了。"我说："那是，要想会，跟上师傅睡。"入门很简单，遇到疑难杂症，打电话请教尚秀梅，她在电话里指导，要还解决不了，她就过来解决。

尚秀梅的父亲找来了，尚秀梅说："这不给你挣呢嘛，怕你丫头跟人跑了。"老汉鼻涕一把眼泪一把地说："也不是逼你们，你弟打工三年了没拿回家一分钱，我怕学坏了，娶个媳妇让媳妇管去。"尚秀梅说："就他现在这个姿势，娶个媳妇能跟人家好好过日子吗，能领住吗，结婚再离婚，钱不打了水漂？"老汉不说话，只是抱着个头挠。尚秀梅说："从小到大就知道惯，惯娃连个分寸都没有，要脚不敢给手的，顶在头上害怕吓了，含在嘴里害怕化了，惯了个啥结果？"我说："秀梅，别这么说老人。"尚秀梅说："你让他撵我来，娶媳妇的事你甭操心，我给他娶行了吧。"

尚秀文来了，见面我吃了一惊，他竟把头发染成了白发，一双鞋一只红一只绿，又尖又长就像船，穿的裤子两条腿也不是一色。烟粘在下嘴唇上，双肩动不动往上耸一耸，走路时脖子往前一抻一抻，这是县城里典型的地痞混混的做派，让干个啥拿嘴支棱，还说你们一天给我开多少工钱，我可要一天一开工钱。尚秀梅一说他就顶嘴，头一甩一甩的。

尚秀梅给他说起我时说这是你姐夫，可他从未叫过我姐夫，看我的目光是不屑的，就像债主，我就是欠债的那个人。不可否认，他正往坏里学。尚秀梅说："都是惯坏了，这么下去将来就是个祸害，你说咋办吗，愁死人了。"我说："不急，等我收拾他。"尚秀梅看着我说："咋收拾呢？打，骂？"我说："打，不定打得过他，这号愣头青可是下得了手的，骂不定骂得过他，他可啥话都能骂出口，你等着看。"

　　我有个同学考到了公安局，最近提为副所长，我去找他讨教。他说："找碴让抓进来收拾一顿，然后你再来领，我出面，到时演一出双簧，给足你面子，他就会知道天高地厚了。"话说了不久，尚秀文一身伤地回来。我发现他在约人，都是些小痞子。过了几日，那些小痞子来叫走了他，我就尾随着他们。他们去了一个酒吧，酒吧里还有一拨小痞子，一看那阵势，就知道他们要生事，我给同学打了电话，同学说正好在他管辖的片区，便派了警察来。还没等警察到，两伙小痞子就打了起来，警察抓了二十几个。我给同学说："你格外关照关照，不要罚了款就放了。"

　　几天后，派出所让交罚款领人，尚秀梅说："我不去，丢人现眼的，抓起来让关着。"我说："那只有我去了。"同学见我来了，装作没看见，一把薅住尚秀文的头发说："你把个猪毛染成白色，当自己是白发魔女，白眉老道，白眉大侠，这世界是你混的？下次让我抓住，要还是白头发，我连你的眉毛一并剃了。"我叫了声老同学，同学捣我一拳，惊讶地说："你来做啥？"我说："领人。"同学说："领他？你是他啥人？"我说："丢人的不说也罢，都不好意思见你了。"同学说："你不好好管教，我给你说出大事哩，最近出了几次命案了，我甚至怀疑跟他有关联哩，你看他这头发染的，打扮的，像个走正路的？"我说："我领他也就这一次，下次你要抓住，拜托你直接送到东山上。"我把同学拉到一边，两人点了根烟，

273

悄声问:"咋没见有伤,没狠狠地揍上一顿?"同学说:"现在不让打,我看他才往邪路上走,还没学咋坏。"我说:"你们拉进去打一顿,这样这家伙才会怵哩。"同学说:"我们可以罚他去扫大街,好好让他亮亮相。"我说:"这也好,你罚他到锦绣那一带去扫,他们经常在那一带生事。"同学就叫来一个民警说:"让尚秀文去锦绣扫三天大街。"尚秀文被带走的时候,看了我一眼,叫了声"姐夫"。这是自见面以来他第一次叫我姐夫。我走过去说:"咋了?"他嗫嚅半天说:"你给你同学说说,我不去锦绣扫大街,到别处扫。"我要的就是这个结果,但我还是说:"到别处扫你就有脸面了?再不学好,还让你到广场上扫去哩。"我叫过同学说:"算了吧。"同学过去蜷了食指敲着尚秀文的脑门说:"不学好,有你吃亏的那天,也就是你姐夫来了,不然扫大街都是轻的。"又冲我说,"下次要再犯事让我抓了,你可别再来找我,别逼着我犯错误。"我说:"再抓住,你就送到东山上去,让那些牢头狱霸收拾去,也别给我打电话。"同学说:"到了东山上就他这身板,牢头狱霸三天把他骨头都拆了。"交罚款时,同学说:"我就违规一次,免了,下次可别想这好事。"我说:"你别下次下次的。"同学说:"你不管教,二进宫、三进宫、四进宫都是常事。"尚秀文低头不语。

过了两天,我请几个有头有脸的同学吃饭,带上尚秀文。吃饭回来,尚秀文就把头发染成了黑色,我想他认清形势了。尚秀梅说:"这么绕弯弯地教育人,还是要读书哩,不读书哪有这脑子,也没有这样的同学。"

到了年底,尚秀兰说:"你们把婚事办了吧,这么不明不白睡到一起,我都抬不起头。"尚秀梅说:"你能不能说话文明一点?"尚秀兰说:"我说错了?"我说:"咋也得给老爹点彩礼,否则心里不安。"尚秀兰说:"秀文现在走了正路,老汉心里高兴着哩,再说现在秀文跟着你们,我回去给说说,你们准备,我们是姐姐,还能让秀文光棍着?"晚上,尚秀梅说:"我估计是爹的意思，让姐来传话。"

正月结婚，年底尚秀梅就给我生了个大头儿子。我给儿子取名小虎，尚秀梅嘴撇得像个老太太，说："埋怨老人起名土得掉渣，以为是个大学生，动不动卖派学问，给儿子起这么个名字，站在老家的村巷里叫一声小虎，家家都有人应声哩。"她要改，她也准备了好多名字，什么朝阳、旭日、东升、志高、耀祖甚至是建国、前进之类，我坚决不改，说这些比小虎还俗。我说："没听说跟着狼吃肉，跟着虎还不吃人？虎头上有'王'字哩，现在只准生一个，没有帮手，叫小虎，虎虎生风，龙腾虎跃，称王称霸，免得以后受人欺负。"尚秀梅颇不以为然，一脸不屑。我说："这名字一点都不土，唐伯虎，杨虎城，市长牛小虎，多大人物，声名显赫。"我本来还想说片警杨小虎，那是离我们最近最牛的一个人物，可想到她对杨小虎反感得要命，也就罢了。

# 第二十一章

　　这年大年三十下了一场雪，纷纷扬扬的。孩子大大小小都回来了，肖长福高兴，喝了点酒，晚上给银娥说："我给你说说我吧。"银娥说："有啥说的？"肖长福说："你从来没问过我的过去，我不能像个陌生人。"银娥说："你想说早说了，不想说问能问出来？我还不知道你？"

　　肖长福给银娥讲了他的身世。

　　"娘一顺溜生了我们兄弟八个，没生下一个女儿。我是老四，出生时，一家人盼着女儿，生个女儿一家人都能长出口气。生下了，娘迫不及待地在我的裆里一摸，便昏死过去。八个儿啊，一个比一个大一岁多，负担重啊。要是给我们生两三个姐姐妹妹，还可以婚裹婚（换亲），家里还能喘口气。老大结婚把家刮了一遍，老二结婚又把家刮了一遍，还欠下了一屁股的债，老三娶了个寡妇，我只能招女婿。招女婿这是一条注定要受屈辱的路，我心里有准备。然而，我没想到屈辱会那么大。办了婚宴没出六个月，女人就生下一个大头儿子，说是早产，哪有早产的娃九斤重的？我咽下了这口气，心想婆娘是心知肚明的，就该对我心存愧疚，不该再飞扬跋扈地把我当招女婿待。可是这女人一点羞耻都没有，懒惰而且馋，做了什么好吃的，从来想不到我，我出去干活了，他们把好吃的偷着吃了，有我干的活，没有我说的话，日子过得上气不接下气的。接着二儿子出生，我越看越不像自己。有一回，她逼我回家去驮粮，我不去，她就恶言恶语地骂我，说你就是老娘的个遮羞布，你当你是个啥，我告诉你娃，两个儿你当是你的，一个姓周，一个姓李。我把女人打了个遍身青，就离家出走了。婆娘的爹带着户族里人到处抓我。你还记得那只狗吗？在那家里苦了三年多，就带出来一条狗，还是我从家里带去的。"

银娥点点头。她当然记得。那是一只黑狗，肖长福做鞋补鞋时，黑狗就卧在小桌子下面，天气寒冷了，肖长福的一双脚就塞在黑狗的身子下面暖脚。狗吃得很壮实，因为银娥会给一些肠头子，对面是老顾的餐馆，老顾经常会给一些客人吃剩下的肉、骨头。肖长福揪着两个耳朵说你比我的日子过得好。这狗从不咬人。但有一天，一个人来补鞋，就用脚去逗狗，肖长福说你别惹它。可那人不听，结果让黑狗咬了一口。那人大叫着要赔多少钱。肖长福一句话都对不上来，银娥就说都说你几遍了别惹它，你要惹，还有理得不行了？你那是个啥脚，熏得我都站不住，它不咬才怪哩。那人不依不饶，银娥说你挑一双鞋算赔偿你，不然就给我滚。那人就挑了一双鞋走了。银娥说你说你到城里来，还把个狗带来。肖长福说这狗跟我亲嘛，我走了老远了，狗还追着我，我赶都赶不回去，就想领上吧，就领到城里来了。

"一直没给你说，不是我想哄骗你，怕说了你就看不起我了，不跟我好了，对不起你。"

"你心里这么苦，咋不说嘛，说出来心里就不苦了。"

肖长福掏出一个存折说："这存折上的钱小春出事没花掉，我一直装着，没给你说为啥，我等着你问，你问我就给你说，可你一直没问我。"

银娥说："你要告诉我，不用我问。"

"去年冬天我说有事要出去一趟，我是回家去了。我做了个梦，梦见老憨了，就是我家屋后住的老常。他说树根从他腰里穿过去，他腰疼得都直不起来，只能像狗一样趴着走。我说你腰疼跟我有啥关系，给你儿子说去，你又没断后。他说我儿子远着哩，我到不了跟前，再说我给人害了，就你看见了，我不给你说给谁说。我就回去了一趟，树得了人的营养，枝粗叶茂的，挖下去，老憨被树根绞缠住了。我重新挖了墓坑，砌了墓穴，安葬了。前几日，我又梦见他了，他说我那么大的冤情，你咋不给我诉冤，我连祖坟都进不去，尽不了孝，成了孤魂野鬼，我知道你得了人家的好处，我等着你哩，我要在奈河桥上跟你理论哩。这些年每逢下雪，我就会想起那事来，没给你说是我怕说了你看不起我。"

银娥说："你啥都装在心里，给纠缠上了，总得找个阴阳安置安置呢嘛。"

肖长福说："不怨他，怨我自己。那年年关跟前下了场大雪，我去山上打柴，碰上干部打猎。大雪一封山，干部们就经常来打猎，那时候山上野物多。老憨穿得像个熊瞎子，让干部当野猪给打了，他们就埋在了榆树下。我就隐在丛林中，那伙人没看见我，但我盯下他们了，是镇上的书记带人打猎。他们偷偷把老憨埋了。那书记说谁说出去谁死。我哪里敢给他申冤，那些人是咱们惹得起的？从老家出来后，我动了邪念，就去找那书记，那书记开始很厉害，说要把我抓了，让我坐牢，我豁出去了，我说你抓了我关了我，能封了我的嘴？我埋下底线哩。他就怕了，每次去都给我钱，还有烟酒。这钱我收了，也一直没花，每年我回去一趟，这些年下来也有四万吧。前年他死了，心脏病，我就想怕是我害了他，我给他心里放事了。一直想着给咱们儿子攒着，可后来不敢这样想了，这不是咱的钱，是老憨的命钱。老憨有个儿子，我就想着给老憨的儿子，

278

可这娃自出门打工就没了音讯，家里又再没啥人，这几年我一直打听，找不到嘛。要是找到，我想给他去。"

"就是，你说你装上派上啥用场了？给自己心里装了个事嘛。"

"你装着，有逼人的事就用着，没逼人的事就存着，密码还是你的生日。"

"你啥密码咋都设我的生日？"

肖长福嘿嘿一笑说："家里娃多，我都不知道自己的生日，办折子的时候人家说最好不要用自己的生日、身份证号码、手机号码，我就用你的生日，这世上我想来想去就知道你的生日嘛。这钱你装着，老憨的儿子叫郑学军，以后要是能找到，你就给那娃去。"

银娥说："你呢？你咋了，今儿说话古怪得。"

肖长福笑笑说："喝多了酒嘛。"

正月十五一过，几栋楼要拆，肖长福去工地上干活。补鞋的生意越来越清淡。好在城市建设摊子铺得很开，到处都是拆迁工地，方宏达如今是第三建筑公司的项目经理，肖长福就常去工地干些活。

这天，方宏达给肖长福送来一个不锈钢保温杯和一盒茶叶，说："叔，泡茶，这年龄了要多喝茶，喝点热茶好。"肖长福说："谢谢你方总。"方宏达笑了说："叔真会开玩笑，你还叫我方总，跟我还说谢谢，以后叫我小方或宏达，要不我可生气哩。"肖长福说："宏达，问你个事？"方宏达说："啥事？"肖长福说："要是工地上出了事，你担多大责任？我是说是公司赔还是谁负责工地谁赔？"方宏达说："那要看具体情况，不过工地出的事一般都是公司占大头，个人嘛担点责任，你问这做啥？叔，这话可不吉利。"肖长福说："我有个亲戚在工地上出了事。"方宏达说："是咱们这城里的工地，哪个公司的，我大多数都熟悉，给它们说说能处理好点。"

279

肖长福说："不在咱们城里，在南边，远着哩。"方宏达说："那就鞭长莫及了，你让他好好请个律师，请不起有律师志愿者服务团，免费的。"

六月的一天，肖长福在一堵墙下敲水泥板取钢筋，他摘掉了安全帽，老李说："你戴上，戴上，危险得很。"肖长福说："这东西戴上压得脑袋整天木愣愣，像是个西瓜。再说这么热的天，你看我头上的汗水。"老李说："快把安全帽戴上，要不公司领导看见了，或让路人拍了挂到网上，都要担责任的。"肖长福说："没事，我透透风就戴上。"老李说："你不要在墙下敲，到这边来敲，那墙现在失去了靠山，容易倒塌。"肖长福说："没事的，钢筋拉着哩，这天晒得，借点阴凉。"老李说："你呀，还是小心为好。"肖长福说："咱这人命贱。"老李说："命贱也是命嘛。"远处的老崔说："要是出了事，命贱也能卖个好价钱。"老李说："你个崔卵泡，说话不能吉利点？"

肖长福抡着大锤敲墙根一疙瘩混凝土，砸在墙上，墙就迎着肖长福倒了下来。被挖出来时，就只剩下一口气了。

肖长福三天后清醒了过来，拉着银娥的手悄声说："让他们都出去，我有话跟你说。"银娥说："你别说话，等好了咱们好好说。"肖长福说："不说没时间了，我活不了了，人到死的时候都知道。"银娥说："胡说啥哩，你这不是醒过来了嘛，活得好好的，说死了的话？"肖长福说："你听我的。"其他人出去了，肖长福攒了半天气力说："不出这事我也活不了多久了。"银娥说："胡说啥哩，脑子坏了。"肖长福说："前不久我总觉得肋巴下面隐隐作痛，一检查是肺癌，大夫说晚期了，最多一年最快半年。"银娥呆了，说："你、你咋没给我说起过？"肖长福说："给你说有用？一个人心里装得下的事让你也装上？"

银娥泪水扑簌簌落下来说："都是我啊，我不该沾你，我命太硬了。"

肖长福说："你别这么说，不是你命硬，整日坐在路边，汽车尾气、尘灰，他们说是尘肺病造成的。"银娥说："你咋不说，总得看看嘛。"肖长福说："花那钱做啥？癌症看好的有几个？人都说越看死得越快。"银娥说："再贵也得看嘛，把疼止了，把心尽了，走了人也就不扯心了。"肖长福："疼得久了就麻木了，有种镇痛药厉害，吃上就不疼了。"银娥用指头梳理着肖长福的头发长叹一声。肖长福说："你悄悄地知道就行了，不要给人说，这赔偿的事我问清楚了，是公司赔，不会让宏达出的，你记着这娃的好就行了，也是没办法。"

再次清醒过来，肖长福说："赔下的钱和攒下的钱我估摸够买个小门面房，你就买个小门面房，在屋子里卖肉，戴上个口罩，这街上灰尘大的，城里人也觉得卫生。"银娥说："我还能活多久，就那样吧，赔下的钱给他爷吧。"肖长福说："他爷一辈子只会下苦，不会花钱，给他他也拿不住，就让兄弟们掏着花了，一辈子也没得个啥病，哪儿疼了就吃个去疼片，花不了几个钱，你每月给寄上点。"

肖长福拉着银娥的手捏着说："你要好好活着，你死了他们咋办？我们都是有福人，死到你前面了，把娃都给你撂下了，他们一个个就像债主一样，你苦啊，日子长拖拖的。"顿了顿又说："再叫你一回姐吧，谢谢你，你让我没白活，我叫了你几年姐，其实年龄我和兆春兄弟同岁，我就想把自己说小一些，那时候我就喜欢你，才把鞋摊子摆到你肉摊子旁边。两个兄弟占的地方是好地方，太贵了，我死了你把我烧了，人烧了就一把灰，你悄悄地在两个兄弟间挖个坑，像窖洋芋一样窖了，我们三个不会打架的。我一辈子没个朋友，活着命苦得盐罐里生蛆，死了却有两个好兄弟，知足哩。"银娥说："别说了，我都听累了。""我也累了，谢谢你。"肖长福一笑，眼睛闭上了，再没睁开。

医院正在搞扩建，方宏达有一间临时办公室，方宏达把银娥叫到办公室说："婶，我叔的事你提要求吧。"银娥叹口气说："就依公家处理吧。"方宏达说："婶，你放心，我一定尽我的心。"正说着，随着一阵吵闹，扑进来一帮人，就跟方宏达大吵起来，一婆娘扑上去抓银娥，连踢带打的，被方宏达架开，一个汉子还把一个杯子抓起来摔了，把凳子踢翻了。老耿和老顾说："你们要做啥，有事说事，撒什么野？"那婆娘一屁股便坐在地上号哭吼骂开了，狐狸精，二奶，第三者，小三，显然这是设计过的。

银娥的脸上被抓了几道血印往出渗血。方宏达把她从屋里拉出来，银娥凄然一笑说："你没听他们咋骂我，狐狸精，二奶，第三者，都这把年龄了，还小三呢。你跟他们说吧，好好说，赶快让他们走人，丢人现眼的。"方宏达说："婶，这咋回事？"银娥把肖长福的过去说了。方宏达说："婶，你别管，回家，我来处理。"银娥说："你别为难。"

方宏达进去打量打量几个人，估摸那婆娘该是肖长福的前妻，便说："大婶……"那婆娘说："别叫我大婶。"方宏达说："那该叫什么？这么看来你们不是来处理事了，是来闹事的，那你们先闹吧，闹完了再说。"说完就往外走，那个汉子扑上来说："想走没那么容易。"说着抓起一个杯子又要摔，方宏达说："一个杯子一百块，你已经摔了一个了，要还想摔就继续摔。"汉子迟疑了一下，放下了杯子，说："别当我们没见过世面，别想蒙混过关，我们也在城里混了多年了。"方宏达说："那你该知道城里人的厉害，在城里想跟我玩邪的？"这时另一个汉子说："都先别闹了，听他咋说？"方宏达打量一眼，夹个小黑包，西装革履的，皮鞋擦得贼亮，头发梳得纹丝不乱，想必是个有工作的。婆娘的小儿子说："我舅哥是干部，镇上的干部。"方宏达说："介绍一下你的团队吧。"干部——介绍，来的人分别是肖长福的前妻及其男人、弟弟、四个儿子。

方宏达对坐在地上的婆娘说:"大婶,到吃饭时间了,一起吃饭吧,边吃边说。"婆娘说:"别来那些虚套套,你们想咋了事?"方宏达说:"饭也不吃了?"婆娘说:"吃了人家嘴软,拿了人家手短,我们就要钱。"方宏达说:"那你说吧。"婆娘狮子大张口,一百万。方宏达笑了说:"国家有赔偿标准,你以为你要多少就给你多少?"婆娘说:"你们把国家买通了,当然给我们说国家有标准。"方宏达噗地笑了说:"你有本事也把国家买通了呀。"干部说:"别给我们说那么多,谁也不是吓大的。"方宏达说:"看这阵势你们早就商量好了。"婆娘的小儿子说:"不商量好,怎么跟你谈呢?"方宏达说:"看来你们不是来协商沟通的,这态度那没得谈了,等着打官司吧。"说完就要走,干部说:"别以为打官司我们就怯了。"方宏达不搭话,正要出门时,干部说:"别走,你说吧,我们听听你们到底打算赔偿多少。"方宏达笑笑,不接话茬,他盯着婆娘说:"从年龄上讲,我尊你一声婶。"干部说:"你别套近乎,也别给我们哭穷,就说赔偿。"方宏达说:"该赔偿的肯定少不了,你是干部,法律法规你是知道的,在解决问题前,我想问婶几个问题,你要从实回答,不然处理时会出问题。"婆娘瞪大眼睛看着他说:"你只要把钱数认下,你问啥我说啥。"方宏达说:"钱没问题,我们那么大的公司,不差那几个钱,只要婶如实回答,因为我还要给公司汇报。"婆娘看干部,干部说:"你问吧。"方宏达说:"第一个问题,你是怎么知道叔出事的?是我叔告诉你的吗?"婆娘说:"不是,是有人给我说的。"方宏达说:"那你跟我叔最后一次联系是啥时候?"婆娘说:"不记得了。"方宏达说:"怎么不记得了,好好想想是去年还是前年?"婆娘翻着眼睛说:"有三四十年了,忘了。"干部说:"别说了,你就说赔偿吧。"方宏达说:"没弄清楚怎么赔偿?我还觉得是冒充的呢。"婆娘说:"冒充的,你想讹诈我们?""讹你,我还怕你们讹我们呢,"

方宏达盯着那四个儿说:"你们谁是姓肖的?"几个人不说话,方宏达说:"为什么这四个儿子没有一个姓肖的呢?"婆娘说:"这你管不着。"干部说:"我们不跟你谈。"方宏达:"那你想跟谁谈?"干部说:"跟你们公司领导谈。"方宏达说:"我就代表我们公司。"几个人都不说话了。

方宏达说:"老实说,钱公司肯定赔偿,但没弄清楚之前,一分钱都不会赔的,所以你必须老实交代。"干部抓住话头说:"你这是审我们?"方宏达笑笑说:"到底是干部,抓字眼抓得及时,可惜你把事想得太简单,我现在说话你别插嘴,我问你的时候你才能说,听到了吗?"干部不说话,方宏达说:"婶,你说吧,多少年没联系,要准确数字。"婆娘说:"老二,你今年二十几了?"老二说:"你咋连我岁数都不记得了,翻年就三十了。"婆娘说:"那就二十七年了,我生下老二的第二年他就走了。"方宏达说:"走了就再没联系过?"婆娘说:"没有。"方宏达说:"这些年没联系,那你咋又知道叔的消息?"婆娘说:"他以为他能上天入地?我堂弟也跑到城里来了,见过他。"方宏达说:"那你知道他在城里,也没来找过他?"婆娘一撇嘴说:"我巴不得他死了哩,死了我眼前路都宽了,他当离了他我们就活不了?"方宏达说:"那婶就没改嫁?"干部说:"你问这做啥?"方宏达说:"我得问清楚向公司汇报。"干部说:"就说赔偿,别乱扯。"方宏达说:"赔偿我也得搞清楚,不搞清楚乱赔偿?谁知道你们是不是正宗的。"婆娘说:"不结婚,我一大家子人,能活下去?"干部说:"我舅妈不是重婚。"方宏达说:"还知道重婚?"干部说:"我舅妈是去乡上办了离婚的,法律你知道,多少年不回家就……"方宏达摆摆手打断说:"是哪一年的事?"婆娘说:"他走了的第三年。"方宏达一笑说:"你倒挺着急的。"婆娘说:"难道我要为他守一辈子空房?"那老头说:"1986年,我记着哩。"方宏达一笑说:"那就是婶与叔已经不是夫

284

妻关系？"干部说："不是夫妻关系，可两个儿是他的。"方宏达说："我咋看不出来，从你们一来到现在，他们俩还没见他多一面，更别说哭一场，连张纸都没烧呀。"婆娘说："这你管不着。"方宏达一拍桌子说："不是看在你年龄大了，我真一泡尿尿到你脸上，连最起码的脸都不要了。"婆娘说："他就没认过这两个儿。"方宏达说："为啥不认呢？"婆娘说："他……"干部推了一把那婆娘吼了一声说："你不要说了。"方宏达说："既然没认过，这事可有说的了。"干部说："二十多年不见面，能有感情吗？他为儿子做过什么？"方宏达说："有感情没感情不说，他们是他的儿子，就是装样子也该装装呀，也好让人们同情你，这样你才能讹诈到钱不是？"干部说："你一口一个讹诈，小心说话。"方宏达说："告我诽谤？那你能不能告诉我，两个儿为啥没有一个姓肖的？"两个儿子齐声说："跟他姓，他管过我们吗？"方宏达说："好了，没工夫跟你们扯淡，这事跟你们没有任何关系，哪里来给我滚回哪里去。"干部扯着方宏达的衣襟，方宏达说："想跟我动武？"干部说："不是不是，你出来我跟你说几句话。"方宏达跟着干部出来，干部递给他一根烟，他没接，干部说："这样，你给我们争取，到时间我们返你百分之二十。"方宏达笑着说："太少了吧。"干部说："最高我可以给你百分之二十五，你看一大家子人，可怜着哩。"方宏达在干部脸上拍了两巴掌说："你咋就当上干部的呢？"干部说："当兵转业。"方宏达长笑一声，进屋说："我该下班了，明天我不想再见到你们，滚。"干部说："走，我们走，把人抬上，找个说理的地方去。"方宏达说："抬到市政府、省政府门口上访？早知道你们会来这一手，本来不想揭你们的底，那就别怪我不客气了。"说着对外面喊："进来，把老大老二带去抽血。"干部说："你要做啥？"方宏达说："DNA 知道吗？"干部不言语，婆娘说："啥 DNA？"方宏达说："就是通过验血就知道这两个是不是叔的儿子，冒充是充不过去的，一查人们就知道你干过些啥事了。"婆娘说："那、那不能验。"干部说："这有你的啥事？"方宏达说："你他妈的是个干部对不？"干部说："干部咋的了？你嘴巴放干净点。"方宏达嘿嘿一笑说："你当你一个干部有多牛逼？娘的，你是个屁，像你这样的干部打在老子眼里都不磨，老子骂你了，咋了？带着凶神恶煞来抢劫了？两个儿子爹死了，没磕一个头，没烧一张纸，连最起码的人情礼仪都不讲，你是个啥干部？你不是要抬人上访嘛，让开，让他们抬，把手机相机给我准备着，给这干部来张特写，发到网上去。"干部忙遮着脸说："你要做啥？"方宏达说："给你登报，上微博、微信呀，你不是要抬人上访吗，你不是干部吗，让你出出大名。"干部就遮住自己的脸往外跑。两个儿子和抽血的打起来，方宏达说："你们不抽血也行，那我就告你们诈骗罪。"那婆娘不依了，躺倒在地，撒泼打滚，方宏达说："看你年龄大，我叫你一声大婶，你现在就是钻到车轱辘底下，也没人理会你的，再闹就是耍无赖，影响市容，有人收拾你。"那婆娘忽然扑过来抱住了方宏达的腿，方宏达说："要赖是不？干部，你给我过来。"干部过来了，说："舅妈，你起来。"婆娘不起来，干部对那老汉说："拉起来，拉起来。"婆娘放声号哭，方宏达说："你要是一进来就跪到叔的尸体前哭，或许我还会心软。"又对干部说，"干部，你说咋办？现在不是讲孝呢吗？"干部说："我不管了。"方宏达说："你不管了，这时间脱不了身的，咱们的谈话我可都拿手机录音了。"干部扯着方宏达走到远处说："你别生气，咱们好好说说，你开个价，我们能接受就接受了。"方宏达说："做买卖呀，呸。"干部说："你不要逼人太甚。"方宏达说："我告诉你还有事哩，你等着。"

　　方宏达出来，银娥说："算了吧，就赔给他们算了，这丢人现眼的，让死人都不得安生。"方宏达说："正因为要让死者安生，婶，你配合一下。"银娥说："咋配合？"方宏达说："你以我叔的名义给我们公司打一个二十八万的欠条，把叔的手印按上，你信任我吗？"银娥说："多少年了，看着你长大的，咋还不信任？"方宏达笑着说："就凭我叔每年给我弟兄俩一人做一双鞋，婶你也该信任我，那是我这辈子忘不了的事。"银娥打了欠条，拿到停尸间把肖长福的手拉起来按指印的时候，那双手到处是伤口，指缝间污泥还在，银娥泪水扑簌簌落下来。

第二天一早，方宏达带了公司老李等四个人到了宾馆，干部几个人都刚起来，方宏达说："我还当你们跑了哩。"干部说："我们跑了，你可真会往好处想。"方宏达说："正好你们都在，肖长福这几年还欠我们公司二十八万，这是他的欠条，你们先把钱给清了。"婆娘说："你说得好，他欠的钱我们为啥要替他还？"方宏达说："话可不能这样说，既然你认他是你家一口人，两个孩子也是他的，父债子还，天经地义。"方宏达对干部招招手说你过来。干部过来，方宏达说："你看看欠条吧。"干部说："怎么欠的？"方宏达说："这牵到死者的隐私，没必要告诉你，打官司的时候，你就会知道。"婆娘扑过来说："你这是讹诈。""没工夫跟你闲扯，"方宏达回头对公司四个人说，"给我盯紧了，人要走脱你们就给我去找，找不见你们就别干了。"说完往外就走，干部追上来说："你给我说个实话，肖长福能赔多少钱？"方宏达说："就是赔一千万，你觉得你们能拿到一分钱吗？你还是干部，出头闹事，脸不要了不说，连道义也不讲了。"到了中午，老李打电话说他们有走的迹象，方宏达说你们去吃饭，留一个守着，让他们走。到下午，老李打来电话说他们已经撤光了。

方宏达对银娥说："婶，这欠条你收着，先别毁，万一这些家伙再找上门来，咱们再做戏。"银娥说："你拿着吧。"方宏达说："我拿着没用。"银娥收了欠条，方宏达说："婶，赔偿费一下来，我们公司有内部特价房，到时给你弄一套，你们就搬进去吧，唉，我还像肖义一样大的时候，就记得你住在锦绣那间小屋里，几十年了。"银娥说："真是要谢谢你。"方宏达说："婶，这话就见外了，也是咱们有缘，你看我叔出这事还就出到我们公司了。"银娥说："宏达，婶不瞒你，你叔得了绝症，是故意……"方宏达说："婶，千万别说出去。"

墓地是公司买的，离贾兆春、孙连的墓地不远。春山顶上的雪反射着晶莹剔透的光，那也是阳光，你不会想到酷热，而想到冷。背阳的一面是黑苍苍的森林，风大的时候，能听到阵阵松涛，鸟还是很多的，鹞子，老鹰，鸽子，野鸡，这里是它们的天堂，展翅亮嗓。倘若是早晨，有一种鸟会在枝头，一声一声地啼叫，就像那些吊嗓子的人，执着持久。山风是清爽的，贴着地皮刮过，地上的草起伏如潮。因为残雪，山就有了形象，像羊，像豹，像牛，像猪，像人。山坡上，有一种花，花骨朵长满了刺，像个仙人球，但开出的花极其艳丽，芳香扑鼻。

肖长福死后，银娥又多了一份活计：摆鞋摊。在锦绣补鞋的人还是有的。

# 第二十二章

你信这世上有狗屎运吗？以前我不信，现在我信了，能在湖景水郡买下这套房子，我就是交了狗屎运。在锦绣，一天多收入三五百元，那就算交狗屎运了，可我这狗屎运交得大了。

我买彩票中了奖，虽说不是几百万上千万甚至是上亿元的大奖，但乱七八糟的税费和捐助除去后净得五十八万。忽如一夜春风来，千树万树梨花开，这是我中学背过的一首诗中的两句，用来形容我的大运那简直是贴切。

那晚和以往每一天没什么不同，尚秀梅在看韩剧，我在写作——几年的坚持，写出东西变成印刷品已不是难事，这是一种鼓舞，稿酬虽少，也是收入。如果说我现在基本解决了物质（生计或者说就业）问题，那么写作则让我有了精神追求。这是一部中篇小说，写得不顺，纠缠了一阵，我就去床上躺着看书。上床不到半小时，定然睡意蒙眬，这是我的习惯。关电脑时，我查看了中奖信息。

别人交了好运，我会故作感慨地说天上老不掉馅饼，掉了一回馅饼还掉到狗嘴里了。没想到这回天上掉馅饼竟掉到我嘴里，而且这个馅饼大得劈头盖脸把我砸晕了。

我有一种休克的感觉，忙深呼吸，又点了一根烟，狠吸几口，盯着彩票一个数字一个数字对了几遍，才声嘶力竭地叫："秀梅，尚秀梅。"尚秀梅说："咋了，天塌了，地陷了？"她并没有在我的高声惊叫中走过来。我又连叫几声尚秀梅，说："中了，中了。"后来我回忆当时的情景，我想自己一定像《范进中举》中范进那样高喊"中了"，只不过我没有疯罢了。

　　尚秀梅没有做出任何反应，她显然不信，数年日复一日月复一月年复一年执着买彩票未能中奖，尚秀梅已经麻木了，何况以前我老这样骗她。尚秀梅讥讽说全世界的数学家都不会去买彩票，你知道为啥吗？因为他们知道，在买彩票的路上被汽车撞死的概率远高于中大奖的概率。我自我解嘲说梦想还是要有的，万一要实现了呢？尚秀梅说不要说是万一，怕一万要实现了，也不会是你，白日做梦。我就此把网名取了"白日做梦"。事实上连我也麻木了，已失去最初的激情，哪像刚开始买彩票那会儿，每天开奖时就守着电视等候开奖结果，就像自己一定能中奖一样。虽然失去了激情，但彩票依旧天天买，就像抽烟买烟，成了一个习惯，被尚秀梅骂为恶习。

　　我过去一把扯过尚秀梅说："中了，中了。"尚秀梅抓过彩票核实信息后，一跃骑在我的身上，搂着我狂亲，她真下口，把我嘴唇都咬烂了。我推开她说你干啥，想吃人呀。她脸红了，给我擦着嘴唇上的血说没把住噻。我说我要咬你。

　　接下来我们赶紧查阅兑奖规则程序。按规定首先要到省福彩中心办理验票兑奖，验票无误，中奖奖金在十个工作日内一次性划拨到市福彩中心，市中心在五个工作日内通知中奖者携带盖章的中奖彩票及本人有效身份证件前去领取奖金。我们担心验票会出问题，因为屡不中奖，彩票买到后就和零钱窝在一起，皱巴巴的。尚秀梅埋怨我，她想把彩票往展里弄弄，我说:"别动它，越弄越有问题。"她说:"要不拿熨斗熨展了。"我说:"千万别，它很娇气的，就让它这样。"我把它夹在书里。尚秀梅就像打了激素，亢奋，神经，卖萌。我说:"别高兴过头，钱拿到手才算真正中奖。"过分的激动让我们半夜就饿了，又做了饭，还喝了酒，坐等天明。

第二日一早，我们就赶到省福彩中心验票兑奖。因为紧张，我们都有些气短胸闷。那验票员说:"你看你把彩票揉成啥了。"我们的心一下悬起来。还好，票验过了。随着验票员"哐"盖上公章，我们悬着的心彻底放下了。接下来就是翘首以待领奖金的日子。这是多么煎熬人的一个过程，钱没有拿到手，我们不敢肯定中奖了。

我们为领奖做了充足的准备，尚秀梅拿出一双长筒袜往我头上套，我说:"你干啥，晦气，拿开，拿开。"尚秀梅:"没穿过，新新的。"我说:"新的也晦气。"尚秀梅说:"那你说咋弄，总不能这样去领奖吧?"我笑了，说:"你还真当电视上说的那样，电视看晕头了，那我还不如胸前塞两个馒头打扮成个女的。"尚秀梅认真了，说:"那最好了。"我说:"好个屁，人高马大的，装个女人不引起别人的注意?"我们上了趟街，专门买了一身行头，一顶像《水浒传》上武松戴的圈帽，一身平时不穿的军队迷彩装，一双战地旅游靴。当我穿戴好，站在镜子前时，我自己都不认识自己了。再把帽子往深里戴戴，我连自己都看不见了。

我说:"一个字都不能说，别整天扛着一张嘴到处嚷嚷，就像下了蛋的母鸡单怕人不知道下蛋了。"尚秀梅踢了我一脚说:"当我是瓜子，二百五?"我扬着彩票说:"你敢踢我?"尚秀梅嘻嘻一笑:"谁让你说我。"我说:"再敢踢我我就包二奶。"尚秀梅又踢了我一脚说:"就你那点出息，二奶太老了，小三小四，当干爹，明儿就赶紧享受。"我说:"对对对，给你找个干爹、二爷。"尚秀梅再踢了我一脚说："我不要找个干爹、二爷，我要孙子。"

我们怕人打劫，但更怕的是有人借钱。倘若传扬开来，借钱的会排成长队。我们的生活圈子里都是差钱的人，娶媳妇的，看病的，做生意倒手的，买房的……你借他借的，再中一次奖都不够借的，而一下子有了几十万，他们开口都会很大。当然借也不是白借，他们会出比银行高点的利息，因为一般人贷款，要抵押，要担保，真是难于上青天。借的时候都说倒个手，借到手谁知道猴年马月才能还回来，还不回来你还能把他的孩子拉出去卖了？不是我们小气，我们手头不方便的时候也是经常问人借钱。问题是几十万那是一个能干件大事的整体，你借他借的就溃不成军了，还的时候今儿几个明儿几个就像吃流水席，几十万就成了零钱了，干不了大事。可不借怎么能行呢？都是亲朋好友，都是一起生活了多年的街坊邻居，低头不见抬头见的不说，而且我们的业务——哪里能说得上业务，应该说是生计，都是互相关联关照的，不借可就全得罪下了。

幸运的是这张彩票不是在大福的"希望彩票屋"买的，锦绣人不知道。现在我已经是个地道的水暖工了，永远在路上，天明奔波，夜黑归巢，路上碰到彩票屋就买了。但捂是捂不了多长时间的，如今是信息时代，纸越来越包不住火了，尽管他们说为中奖者保密，但很多中奖的都传出来了。因此，对付借钱的上策是尽快把钱花掉。如何尽快花掉即将到手的几十万，那当然只有买房。买了房，谁要问我们借，我们还要反过来问他借哩。对于我们，买门面房是最划算的，有了自己的门面房，我们就不用再租房，租房费就省下来了，省了就是挣了，何况买住宅是消费，买门面房是投资，这账我们算得清着哩，我们早就这样盘算过了，只是苦于没钱。现在尚秀梅却提出买住宅，"小虎眨眼间就要上学，现在买房有政策，可以带户口，有了户口小虎就能像城里孩子享受划片区入学，就不用花钱走关系。"我没这样想过。

尚秀梅说："算账的事嘛，你想，为小虎办入学那可不是几个钱的事，这不是省下一大笔钱？这点钱买门面房还要贷款，买了门面房，不装修了？利息有多高？背得起？人家公司给咱们活，都得先垫钱干，有钱垫着干？"我搂住尚秀梅美美地亲了几口说："你说你这脑子啊，咱怎么不当市长、省长、总理呢？"

目标明确了，心还悬在空中，奖金没拿到手，就是纸上谈兵，你只能相信攥在手里的东西。我们还在干活，可都心不在焉，结果我左手的食指让管道卡断了。

终于到了领奖那天。我希望刮一场铺天盖地的沙尘暴，全世界都一派混沌，能见度不足十米，然而，天高云淡，晴空万里。我们武装好出门时，尚秀梅说："你的左手不能这么露在外面，等我去买双手套。"我说："这样最好，钱领到手，过两天这指头也好了，包扎一取，谁还认识。"

打的时那司机一脸疑惑地打量我们。我想他一定想到了恐怖分子，因为全世界都在反恐，打开电视就是恐怖，但他最终还是载了我们。市福彩中心是一个普通得不能再普通的地方，根本没我们想得那么隐蔽神秘。一切手续履行完，代扣税过后，他们问我要不要做公益事业，一般要捐的。我说："最低要捐多少。"他们说："三五万都行。"我说："我捐一千行不？"他们就笑，笑得我又害臊又发毛。一个说："这是意外之财，也就是人们说的横财，横财就得打尖，你还是好好捐点吧，行善积福，捐款慷慨的人都会再次中奖。"我知道他们是在激我诱我，但打尖让我心里一沉，横财不打尖留不住，老家和锦绣都有这样的说法。我咬咬嘴唇说："那就捐一万吧。"他们问我想捐给哪类人，我想到父母，就说："老人养老吧。"扣税和捐款算完，他们说："零头也捐了吧。"我说："好。"结果他们把五千六百四十元都扣了，我说："这、这么算算零头，我说的零头是四十块。"他们又笑了，说："中奖要是过百万，一万都是零头。"我说："你们这儿的零头可真大，捐就捐了吧。"他们很快开出一张支票。整个过程很顺利，很安全，倒是把支票往我卡上存时有些可怕，银行人很多，而我又穿得比较怪异，天气还没到像我这样穿的季节，大家目光都投向我，连一排柜员都瞪大眼睛，保安始终警惕地盯着我。我们是小题大做了。更可笑的是尚秀梅，像电影中那些隐身保镖，远远地保护着我。

把钱存到卡上，又修改了密码，悬着的心终于落实了，我们才彻底亢奋起来，进了最火的"拉斯维加斯"酒吧，我们一人提一瓶啤酒，"嘭"地拉开瓶盖对吹，我才发现尚秀梅现实的背后也很浪漫。我们喝大了，又去歌舞厅包了一间雅座飙歌，还疯狂做了爱，一直折腾到凌晨，出来又遇到第一场西伯利亚寒流。

穷人发财如受罪，老先人总是把话说得一针见血，我大病了一场。好几天我昏昏沉沉处在恍惚中，轻飘飘的，像是一朵蒲公英的种子在飞，我问尚秀梅是在人间吗，尚秀梅说："正在去天堂的路上。"

病刚刚轻了点，我们驾驶长城皮卡马不停蹄地奔走于雨后春笋般的楼宇之间。我们选房在意的首要条件不是小区建设的硬件，而是小区周边学校的教学声望。我们盯着省城的名校奔波，考察其周边的小区。

以前考虑小虎上学，我们没考虑过名校，几万十几万的花销我们不敢妄想。我们理想的学校是中等偏上，师傅领进门，修行在个人，只要小虎好好学习，将来就能像他小爹一样，他小爹拿的是市上的状元，上的是北大。现在我们可以往名校想了。

省城的名校我们如数家珍，周边的房子叫学区房，那价格简直有些离谱，即使是中等偏上的学校周边的小区，房子也贵得像抢人。名校周边买一套在偏远地方能买两三套，而且房源还很紧张（你不能不感叹有钱人多啊）。当然了，小区越偏远学校越差，且没有选择余地。几日跑下来，越看我们内心越纠结越悲凉，我们只能悲愤地做出决定：在偏僻地方买房，省下的钱为小虎买好学校上。尽管这样一来接送小虎上学就很辛苦，至少要比别人早起一两个小时，也会给我们的生意带来很大麻烦，但像我们这样讨生活的人，三更灯火五更鸡又算个啥呢？我们不怕吃苦。

有道是运气来了门板都挡不住，就在我们决意这样做的时候，天上又掉馅饼砸在我们头上。这真是紫气东来福祉盈门啊。

那天老拐子娶儿媳妇，吃席时大嘴长叹一声说："唉，人家都有几套房子了，国家还给分房子，湖景水郡多好的地段，房子比十八里店的还便宜，人家转个手就十几二十万地挣哩，难怪都把头挤破了要当干部，这世道。"大嘴是美家装修公司的装修工。美家装修公司这几年有了名气，湖景水郡这样小区的活都能揽到，大嘴的信息自然比我们要灵通得多。

晚上我去找大嘴，把想买房的意思说了。大嘴撇撇嘴说："你别妄想了，人家要一次付清哩，要不然有几百套，也早抢光了。"我说："我、我想办法嘛。"大嘴眼睛瞪得像玻璃珠子，半晌说："你想办法？抢银行？"他眼珠翻了几翻又说："对了，前两天广播上播寻物启事，说一个人把几十万丢在公交车上了，你捡到了？"大嘴的嘴并不大，甚至有些小，就是因为他装不住话，人们才叫他大嘴，倘若真像他说的一个人把几十万丢在公交车上了，他一张嘴乱说，传出去捕风捉影的会是个很大的麻烦。不说实情是不行了，反正我们已经要买房，说了也无妨，我实话实说。大嘴张着嘴半晌说："你，你……你原来是个闷肚子财主……嗬，这么大的事都窝得住，将来能成大事哩。"又说，"也不请大家过个天阴，啧啧啧。"我忙说："这不是买房呢嘛，还没抽出时间来，肯定要请大家好好过个天阴。"

湖景水郡，多么烂俗的一个名字啊。我们这座城市很缺水，这几年却大打水牌，挖了许多湖，严格地说多数都像水塘，这湖那水的小区名字就泛滥了，湖景华庭、滨湖小镇、临湖雅舍、观湖，甚至叫什么海景、宝岛、水城威尼斯。再美好典雅的东西一泛滥就俗不可耐了。

然而，小区绝对的不俗。首先是地理位置绝佳。描述起来有些费事，干脆打个比方，如果是在北京，那么站在十层以上楼房的窗前，天安门、故宫、国家大剧院等都尽收眼底。其次是真的有湖，且不是水塘，不是老湖，是新挖掘的，假山、小桥、回廊、广场、游乐园之类既古典又有欧美风。第三是绿化档次高。树多是参天大树，且多为名贵品种，挂着身份牌；草皮种植的是挪威草，密匝匝如地毯，随意坐卧踩踏，依旧茂盛。附近的医院，是医科大学附属医院分部，至于银行、商场等是一应俱全。

更为不俗的是孩子读书划片区入学是二小、五中，这可都是位列三甲的名校，小虎可以享受划片区招生进二小和五中读书，我们连梦都没做过，而老朱说得那么轻描淡写，这是真的吗？我又恍惚了，结巴着说："孩子真、真能上这两所学校？""划片区招生，报纸、电视都报道了，你们这些人怎么连政府重大决策都不知道？湖景水郡的子女就划片在二小和五中招生范围内，为什么不能上？难道政府的政策是一纸空文？"老朱咄咄逼人。我多次用过一纸空文对一些政策发表意见，可我哪敢跟老朱发表什么意见。如果真像老朱说的，这便宜占大了，我很快就不恍惚了，想也想得明白，要说湖景水郡最不俗之处在于你有钱不一定住得进来，这不是商品住宅小区，通俗而准确的说法是省政府家属大院，不对外销售的。我按捺住狂喜在心里大叫一声。

老朱就是卖房人，一身名牌，皮鞋黑亮，夹个皮包，大腹便便，稀疏的几缕头发被摩丝定在头上，油光闪亮，一句话，官员的气场很强。这种形象的人平时见我们都是一副高高在上的姿态，都不正眼瞧我们的。

老朱从包里掏出一包软"中华"，抽出一根，我以为他要给我，他却插到自己肉嘟嘟紫乎乎的嘴里。我心里很是不悦，心里骂妈的，姑且不说烟火不分家，现在我们是在做买卖，你再是领导，做买卖大家就是公平的，讲究的是烟火搭话，讲究的是买卖不成仁义在。

湖景水郡房子的性质我弄不明白（这中间名堂很多，叫法很多，比如集资房、经济适用房之类），往朴素里说是政府分配给干部的，价格当然很低，比最偏僻区域的小区价格还低，当然政府给干部的价格我们是买不走的，我们要给房主十五万。这让尚秀梅十分不快，回来就炸锅了，说："为啥要平白无故给他十五万，我们辛辛苦苦多少年也没攒下过十五万。"她简直是怒不可遏了，狂拍着床说："为啥？为啥？这不公平！"我也愤怒，可对尚秀梅的愤怒我很有些鄙夷，我说："头发长见识短，这只是十五万的事吗？人家哪个不是几套房，还给分房，这就公平了？"尚秀梅恍然大悟似的说："对呀，对呀，为啥，为啥？"很快我的脑子转过弯来，这是跟我们有关系的事吗？这是我们该生气愤怒的事吗？即使加上平白无故给人家的十五万，我们也等于是拿最偏远小区的房价买下城市中心圈的房子，而且是政府家属院，于我们不啻天上又往嘴里掉了一次馅饼。这样一说，尚秀梅哑口无言了，最后我感慨地抚慰她说："公平是相对的，不是绝对的。"尚秀梅说："我就是觉得不平嘛。"我说："干脆不受这气，不买了。"尚秀梅踢了我一脚："猪。"

隔日，老朱拿出协议，看后我才明白房子五年后才能上市买卖，也就是说五年后才能归我名下，五年内还在人家名下，而且老朱不是房主。

真是晴天霹雳，五雷轰顶，我立时想到了圈套，一房两卖三卖这样的咄咄怪事新闻报道过不少，有人的房子被人像儿童一样被拐卖了两次三次自己还不知道。是啊，世上哪有免费的午餐。我不敢跟老朱发火，硬着头皮说："你……你不是房主？"老朱说："你啥意思？"我说："这、这么大的事，我、我得跟房主见面。"老朱笑了说："想见房主，你以为你是谁？"我心里说狐狸尾巴露出来了吧。老朱说："要买就买，不买就拉倒，好大的事。"说完转身就走，我又恍惚了，真要不是圈套，把这房子丢手了，那无疑就是"猪"到家了。我忙拉住老朱说："对您来说是芝麻粒大的事，可对我们来说就是天大的事，您别多心，我没见过世面噻。"老朱生气了，甩开我扯着他的手说："想啥呢你？我们会设圈套黑你的钱，湖景水郡住的都是些啥人？干部官员，说穿了这是政府家属大院，政府你总该相信吧。"政府我倒不是不相信，而是不相信干部，林子大了什么鸟都有，干部队伍也什么鸟都有，跟我们经常打交道的干部里有几个就不是好鸟。我忙说："你别生气，我们有点钱不易。"老朱说："才几个钱，婆婆妈妈的，一看就是成不了大事的料。"老朱在嘲笑我，我依然得点头哈腰。老朱说："你去调查吧，三天内回话，别以为房子卖不出去。"走出门了，又说："我还没看上你这个买主哩。"我叹口气，他后面这句话完全没必要说嘛。

不用找政府部门的人去调查，网络就是万能的老师。上网一查，回答明了：五年才能上市买卖。悬着的心落地了，至于五年才能上市买卖，不要说五年，就是十年二十年也没关系，我们还哪有能力倒腾房子，没有不可抗拒的意外，恐怕会住上一辈子，何况这是政府家属院。

然而，问题又来了，五年间这房子在人家名下，我们的户口就落不进来，小虎上学咋办？老朱说："多大的事，到时给我打电话。"这句话一下子让我觉得老朱是那样的平易近人，和蔼可亲。老朱又说："小学上完，房子到了你的名下了，户口也落过来了，上五中就是自然而然的事了。"我讨好地笑着说："我打电话你接吗？"老朱没说话，一脸的庄严肃穆，不过，他拍了我的肩膀，这比回答可亲密多了。

协议签了，一切手续都是老朱办的，两天就办妥当了，倒省了我不少的事，我去办哪会这么简便，不跑十天半月才怪哩。在银行完成了转账手续，我听到老朱打电话说："厅长，房子的事已办妥，您放心，不会有事的，底细我摸清楚了，没什么前科，是个重点大学毕业的大学生，现在干水暖，弟弟上的是北大，在读研究生。"然后详细地说出了我的出生地、家庭状况。FBI、克格勃，人家活做得多细，把我的底细挖得比我自己还清楚，我觉得脊梁骨凉飕飕的。我的心彻底安了，我知道厅长是多大的官，人家哪能设计套咱这几个钱。

老朱掏出一串明光锃亮的钥匙，在递给我时又攥回手里，说："管住嘴，不要到处乱说，到处卖派，当隐私一样呵护着。"我说："那是那是。"还很幽默地说："我们只在心里偷着乐。"老朱没笑，眼睛像钉子一样盯住我又说："想必你也知道，这是政策不允许的，你要谨言慎行，如果到处卖弄张扬，说出事来可别怪我收拾你。"他的指头像小鸡啄米一样啄着我的额头，表情有些吓人，就像已经出啥事了一样。

对于一个从偏远山沟进城的人来说，最大的梦想是什么？百分之九十九点九的人会回答：有套房子。我们的梦想竟就这么成真了。当我接过那串沉甸甸的钥匙时，又恍惚了。出得门来，站在上午十一点钟的阳光下，我觉得自己像是在一点点地蒸发，轻飘飘的，尚秀梅说："走啊，走啊。"我觉得那声音好不遥远，好不缥缈。我说："我有点飘，快掐我一下。"尚秀梅狠狠地说："咋，又去天堂了？出息！"扔下我径自走了。

就在这年，房东回来了，我说："住不惯了？"房东说："也有这方面的原因吧，主要是儿子回来投资。"我笑笑，心想如果他真是腐败分子，那就是把钱洗白了。

不过这已影响不了我们的生活了，我们开了两个店，一个在锦绣，一个在装修市场，我们关了锦绣店，一门心思经营装修市场的店。要离开锦绣了，我选了好点的地方，招呼大家过天阴，当然除了答谢大家，有显摆的意思，也是为自己长精神，人有了比对才有精神啊。

# 第二十三章

2009年是农历己丑年，闰年，闰五月。银娥是五月单五这天回到张庄的。按张庄的习俗，闰年闰月一百岁，造老房子（做棺材）缝老衣添寿，过了六十花甲的老人，都会在闰年闰月里造老房子、缝老衣。对于爹来说，这个闰年更不同寻常，因为整整七十岁。人活七十古来稀，虽说现在活过七十不是啥稀罕事，可七十岁逢上闰年，按张庄人的话说，那是生在贵人的八字上，不是谁想凑齐就能凑齐的，因此意义就大不一样了。闰年造老房子，做老衣，过七十大寿，是一定要做的事。造老房子是儿子的事，做老衣是闺女的事。对于儿女来说，这是老天爷预设的一个显山露水的好机会。

贾小春开着出租车送娘回来。银娥要坐班车回，贾小春说："出租车烧的是气，比坐班车便宜。"银娥说："那你人工不算了，从公司租车一天的租费不算了？"贾小春说："你坐班车得摇晃两天，不住店了，不吃了，不怕把骨头摇散了？"他们五更天从城里出发，晌午就到了张庄，银娥说："还真快哩。"出租车是捷达，底盘低，路凹凸不平，已经给驮住过好几次，到了断头沟沿，银娥说："下去看看，别硬走。"下车到沟沿一看，山水把路劈成了悬崖峭壁，银娥："你回吧，我翻沟走回去。"小春说："娘，你这大包小包的，我送你过沟。"银娥说："娘小时候，背百十斤重的东西翻这沟哩，赶紧回吧。这沟一上一下十来里路哩，到庄子上还有十来里，你回去一打扰就得走夜路了，快回去，路上开慢点，早晨起得早，瞌睡了睡一睡，可不敢……"小春说："你放心，我现在惜命得很。"银娥说："快回吧。"小春说："我还说回来跟我外爷喝几杯哩。"银娥说："今年过年把假请好，你们一起回来，好好喝吧。"小春掏了钱出来说："给我外爷。"银娥说："我装着钱哩。"小春说："你的是你的。"银娥接了钱。小春说："让我外爷把猪羊喂壮了等着。"

银娥翻过沟，进了村子，很冷清，狗倒是多了，一只叫就像吹响集结号，一下子就聚集了十几只，虎视眈眈地尾随着。银娥走得小心翼翼，不过她知道，只要你不进谁家门，狗不会扑上来。到了家门口，探头看看院里，冷冷清清，正要进去，却一下子扑出来两只狗，银娥吓得大叫："挡狗来，挡狗来。"

爹挓着两只面手出来了，喝了两声，狗便减了嚣张气焰，但还是叫着。爹跺着脚说："狗日的瞎实了，连自家人都不认得了。"狗便往远退退，有一声没一声地叫着。银娥说："这么凶的狗咋还养了两只？"爹说："庄子上人少了，就剩下些老人娃娃，闭不住贼，养着几只羊，那些祸害强偷哩，多喂了一只狗。"银娥把大包小包的放下，爹嘿嘿一笑说："猫洗了一天的脸，我寻思着来谁呢，咋还把你给盼回来了。"银娥说："你两手都是面做啥呢？"爹说："做饭呢嘛。"银娥说："我娘呢？"爹说："在西安给宝安领娃，宝安生了个男娃。"银娥说："我娘也眼望快七十了，还去给领娃，他们也都忍心。"爹说："不领咋办？四只手紧慢扒拉日子都过得紧张的，一个娃再缠一个人，日子不过了？"银娥说："我嫂子呢？"爹说："给大顺领娃呢。"银娥说："她一个人领不了两个娃？"爹说："大顺和宝安打工

302

不在一个城里，离得远着哩。"银娥说："两个就不能把活找到一起？"爹说："各有各的活，弟兄俩也从小闹不到一起。"银娥说："那你咋吃？"爹笑着说："做嘛，还能生吃？"银娥说："一辈子做过饭？"爹说："都做了几年了，你娘培训了，啥都会做哩，你想吃啥我给你做啥。"

爹装了一锅子烟点着抽着说："咱家兴旺了，这几年添了四个男娃，我有四个重孙了。"银娥说："我的孙子不算了？"爹嘿嘿一笑说："也算，咋不算？"银娥撇撇嘴说："也算，外孙是狗，吃了就走，老观念。"爹说："那是老话了，我可从没说过，现在娃都少了，稀欠的。"银娥说："你把手洗了，我做。"爹说："都做好了，再糊上个面手，快去洗把脸吧。"

银娥洗了脸，洋芋面已经摆在炕桌子上，银娥端了碗，爹提了油壶来要往碗里滴油，银娥说："我不要。"爹说："看把你吃得满腹的。"往自己碗里滴了几滴油，蹴在炕上吃。银娥边吃面边端详爹说："爹，看来你舍得吃了，胖了，脸像个盆盆子，红扑扑的，脖子都有肉岭岭了。"爹说："不是舍得吃了，是心宽了，心宽体胖，那口气爹出得长啊。"银娥就把贾兆春家的事说了，爹拍着桌子说："死，该死，这些日子我还觉得有些不忍哩。"

吃了饭，银娥洗了锅，出门来，看到墙根摆着推刨、刮刨、斧子、凿子、磨石，爹正在用锉锉锯齿，明白爹要自己造老房子。爹是有木匠手艺的，爷爷就是靠木匠手艺带着奶奶和父亲一路走到张庄的。一个老人自己给自己造老房子多么让人寒心。

"哪有自己给自己做老房子的，不怕人笑话？"银娥说。

爹说："有啥笑话的，爹是个木匠，造老房子别人也不笑话。"

"就是你自己给自己造的老房子，让我哥我弟咋活人？"

"你能这么想，人家不这么想，怕连我的年岁都忘了，要是在乎这些

303

事，早该操心这事了，你娘还提说了，可人家说到时候买，买下的哪能像做下的。"爹说，"再说有啥不好活人的，现在谁不是自己操心老了的事，多少人走了（死了），儿子都回来不全，事过得马虎得，我活了这么大岁数，没见过送死人送得那么恓惶的。张万堂五个儿，死在五黄六月，儿子赶回来跑到棺材铺，还没现成的老房子，有个老房子是别人定做的，香也烧过了，经也念过了，可是没办法，臭肉烂菜的季节，总不能让蛆唛了，还能讲究个啥？只能多掏了一份钱从人家手里转让过来。老胡就是你胡叔，红旗的爹，跟他爹一样，死在一个病上，会计当了多少年，高背着的手没放下来过，到头来死在炕上，家里一个人都没有，还是我给张罗着抬埋的，老东西跟我闹的，最后得了我的济。现在不丢人，这庄子上爱看别人笑摊的，最后都自己看了自己的笑摊，你看这庄子上还有几个人？"

爹给锯齿上滴点水，继续锉着说："闰年闰月一百岁，造老房子添寿，谁知道呢，都是老辈子传下来的神神乎乎的事儿。活过了六十，我就把许多世事看明白了，老房子造得再好，到那世真能住上？人有没有那世都说不清哩。活人免得死人意，谁知道亡魂在哪里，阴阳都看不透，念完经都这么说哩。"

银娥知道爹还有许多话说不出来。要是一般的事，自己能做也就做了，唯独这造老房子自己万万做不得，自己做了就等于在儿子们的下巴上支砖，会流传很久很久。这世间许多事都是这么传下来的，只要传下来就成了讲究，成了规矩，那就得守着。对于爹来说，闰年闰月七十寿，造老房子就不单单是添寿不添寿的事儿，也不是老房子造得如何如何的问题，而是大张旗鼓造老房这个过程。造老房子从"和木"开始，到"扫屋"结束，这个过程里有许多规矩和讲究，儿子们要三叩九拜的，找阴阳请日子，爹不能自己去；上庙请香，爹不能自己去，总之，这不是老人自

304

己的活，是儿女们的活，他自己一把都不能做，只有那些无根户才自己给自己造老房子，有儿有女自己操心做了，那要遭人耻笑，笑了儿子还要笑老子，以后在人前连话都说不起。说穿了，闰年闰月七十寿凑在一起，造老房子就是对儿女孝心的一种考验，是儿女们的一面镜子，照出的是儿女们的为人处世，是一门人的家风传承。儿女们以后能不能做得起事，在人前能不能说得起话，靠的就是这样的讲究规矩支撑。不要说七十寿逢了闰年闰月，就是过了六十花甲，谁造下了老房子，谁脸上就光彩了。有了老房子的人，每年都会在六月上香升表，清扫一回，像打扫一间新屋，把玩一件宝贝，光阴好点儿的还会唱大戏耍灯影，不都是擦这面镜子给人看？何况是闰年闰月七十寿凑齐了。她知道张庄许多人都盯着这个过程。她记得张万寿就在爹跟前说过，我看过皇历，你狗日的要活到七十，正好逢闰年闰月，你生在贵人的点儿上了。爹笑着说噢。张万寿揶揄着说就看你能不能活到七十了。他说活着看嘛，你可要鼓个劲活，别活不过我看不上笑摊。

"我去棺材铺订一个，就说是我哥我弟回不来，让我回来看着做的。"银娥说。

爹说："算了吧，争那做啥？老了老了，倒把一切都看开了。"

"这不是看开看不开的事，规矩还是要讲究的。"

"讲究啥，刘大拿多讲究的一个人，不比我日能？当了多少年大队长，儿女当兵招工都进城吃了皇粮，风光耍尽了，就想等个闰年造老房子，偏偏六十八是个闰年，七十寿过了，儿女们要给造老房子，可日能人都犟，刘大拿偏要等着下个闰年做，还没等到下个闰年，头一歪走了，人的命再硬能硬过天？到头来不要说老房子，连老衣都没来得及做下，日急慌忙从镇上买了老房子老衣。那老房子板儿薄得透亮，一指头能戳个洞哩，价钱倒是掏大了。跟刘大拿比，咱算个啥？"

停顿了半晌，爹又说："棺材铺的老房子我去看过，太糙了，看都看不过眼去，板子薄得透亮，摸上去棱棱岗岗，铆也套得少，多是拿胶粘，许多地方使了钉，这是最忌讳的，老房子是不能见铁的，人骂人缺德都说你给死人房子上钉钉哩，一句话就骂人到骨头里去了。那富贵牡丹和金童玉女也不是凿刻出来的，而是用火锥烫出来的。价钱还大得了得，现在腿脚利索的都进城捞钱，哪天一口气上不来，儿女急慌慌地回来，到老房子铺将就一个，人死在地上，入土为安，谁还顾得上看老房子的瞎好？棺材铺就等着挣这种钱哩。"

银娥说："去看看，让他们按咱们的要求做，做不好不给钱。"

草鞋镇有几家棺材铺，银娥选了一个门面装潢得好的进去。老房子就摆在地上，几个人骑在上面打牌，那胖子放了个大屁，一个小伙子笑着说："你这是棺材头上放屁，给死人胀气。"爹说："不看了。"银娥说："看完再说嘛。"胖子捏着一把牌热情地迎上来给他们讲行情，拍着老房子说："仔细看看，秦岭上的柏木造的，这板材，这做工，不敢往远里说，这方圆你打听打听谁不知道我福禄寿的老房子是最好的。"又说，"人活一世，要走了咋也不能亏待自己你说是不？"

老房子一般的是"荒二五"，最好的是"四五六"，都是指板子薄厚说的。天、帮各按二寸五、二寸下锯破板，荒板推净不足二寸五或二寸的，就叫"荒二五"，"四五六"是天六寸、帮五寸、底四寸。这银娥是懂的。

银娥说："你算算'四五六'的价钱，柏木的。"造老房子，在张庄最好的木材是柏木。胖子"吧嗒吧嗒"按计算器，爹把银娥拉出棺材铺说："啥柏木不柏木，松木就把福享了，张庄住了柏木老房子的掐着指头数得

306

过来。祁全是大财主，解放前死的，住了柏木老房子。刘家全的后人在县上当大局长，回家来坐的都是鳖盖车，才住了柏木老房子。刘长天也住了柏木老房子，儿子在煤窑背煤给炸死了，赔了十几万，刘长天从里面抠挡下点钱才住了柏木老房子。再就没人了。"银娥说："他们都能住个柏木老房子，你咋就不行？"爹说："你哥你弟都负担重……"银娥说："你别操心，我一个人出，我出了会说是他们出的。"爹说："咋能让你一个人出，你也一大家子人，爹知道你要给爹争一口气，现在看咱家笑摊的也都走得差不多了，张万寿一门人基本上完了，胡家就更不用说了……"银娥说："管那些做啥，总得让自己心里不难受嘛。"

进到店里，胖子报了价，爹吐吐舌头，拉了银娥就走，胖子说："别走啊，价钱还可以搞，给你们让二百。"爹还是扯着银娥走，胖子又说："让五百。"银娥说："你再考虑考虑，给我们个最低价，我跟我爹商量一下再说。"

出了棺材铺，往远走了几步，爹说："也太黑了，挣死人钱都这么心狠，那价钱自己做能做四副。"

"要你那么算，这些店铺不都得关门？"银娥说，"问题是你自己不能做，你做了儿女就没法再活人了。"

走了几个棺材铺，还是回到了胖子棺材铺。谈好了价钱，银娥说："你要按我们的要求做，到时候我可要拿尺子量的。"胖子说："那没麻达，不符合要求你不要给钱，但你得交点定金。"爹掏钱，银娥拦住，爹说："这钱你不能出。"银娥说："女儿嘛，是不？"爹笑笑，银娥把定金交了。出门来爹说："那就把老衣也买了吧。"银娥说："老衣我亲手做。"爹说："老衣不像做衣服那么简单，有许多规矩讲究，你不懂，村上懂的人没几个了。"

棺材铺就有卖的老衣，针线粗得没法细看，针脚一寸多长，到处都是线头，要样式也没个样式，直通通就像麻袋，那鞋就是一个鞋垫子上了个帮子，一圈下来没过十针，针脚长得两根指头都能攉进去。爹说："真是糊弄鬼哩，一样花钱，就得花得有所值嘛。"银娥说："回去做吧，村上总还有人懂的。"爹说："前山婶懂，可去年死了，宝娃娘也会做，可去城里给儿子领娃去了，就买了吧。"银娥没有订老衣，从棺材铺出来，爹长叹一声说："都是做给活人看的，意思到了就行了，在这里做了，你早早回去，一大家子人哩。"银娥没有说话，去供销社扯了衣料，爹说："先别扯，得问问懂规矩的，有些衣料不能用的。"回来，爹说："上唐你水叶奶奶还在世，我去驮来。"爹备好骡子，银娥说："我去驮吧。"爹说："你多少年没使唤骡子咧，别路上给摔绊了，老胳膊老腿的。"

水叶奶奶老得厉害，沿嘴一圈都是核桃纹，仿佛嘴正在往一起撮，就像麻袋口要扎起来。见了人稀罕得，捏着银娥的手一摇就是半天，银娥说："奶奶，你可是老寿星。"水叶奶奶咯咯咯一笑说："还老寿星，老不死的，活得颇烦的，罪大得死不下嘛。"

吃喝后，水叶奶奶说："做老衣有许多讲究，我说你留心记着点，衣料扯多了买错了就糟蹋了，也不吉利。外衣要做成长袍，能盖住脚面，面子用黑色，里子红色或杏花黄色，女人的罩衣要用青蓝色，古铜色。有钱了呢子的最好，绸子的也好，没钱了印花布也成，最忌讳用缎子，缎子就是'断子'，也不能用涤纶啥的料子，不容易化掉，那年张太家搬坟，十几年的坟，人骨头都朽了，衣服还新新的，衣服不化，人在那世就是精着身子的。不管里面的衣裳还是外面的衣裳，不能用纽扣，用了纽扣，就别别扭扭的，要用小布条，贴身衣裤要用白布，到了阴间，在阳间有罪孽的人要被剥皮剐肉，剥到白衣白裤就会以为剥剐到亡人的肉皮了，就免受被剥剐一层的苦了。寿衣不能是双数，只能是单数，上衣要比下衣多两件，有钱了上衣做七件下衣做五件，现在人们日子好过了，多数都是上七下五。亡人年龄越大，越要多穿，显得富贵，有福有寿，富人家讲究层层新哩。以前，人家里穷，外面做层新裙子，里面都用亡人活着穿过的旧衣裳。老衣一定要做得合身，紧了捆绑，松了钻风。不能用麻线，只能用棉线，麻线会给死者带来麻烦。鞋要做白底、红帮、红里。铺盖一般双铺双盖四件套，褥子要用白色做里子，被子要用黄的做里子，这叫铺银盖金。枕头要用红布缝，三角形，装谷皮芯子，这叫元宝枕。还有头脚枕、鞋、帽、袜、腰带、绑腿、口铃、盘缠巾、盖脸布、金银元宝、金银戒指、垫被钱，讲究多哩。"

水叶奶奶说着，银娥也就算清楚了需要的用物，便拿了尺子来在爹身子上量尺寸，娘的尺寸她在自己身上取就可以了。水叶奶奶一巴掌拍在她手上说："缝老衣不能在活人身上取尺寸的，凭的是儿女对老人记着多少，一辈子儿女要给老人做多少衣裳，老人穿衣的尺寸咋能记不住？老衣做得合身不合身，凭的就是儿女对老人的孝与不孝。"这话说得银娥泪水盈眶，不要说做衣服，前些年给父母买衣服也很少，就是给点钱。

衣料扯回来，水叶奶奶掏出眼镜盒，拿出老花镜戴上，开始裁剪，手脚还是麻利的。她在一张纸上用铅笔画出一只蝙蝠来，说："蝙蝠人人见不得，可人死了，就是吉祥物儿了，讲究的人家袍子上要绣《五蝠捧寿图》。"画完蝙蝠，水叶奶奶嘻嘻一笑说："手抖得越画越丑了。"银娥说："蝙蝠就没漂亮过。"水叶奶奶说："不敢这么说，该禁的口要禁。"银娥吐下舌头，水叶奶奶将蝙蝠递给银娥说："剪出来，印着画上五个，按五角星在长袍背上布好，中间描个寿字，用丝线勾出来。现在都图简便买哩，卖的被面上印好了，唉，总是亲人千针万线绣上去的好嘛。"说着长叹

309

一声又说，"以前被面上要绣八仙过海，那可不是一般功夫，帽子上边缀红顶子，子孙后辈会红火。鞋底上要绣云彩或凤凰，人死了就能腾云驾雾，升入天堂。人活一世，就活得个儿孙，死了穿衣戴帽，都还为儿孙想着哩。"又说，"谁知道那世是个啥样子，可这么传下来就得当回事噻，不可全信，不可不信。"

　　缝制老衣时水叶奶奶盘腿坐在炕上，就像是讲课一样："线的一头不能绾死疙瘩，给老人穿衣系布条时也不能系死扣，绾了死疙瘩，系了死扣，亡人活着的时候和人的恩怨就化解不了，去阴间的路上就疙疙瘩瘩不顺利，不能重新投胎转世做人，后人也活得疙疙瘩瘩，会麻烦缠身不顺利。不能随便啼哭流泪，泪水滴在寿衣上，死者穿上心会不安，会扯心儿女，儿女也会因挂念老人，常常梦见老人。我第三个男人死的时候，泪水咋也止不住，不是哭那死鬼男人，是哭自己的命咋就这么苦，连骨头都是苦的，三个男人都陪不到头。泪水就滴落在上面了，就老梦见那死鬼男人，眼睛一闭，他就在我头顶站着，眼睛一闭，就在我头顶站着，死了的不得安宁，活着的也不得安宁，请了阴阳念经，才禳解过去了。"银娥的泪水落下来，她忙将头扭过去。

　　寿衣缝成一样，就要放声哭，水叶奶奶说："以前这是大事，得有吹鼓手的，现在都没了，咱们就唱吧，唱《十二月想爹娘》，一件唱一月。"说着就唱起来：

　　　　正月新春暖洋洋，孝子过年想爹（娘），
　　　　去年过年合家欢，今年过年没了爹（娘）啊。
　　　　二月迎春花满坡香，孝子观花想爹（娘），
　　　　小时爹（娘）为儿把花采，而今花开爹（娘）早亡啊！

三月清明雨纷纷，家家上坟祭亡魂，

往年爹（娘）教儿敬祖先，而今你也做故人啊！

四月里阳雀催工忙，儿插秧苗爹（娘）送汤，

一碗茶汤端在手，父（母）恩爱似大海洋啊。

五月初五是端阳，家贫无钱缺米粮，

买一个粽子爹（娘）不用，留给儿女来分尝啊。

六月里，热难当，夏夜院内乘风凉，

儿女熟睡凉床上，爹（娘）为儿女打蚊又扇凉啊。

七月七日银河明，鹊鸟搭桥渡双星；

爹（娘）为儿终身事，费干了心血累断了筋啊！

八月中秋桂花香，儿做长工在外乡，

爹（娘）倚门望明月，盼儿回家把月饼尝啊！

九月里，菊花黄，秋收毕孩儿病倒床，

爹（娘）日夜床前守，儿病如害在爹（娘）身上啊。

十月里，雪花飘，想起爹（娘）泪暗抛，

夏备单衫，冬备棉袄，儿的热冷爹（娘）知道啊。

冬月想爹（娘）心更酸，老爹（娘）临终嘱咐言：

望儿勤奋走正路，天理良心不可偏，儿（女）们记心间啊。

腊月想爹（娘）痛断肠，养育之恩实难忘，

若要父（母）子（女）重相会，除非南柯梦一场啊。

孝儿孝女想爹娘啊！


　　银娥小时候是唱过的，现在她记不起几句，就跟着水叶奶奶哼着调儿，心里默记着，水叶奶奶唱完了，她基本上能唱下去，又在水叶奶奶的指

导下唱了几遍，唱得一字不差了，银娥惊讶水叶奶奶的记性，说："你这么大年龄了，记得这么清楚，口齿还这么伶俐。"水叶奶奶说："以前有些年不行，张口忘词，这两年又好了。"

老衣缝制完，银娥给了水叶奶奶一千块钱，水叶奶奶不要，说："都是熟人，扯起来还有亲戚，帮忙也是应该的，收啥钱？"银娥说："不是给你这钱，给你添个寿。"水叶奶奶还是不要，银娥硬给，水叶奶奶说："添个寿，我拿一百就行了，以前想花个钱，没钱，现在有点钱了，又没处花了，花钱也远哩，人走光了，村子上的小卖部也关了。"银娥硬塞进水叶奶奶的荷包里。水叶奶奶说："以前逢个闰年，啊呀到处请，都顾不过来，现在闰年做不了几套，人都不见了，都从店铺里买哩，规矩都不守了。"

验了老房子，棺材铺雇车送，银娥在集市上买了些菜，肉、鱼生的熟的各买了些。爹说："你买这么多做啥，放坏了。"银娥说："七十大寿不过了？"爹说："过啥过，吃碗寿面就行了。"银娥说："村上还有多少人？"爹说："没多少人了，能走的都走了，就剩下些老汉娃娃，整个村子都寡森森的了。"银娥说："能有几桌？"爹说："三桌这头到那头了。"银娥说："娃娃算了吗？"爹说："娃娃就算了，都爷爷奶奶带着呢。"银娥说："那就多算上两桌吧。"

酒席摆了五桌，全村的大人娃娃都来了也没坐满。热闹倒是挺热闹，娃娃多，一帮碎东西吵得简直就像麻雀窝里戳了一扁担，过寿这是最吉祥的。爹给大家敬酒，说："闰年七十寿赶上了，没办法，儿子远得很，回不来，厂子里严格得很，请假超过三天，就一月几千块钱的奖金没了，一来回搅销也大得很。我说你们别回来了，我自己做，我就是个木匠，让儿子把我训了一顿，一个个都远得回不来，这不，让银娥回来给我办事。"老人们都感叹银娥有孝心，然后就都骂起自己的儿女来，有几个还啜泣起来了。

人都走光了，爹喝多了，拉着银娥的手说："娥，爹谢谢你，你让爹又长出了一口气。上个闰年，你老根叔过七十了，就想造老房子，儿女都不给操心，本命年做棺材能冲喜，就装病，说要冲喜，把儿女哄回来，才给造了老房子，给儿女看穿了，好不高兴。"又说，"爹这辈子出的最长的几口气，有几口是你让爹出的，张万寿狗日的这些年把老子欺负得，那一口气爹出得长啊，你看爹脸上的皮皮都展了，心宽体胖。"爹拿出一沓钱来说，"爹就这些了，还多是你给的，你哥你弟你别指望了，也别多他们的心，都不易，在城里讨生活不易。"银娥把钱推回去说："你留着吧，还有几个孙子哩。"

第二日爹说："赶紧回吧，一大家子人不知道乱成啥样了。"银娥说："有小春哩，顶事哩。"爹说："也该顶事了。"银娥说："跟我进城吧，一个人待在这里孤荒得。"爹嘿嘿一笑说："我这几十只羊你城里有处圈？"银娥说："老财迷，你还能花多少？"爹说："几个重孙要吃要喝的……"银娥说："走吧，七十了，儿孙自有儿孙福，谁与儿孙做马牛，他们饿不下。"爹说："活过七十就是活天天子了，晚上脱下的鞋不知道早上还穿不穿，我还怕你们到时候把我一把火烧了哩。也住不惯，头上就像扣着个瓦盆，耳朵上就像挂了个蜂箱，人就像戴了个笼嘴，人生地不熟，连个说话的人都找不上。"银娥长叹一声说："那就盖上几间房吧。""你回来住吗？你要回来住，我就盖，"爹说，"公家现在危房危窑改造给补助，钱不少哩，盖上谁回来住？我还能活多久？盖上不是白糟蹋钱？别扯心我，你们活你们的，我活我的。"

院子与胡红旗家院子共用一堵墙，塌了两堵。胡红旗家院里荒草长得有一人高，倒是院子里几棵果树碧绿如云，两棵杏树上杏子有核桃大，有了红脸蛋。她上了墙头，够着摘了高处的两个，捏捏，有些软了，吃起来还有些酸。她就想起那时候，总是胡红旗给她摘树尖上的杏子吃。她爱跟胡红旗玩，却跟哥哥弟弟见面就骂架，娘就骂他们的前世是猫和狗，转世到一家就是冤家。不知道害羞的时候两个人手牵着手，知道害羞了，不再拉手，但出进成双入对的。上了小学，两个人一同去学校，同学们都叫他们婆娘汉子……往事就那样款款而来。

胡红旗在师范专科学校的第二年开始追求一位官员的女儿，希望能留在省城，最终落空。他想分配在县中应该没问题，都喊着重视知识分子，重视大学生。然而，他被分配到了乡下，而且是外县一个偏僻的公社做了老师。那时候工作的女子很少，就供销社、卫生院有几个，后来，他追求到了公社供销社主任的女儿。这些年关于胡红旗，银娥也只陆续听到这些。

爹说："唉，那时候气得宰了狗日的心都有，几十年过去了，也没心思了，红旗过得很不好。"银娥说："大学生，城里人，有啥难过的？"爹说："娶了个女人过得不好，那媳妇子是官宦人家的女儿，爹是供销社主任，看不起红旗，一家人贱眼得不行，那女人不学好，外面有人，生了一个娃，红旗又犟，说那娃不是自己的，闹得不可开交，两人就离了婚，那娃也不跟胡红旗姓了。后来说是学历低，教中学资格不够，又给下放到马大山去教书，一教十几年，跟人家一个女的说不清，又让人家男人打了，还告到县上，又调整到刘家梁去教书。后来花了钱调到镇上，不教书了，给学生管灶。找了个寡妇，没工作，带着三个娃，当冤大头哩，给人家抓养娃娃，还没一个跟自己的姓的。前年退休了。"

银娥说："咋就退休了？不是六十才退休哩。"爹说："学生集体中过一回毒，背了处分，让他内退了，现在也在省城打工哩。"银娥说："他在省城打工？"爹说："一退休就进省城打工了，你们没见过吗？"银娥猛然想起有一次，她在锦绣大街看到一个人很像胡红旗，她往前追了两步，可那人像是知道有人追他，走得老快，消失在人群中，她想肯定是胡红旗。

确实是胡红旗。胡红旗进省城打工前就问清楚银娥的确切住址，一进城他就去了锦绣，远远看了银娥一个上午，后来，他走近肉摊，结果引起了银娥的注意，掉头就走了。他没有勇气面对银娥。他时常会到锦绣来，也就远远看看罢了。

"我当你们见过了，唉，说明这娃还没把事撂开。"爹看看她又说，"你现在还恨他吗？"银娥笑笑说："多少年了，还哪有恨噻。"爹说："就是，撂过去，心里别装了。"银娥问："他现在在省城哪里打工？"爹说："好像是看大门哩。"银娥说："他有退休工资还用得着打工？""那婆娘带来的三个娃正花钱哩，那婆娘是个厉害角色，红旗的工资都她领哩，他不打工咋行？现在彩礼都涨过十万了。"爹说，"哎呀，这娃一辈子把自己耽误得。"银娥说："你把他家的事弄得比咱家还清楚。""你胡叔说的，你胡婶走得早，可怜哩，孤鬼一样，最后风火（屎尿）都送不出去，把罪受了，"爹说，"十岁上我们就一起拉长工，往我跟前靠呢嘛，老尿最后倒把我济给得了。唉，唉，啥都熬不过光阴，慢慢地以前的事也就不是事了。"银娥说："不是还有红兵嘛。"爹说："那是个狗食，不务正业，当板匠，从别人那里爬板，再拿钱给耍赌的人放板（高利贷），为收板失了人命，判了无期。"又说，"红旗在银河建筑工地看大门。"银娥说："你告诉我这干啥？"爹只是笑笑。

老历五月中旬，是糜谷拔节的季节，田野里该到处是人，可是却没几个人，窝子地都是荒草杂生，倒是黄鼠、呱呱鸡、马鸡、野兔、乌鸦、鸽子多了，悠闲地散落在草地上，起起落落。爹说："唉，没这么孤荒过，民国十八年，旱得寸草不生，人逃命哩，再过来就没这么孤荒过，低标准也没这么孤荒过，现在一下子没人了，一年半载见不了几个人。我们这辈子人下世了，这里怕就真成荒山野岭了。那时候人恨人斗人，现在人稀罕开人了。"

从老家回来，银娥找到了银河建筑工地，看到了胡红旗。胡红旗老得厉害，眼睛近视得厉害，戴一副眼镜就像两个啤酒瓶底。银娥一直走到跟前，胡红旗才认出了她，慌乱地想躲避，银娥说："躲，除非你钻到狗窝里去。"银娥以前想着见到了胡红旗，她有好多好多恶毒的话，现在一句都没了。她走了，胡红旗痴痴地站在那里，她都要走出工地了，胡红旗忽然哈哈哈地笑起来，大叫一声"银娥"，银娥回头，胡红旗跪下了，"咚咚咚"就磕了三个响头。银娥说："你磕吧，我不怕受了你的头折阳寿。"胡红旗说："这些年我就想给你磕三个响头，了了吧，咱们了了去。"银娥说："三十多年前我心里就了了，你当你有多重的分量。"胡红旗说："你知道吗？人死了身体会仅仅变轻二十一克。那是怎样一个重量？五个硬币，一只蜂鸟，或者是一块巧克力：也许还相当于我们微不足道的人类灵魂。"银娥并不知道这是电影《21克》中说的，她说："你死了连二十一克都没有。"胡红旗说："说得好，我死了就是个屁。"

不久，游喜贵出事了。

游喜贵是倒腾陈化粮发的家，也栽到了陈化粮上。他是个城里人，高中即将毕业，学校召开上山下乡动员大会，游喜贵第一个报了名，得到了学校的表彰。其实游喜贵并不是积极响应毛主席号召，他是冲着吃粮去的。广阔天地大有作为，游喜贵想的却是广阔天地大有吃的，农村该是遍地粮食，毛主席就写过"喜看稻菽千重浪，遍地英雄下夕烟"的诗句。

游喜贵的娘死了，爹又娶了一个，后娘是刘三村的一个寡妇，带来两个半大小子，三口人两头都没口粮。游喜贵个头高，块头大，正是能吃的年龄，而那两个半大小子更是能吃，游喜贵和爹、妹妹三口人的口粮六口人哪里够吃。后娘常克扣他和妹妹的吃的，给自己的一双儿子吃偏食。爹不闻不问，游喜贵整天挨饿，他想当兵，部队上不会挨饿，可当不上，想上大学，又改成了推荐。他就选择了下乡。农村虽并不是遍地粮食，但他自己分到的粮食完全可以不受克扣，而且山野很富裕，有很多野味。几年后，知青开始返城，有关系的知青陆续返城了，没关系的年龄大的则在当地结婚，游喜贵回城找父亲，希望父亲能求求给做过家具的领导，帮他招工回城。游喜贵的父亲是木器厂的师傅，把一根根歪七扭八的木头做成一件件漂亮的家具、门窗，为许多领导干部家做过家具。游喜贵从小就喜欢木匠活，父亲也教他木工手艺，也想着将来让他在木器厂就业。可父亲无动于衷，他也明白，他回城后，住的就成了问题。回城无望，看不到前途，游喜贵也结婚了，给插队的陈家树一家只有女孩的人家招了女婿。

陈家树方圆树多，多是几十年上百年的榆树、柳树、槐树，那一带人家婚嫁女方兴陪五斗橱、梳妆台、雕花床，游喜贵就给人家打家具。手艺人是受人尊敬的，到了主东家伺候得好，游喜贵木匠活就做得更上心，渐渐闯出了名声，公社干部也常请他做木工。那年，公社粮站主任请他做家具，木头都是有了年月的好槐木，木匠见到好木头就像见了情人，他把自己全部的手艺展示出来，想借此打响名头，到县里去发展。家具做成了，主任很满意，介绍他给县粮食局局长做家具。家具做成了，却出了事，局长说他和人家婆娘有一腿。局长婆娘是个瘸子，而且已经四十多了，游喜贵知道欲加之罪，何患无辞。局长告诉他，只要他承认了，

317

不会捆他，工钱也一分不少。游喜贵不承认，他知道县革委会主任是局长的哥哥，他要承认了就会被捆起来批斗，坐牢。他被控制起来，最后还是在那婆娘的帮助下才得以逃脱。游喜贵才知道那狗日的局长为找借口离了婆娘娶广播站广播员。

逃出来后，游喜贵知道回去肯定会被抓起来，他不敢回村，又没有介绍信，会当盲流抓起来，就进了一家砖窑。进去后才明白这是一家黑砖窑，只给他们管伙食，每年管一身衣服，一分工钱不开。窑主就像个恶霸，人家也知道像他这样没有介绍信的人不是盲流就是逃犯，让人抓回去就是死路一条，不敢吵闹叫喊。在砖窑一直干到四人帮粉碎后，游喜贵才从砖窑出来。游喜贵没有再回到乡下，而是回到城里。可知青回城的政策已经结束，而他已经"嫁"到乡下，没有人理会他的事。游喜贵就在家里混吃混喝，爹已退休，而且痴呆了，后娘当家，他赌气打地铺住在家里，这里是他的家，却过着寄人篱下的生活，游喜贵也觉得没意思，半年后就离家出来。干什么呢？人人都得吃饭呀，于是他就进入粮食黑市小打小闹地倒腾粮油。

清理三种人，粮食局局长被清理，被打倒的老局长重新做了局长。游喜贵便借遭局长陷害的共同遭遇与局长拉上了关系，合伙做起了粮食投机生意。粮库每年都要倒腾陈化粮，倒腾是有门道的，有门道就有利益。陈化粮只要处理处理，就没有陈化的气味了，完全跟好粮食一模一样，利润当然很大，而粮食的控制供给为陈化粮销售提供了广阔的空间。游喜贵做得风生水起，生意越做越大。

事实上，游喜贵多次经受了陈化粮风波的考验，2004年以来，全国各地都相继出现了陈化粮事件，全国展开对陈化粮调查打击处理，那么大的阵势游喜贵都有惊无险地过来了。可这次他没那么幸运了，他出售的粮食吃死了两个人，接着便引发了粮食大检查，游喜贵被查出大量的陈化粮不说，还把粮食系统的腐化抄了个底朝天，游喜贵被抓，公司及所有的粮店都被封。小娥被问讯过好几次，总算没有关起来。因为给查出来许多粮店都假冒游喜贵的牌子，游喜贵总算保住了一条命，给判刑无期。

银娥叫回来小娥，小娥却像没事人似的。小娥说："别担心我，我跟他其实啥事都没有，你看他扯进去了多少人，我要有事，早把我扯进去了。"小娥租下了三间门面房，打通开了个一元串香店，什么东西都用竹签穿起来，数竹签算账。汤头很好，味道不错，一开竟然就红火起来了。小娥很能吃苦，早晨跟她一起起床、购菜、穿签，样样都亲自干。至此，银娥才重新认识了小娥。银娥看着小娥，小娥说："你看我干什么？"银娥笑着说："没看出来你还挺能吃苦的。"小娥说："农村人嘛，不吃苦咋行。"银娥就长叹一声，小娥一笑说："不爱听？"银娥说："爱听不爱听不都得听嘛。"小娥说："这就对了嘛，从小到大，我啥时候让你顺心过，几十年了还不习惯？"

# 第二十四章

　　这天，我又给吓了一跳。一进小区大门，一青年远远地伸着双手，猫着腰小跑着冲我而来，说："蒋主任，您出国啥时候回来的？一路顺利吧。"我往身后看看，没人，再回头时右手已被青年双手攥住，像摇铃铛一样摇着，青年说："看您气色这么好，一路定然快乐无极限。"已是天光朦胧，华灯初上，他竟然看得清我气色这么好。这让我毛骨悚然。

　　不是第一次遭遇这种状况了，每次我都很紧张，无法应答，只能像吞了滚烫的年糕一样含混地应着。好在这家伙往上推推眼镜，终于看清我的本来面目，尴尬一笑说："呀，不好意思，把您认成无尾办的蒋主任了。"一边这么说着，一边拍着我的手说："您这件衬衣跟蒋主任的一模一样。"

　　呃，原来是撞衫了。我长吁一口气，抽手正欲匆匆逃离，这家伙又说："领导，您在哪个部门？我眼神不好，面熟，就是想不起来。"这更让我无法应答，正在紧要关头，有人喊张秘书、张秘书。这位张秘书立刻说："李厅招呼我，我先过去了。"说着，仄着身子横移着脚步边走边说："领导，您住几号楼几单元几零几，改日拜访您。"

　　我虽惊慌失措，但还清醒，怎么能告诉他详细地址？尽管我知道这是一句常用的客套话，但万一他是认真的呢？现在我是不怕一万，单怕万一啊，何况秘书可是这世上最认真的人。倘若他真的来拜访，麻烦可就大了。可不告诉似乎也不合适，我故作感冒咳嗽起来，边咳嗽边说："我一在一"我把每个字拖得很长，声音压得很低，好在这位张秘书已远，我慌张地遁逃而走。

进了电梯，还好没人，我长出一口气，抹去头上的汗水，抖抖衫子，后背已湿透了，每次受惊吓我都会出一身汗。从虚惊中解放出来，我心情平稳下来，想竟然还有个"无尾办"——无围办、无为办、无伪办？这些年对政府机构的部门单位我也知道不少，但这个"办"还是第一次听说。上网一查，嘿，果然有这么个单位，正确的写法是"无委办"，全称是"无线电管理委员会办公室"，职责是管理当地空中无线电波次序，保证公众通信安全畅通，查处非法无线信号，等等。我想见见那个蒋（或姜或江）主任，看自己是不是跟他长得很像，仅仅因为一件衫子把我们互相认错这未免太牵强了。但很快我就打消了念头，那岂不是自己把手指头往磨眼里搋？躲都来不及哩。

你还别说想啥来啥，几天后，我就见到了那个蒋（或姜或江）主任，原来是一个都已谢顶满脸褶子身材矮小的老头，我非常失望，也非常恼火，张秘书啥眼神嘛，妈的如果不是眼神真不好，那就是故意要吓我。与蒋主任撞衫了（事实上怎么能说是撞衫了呢，"花花公子"品牌，真品要几千块一件，我当然是买不起的，不过我买的也不是假名牌，是 OEM 产品，也就是俗称的贴牌货，人家蒋主任穿的肯定是正品），这件衬衣是不能再穿了。这是我衣着里比较奢侈的一件，虽是贴牌货，价格也不菲，不能穿了实在心疼啊，好在有我弟，洗熨了当礼物送他，也让他提提档次。

自住进湖景水郡，我已不止一次受到这样的惊吓，忽然就有人扑过来抓住我的手握着问这说那。这样认错倒也罢了，最让我发毛的是被那些大背头高背手的人叫住，问现在在哪个厅哪个局哪个处。我不明白他们是眼神不好，还是记性不好，也不明白他们为什么这样爱关怀别人。后来我想起那句话：宁可错杀一千，也不放过一人。他们宁愿认错人，也不愿被误解不认人。见了领导不要说你装作不认识，就是不热情都可能影响到你的大好前程。这我懂的。

反复受到一种惊吓，常规反应是习以为常，不再害怕，然而，我却是越来越害怕了，因此每次进小区我都是提着一口气，蹑手蹑脚，行动迅捷，就像一个入侵者——细细想来我可不就是一个名副其实的入侵者？

如果说这种被错认属于意外情况，那么真正的压力则在日常生活中时时处处自然而然地呈现出来。要说住进湖景水郡的压力，买房时我们也想到了，这里住的是政府领导干部，压力自然会有，但我们想日子各过各的，又不在一个锅里搅勺子，好处了近着点，不好处了远着点，所谓交不起躲得起嘛。可住进来了才发现不是那么容易的事。

比如，我们的对门。对门嘛，低头不见抬头见，哪天不碰几面？那是一对夫妻，不可否认，他们的确很般配，女的漂亮有气质，男的帅气有涵养。他们应该和我们年纪相仿，三十过了吧，但我还是想用金童玉女来形容他们。他们很恩爱，虽然他们与我们偶遇时从不秀恩爱，但从他们瞬间对视的目光和我们从猫眼偷窥到的小动作中看得出来。每次相遇，他们都保持着矜持与轻慢的姿态，以彰显他们的优雅与高贵。

尚秀梅认为是装逼，"谁装不出来？"说着做矜持、轻慢状。我笑着说："你这一看就是装出来的，就像站街女倚门卖俏。"尚秀梅叹口气说："多累啊，你说他们永远是这副模样吗？"似还不解气，又很恶毒地说，"你说她会叫床吗？像她这样的人都是闷骚的，最色最浪，我认识的几个都是这样的，她们叫床给我听，简直是鬼哭狼嚎。"

俗话说远亲不如近邻，近邻不如对门，以前不出三天我们就与对门熟了。我们有过卖烤红薯的对门，有过卖酿皮的对门，一到晚上他们会把没卖掉的烤红薯、酿皮提给我们。当然他们的水暖也是我免费修理的。平时他们会喊王师傅，过来喷两盅。我也会喊老张，过来整两盅，老李，过来整两盅。都不客气，坐下来扎实地喝。遇上事，说一声，也都放下手里的活计去帮忙。回了老家，带来土特产，也都要互相送送。逢年过节，像亲戚一样互相走动，对门嘛。

我们已经充分地向对门示好，时髦地说就是伸出了橄榄枝。每次相遇我们冲他们颔首微笑，他们提着大包时，我会帮他们提一下，充满了巴结讨好的意味；同坐电梯，到层后我总是把住电梯门让他们先出，表现出自己的卑微。有几次，我甚至想说家里水暖电要有问题，给我说一声，但考虑到会暴露身份，舌头又把话卷了回去。

我想他们很快会在某天敲响我们的门。我想除了挚友亲朋，对门是这世上最亲近的人，人一辈子能有几个对门？百年修得同船渡，千年修得共枕眠，对门一住几年十几年甚至几十年，也是前世几百年修来的缘分。我们充满期待。当然我们也担忧，因为他们肯定会像大院里突然闪出的那些人一样，问我是哪个单位哪个部门，将如何应答？回答不回答都等于是泄密。老朱的话对我们来说就是圣旨，我们得谨言慎行。我和尚秀梅挠着脑袋，想不出办法，我说只能到时随机应变，不行就实话实说了，想必他们也不会出卖我们。再说或许这辈子就在这里了，怎么包裹得住呢？

然而，几个月过去了，对门没来敲门。我们先敲人家的门当然是不合适的，这点自知之明我们还是有的。

敲门声倒是响起过好几次。住进这个小区，远离了以前的生活圈子，听到的敲门声于我们实在是太稀罕了。我激动而胆战心惊地拉开门，却是敲错门的。一人或两三人大包小包提着，打量我两眼忙说领导，对不起，领导，对不起，便急速退了出去。他们在楼道里打电话：舒处长，不好意思，您是几号楼几单元几零几？有时是在问李处长。我们也就知道了对门是两个处长，一个姓舒，一个姓李。

在大院和电梯的相见有限，我们经常从猫眼里偷窥，不，应该说是观察。多数看到的是他们下班回来，多是女的在开门，男的趁机在后面做小动作，在女的屁股上拍打摸捏。那真是个好屁股，圆丢丢的，微微上翘——她喜欢穿紧裤或短裙，这使得她的屁股就更有型了。男的还会从后面搂住女的，就像一只狗屁股一颠一颠的，女的很配合，屁股一撅一撅的。男的就从女的裤腰或裙下伸进手去，女的回过头来，双目微眯，艳红的嘴巴一张一翕，发出喘息声，他们会吻到一起，拥着进屋。这时，尚秀梅就会骂"流氓"。从猫眼里，我们观察到最多的是他们家的访客，大包小包提着。尚秀梅趴在猫眼上说："你猜他那包里提的是不是钱？"我一把将她扯到客厅说："你吓死人了，让人家听到了把你卖到妓院去。"逢年过节对门可谓门庭若市，这与我家的门可罗雀形成鲜明对照，我们心里很堵，很受伤。我能捂在心里，尚秀梅却要发泄出来，声高理大，咄咄逼人。我指指墙说："让人家听到……"尚秀梅明白深浅，声音低下来了，却并没结束，骂骂咧咧的，又没有确切的目标。

尽管我们两家一直形同陌路，但不可否认，他们对我们的生活潜移默化的影响已经开始。我们热衷于评说他们，效仿他们。比如他们带回菜花、茼蒿、木耳、山药、香菇，我们就不再总是带土豆、豆角、茄子，尽管有些菜我们不爱吃；他们总带着一本《读者》或《特别关注》，尚秀梅便不再往回拿那些只有酥胸美腿的美容美发和地摊杂志了，也改《读者》、《特别关注》了；舒处长出门带伞，尚秀梅也买了遮阳伞，出门不再戴遮阳帽和护臂。凡此种种。最明显的变化是住进湖景水郡后我们再没吵闹过，虽然这让我们的生活有些寡淡。以前日常生活中因鸡毛蒜皮的事，尚秀梅能说，又认死理，争吵是常事，有时还吵得很凶。现在不了，只要尚秀梅有发飙的迹象，我就指指墙说："这楼房是框架的，墙体可都空心砖垒的，不隔音。"尚秀梅咬咬嘴唇就偃旗息鼓了。

影响在尚秀梅身上体现得更为明显，因为她开始美容了。自生了小虎之后，尚秀梅便不在脸上花钱了，只用十多块钱一瓶能抹半年的"大宝"，什么水、乳、霜、膜、露，一概不用，她认为只要把日子过到人前头，就是把人活漂亮了，那就是美。现在尚秀梅痴迷上了美容，上网就是美容网站，熬夜是女人最大的天敌，皮肤对睡眠的依赖是无可替代的，水嫩的皮肤是经不住失眠这个魔鬼蹂躏的，熬一晚做十次美容都补不回来，要做个水嫩的女人，最重要的是睡眠要深，如果睡眠不好，再好的保养也补不了失眠造成的亏损。网上的这些话语成了圣旨，尚秀梅开始讲究睡眠质量了，她警告我说："我睡着了要是把我弄醒，小心我骗了你。"

一天晚上，十二点了吧，我已睡着，门被敲响了，声音很重，惊得我心扑通扑通狂跳。从猫眼一看，是李处长，靠墙根坐着，用脚踢我家的门。我拉开门，一股浓烈的酒气熏得我连续打了几个喷嚏。李处长不断重复着一句话："狗日的，我要你好看。"我心里窃喜，你也有不顺意的时候。我忙搀扶起他来，敲响了对门。舒处长穿着睡衣，脸上依旧是风云不惊的矜持，她说："给你添麻烦了。"我说："远亲不如近邻，近邻不如对门。"把李处长搀到沙发上躺下，李处长还重复骂着那句话，舒处长说："谢谢你，谢谢你。"说着往门口走，这是送客，我很知趣地退出来。

我想这下或许我们会互相走动了。然而，在电梯里碰见后，他们还是像以前那样。我明白了，他们是不会敲我们的门的，我们之间永远都不会走动，即使是住了对门，走动也讲究门当户对。我真正明白人以类聚，物以群分的含义。中学就学过一句话：鸡犬之声相闻，老死不相往来。报纸曾用这句话形容过城里人的生活，我一直疑惑不信，现在彻底信了。我彻底明白了，他们是不会像卖红薯卖酿皮的那样，每天没卖掉的红薯酿皮他们宁愿倒掉也不会端给我们，他们的水管出了问题，也绝不会叫我们过去修理。

第二年"五一"节后的一天，对门彻底破坏了他们在我们心中优雅高贵的印象。那天我们又同乘电梯，还有一个谢顶之人，楼层显示是"7"。我想一定是个老大的领导。那年我们给一家单位的办公大楼做水暖，工头对我说七楼一定要万无一失。我说为啥？他说七楼办公的全是领导。我说领导应该住八楼呀，八是发嘛。工头说你懂个屁，没听过七上八下这个词？越有钱越迷信，官越大越迷信。

对门完全没了见我们时的腰身笔直，目不斜视，满脸端庄，而是跟我们见了他们一样，夫妻俩皆躬腰驼背，头颅低垂，目光一直附在秃顶的身上，都有些哈巴模样了，脸上始终洋溢着我面对他们时的媚笑，一口一个厅长叫得暧昧肉麻。

七楼到了，李处长像我为他们把着电梯门一样把着电梯门，像我一样点头哈腰，舒处长一直把秃头送到电梯外，直到那秃头进屋了才依依不舍地回到电梯里。我忽然感到脸红，我想到对他们我几乎也是这样的。夫妻俩一进电梯立马又换上矜持的面孔，摆出一副优越高贵的模样，比戴面具还快。电梯到了楼层后，他们都站着不动，等着我为他们把电梯门——从住进来我坚持不懈地这样做，他们已经很习惯了。可今天我没有为他们把门，不是我不想，而是我的胳膊被尚秀梅死死抱住。他们竟呆痴痴地站着。我还是挣脱开来把住电梯门，可还不等他们矜持地移步出门，尚秀梅却先跨出门去了。

一进门，尚秀梅一脚踢在我小腿上，疼得我吼叫你干什么？尚秀梅却"啊呸"一声吼道："这就是你说的气质修养，狗屎，我呸！"说着拍沙发就骂开了，"妈的，在别人跟前下贱得跟孙子一样，在我们这些人跟前装啥，以后别像哈巴狗一样把电梯门，夹死狗日的他们。"

我揉着腿说："对对对，夹死狗日的他们。"

"妈的，在我们跟前装，装谁不会，老娘给他们好好装装，让他们看看。"尚秀梅像一只被激怒的公鸡。这让我感到可怕，要知道女人比男人更容易失去理智。

我警告尚秀梅说："你别胡骂乱吼地弄事。"

"你不气？在我们跟前装成那样，你不气？"尚秀梅反问。

我说："气有啥办法，跟人家生气？人家是有恃无恐，咱们是有恐无恃啊。"尚秀梅不说话了，我趁势打铁说："咱们户口还没办进来，弄出事来老朱到时不管，小虎入学咱们找谁去？二小花钱都办不进去。"

尚秀梅蔫了，沮丧地坐在沙发上，发了半天痴，忽然说："你说他们是不是知道咱们的隐私了？"

我说："不是隐私，是底细，隐私是男女之间的事，老纠正不过来。"

尚秀梅说："不管隐私还是底细，你说他们是不是知道了？一定知道了，不知道他们在我们跟前装什么装？"

这话提醒了我，我拍着脑袋说："早就应该想到啊，这是分配房，他们都是政府办公厅的，一个单位的，这就像一个村子，我们一住进来他们就知道我们是谁。"尚秀梅说："这小区住的都是办公厅的？一个单位有这么多人，几十栋楼哩。"我说："政府办公厅是个大单位，听说光办公厅就一千多号人哩。"尚秀梅说:"政府真能养人啊。"

尚秀梅开始转圈,转了几十个圈猛然站定说:"咱们得避着他们。"我说:"为啥避着他们?他们就是在我们跟前装,未必会为难我们,不管咋说他们也是干部,这点修养还是有的。"尚秀梅说:"我是怕哪天忍不住……"我说:"奶奶,你可千万不能失控,跟他们生事,那是自掘坟墓。"尚秀梅说:"所以我说要避着,能不碰面就不碰面,不碰面就不生事,熬到小虎上了学再说。"我说:"你想做啥?小虎上了学也不能胡闹!"尚秀梅说:"我知道,咱们还跟人家生啥事,我就是怕自己忍耐不住。"我说:"住的是对门,低头不见抬头见的,怎么避?"尚秀梅说:"早出晚归,就像高峰错车。"

于是之后我们早晨六点半就出门了,晚上七点半再回家,进小区我们提着一口气,左顾右盼,直扑楼门,快速进梯,直扑家门,尚秀梅笑着说:"你说我们像不像电视里那些地下工作者,像潜伏?"我笑了说:"地下工作者,潜伏,你倒真会联想。""对,像做贼!"尚秀梅说,"这是弄啥嘛,回家就像做贼。"我说:"等五年后,户口转进来,我们就放心进出。"

早出晚归很有效,不但与对门相遇的次数大大减少了,与小区其他人见面也少了,各种意外也就少多了。我们谨小慎微呵护着一个小小的愿望,期盼着小虎入学的时日的到来。都说光阴似箭,岁月如梭,可于我和尚秀梅来说,时光流逝得太慢了,简直就是母鸡抱窝,蜗牛爬坡,煎熬啊。尚秀梅说:"五年多长啊,太煎熬人咧,一天顶一个月多好。"

我们都开始怀念住在锦绣的日子。物以类聚,人以群分,一类人有一类人的欢悦,不在于贫穷富贵,而在于氛围,气息,风俗,态度。锦绣才是我们的生活圈子,我们分享快乐,分担不幸。在锦绣我们对生活充满了信心,心里阳光着哩。说实话,在锦绣我认为自己也是个人物,比上不足，比下还是有余的。我喜欢跟人比较，跟人比较让我充满奋斗的欲望与动力。如果说幸福就像许多格言说的，和尚秀梅结婚后在锦绣的几年我们是有幸福感的。可自住进湖景水郡，我们的幸福感被破坏了，我们失了底气，短了精神，我们一点信心都没了。因为在湖景水郡，我什么都不是，我们沦落成一个弱小的入侵者，偷偷摸摸，小心翼翼，活得压抑了，郁闷了，悲伤了。

# 第二十五章

这年入了秋，银娥感到身体不舒服，整日咳嗽不停，浑身害冷，她以为是感冒，量体温不烧，觉得是自己老了，不扛寒了，心里涌起一阵悲哀，还不到六十岁，身体败得这么厉害。还不到往年穿马甲、棉鞋的时候，她就穿上了。过了一段时日，她感到疼痛，从尖锐的刺痛到满腔的钝痛，她想自己可能得了大病，就去医院做了检查。检查完大夫问："你儿女咋没陪你来？"银娥说："他们都忙得很。"大夫说："你得住院。"银娥说："你给我开点药，把疼痛止了就行。"大夫说："不是小病，让你儿女来办住院手续吧。"银娥问大夫："我到底啥病？"大夫说："不大不小，你别不当回事。"银娥说："你给我实说吧，我就一个人过活。"大夫说："身边再没亲人？"银娥说："没有，多少年了。"大夫说："你可要挺住。"银娥说："我一个人过活，有啥挺不住的，是不是癌症？"大夫点点头。银娥说："到啥程度了？"大夫说："具体的还要做进一步诊断。"银娥说："要多长时间？"大夫说："最快得一周，你得住院。"

银娥回来，叫来小娥，把肉摊子交代了一番，又让她安顿看管肖义，然后自己就住了院。小娥问啥病，银娥说："体检一下，最近总是头晕，大夫说血压、血脂都高，让住院调理。"小娥说："学会养生了，早该这样了，你就安心住着。"银娥说:"别给他们都说,让各忙各的事,住上几天就回来了。"小娥一笑说:"让他们都去医院看看,一大帮人,你说那多风光。"银娥拧小娥一下说:"要那虚的干啥,一个个都忙的,千万别打扰他们。"

一周后,大夫说:"这么说吧,从检查的情况看,很不好,手术嘛……"银娥说:"就是没必要手术了?"大夫说:"也不能这么决断,或许……"银娥一笑说:"你们就是不说肯定的话,没必要手术了是不?"大夫没有应答。但银娥在自己说出"没必要手术"后,感到浑身就像被无数绳子捆绑,忽然一剪刀剪断,全身松开了,那是一种彻底的轻松,她就像一个长途跋涉的人看到了路的尽头,长长地嘘出一口气。银娥说:"谢谢您,给我开点药吧,止痛就行了。"大夫开好药,银娥说:"我还有多少时间?"大夫说:"这个难说,你看现在有许多癌症患者通过调养锻炼,活十几年的也有,主要是不能有负担,心情要开朗,快乐是最好的药。"银娥笑笑说:"谢谢您。"大夫说:"心态调整好,不闻不问,糊里糊涂地活,或许能活出个奇迹来。"

从医院回来,银娥把药藏了起来,她不能让孩子们知道,知道又不能减轻她的疼痛,何必给孩子们心里放事?孙志回来,银娥问他房子是不是看下了,孙志说:"再等上些日子,都说房价还要降。"银娥说:"抓紧买,去年等到今年了。"孙志说:"等得有效果呀,这不降了嘛。"银娥说:"降了一年了,一直再降下去?做啥梦哩,赶紧买,买了赶紧结婚,看房的时候往好学校边上看。"孙志说:"知道,这还用你提醒?"银娥说:"把肖晨、肖义的户口都带上,你没意见吧?"孙志说:"娘,你咋这么看我呢?咋说我也读了个大学,有觉悟的,再说不同意还不让贾小春把我揍死。"银娥说:"贾小春,贾小春,是你叫的?"孙志说:"谁让他那么爱揍我,改不了口了,从小到大多少年了,一时半会儿能改过来?"银娥说:

"不揍你你能上大学？"孙志说："上了大学能咋样，我现在还不是跟打工的人一样？"银娥说："办公室你坐着哩，他们呢，风吹日晒的，啥叫幸福不知道。"孙志嘿嘿一笑说："娘，那你说啥叫幸福？"银娥说："幸福就是付出了有回报。"孙志说："这是谁说的？"银娥说："我说的，别忘了老娘也是初中生。"孙志说："从你这些年看的书来说，应该是博士后了。"银娥说："你闲了多看书，别当大学读出来就把书念完了。"孙志说："和贾小春一样的口气。"银娥说："你再叫贾小春，小心雷抓头。"孙志说："你给他说说，别动不动摆个架势想揍我。"银娥咯咯一笑说："从小到大养成的习惯，改不了了，你要是叫他哥，他想揍你还不好意思呢。"孙志说："叫哥有那么重要嘛，你看城里人多数都不叫哥叫姐，叫帅哥美女，不过你放心，以后我儿子肯定把他叫大伯，不叫我揍他。"银娥说："不斗嘴了，我是说带肖晨、肖义的户口小唐有没有意见？"孙志一笑说："她敢，我休了她。"银娥说："别胡说，快点去，把你哥、你姐都叫上。"孙志说："用不着他们，我比他们懂得多，咱咋也是个大学生，不过娘，人家现在可都想把城市户口转成农村户口哩，农村户口现在值钱了。"银娥说："这我知道，可他们有农村户口有啥用，要地没地，要宅没宅，总不能老在空里飘着。"

晚上，贾小春回来，银娥说了想收摊的意思，贾小春说："收啥，我还跟朝娣说回来守摊，让你养老哩。"银娥说："朝娣放着好好的班不上，一个城里娃是干这活的？"贾小春说："现在啥城里乡下的，能把钱挣了就是大爷，朝娣一个月一千来块钱，早就不想干了，瞅着你这摊子哩。"银娥说："那明天就让她回来守摊吧，反正现在又不宰猪了，公司送货上门，活轻松着哩。"贾小春说："娘，你这回咋这么干脆，以前一说让你收摊你就急，你咋一下子就活明白了？"银娥笑笑说："明白就像打闪，一下子的事嘛，你还当得十年八年？"

朝娣回来后，银娥带了几天，就把摊子交给她。她自己就出去转悠，进庙，进教堂，也进清真寺，清真寺一般不许女人进去，她就在院子里转转，像个游客。这天，她去了明月寺，叩拜出来，沿着荒草往深处走，忽然，一条绿色的小蛇从草上滑过，她往前走了几步，在一片荒草掩映的墙壁下，她看到那条小蛇盘在一块残碑上。小蛇忽而不见，她走向那块残碑，看到一个佛像，躺在草丛中。佛是弥勒佛，灿烂地笑着。她扶起佛像，又看到那小蛇，片刻小蛇遁入草丛中。佛像不重，她搬起来抚去沾着的尘沙，旁边还有一个石凿的佛龛，便捡起来与佛像一起抱着往回走。

回来把桌子收拾成一个佛桌，供了起来。小娥回来说："娘，你信上佛了？"银娥说："你外太太那时候就供个菩萨，给我说离世前，一定要在菩萨跟前好好烧香祷告，消消这辈子的罪。"小娥说："娘，你是不是得啥病了？"银娥笑笑说："你看娘像有病的人？"小娥说："那你还不到六十，啥离世不离世的。"银娥说："娘宰了大半辈子猪，害得命多，反正现在也闲了，请个佛爷，天天上香祷告，消消罪孽，也是有个事做。"

几天来，锦绣大街上出现了一个女人，漫无目的地走来走去，这种人锦绣人一眼就能看得出是遇了事了。银娥觉得这个女人经过肉摊时投向自己的目光和其他人有些不同。她觉得这个人有些面熟，又想不起在哪里见过。这天早晨，幼儿园搞亲子联谊活动，朝娣去了幼儿园。银娥和肖晨往肉杠子上挂肉，肉挂好后，银娥说："肖晨，你进去学习吧。"肖晨说："妈，我头疼，在外面吹吹风。"

这时，那个女人走了过来，银娥递给她一个凳子说："你坐。"女人坐了下来。银娥望着她，心里更加确定一定见过，努力回忆，就是想不起来。女人说："你在这里卖肉有十几年了吧？"银娥笑笑说："三十多年了。"

女人说:"连窝窝子都没挪过?"银娥说:"你以前也在锦绣待过?"女人说:"住过几年。"银娥说:"就是嘛,我觉得面熟,就是想不起来。"女人说:"我那时候不常出来,老在屋里窝着。"

女人说这说那的,目光始终不离肖晨,银娥心里便明白了,长吁一口气。这段时日她可以说一直在等着这个人,她都有些等不及了。所有的事都会有结果,这是贾兆春说的。她不想死了肖晨的事还没个结果。肖晨去小卖部买了绿茶提来,递给女人说:"阿姨,喝水。"女人说:"也不给你妈买一瓶?"肖晨说:"我妈不喝饮料,她胃不好,喝茶。"又说:"妈,你这阵喝茶不?"银娥说:"喝。"肖晨就进去烧了开水,泡了茶端给银娥。女人说:"你这儿子挺懂事的。"银娥说:"可不。"

女人一直坐到了中午,说:"一起吃饭吧。"银娥说:"就去老顾饭馆吧。"女人说:"去个雅静的地方,咱们去吃西餐吧。"银娥笑笑说:"享不了那洋福,吃了几回,肚子不舒服,还是咱中国菜好吃。"女人说:"那咱们去同福居。"银娥说:"把肖晨一起叫上吧。"女人说:"算了,让他看肉摊子,我有些话想和你说说。"银娥就对肖晨说:"你弟回来,你们去顾叔的饭馆吃饭,吃个蒸菜的,别老是肉,这段时间要吃清淡的。"

到了同福居,进了一个小雅间,点了菜,女人说:"喝两杯吧。"银娥说:"喝点红酒吧。"女人掏出烟来,递给银娥,银娥说:"我不抽烟。"女人点了一根,深深地吸了一口,徐徐吐出来说:"我是肖晨的妈妈,想必你也猜出来了。"银娥"呃"了一声,女人说:"你还记得你收养肖晨的那个早晨么?"银娥一拍手说:"对了,你就是鼓动我收养孩子的那个女子。"女人点点头,银娥说:"我记得你有一个老大的泪痣,咋没了?"女人说:"就是那泪痣害了我一辈子,取掉了,命还是不好。"

银娥笑笑,女人转着手里的红酒杯说:"那年,我们村里去了下乡蹲点的干部，就住在我们村部，村部与学校紧连着，我是个代课老师，我们认识了，后来就好上了，那时候他已经是个科长了，我也知道他是有妇之夫。后来，我怀孕了。他让我去堕胎，我不想，可不堕胎咋办呢？我去医院堕胎，大夫看后说我是葡萄胎，堕胎后将再不能生育，可他还是要我堕胎，我就租住到锦绣，硬生下这个孩子。孩子生下他又说这孩子是心脏病，我不信，抱到医院去检查，大夫说是心脏病。孩子生下，他说先天性心脏病留下就是债务，哪有能力养，只能遗弃。我不想遗弃，跟他干架，他干脆就不理我了。我还没结婚，自己生活都没办法，怎么养？我眼泪都哭干了，去找他，他已经调走了，他老家是浙江的，爸妈是支边来的。只能遗弃了。可往哪里遗弃，我选了好久，选到你这里。"

银娥说："你也看了一早晨看到了，孩子比谁都健康，很仁义，很孝顺。"女人说："不得好死的，一定是买通了大夫，骗了我一辈子，他就是不想负担这个孩子。"银娥说："你咋也该选个城里人家，丢在我这儿……"女人说："城里人没有乡下人牢靠。"银娥说："孩子学习也好，马上要高考了，老师说考上没问题，等高考完，你就领走吧。"女人忙说："大姐，你误会我了，我不是来领他走的。"银娥说："从收养那天起，我就想着有一天他的父母会来领走他，我也一直希望他父母领走他，孩子怎么能一辈子不见亲生父母呢？"女人说："大姐，他跟着你比跟着我强，我养不好他，就是来看看他，也来谢谢你。"银娥说："看你穿得光鲜的，怎么会连个儿子都养不好？"女人说："这些年我做的不是光彩的事业，你也不要给他说我的存在，就让他当是你亲生的，千万别告诉他，我求你了。"

女人掏出一张卡说："我已经来锦绣几天了，办了这张卡，钱不多，姓名是肖晨，密码是他的生日，生日你知道吧？"银娥说："你不是在留的钱里夹了张纸条吗？"女人说："这钱不是给肖晨的，是给你的，你想咋用就咋用。"银娥说："不怕你儿子受罪？"女人说："这些年了，人人都看得明白。"银娥说："你认了他吧，你说让娃……""不，不不，绝对不要让他知道自己的身世。"女人说，"肖晨知道自己的身世吗？"银娥说："不知道，锦绣都是租户，来来往往的，没人记得这些，再说他一直随肖长福姓，我们给人说他是从老家带来的，长福也不在了。"女人说："这最好，他也不知道孩子在这里，他找不到，万一找来，请别告诉他。"女人说，"我希望他活得单纯，就像没有遭遇父母遗弃的孩子那样单纯，不要让他有那么多的挂心。"银娥说："这对孩子是不是不公平？"女人说："大姐，要是你，你觉得知道了好呢，还是不知道好呢？"银娥叹口气，女人接着说："我们只是生下了他，这一点其实不重要，我们没养过他一天，多看他一眼都没有过，让他知道干什么呢？所以拜托你，千万别告诉他，让他单单纯纯地活自己的，人心里没事多好啊，你说是不是大姐？"

女人临走时说："大姐，永远不要让他知道他的身世。"银娥说："你还没告诉我你的名字。""大姐，你没有必要知道，也不值得知道。"女人深深地鞠了一躬说，"大姐，谢谢你。"银娥笑笑说："你别觉得欠我什么，你这样想，就当我前世亏欠了你，这辈子该给你抓个娃。我这些年一遇事，就往前世想，一想就通了。"

第二日，银娥把卡给了小娥说："你不是想扩店面，重新装潢吗？这卡你拿去，看有多少钱，能少贷就少贷点。"小娥说："你哪来的钱？哈，还老鼠攒仓哩。"银娥说："你别问那么多。"小娥说："昨天那个女人给的？她是肖晨的娘？"银娥说："肖晨的娘在山里，肖晨是肖义的哥哥。""这你骗不了我，我记得清楚着哩。"小娥说，"她找来了，是来要肖晨的？她怎么这么不要脸。肖晨要高考了，她来要孩子，摘桃子呀，你答应了？"银娥说："她不要孩子，她只是来看看，她一辈子都不想让肖晨知道自己

336

的身世，除了你还谁知道，可千万别给肖晨说。"小娥说："我们要说，他早知道了。"银娥说："你们不要给肖晨说，他娘说得对，不想让肖晨像那些被父母抛弃的孩子活得那么扯心，让肖晨单纯地活着。"小娥说："那她就不该来。"银娥说："她是娘，咋能不来？我估摸她以后还会来，但只是偷偷地看看，不会认肖晨。"小娥说："那这钱你就给肖晨存着。"银娥说："存到银行还不如存到你这里，你拿着用吧，肖晨用的时候，你给他就行了。"小娥说："不怕我吞了不给？"银娥说："你还吞了呢，到时我还算利息哩。"小娥说："这就对了，亲兄弟明算账，钱财上一定要清楚，这样就永远能做兄弟姐妹。"

银娥捏着小娥的手说："找个对象结婚吧。"小娥说："娘，我的事你别操心好不好，我这辈子就单身了。"银娥说："单身，违背天理啊，要是单身好，女娲娘娘为啥造人造男女呢？眼望四十了，抓紧时间生个孩子，单身老了不好过。"小娥不说话，银娥说："你一辈子不听娘的话，这回就听一回娘的，结婚吧。"小娥依旧不说话，银娥说："年轻不觉得啥，老了就会孤单。"小娥叹口气说："我怕结婚了再离婚，你看现在这离婚的有多少。"银娥说："找个人实诚点的，我看那小孙对你挺好的。"小娥咯咯一笑说："我们同居哩，你能接受吗？"银娥说："要说同居，娘是最早的，你那几个老子，哪个不是同居的，都没领过结婚证。"小娥想了想，说："娘，我听一回你的。"

儿女的事情了了，银娥的梦中开始出现了张庄的山山水水、以前的生活，她明白这是暗示她该辞路了。奶奶去世前的半年时间里，把亲戚朋友都走了一遍，奶奶说这叫辞路，也叫收踪。人活一辈子，走过的每条路都连着亲戚朋友，能成为亲戚朋友，这要上辈子修多少年的缘分，要走了，都得走一遍，省得到那世牵挂。一个旱年里给过奶奶一碗米的婆婆，搬回老家河南，奶奶还去了一趟。银娥决定走走，现在她能放心离开了，贾小春已经像个家长了。

下午，银娥叫来贾小春说："你订个地方，把一家人叫到一起吃顿饭吧。"贾小春说："吃啥饭？不逢年过节的，又不是你生日，都忙忙的。"银娥说："我说吃就吃。"贾小春说："还订啥地方，就我姐那串串香，我让把大包留着。"银娥说："这阵就叫吧，去照相馆照张全家福。"贾小春说："等你六十大寿到了，孙志说不定给你添个孙子哩。"银娥说："六十大寿再照六十大寿的。"贾小春说："都有手机，照了就行了，还去照相馆？"银娥说："去照相馆，照了洗出来，装上相框子。你们啊以后应该一年照一回相，洗出来装到影集里面，那时候我和你爹刚到城里，日子过得那么紧，都还一年去照相馆照一回相哩，不然你知道你小时候长得个啥样子？"

照了相，直接到了小娥串串香，小娥、贾小春一家三口、孙志两口子、肖晨、肖义、宝平加上银娥，十人正好坐了一桌。银娥笑着说："城里现在没有这么大的家了，气派。"孙志要喝酒，贾小春说："谁跟你喝？"孙志说："贾小春……"银娥踢了一脚说："说你多少遍了，你改不了口是不？"孙志说："他揍了我多少回……"朝娣说："你也没把我叫嫂子呀，我总没揍过你吧。"孙志说："再说多少年了，叫哥嫂不顺嘴……"贾小春嘿嘿一笑说："我这么多叫哥的，不差你一个，你叫我还不习惯哩。"

银娥说："今天吃饭嘛没啥事，就是想一起吃个饭，不过有一事想说说，就是孙志的事。"孙志说："搞这么大的阵势给我开批斗会？"银娥说："差不多，要是小的时候，得先把你捆了，站在那里。"孙志说："那我是不是要站着，贾小春……不，我该说小乐他爹，还不找绳子把我捆起来。"小乐说："你再不把我爸叫哥，我就不把你叫叔了。"银娥说："听到了么，你们都要给后辈做榜样，你们虽然说是三姓，但都有着血缘关系，都是兄弟姐妹，钢刀割不断……"孙志说："等等，我可不是这意思，不是因为贾小春姓贾我姓孙，我们就不是兄弟，是因为他老揍我……"银娥说："那是小时候，现在你大了，该明白的事理不明，你这样给他们都做了什么榜样？"孙志说："我表态，一定改，贾小春，不不不，现在就改，哥，你要瓶酒吧，我先给大家赔罪。"贾小春正喝茶，噗地喷出来咳嗽着说："你快别叫了，叫得我浑身麻酥酥的，咋觉得就像骂我要笑我哩。"银娥正色说："胡说啥，你们不习惯，也不在乎，可在别人怎么看，小辈们怎么想？"贾小春笑着说："看来我还得揍孙志，直到他考上。"孙志说："这事我还得想一想，现在老板都是土豪，出身大学生的很少。"

小娥拿了五粮液来，孙志说："姐，你真大方。"贾小春说："摆大款，换糜子酒。"小娥说："喝吧，放了十几年了，卖还舍不得。"贾小春说："换换，放着。"银娥说："喝吧，酒没有贵贱，都是因人才有贵贱。"孙志说："娘这话是名言哩。"贾小春打开斟好，银娥说："孙志的事还不是这件事。"孙志说："我还有事？"银娥说："考干部的事。"孙志说："考公务员没用，没有我现在拿得钱多，你看咱这房东，名牌大学生，现在不是做了个水暖工？日子过得有滋有味的……"银娥翻了孙志一眼说："你爹就是在送你上学的路上把命搭进去了，你爹最大的愿望就是能把你培养成个干部……"大家都不说话了，银娥端了一杯酒奠到地上，说："我说一句你有一百句等着，除了你哥孙鹏，你的书现在念的是最多的，别老觉得我们没你懂，要说考干部没用，你看一年有多少人在考，别人都没你懂得多？这话今天说了就止了，你自己想去。"贾小春也端杯酒奠在地上说："我也再不说了，孙志，你自己想去。"孙志也奠杯酒说："我表个决心吧。"贾小春说："别溜嘴皮子了，说出来的话不如存在心里的有分量。"孙志说："不说了，都在酒中，咱们敬娘一杯。"小乐说："我以茶代酒。"银娥说："我昨天看了一句话，觉得很好，你们想听不想听？"孙志说："励志名言吧，别说了，我最反感那些名言哲理。"贾小春说："娘，说出来分享一下。"银娥说："人这一辈子就是个积攒的过程，你攒啥就得到啥。"肖晨说："等等，我分享一下。"

银娥端起酒喝了。扒肘子上来，贾小春给娘撕了一块，银娥撕一块给小乐喂进嘴里说："小乐，奶奶跟你商量个事。"小乐咯咯一笑说："还跟我商量事？"银娥说："当然得跟你商量，得征求你的意见。"小乐说："还征求我的意见，奶奶说啥就是啥，不用征求我的意见。"银娥说："让你爸妈给你再生个弟弟你同意吗？"小乐说："我举双手赞成，我们班有一对双胞胎，在全校都是老大，没人敢惹。"银娥说："小春，现在容易生二胎，你们考虑再生一个吧，一个太单薄了，现在负担重点，到了老了你就知道多子多福。"朝娣说："我想生个女儿。"银娥说："也行哩，你看桌子上全是儿子。"

进入腊月，银娥去了深圳。在湖山小区等弟弟的时候，银娥在广告牌上看到了弟弟，原来弟弟已是湖山区优秀的务工人员。相片上的弟弟有些英武，身披彩带。然而，当弟弟出现在她眼前时，她没有认出来，弟弟叫了一声姐，她才认出来。弟弟与广告牌上的弟弟判若两人，一股悲凉浸透银娥全身。弟弟完全是个老汉了，感觉比父亲还老。银娥说："你咋一下子老成这样了？"弟弟说："一言难尽啊。"

吃饭的时候，弟弟说："要想成为深圳人，没有高学历和高级专业技术资格，没有国家级技能竞赛奖励、发明专利和高额纳税数，只能靠拼命地挣钱，通过个人纳税、参保、固定居住、与人合办公司、做义工、参加青年志愿者行动和不间断地去献血站献血来积攒分数。"这样的努力与执着自然是影响生活的质量，第一个媳妇就是不能忍受他为了做好事而深更半夜的不归和日常生活中抠抠掐掐，和他离婚了，离婚让他失去了相当一部分的分数。"像我这样能积满分数的外省人不多见，严格得很，稍不注意出个啥事，就完蛋了。"

弟弟依然坚持着目标，几十年为了攒分，他没有出过湖山小区，默默无闻地做着各种义工。他最终为自己积满了入户的分数，很快就能成为深圳市的户籍人口了。他没有再结婚，就抓养着喜宝，逼喜宝学习。喜宝总算考上了大学。"现在大学好上，不像我考大学的时候，一年才录取几个人，百分之几的录取率，现在只要有钱几乎百分之百都能上。"现在，他让喜宝边上学边预备出国。"现在出国不是啥事，重要的是出去混个学历回来，这边就欢迎了。"

第二天，喜宝回来了，见着银娥亲得要命，一定要到最大的海洋市场去吃海鲜。弟弟说："张扬个啥，让人看见了咋说？咱们现在住的经济适用房，去买海鲜回来，我做。"喜宝说："姑，我爹的厨艺可不一般，他经常给老年社做饭哩，他们都给我爹打满分。"银娥笑笑说："那还到外面去吃？就在家里吃。"

弟弟有几大本影集，翻开全是他得了荣誉的照片和证书，还有新闻报道。银娥说："你好风光哩。"弟弟说："唉，风光是风光，辛苦哩，坚持下来不容易，起先做些好事吧，是受奶奶说的日行一善的影响，后来就是为了生存。"

银娥住了几日就要回家，弟弟说："你别回，就住着，过年咱们一起回去。"银娥说："那不影响你攒分？"弟弟说："去年又加了这一条，讲家风传承，回家尽孝也加分哩，这条好啊，以前要有这一条，我年年回去。"银娥说："你从这里回一趟太费事了，花销也太大了。"弟弟摇摇头说："姐，你心里空不？我现在心里很空，你看这一辈子活得啥嘛。"银娥说："空啥？你都成深圳人了，儿子也培养出来了。"弟弟说："姐，早知道要花一辈子做成这件事，我死活都不出来，就在老家打一辈子牛后半截，那时候爹说出门门槛低，进门门槛高，这句话害了我一辈子，越想越冤枉。"银娥说："你冤枉，有些人活了一辈子，一事无成。"弟弟说："姐，人活的不是结果，是过程，一事无成的人或许活得比有成的人好哩，这辈子不忍回想啊，你呢？"银娥说："都一样，不比你好，可我也不感到冤枉。"

　　小年过了，弟弟去登记请假，办了一天还没办完，银娥说："请假这么麻烦？"弟弟说："我有好几个岗位哩，都加分哩。"手续办完，弟弟回来说："咱们坐飞机回。"银娥说："花那钱做啥？坐火车。"弟弟说："淘宝网上淘票，运气好比火车还便宜。"在网上淘到了两张票，跟火车差不多。他们坐飞机到了省城，又待了一日，贾小春送他们回去。出乎意料的是哥哥嫂嫂已经回家半年了。银娥说："稀客。"哥哥说："你们也是稀客。"银娥说："你们咋回来了，不在城里给儿孙扒光阴？"哥哥说："三十年前去偷油，一刀砍破葫芦头。儿孙自有儿孙福，不给儿孙当马牛，想扒光阴也扒不动了，打工人家也没人要了，干活不差力，可人家怕咱身体里藏着病，到时候把人家赖上了。总还得留点力气回来种点粮食养老，再说爹和娘老了，我得回来陪他们，我是长子嘛。"银娥说："怕是儿孙不要陪了才回来吧。"哥哥说："你从小就嘴不饶人，现在还这样子，能藏着的话就不能藏着？"银娥就笑着说："一辈子都看到头了，还把话藏着？人说人越老会越像小时候。"

　　娘和大嫂整了一桌菜，一家人围坐在饭桌边。多少年没有在一起过过年了，每个人都有说不完的话。弟弟话少，哥哥捣了他一拳说："你嘴嘟得就像个苦苦菜包子，哑巴了？文明了，深圳人了，看不上跟我们说了？"弟弟说："没看我对你笑着呢嘛，我笑就是跟你说话哩。"哥哥说："我看你笑比哭还难看哩。"弟弟说："这些年我活得跟哑巴差不多，少说话，威信高，闲言碎语惹祸苗。这些年我牢记八字箴言，谨言慎行，只干不说。跟别人对话就是一张笑脸，心里多么痛苦多么烦恼，都得以灿烂的笑容面对别人。"哥哥说："那你笑得出来？"弟弟说："只要你想这是人家的地盘，你有求于人家，就能笑得出来，你哭丧着一张脸谁喜见你？"娘摸摸儿子的脸说："怪道你脸上褶子这么大。"

　　冬天，人闲了，心也闲了，外面大雪纷飞，在屋里捣罐罐茶，谝传拉家常，真是一种享受。儿时的情景在回忆中浮现。在院子里扫开一块雪，撒上秕谷碎米，上面用棍子支起笡篮或竹筛，用一根细长绳拴了棍子，坐在窑里的火盆边拉着绳子。看麻雀跳到笡篮或竹筛下吃谷米，猛拉绳子，麻雀就给扣住了。然后拿一布袋子，撑开袋口，将笡篮或竹筛从一边轻抬出一个小缝，麻雀就鱼贯而入。或是用开水烫后拔毛，开膛破肚，架在火上烤，或是给麻雀做个棺材——和好泥将麻雀包起来，埋到羊粪火里去烧。那味道可真是美极了。有时候还会扣到鸽子。这是小孩子，大孩子是不屑在院子、场上套鸟的，他们去山野里，用马尾巴在一条麻绳上拴活扣，去雪野埋好，上面撒秕粮食，能套到鸽子、呱呱鸡、马雁、野鸡。

　　第二天，一开门，一片煞白，刺得眼睛一时都睁不开。再睁开眼时，一个茫茫的银白世界，天连着地，地连着天，沟壑都填平了，无边无界。只有那悬崖峭壁挂不住雪，像一道道水墨。天地干净得一只鸟落在远处的雪地上都看得分明。

　　多少年没见过这样的雪景了，哥哥说："咱们去套鸟吧。"爹说："这几年人少了，野东西多了，有些像我小时候了。我小的时候出门，你奶

343

奶就给我一根削尖的棍子，说打野东西。现在野兔子、野狐子、黄羊都多了，有人说见过狼，还有人说见过豹子哩，估计狼是有了。"弟弟说："看来搞封山禁牧退耕还林还是对的。"爹说："是对的，就是人少了，你看看咱张庄一百户人家，有几个烟筒冒烟？"弟弟已经拿了绳出来，说："姐，给几根头发。"说着伸手就拔，银娥躲开说："你小时候拔我的头发少了？"弟弟嘿嘿一笑说："姐，不拔，剪。"银娥说："去揪骡子尾巴去。"哥哥哈哈地笑了，说："你忘了？他有一回拔骡子尾巴，骡子一蹄子，踢了个坐蹲儿，亏是冬天，穿得厚。"银娥拿了剪刀要剪，哥哥说："你那头发太绒了，绊不住鸟，我去揪骡子尾巴。"银娥说："小心骡子踢。"哥哥说："我可没那么笨，有剪刀哩。"爹已经拿着一绺子骡子尾巴来了，这是平时掉了捡的。他们把骡子尾巴在麻绳上拴了许多活扣，将绳子盘起来提着往雪野走。银娥说："真要套鸟啊，去雪野里走走，害那命做啥？"

雪有半尺深，踩上去咯吱咯吱的，风贴着雪刮，偶尔扬起来打在脸上，就像针剜。他们都穿得很厚，但还是感觉到冷。雪野里有小兽的踪迹，就像衣服上的针脚，有的像梅花，有的是两瓣，像草木新生的春芽。银娥说："看来野东西多了，就是人少了，要在以前，这样的雪后，雪野里那人多的，尤其是娃娃，有的这阵已经架起火堆烧烤上了。"说着话，惊起了一只野兔，一跳一跃地跑动，兔子又惊动了别的兔子、鸟，还有一只狐狸，白色的，只有眼圈子是黑色的，狐狸的遁逃又惊动了十几只黄羊。黄羊是成群的动物，最少都有十几只。

鸟真的不少，落在被风刮去雪露出地面的岗子上，布谷、麻雀、麦鹅、呱呱鸡、嘎咕、锦鸡、马鸡、斑鸠、喜鹊、呆脑、乌鸦、百灵、白脖鸦、秦吉了、鸽子、鹌鹑、麦鸡、谷雀……

鸟群引来了鹰、雕、鹞、隼、鸨这些猛禽，它们在天空盘旋，时而像

344

轰炸机俯冲下来，把鸟群炸得四分五裂，整个山谷一片混乱。野兔、黄鼠狼、黄羊、狐狸从隐藏的沟壑里蹿出，旋即遁回，留下一个瞬时的身影。

走到清水河谷，河被大雪覆盖，但能听到冰面下的水，叽叽咕咕地流淌，就像恩爱的人说着悄悄话。他们选了一片开阔的岗子，将绳子在雪上拉开，踢起雪苫了，沿着绳子撒上麦子糜谷，将绳子一头拴在牛筋刺上，一手拉在手中，三人在避风的崖下。说着话绳子就乱动起来，上了崖一看，套住了鸽子、麻雀、麦鸟、嘎咕，还套住了两只野鸡，野鸡劲大，扯着绳子乱跑。弟兄两个扯着绳子捕捉，边捉边往蛇皮袋里装。银娥说："现在的鸟比以前笨了，不机灵了，以前哪有这么容易就套到这么多鸟。"弟弟说："人少了，不受惊吓了，胆子就大了，以前下这样一场雪，都在雪野里捉鸟哩，现在你看哪有人？"哥哥说："也是饿急了。以前村子上到处都是草垛，里面总是有粮食的，还有羊牲口的粪，里面也有鸟吃的。"十几只鸟装满了蛇皮袋子，里面叫声一片。银娥说："放了吧。"弟弟说："就是，放了放了，现在人家都掏钱买动物放生哩。"哥哥说："都善了。"银娥说："你馋了？"哥哥说："这高那高的，这不敢吃那不敢吃的。"于是就放了，哥哥看着飞上天空的鸟们说："就馋这一口哩，鸽子、野鸡、麻雀和泥包了烧出来，喷喷喷，那味道。"弟弟嘿嘿一笑说："别人看了，会不会笑咱们几个老东西老瓜了？"哥哥说："没人了，我回来一个多月了，孤荒得连个折牛腿的人都凑不齐，我都有些待不下去了，你说娃娃们回来待得下去？"

三个人又往挡山上爬，庄子上没信号，只有挡山上的老疙瘩峰才有，人在家里，还是都扯心着城里，爬到半山腰，掏出手机，还是没信号，可再往上就爬不上去了，雪太厚了。银娥说："回吧，都大了，能有啥事？"哥哥说："老子不死儿不大，现在我真正明白了，只要不死就得扯心一辈子。"

弟弟过了年就回去了，银娥一直住到正月二十三燎疳后才回城。她有好些人想见见，这是她最后一次回故乡了，书上说只有离开再回不去的地方才是故乡，说得太好了。然而，那么多想见的人，有几个已经不在世了，其余的都在城里，有打工的，有给儿女领孩子的，她只见了刘尚荣，初中同学。刘尚荣也是从城里回来不久，刘尚荣说："还记得塌鼻子吗，跟我一直一起打工，那年得了病没了，临死我在哩，你猜他说啥？"银娥说："说啥？"刘尚荣说："他想见你。"

贾兆春家已经没人了。他爷爷埋到地下的财宝都让招的女婿得了，他们在县城买了房子，做生意。爹说他们不喜欢你们去，怕找后账。她还是去贾兆春家的院落看看，荒草淹没了院子，院墙倒了，窑洞也塌了几孔。尘归尘，土归土，她想过不了几年，这个院子就彻底没了。

回来她又去了趟肖长福家，村子上也没几个人了，肖长福的父母都已经去世，只见到两个哥哥，都已是老人了。问老憨的儿子郑学军，都说好些年没见着了，不知道还在不在人世。

# 第二十六章

　　小虎上学的那天，我忐忑不安地给老朱打电话，老朱倒很讲信用，接了，并痛快地给校长打了电话，小虎很顺利地报上了名。我感动啊，给老朱编了一个很长的信息发了，把感恩的话说尽了。可第二日就有了麻烦，班主任艾老师要小虎的健康证。我说什么健康证？艾老师说就是按时吃糖丸、打预防针之类的。倘若不是小虎念书，我还不知道孩子要免费享受这么多的福利。小虎断奶后就一直跟着爷爷奶奶生活在老家，老家哪里有这样的待遇。我只能再给老朱打电话，老朱真好，又一个电话就把事情解决了。我感叹当官真好啊。

　　小虎如愿以偿上了二小，我们心里悬着的一块磐石落了地。我决定请大家过天阴。虽然我们彻底离开了锦绣，但生计还在那里，尽管锦绣的那些邻居们取笑我说都住进省府大院了，还干这？左邻右舍都住的是当官的，哪个提携你一下，还用下这苦？话里虽带着刺，但生计上还是想着我，一有生意就给我们介绍过来。

　　这事当然要征得尚秀梅的同意。为了控制花钱，我们互相监督，除了日常吃喝，其余一切都刷卡消费，短信通知都留对方的手机号码，这样进钱出钱，对方就知道了，控制花钱这招很有效，不信你试试。

还不等我提出来，尚秀梅说："请大家过个天阴，订个好一点的地方。"我说："就老顾那里吧，大小也是个生意。"尚秀梅说："那你烟酒上好一点。"我说："你不去？"尚秀梅说："你们那一帮臭嘴，我去了接口水？"我出门时，尚秀梅又说："你大方点。"

我立刻就招呼人，李上说："是王子酒店，还是皇冠酒店？"我捣了他一拳，他立刻嗷嗷叫着说："进了政府大院，拳头这么硬，我要告你欺压百姓，你得赔偿。"张小旺说："你是政府大院的人了，出进跟领导点头哈腰，眼里还有我们这些人？"老顾说："微服私访呢吧？"我说："体察民情，领导忙得日理万机哩。"大家就都笑了。

大嘴说："又中奖了，几百万，前两天说的那中几个亿大奖的是你？"我又捣了他一拳。他接着说："酒店的菜花花肠子多，不及老顾菜馆的实在，给你省点，但酒不能低，咋得喝个五十元以上的。"李上说："大嘴，你是他亲家呀？我想的是国窖 1573 哩，说比茅台还贵。"我说："五粮春。"大嘴说："别跟他较劲了，我知道他在那里面过的啥日子，我是在省府大院干过活的，受气着哩。"大家都咬住这话题就说开了。是啊，谁没有感受呢？

五粮春提来，李上说："你当真啊，咋不识耍了？跟我们较劲，喝上那就能成干部了？"我说："喝！"大嘴说："就是个意思，换个酒。"李上说："就是，就是，喝酒图个醉，娶婆娘图个睡。"银娥说："你那张嘴就不能喷个好话出来？秀才，换酒吧。"我说："盯着一千元造。"李上说："这么大方，看来是把尚秀梅给弄舒坦了。"尚秀梅的抠门可是闻名的。

酒喝至一半，大嘴说："没到里头去看看舒雯？"我说："舒雯是谁？"大嘴说："你背心改裤衩——装屄。"银娥说："听你说得多难听。"我说："我有啥装的？"大嘴说："还有谁，你对门呀。"我猛然想起舒处长，说："她

348

咋了？"大嘴说："你、你、你真不知道？"我没好意思说早出晚归的事，只说："好些日子没见着了。"大嘴说："那么大的事你不知道？进去了！"我说："啥？进去了？""进去了"的意思我当然知道，这是近年的热词，社会上广为流传，人们都拿这话开玩笑哩。大嘴说："进去都两三个月了，你真不知道？"

我呃了一声。改为早出晚归后，我们确实再没碰过面，我还纳闷，就是意外碰上也该有一两回吧。因为尚秀梅对对门满腔仇恨，我们提都不提，更不关心他们。不过近些日子对门是没了迎来送往的声音，明显沉寂了。

我说："难怪好久没见他们了，出啥事了？"大嘴说："都进去两三个月了，你不知道，还对门哩。"我说："没听说过灯下黑？"大嘴说："对门出了这么大的事，我不信你一点信息都没听到。真不知道还是吓得不敢说？"我说："啥对门，老死不相往来，你当像咱们锦绣的对门？小区里也没人说这事。"大嘴说："肯定说了，那是没在你跟前说。"我苦笑了一下说："谁在我跟前说呀，我是外人啊。"大嘴说："就是，你虽然住进去了，却不属于人家一伙的么。"我说："你咋知道的，你认识她？"大嘴说："她家房子就是我们公司装修的。"我说："你们老板给你说的？"大嘴喊了一声说："屁股底下擩橡子高抬我，学会耍笑人了，人家是啥人，连见面都难，给我们说这事？"

大嘴端一杯酒"啧——啧——"地咂，开始卖关子了。他就这毛病不好。老顾在他头上拍一巴掌说："有屁快放，别憋坏了机关。"大嘴说："老板喝酒给副总说了，副总喝酒又跟我们工头说了，工头喝酒跟我们说了。"我说："到底咋回事？"大嘴说："舒处长的领导进去了，把两个人的事交代了，舒处长就进去了，结果把我们老板也牵连了。舒处长家房子我们公司是免费装修的，几十万哩。现在我们老板被限制外出，随传随到哩。"我说："以前咋没听你说过？"大嘴说："别看我嘴大，该把的话把得住，我把得来轻重，说出去就是祸害，那些人要弄咱们这些人，啧啧啧，你都想不到你出啥事哩，拿指头抠个壕壕，咱们这些人当沟地翻哩。"张秀说："那女的看上去挺正经的。"张秀是大嘴的徒弟，也是大嘴的表弟。大嘴说："别人眼窝里有水，你眼窝里有屎啊，你当是个好东西，跟好些个领导搞哩，笑话多哩。说有一次两个领导碰上了，互相看看还互相点头哩。"又说，"钱是弄下了，估计过千万哩。"老顾说："啧啧啧，银娥，你这辈子亏得，你说你要贴到领导身边，领导看着你，不弄几个亿？"银娥笑着说："领导能看上咱？"老顾说："嘿，没问题，我见你第一面，觉得就是个仙女嘛，要按现在说，就是明星哩。"李成说："那狗日的领导不仗义，跟人家好了，还把人家咬进去，不说谁知道？"大嘴说："你知道啥，舒处长是财务处长，那么大的厅当大半个家哩，再说那厅长交代了她是主谋，就是希望那些跟她有关系的领导保她哩。"张秀说："能保得了？"大嘴说："以前保得了，现在保不了了，都像龟孙一样往后缩，一窝子端了好几个。"李上说："电视报纸咋没报道？"大嘴说："还正查哩，缠的事多，一时半会儿能弄清楚？"又说，"舒处长在里面自杀过一回，没得逞。哎呀，说是弄了不少钱，怕有几百万哩。"我说："那男的呢？也进去了？"大嘴说："男的倒没进去，玩失踪哩。"张秀说："不玩失踪，还有脸待？"大嘴说："男的也不是好东西，在家吃软饭，在外养小三，说是两人互不干涉哩。"李上啧啧啧说："看人家这日子过得。"

这消息于别人也就当个新闻，说过了听过了，继续喝酒，可于我却不一般，就像肩负重担长途跋涉，忽然重担被卸下，身子一下轻松了，这顿酒喝得舒畅啊。我站起来说："且等我直直腰，撒泡尿，好好打一关。"

大嘴说:"换个酒吧,这酒不经喝,太费钱。"我说:"屁话,就这酒,今儿谁不喝醉不准回家。"大嘴说:"借酒浇愁呀。"我说:"先浇尿。"

出了门,我先跟尚秀梅打了个电话,把事情详说一遍,让尚秀梅也轻松轻松。尚秀梅说:"我早就说过那狐狸精一看就是闷骚型的,还把你趴在猫眼上看得涎水都流出来哩,这么多人我估计都弄上艾滋病哩。"我说:"那男的也不是好东西,说在外面包二奶养小三哩。"尚秀梅说:"那当然了,自己的田让人家都种了,不包不亏得慌?"我说:"就是,就是,秃头络腮胡,一亏得有一补,这世界也公平哩。"挂了电话,撒了尿,继续喝酒,雨下得很大,满世界都是水,对于我们这缺水的城市,真是好雨啊。张秀说:"要说那女人长得漂亮哩。"大嘴说:"屁话,不漂亮领导能看上?你当领导像你,揭起尾巴是个母的就行?"张秀说:"你比我也强不到哪里。"大嘴说:"不是她进去了咱说她的不是,给她家干活受的那气,不懂装懂,指手画脚,整天吊着一张脸子,就像是个多大的人物,给比她大的领导干活,也没她那么难伺候的,装乎劲儿大哩,一句话把咱们没当人看过。"李成嘻嘻一笑说:"人家能把大领导放倒在床上,可不就骑在大人物身上作威作福了。"

酒正喝到好处,艾老师打来电话,要我立马到学校去。我心里咯噔一沉,肯定是小虎又打架了。才上了一个多月,小虎已经打了两回架了。老师的话就是圣旨,我不敢耽误,对大嘴他们说喝着等我。打的往学校而去。

小虎从老家领回来,完全是个土猴子,一口土腔土调。湖景水郡的房子买下后,我们也想到了,身上的土能洗掉,可土腔土调土习惯却不是一日两天能改掉的,二小这样学校的学生非富即贵,一起上学,会遭人家学舌耻笑。因此一住进湖景水郡,我们就把小虎接来,本打算是让他上幼儿园的，可幼儿园奇缺啊，也要找人花钱，加上我们又忙，接送就成了问题。尚秀梅的表妹曾经在幼儿园干过，嫌工资低辞职不干了，在万达广场"乐乐乐"打工，"乐乐乐"就是为方便带着孩子购物的家长而建的儿童游乐园。表妹说花那钱做啥，你当他们给娃教啥哩，就是让娃耍，只要娃不哭不闹不受伤就行了，耍还没我这里耍得好，不就是把土腔土调土习惯改掉吗，我普通话说得不行？参加培训考试拿了优秀哩，等小虎快上小学了，你放我这里我带一学期，保证让他跟上过幼儿园一样。我们也就没让小虎上幼儿园。表妹带了一学期，你想在乡下长到六岁多，哪里是几个月就改得过来的？普通话说得疙疙瘩瘩，就像个老外，土习惯当然也没改掉多少。

艾老师是小虎的班主任，我已见过两次面了。小虎第一次打了同学，我去后，艾老师说小虎是不是在乡下长大的？我说是跟着爷爷奶奶长大的。老师说怪不得。听得这话我很不高兴，但脸上依旧赔着笑。艾老师可能看出我的不高兴来，告诉我她也是农村出身，去年才考上老师的。我说艾老师，你给我说这做啥。艾老师笑笑说我的意思是我没有偏见，我很同情小虎。我差点就落泪了。

小虎打这个同学是因为这个同学鼓动一帮孩子嘲笑小虎，叫他野种、黑卵、臭虫、土鳖、屎壳郎、土八路。小虎给逼急了，大打出手，把那同学摁住骑在身上打，好在艾老师及时出现。那家长打闹到了学校，是艾老师连说带劝拦了回去。我回家教训小虎，小虎却说我爷爷说了，人不犯我，我不犯人，人若犯我，我必犯人，爷爷说这是毛爷爷说的。我说别听你爷爷的，打人是不对的，是犯法的。小虎说爷爷说了，人善被人欺，马善被人骑，到了城里你不厉害，鸟都往你头上拉屎哩。说是说不通的，打也打不下了，才抽了一巴掌，就撒泼打滚，背了包往车站跑，要回家去找爷爷。

第二回我去后，艾老师说了小虎打架的经过。朱豪对小虎说对不起。小虎没理，朱豪说我都说了对不起，你为啥不说没关系？小虎说我为啥要说没关系？朱豪说我说了对不起，你就得说没关系。小虎说我不说你能把我咋样？朱豪说土鳖，屎壳郎。小虎说这阵子你该给我说对不起。朱豪不说，小虎一拳就把朱豪的鼻子打破了，说这阵子我给你说对不起，你给我说没关系。艾老师说着都笑得不行了。艾老师说家长来了，我把过程说了，他们也笑了。我说城里人咋都这样，娃打个架也找学校，娃娃不打架让大人打架，再说一年级娃能打个啥？艾老师说不知道城里把孩子叫啥，小皇帝，小公主，格格，少爷，惯得了得？老师都小心翼翼的。

见到艾老师，我鞠了个躬。我每次都这样，艾老师就会笑。可这次艾老师没笑，说："小虎这次闯下大祸了。"我忙问闯下啥大祸了？但从心里讲，并不以为然，一个才上小学的娃娃能闯多大的祸，觉得小学老师一直和娃娃打交道，连自己的胆子也小起来，说起话来总是上纲上线的。艾老师说："小虎把李光明的鼻子打得喷血,眼圈都打青了。"我说："我回去就收拾他，老师你别生气。""不是我生气不生气的问题，是家长很生气，校长很生气。"艾老师叹口气，"李光明是李局的孙子，你得有个心理准备……那家人难缠。"我说："孩子打个架嘛，李局不至于……"艾老师说："别把他看得那么有素质，跟我们校长发过火的，他老婆更没素质，一切都是别人的错，去年就来学校大闹过一回。"我说："去年？他孙子去年就上学了？"艾老师说："李光明三年级了。"我说："小虎才一年级，咋就跟他打起来了？"艾老师说："小虎上次打的朱豪是李光明的邻居，马仔嘛，随从嘛，李光明是老大嘛。"我呃了一声说："屁大点孩子就知道拉帮结派了？"艾老师说："你当像咱们乡下？我给你透个实话你

353

千万别乱说，我们校长丈夫的处长职位就是李局长给提拔的。"

正说着校长进来了，脸阴得要下雨。他说："你就是王小虎的家长？"我忙点点头说："校长……"校长一挥手打断我的话说："你儿子怎么这么粗鲁野蛮？"这话我不爱听，一个校长怎么能这么说学生？他们一起嘲弄小虎，就是文明的？再说打架的事一个巴掌拍不响，小虎打人，可他们也打小虎了。可我怎么敢跟校长犟嘴，赔着笑脸说："校长我一定……"校长又一挥手说："你考虑给儿子转学吧。"我几乎要哭了，说："校长……"校长说："什么也别说，转学吧。"说完掉头就走，我掏出手机要给老朱打电话。校长回头说："朱处长不会接你的电话的，我跟他说过了，他的意思也是让你给儿子转学。"老朱果然不接电话，我一阵眩晕，只觉酒往头上直涌。我说："校长……"校长一挥手说："什么也别说，明天就办转学手续，说个实话，你儿子也不适合我们这个学校。"

我大大地打个酒嗝，酒冲得我打了个激灵，说："就是因为我儿子打了李局的孙子你让我儿子转学？你是……"校长又一挥手，我豁出去了，一拍桌子爆发了，吼一声说："把你的手放下，别打断我的话。"校长惊诧地看着我，我说："你只看见我儿子打了李局的孙子？就没看见李局的孙子打我儿子，我儿子头上的疙瘩、满身的青块难道是他自己打的？再说孩子不打架，难道让大人打架？为这逼我儿子转学，你至于吗？"校长脸色铁青，坐在了椅子上。我说："我儿子不适合你们这个学校，咋个不适合？你给我讲个子丑寅卯出来。"校长气坏了，哆嗦着说："你、你……"我说："我咋了？不要说打了李局的孙子，就是打了张厅的孙子又能咋样？打了李局、张厅又咋样？妈的，人不犯我，我不犯人，人若犯我，我必犯人，让我儿子任人迫害蹂躏！"这当口一个婆娘裹挟一股香风扑进来，手指直戳着校长说："这么野蛮的坏尿怎么收进来的？也不审查符合不符合入学条件？啥素质的人都往进收，二小成了啥？"

　　想必这婆娘便是李局老婆了。要在平时，"坏尿"这个词会让我有亲切感，这是老家的话。关系亲近这个词就是褒义词，表达亲密的关系，关系不好这个词就是贬义词，恶毒的骂人话。她应该也是老家一带的人。

　　不等校长说话，那婆娘手指又戳着我的额头说："说，你儿子是怎么入的学？"我的酒劲彻底发作了，"啪"打开那婆娘的手吼道："把你的臭手给我拿开。"这太出乎那婆娘意外，她短暂呆愣，忽然爆发，吼道："楚春晓，这个野尿是咋入的学？"校长站了起来，说："孙处长……"我手指直指那婆娘说："一个三年级学生伙上几个到一年级班里来打人，你还有理得不成了？为了孩子打架你跑到学校里来指手画脚？你咋就这么文明？我儿子是野尿，坏尿，你孙子也不是好尿！"那婆娘浑身颤抖，嘴唇乌青说："你……楚春晓，给我开除他。"我说："开除我儿子，你算个什么玩意儿？学校是给你家办的？"那婆娘歇斯底里地说："查他的底细，怎么进来的？妈的，腐败到这程度了。"我说："查我的底细？还是把自己的底细兜紧了，小心被人家查出问题。"那婆娘嘴唇哆嗦说："我、我要告你诽谤。"我说："告我诽谤，去告吧，你男人官大，把我抓起来判了杀了，这么大的孩子就知道拉帮结派，跟谁学的？"那婆娘转身要走了，我吼道："老子告诉你，老子豁出去了，我儿子要在二小上不了学，我就把事情的原委贴到网上去，让人们评论评论，我他妈的就不信了！人肉搜索知道吗？不知道回去问问你儿子。"

　　那婆娘走了，我在后面撺着说："告诉你孙子，我儿子野蛮人，你们是文明人，打不过就别惹野蛮人，少叫我儿子野种、黑卵、臭虫、土鳖、屎壳郎、土八路。毛主席说了，人不犯我，我不犯人，人若犯我，我必犯人，我就是这么教育我儿子的。"那婆娘几乎是跑着往车前去了，我依然追上去吼道："妈的，还口口声声文明野蛮，骂我儿子坏尿、野尿，你他妈的什么素质？两个孩子打架，大人出来争狠耍歪？这就是你的文明？你他娘的从农村进城才几年，就装大尾巴狼呀。"

我骂了个痛快淋漓，回到酒场，他们说："我们还当你架子大得不来了。"我说："再提几瓶酒来，继续喝，今儿不醉，谁他妈也不能回家。"他们说就是不一样了，"他妈的"，这口气像领导。刚刚喝了几杯，艾老师打来电话说你到没人处说话。我忙到外面，艾老师说："校长说了，不开除小虎，家长也说了，不再追究。"我说："谢谢你，为难你了。"艾老师说："他们的意思你别往网上发，就当这事没发生过。"我听得艾老师身边有人，知道是校长，就故作愤怒地说："我看在你面子上，不跟他们计较，要不是你，我豁出去了，小虎不在你们学校念，我也要让人们说说这个理，有这么欺负人的？"艾老师说："那谢谢你。"又喝了一阵，我出来给艾老师打电话，说："说话方便吗？"艾老师说："我已经回到宿舍里了。"我说："艾老师，咱们也算半个老乡，给你说实话，我哪敢跟他们起事，我咋敢拿小虎的前途赌气，逼得我没办法了，也是喝了点酒，你放心。"痛快，人要豁出去了，真痛快，这是几年间最痛快的一天。

雨越下越大，天地让雨丝联系起来，好好下吧，好好清洗清洗这个世界。

回到家，我还得教育儿子呀，得给他讲这个社会，得给他讲规矩，得给他讲秩序，得给他讲潜规则，我还得狠狠揍他一顿，让他知道厉害。可进门见小虎站在墙旮旯儿打盹，一腔的怒火，瞬间消散，我拍拍他的头说："快睡觉去。"尚秀梅趴在电脑上，头都不抬地说："让站着。"我说："睡去，睡去。"尚秀梅说："你惯，这么下去了得？"小虎睡觉去了，我对尚秀梅说："也不能怨孩子，这事连我都气炸了。"尚秀梅说："你明天就给我复习考去。"我说:"小虎都睡觉去了,明天考啥?"尚秀梅说:"我说你哩。"我说:"说我?"尚秀梅指着电脑屏幕让我看,这回她上的不是美容网站,而是公务员考试网。她问我:"你今年多大了?"我说:"三十三了,干吗?"尚秀梅说:"熬不到儿子给咱们当处长、厅长、省长了,你现在就给我考干部,考公务员只要没超过三十五岁都可以。"我说:"发神经呀,这年纪考公务员,考上也弄不上处长、厅长、省长了。"尚秀梅说:"只要是干部就行。"我说:"考上干部也不如我现在挣的多。"尚秀梅说:"不是钱的事,从明天开始你就准备考试。"又说:"你别应付差事,你知道爹对你很失望的,他就是想让你当个干部。"我说:"考也不一定考得上。"尚秀梅说:"日囊屄样,你一定能考上,你弟弟书念得多好,念书也是遗传哩。"

# 尾章

　　弟弟说得对，不能好高骛远，我选了冷门——作协，结果以笔试、面试均为第一名的成绩被录取了，当然这几年发表的作品，尤其是那篇《风是沙的路》起到了很大作用。三十而立，我是三十过而立呀，他们说我是这几年招收的年龄最大的公务员。我说谢谢。到作协上班，几个人都熟悉，因为我已是作协会员，经常参加作协的活动。他们说："你是咋想的，好好的老板不当，考这个烂地方，我们都想着辞职跟你干哩。"

　　当然是要庆贺的，尚秀梅说："订个好点的酒店。"我说："王子酒店。"尚秀梅说："也行哩。"我哈哈大笑说："也行呢，你当我们……"我一时找不出准确的词语来表达，最后觉得还是用钱衡量，就说："发了十万一百万意外之财？"尚秀梅说："俗不俗，总是钱钱的，这是钱能衡量的？挣一百万也不定有这么高兴。"我说："其实作协……"尚秀梅说："当我是睁眼瞎呀，我是上了高中的，要说考上作协，合我心意，上学的时候，每篇课文老师都先讲作者简介、代表作，我可崇拜作家了。"我搂搂她。

　　正要约大家，苏东水却要请大家过天阴，我说："你让我。"苏东水说："你让我。"大家说："这是干啥嘛，待饱客，人还吃满腹着，等个雨天都等不及。"苏东水嘿嘿笑着说："等不及。"老顾说："抢银行了？"苏东水说:"差不多。"老李说:"那你可要小心,别把包激动炸了。"苏东水说:"早炸早解脱。"

苏东水头晕,隐隐作痛,开始吃去痛片,后来实在疼痛难忍,去检查,结果查出来脑袋里有个大水包,大夫说开颅,他说没钱。大夫说不开颅那就是个定时炸弹。苏东水还是没做,那时候他欠着很多的账,大家给他说这是大病,应该能申请国家报销。他去申请,省里说他是乡下人,让回县上去解决,县上却说他是农民,没有资格。没钱做手术,他干脆就不管了,但也不敢做重活,这样不死不活时刻在等死的日子一度让他痛不欲生。后来,他说去他妈的,炸了就死。他心情放开,跟大家说:"见了我要像女人一样轻声细语,浑身麻酥酥一收缩,会挤爆了,更别溜到我身后猛拍高叫,会惊爆了,到时可别怪我讹上你们。"大家确实都很小心,他就笑,说妈的,跟你们开玩笑哩,真把我当成那样的人了。

苏东水最是能卖关子的,只说:"喝酒!喝酒!"都想着他也没见有什么改变,不知他有什么可过天阴的。喝掉了两瓶酒,苏东水还继续憋着。我们发现他今儿特别能喝——以前他脑袋里没查出水包前特能喝,查出水包后就不喝了。老顾说:"哎,你是不是真的打下讹我们的主意了,故意这么整把脑袋里的东西整炸了,现在喝酒喝死了告状要大家赔偿的事多了。"苏东水说:"喝,喝死不要你们赔偿。"我们互相使个眼色说:"不喝了,散了。"苏东水说:"啥球人嘛,再喝一瓶就给你们说。"老顾说:"不行。"苏东水说:"我日他娘,我脑袋里的水包没了。"我说:"没了?"苏东水说:"我今天检了,这不死不活的啥重活都不敢做,活得儿女不待见,这几年攒下点钱,我想检查一下,要是便宜了就做手术,不行了就回老家等死,一检查,娘的没了。"老成说:"咋能没了呢?不会是医院误诊了吧,现在医院误诊的情况多得很。"我说:"大水包一般不会误诊。"老顾说:

"故意误诊呢？让你掏钱，医院黑着哩。"老成说："就是，本来没多大的病，四两棉花一筐篮，给你说得离死不远了，我以前听人家说肝上这儿那儿的，不看就是死，我没看，这不照样活着？"苏东水说："不说了，说起来就麻烦，好了，喝酒，我打关。"老顾说："糊里糊涂活，把啥都交给命。"

喝了一阵，苏东水说："秀才，你又弄啥，请客。"我说："喝酒，到时候自然知晓。"老成说："球，你们都啥人，一个一个不怕憋坏了机关。"银娥咯咯一笑说："我知道。"我看看她说："你知道？"银娥说："我要说出来，你咋办？"我说："我喝三个酒。"苏东水说："六个。"我说："好，六个。"银娥端杯酒说："我们先恭喜你。"大家都端了酒杯，银娥："秀才考上公务员了，是不是？"我说："你咋知道？"银娥说："报纸上公布了。"我呃了一声，喝了酒。老顾说："你丢了这些年了还能考上？"银娥说："谁说人家丢了，没见搬家那些书？"老成说："书没有白念的，秀才，你这下跌进福窝窝里了。"我说："说个实话，工资不到我干水暖一小半儿。"老顾说："哪能这么比？别的不说，就像分房子，比市场价低一大半，再比如像得了老苏这病，还能让你自己掏钱？国家掏钱给你看哩。"银娥说："重要的是你回到家风光了，你爹走路腰杆都挺直了，这是啥事？"大家说："就是，就是。"又敬我，老顾说："考的个啥部门，党委、政府。"我说："作协。"老成说："做鞋？跟老肖一样做鞋的？那该是大厂子。"银娥咯咯咯地笑了说："不是，是作家协会。"老顾说："作家协会是干啥的？"银娥说："作家，写书的。"老顾说："你咋知道？"银娥说："孙志说的。"老成说："秀才，你那单位有实权吗，我们能不能用上你？"我说："没权，不过写状子找我。"老顾说："你这秀才不会说话，谁愿意惹官司，宁吃十个亏，不打一个官司，罚酒。"罚酒喝了，老成说："还得罚，你这几年对我们影响可是大了，你一个重点大学生，回来干水暖，回家一说孙子，他们就拿你做例子。"我说：

"该罚，该罚。"

喝完酒，银娥说："你没喝多吧？"我说："没，哪能喝多哩，他们都不行,不然要喝一个晚上哩。"这话你们也该听出来是酒话了。银娥说："他们都老了，哪能跟你比，喝酒是个心情，你心情好，又年轻，当然能喝了。"出了门，银娥说："去我屋里坐坐，醒醒酒再回去吧。"我说："好。"银娥给我泡了茶，说："是宏达送来的，今年的新茶。"我说："你再给我烧碗稀饭吧，还是惦念你那红豆稀饭。"银娥就咯咯咯地笑。喝了碗稀饭，酒醒了许多，银娥就给我讲了她患癌症的事。我打个寒噤说："那得抓紧看呀。"银娥说："有啥看的，跟我一起查出来的一个人，人家有钱，到处看，也没看好，都死了两年了。"我呃了一声，银娥说："大夫说最长一年，最短几个月，你说这都三年了，活得心里没底，熬煎得……你可别给我说出去了。"

过了几天，我从网上购买了许多有关讲述战胜癌症的超人的事迹、经验、方法的书籍、音像资料给银娥送去，银娥说："看你费心的，活哪天算哪天，熬着吧。"我说："老话说好死不如赖活着呀，活出个奇迹来嘛，你正在往创造奇迹的路上行进，再说你看看你这几个孙子，心疼得，丢得下？"银娥笑了说："你说我这一家人……我给你说说吧。"她拍着床说："你坐床上来，晒晒太阳。"我说："我不冷。"银娥说："年轻就是好嘛，老了骨就寒了，稀欠开阳光了，这缕阳光照了我十几年了。"银娥的讲述就从这束光开始。我掏出笔记本，银娥笑了说："咱们就是扯扯磨，拉拉呱，你记个啥，你一记我就不会说了。"我忙收起笔记本说："就是扯磨呢嘛，我是习惯了。"

**图书在版编目 (CIP) 数据**

锦绣记 / 季栋梁著 . —— 北京 ：北京十月文艺出版
社， 2017.11
ISBN 978-7-5302-1735-1

Ⅰ . ①锦… Ⅱ . ①季… Ⅲ . ①长篇小说—中国—当代
Ⅳ . ① I247.5

中国版本图书馆 CIP 数据核字 (2017) 第 214658 号

**锦绣记**
JINXIU JI
季栋梁 著

| | | |
|---|---|---|
| 出　　版 | 北京出版集团公司 | |
| | 北京十月文艺出版社 | |
| 地　　址 | 北京北三环中路 6 号 | |
| 邮　　编 | 100120 | |
| 网　　址 | www.bph.com.cn | |
| 发　　行 | 新经典发行有限公司 | |
| | 电话 (010) 68423599 | |
| 经　　销 | 新华书店 | |
| 印　　刷 | 北京盛通印刷股份有限公司 | |
| 版　　次 | 2017 年 11 月第 1 版 | |
| | 2017 年 11 月第 1 次印刷 | |
| 开　　本 | 880 毫米 ×1230 毫米 1/32 | |
| 印　　张 | 11.5 | |
| 字　　数 | 260 千字 | |
| 书　　号 | ISBN 978-7-5302-1735-1 | |
| 定　　价 | 39.80 元 | |
| 质量监督电话 | 010-58572393 | |